Klaus Wanninger

Schwaben-Angst

Klaus Wanninger, Jahrgang 1953, evangelischer Theologe, lebt mit Frau Olivera und der schwäbischen Katzendame Mütze in der Nähe von Stuttgart. Er veröffentlichte zweiundzwanzig Bücher, darunter die bereits in mehreren Auflagen vorliegenden Krimis »Schwaben-Rache«, »Schwaben-Messe«, »Schwaben-Wut« und »Schwaben-Hass« – alle bei KBV. »Schwaben-Angst« ist sein fünfter Krimi mit den Kommissaren Steffen Braig und Katrin Neundorf.

Klaus Wanninger

Schwaben-Angst

KBV
KRIMI

1. Auflage 2002
2. Auflage 2005

Telefon: 0 65 93 - 99 86 68
Fax: 0 65 93 - 99 87 01
www.kbv-verlag.de
E-Mail: info@kbv-verlag.de
Umschlagillustration: Ralf Kramp
Druck: Westermann Druck, Zwickau
Printed in Germany
ISBN 3-934638-87-2

Zwei tapferen Frauen:
Schwester Fridel Auer und Dora Bütikofer
als Anerkennung für ihr vorbildliches Leben

1. Kapitel

Gerade als sie umkehren wollte, brach plötzlich die Sonne zwischen den Wolken hervor.

Wochenlang hatte es fast ohne Unterbrechung geregnet, hatten immer neue graue Schleier den Himmel verhüllt. Fast der gesamte September, in anderen Jahren ein Monat voller Sonne, Wärme und üppig reifender Früchte, war dem nasskalten, viel zu früh ins Land gezogenen Herbstschmuddel zum Opfer gefallen. Frust und Verbitterung über das ekelhafte Wetter hatte viele Menschen erfasst. Jetzt aber zeigten sich erstmals wieder die Strahlen der Sonne.

Monique Gilbner blieb mitten auf dem breiten, mit Kies ausgelegten Weg stehen, der zur Grabkapelle der Königin Katharina auf dem Württemberg hinaufführte, und starrte zum Himmel. Die Wolkendecke war aufgerissen, Kaskaden von gleißendem Licht verzauberten die Landschaft mit einem spätsommerlichen Panorama.

Sie begriff es sofort als gutes Omen. Über Wochen hinweg hatten sie sich vorbereitet, Texte, Schritte, Abläufe auswendig gelernt, gemeinsam eingeübt und gestern in der Generalprobe – mit wenigen Patzern zwar, doch weitgehend bühnenreif – einem sorgsam ausgewählten Publikum vorgestellt. Heute Abend sollte *Das Fräulein Pollinger* vor seit langer Zeit ausverkauftem Haus seine Premiere erleben.

Monique Gilbner ließ die überraschendsten Elemente der überaus mutigen und unkonventionellen Neuinszenierung in Gedanken nochmals Revue passieren, war gespannt auf die Reaktion der Zuschauer. Die *tri-bühne* war eines der kleinsten Stuttgarter Häuser, jedoch als Experimentaltheater Sprungbrett für viele junge Schauspieler. Ein Erfolg als *Fräulein Pollinger*, der ersten Hauptrolle ihrer vor drei Jahren gestarteten Karriere, eröffnete ihr – so hoffte sie – Chancen auf einen Platz in einem größeren, bekannteren Ensemble.

Sie wandte ihren Blick vom Himmel ab, weil sie von den weißgoldenen Strahlen geblendet wurde, sah, wie die Sonne immer größere Teile der Umgebung in ein ungewohnt warmes Licht tauchte. Die Rebhänge der umliegenden Hügel leuchteten in kräftig grünen, vereinzelt schon gelben Tönen. Die Dächer Rotenbergs auf der Spitze der lang gestreckten Hügelkette präsentierten ihre frisch gewaschenen roten Ziegel. Hoch über ihr blinkte das Kreuz auf der Grabkapelle in glänzendem Gold.

Monique Gilbner gab sich dem Schauspiel der aus dem Regendämmer neu erwachenden Natur hin, fühlte intuitiv, dass die Premiere am Abend Publikum und Kritiker überzeugen und dem jungen Ensemble den erhofften Erfolg bringen musste. Die ernüchternd realistische Geschichte eines in armseligen Verhältnissen aufgewachsenen, naiv-leichtgläubigen Landmädchens, das unter dem Einfluss skrupelloser Lebemänner der Prostitution verfällt, ohne sich dieser Entwicklung vollkommen bewusst zu werden, verkörperte in ihrer Ursprungsfassung schon so viel herbe Melancholie, dass es auch weniger sensiblen Gemütern schwer fallen musste, diesen besonderen Reiz nicht deutlich wahrzunehmen. Was der erfahrene Regisseur dazu noch kurz vor dem Ende des Theaterstücks eingefügt, wie er es überhaupt inszeniert und die Zuschauer ohne deren anfängliches Wissen mitten ins Geschehen eingebunden hatte, das versprach, außergewöhnliche Begeisterung für *Das Fräulein Pollinger* zu entfachen.

Monique Gilbner hatte den Kiesweg, der zur Grabkapelle hinaufführte, verlassen, ließ ihre Augen über die Umgebung des Württembergs schweifen. Die sich im warmen Licht der Sonne dehnenden Rebhänge schienen zu atmen: Ein feiner Schleier nebliger Feuchtigkeit hing über den Senken zwischen den Hügeln.

Sie schaute am nahen Mönchberg hoch, folgte mit ihrem Blick den dicht belaubten und von rosinengroßen, blauen Trauben bewachsenen Rebenzeilen, die sich steil nach oben wanden. Wenige Meter von ihr entfernt parkte ein Traktor-ähnliches Gefährt, gerade schmal genug, die Wege zwischen den Rebstöcken passieren zu können. Der Anhänger des Weinberg-Schleppers war mit landwirtschaftlichen Geräten beladen. Wer den Traktor dorthin chauffiert hatte, war nicht zu erkennen; keine Menschenseele schien in der Nähe.

Sie wollte ihre Augen gerade wieder abwenden, als sie plötzlich unmittelbar daneben ein helles Glitzern bemerkte. Sie starrte auf den nassen Boden, sah wenige Meter entfernt eine langstielige Hacke, deren metallisch-silberne Zinken die Sonnenstrahlen reflektierten. Plötzlich begann die junge Schauspielerin am ganzen Körper zu zittern. Die Textseiten des *Fräulein Pollinger* glitten ihr aus den Händen, flatterten durch die Luft, landeten auf dem nassen Wegrand. Voller Entsetzen starrte sie auf die im verkümmerten Gras des Weinbergs hingestreckte Gestalt, deren verkrümmte Körperhaltung und grimassenhaft verzerrten Gesichtszüge ihr unmissverständlich klarmachten: Vor ihr lag ein Toter.

Monique Gilbners schrille Schreie waren bis hinauf zur Grabkapelle und die Spitze des Württembergs zu hören.

2. Kapitel

Steffen Braig, Kommissar beim Stuttgarter Landeskriminalamt, war erst vor wenigen Minuten nach Hause gekommen, als sein Handy läutete. Er hatte sein Büro an diesem Freitagnachmittag kurz nach 16 Uhr verlassen, war am Cannstatter Wilhelmsplatz noch in einem Supermarkt eingekehrt, um Lebensmittel für ein Wochenende mit seiner neuen Freundin zu besorgen.

Er hatte seinen Einkaufswagen dort höchst unwillig an den reichhaltig mit Weihnachtsartikeln bestückten Regalen vorbeigeschoben. Christstollen, Lebkuchen, Adventskalender, Nikoläuse in allen Größen und Variationen – jetzt, Anfang Oktober? Kopfschüttelnd hatte Braig das Sortiment passiert. Gerade waren die meisten Leute aus den Sommerferien zurückgekehrt, erwartete sie bereits das in grellen Farben präsentierte Angebot des in einigen Monaten anstehenden Festes. Gab es denn überhaupt keine Grenzen der Geschäftemacherei mehr?

Der Ärger über die weihnachtlich bestückten Regale hatte Braig fast die gesamte Heimfahrt begleitet. Erst beim Verlassen der S-Bahn am Feuersee schaffte er es, sich von seinem Unmut zu lösen und wieder zu dem Gefühl zurückzufinden, das ihn den ganzen Morgen begleitet hatte: die Vorfreude auf ein hoffentlich dienstfreies gemeinsames Wochenende mit Ann-Katrin Räuber: Freitagabend, Samstag und Sonntag – falls nicht wieder ein unvorhersehbares Ereignis, das seinen beruflichen Einsatz erforderte, dazwischen kam. Er hatte Wochenendbereitschaft, wusste, was ein Anruf auf seinem Handy bedeuten konnte.

Unangenehme Neuigkeiten vermutend, zog er es aus der Tasche, meldete sich.

Kriminalmeister Stöhrs Stimme verhieß nichts Gutes. »Sie müssen entschuldigen, wir haben einen seltsamen Todesfall.«

»Todesfall?« Braig reagierte gereizt. Freitagnachmittag, 17 Uhr. »Mord, ja?« Nur Stöhr war im Stande, sich so umständlich auszudrücken.

»Mord. Wie es aussieht, ja.«

»Wo?«

»Rotenberg. In der Nähe des Württembergs.«

Braig kannte den idyllisch mitten zwischen Weinbergen gelegenen Vorort Stuttgarts, hatte die Grabkapelle der Königin Katharina ein- oder zweimal besucht. Er ließ sich von Stöhr die genaue Lage des Fundorts des Toten beschreiben, bat den Kollegen, die Kriminaltechniker zu benachrichtigen und versprach, sofort nach Rotenberg aufzubrechen. Das erhoffte gemeinsame Wochenende war in weite Ferne gerückt.

»Herrn Söhnle habe ich ebenfalls informiert«, schloss Stöhr.

Braig packte die Lebensmittel bis auf die Bananen in den Kühlschrank, wählte Ann-Katrin Räubers Nummer. Er hatte sich mit der jungen Kollegin angefreundet, seit diese bei einem gemeinsamen Einsatz in Backnang im Frühjahr von einem Verbrecher niedergeschossen und schwer verwundet worden war. Braig, der sich lange für das Unglück Ann-Katrins mitverantwortlich gefühlt hatte, war regelmäßig im Krankenhaus bei ihr zu Besuch gewesen – ob mehr aus moralischer Verpflichtung für sein vermeintliches Versagen oder von Anfang an aus Interesse an der jungen Frau, wusste er im Nachhinein nicht zu beurteilen. Schon wenige Wochen später bei der Verlegung Ann-Katrins ins Ludwigsburger Klinikum war beiden klar gewesen, dass sich zwischen ihnen mehr entwickelt hatte als nur die Beziehung zwischen Kollegen.

Tag für Tag, soweit es ihm beruflich möglich war, hatte er sie besucht, sogar als sich ihr Genesungsprozess durch verschiedene Komplikationen immer mehr in die Länge zog. Eine der Kugeln hatte ihre Milz getroffen, worauf ihr das Organ mittels einer komplizierten Operation entfernt worden war. Später, nach langen Wochen vergeblichen Wartens auf durchgreifende gesundheitliche Besserung, hatte sich die Wunde bakteriell infiziert, was einen zweiten Eingriff erforderte. Die Kunst der Ärzte war damit jedoch immer noch nicht zu dem erwünschten Ziel gelangt.

Sechs Wochen Aufenthalt in einer Rehabilitationsklinik in Markgröningen hatten es Ann-Katrin Räuber zwar ermöglicht, fast normal aufrecht zu gehen, doch musste sie aufgrund der immer noch nicht völlig verheilten Wunde nach wie vor jede sportliche Betätigung und erst recht jede spontane, unüberlegte Bewegung dringend vermeiden. Zudem litt sie alle paar Tage unter erheblichen Schmerzanfällen, deren Ursachen noch nicht eindeutig ermittelt worden waren. Trotz ihres Alters von 29 Jahren war es ihr sechs Monate nach dem Attentat also noch nicht möglich, den Dienst als Kriminalmeisterin wieder aufzunehmen. Sie hatte in der Zwischenzeit ihre Wohnung in Kornwestheim an eine Freundin weiter vermietet und war zu ihrer Mutter nach Ludwigsburg gezogen, um sich mit deren Hilfe langsam wieder auf ein geordnetes Leben vorzubereiten.

Was Steffen Braig selbst anbetraf, war das folgenschwere Zusammentreffen mit dem Verbrecher in Backnang glimpflicher ausgegangen, als er es sich anfangs ausgemalt hatte. Mit zwei Schüssen hatte er damals den Verbrecher getötet. Selbstvorwürfe, einen Menschen erschossen zu haben, stellten sich nur in Stunden tiefster Depression bei ihm ein, war die Notsituation, aus der heraus er gehandelt hatte, nämlich: das Leben seiner jungen Kollegin vor einem skrupellosen Kriminellen zu retten, doch noch zu deutlich in seiner Erinnerung präsent. Es hatte keine andere Möglichkeit gegeben, Ann-Katrin vor dem Tod zu bewahren. Der von ihm erschossene Auftragskiller war unmittelbar vor der durch eine Unebenheit gestrauchelten Beamtin aufgetaucht und hatte mit seiner Waffe direkt auf sie gezielt.

Auch das automatisch bei einem unnatürlichen Todesfall eingeleitete Untersuchungsverfahren durch die Staatsanwaltschaft hatte ihm keine Probleme bereitet: Zu eindeutig waren die von mehreren Augenzeugen beobachtete Situation und der Tathergang, als dass Braig irgendein Vorwurf daraus erwachsen konnte. Die Voruntersuchung war von den zuständigen Staatsanwälten bald abgeschlossen, das Hauptverfahren erst gar nicht eingeleitet worden. Die Kommission hatte ihm ohne jeden Einwand korrektes Verhalten bestätigt. Was den Kommissar bewegte, war nicht die Tatsache, einen Menschen getötet, sondern der Selbstvorwurf, Ann-Katrin Räuber nicht schnell genug vor den Attacken des Verbrechers geschützt zu haben.

»Es tut mir Leid«, entschuldigte er sich am Telefon, »aber ich habe schlechte Nachrichten. Ich muss zu einem Einsatz. Rotenberg. Anscheinend das Übliche.«

Er versprach, die Untersuchung möglichst schnell durchzuführen und dann auf direktem Weg nach Ludwigsburg zu kommen.

Der Fundort des Toten war nicht schwer zu erreichen: Die Häuser Rotenbergs klebten eng aneinander gereiht auf der Spitze eines lang gezogenen, schmalen Bergkamms unweit des Neckartals, von unzähligen mit Weinreben überzogenen Hügeln umgeben, gerade mal drei, vier Kilometer vom Landeskriminalamt entfernt..

Ein traumhaft schönes Panorama, überlegte Braig, als er sich einer Gruppe heftig diskutierender und kritisch die Umgebung musternder Menschen am Ortsende Rotenbergs näherte. Er grüßte die uniformierten Polizeibeamten, welche die Straße mit einem rot-weiß gemusterten Plastikband abgesperrt hatten, wies sich aus, ließ sich den Weg zur Fundstelle des Toten erklären. Keine hundert Meter weiter, einen Steinwurf unterhalb der Grabkapelle, sah er seine Kollegen. Der Himmel hatte sich inzwischen vollkommen aufgeklart, nur einzelne Wolkenreste waren noch am Horizont zu erkennen. Die Sonne stand schon tief im Westen, warf ein mildes Licht auf die von wochenlangen

Niederschlägen und Feuchtigkeit aufgeweichten Böden und Blätter der Weinberge.

Braig grüßte Markus Schöffler, den Kollegen von der Kriminaltechnik, klopfte Bernhard Söhnle, mit dem er seit Jahren zusammenarbeitete, auf die Schulter. Der Anblick der Leiche zu Füßen der Männer brachte ihn auf andere Gedanken. Braig betrachtete das vom Todeskampf verzerrte Gesicht des Verstorbenen, erkannte erst jetzt den Arzt, der schwer atmend vor der Leiche kniete und mit der Untersuchung der Bauchpartie des Mannes beschäftigt war.

»Dr. Keil, freut mich, Sie zu sehen.«

Der Mediziner knurrte irgendwelche unverständlichen Worte, richtete sich schwerfällig auf. »Ist es mal wieder so weit.« Er reckte seinen Oberkörper hoch, streifte die Plastikhandschuhe ab, begrüßte den Kommissar. Keil war ein älterer, weißhaariger Mann mit einem bulligen Körper und dichten Augenbrauen. Seine Stimme klang rauchig und verschnupft, seine Nasenflügel glänzten rot, wie bei einem starken Trinker. Braig schätzte den Mediziner aufgrund langjähriger Zusammenarbeit. Keils Diagnosen waren präzise und sorgsam fundiert, entbehrten oft nicht eines kräftigen Beigeschmacks von Sarkasmus. Fast immer wurden seine Befunde zuletzt durch die Ergebnisse der Obduktion bestätigt.

Das Gesicht des Arztes schien vor Begeisterung zu strahlen. »Saubere Arbeit«, spottete er, auf den Toten unter ihm deutend, »war schon lange nicht mehr in meiner Sammlung.«

Braig betrachtete den toten Körper voller Abscheu. Es handelte sich um einen Mann zwischen fünfzig und sechzig, dessen unangenehm verzerrtes Gesicht von zwei hellroten Flecken gezeichnet war. Er trug dunkelblaue, an den Seiten leicht verschmutzte Arbeitshosen, ein schwarz-rot kariertes Holzfällerhemd aus festem Baumwollstoff, darüber eine abgetragene Cordjacke. Eine Verletzung, die seinen Tod verursacht haben könnte, war nirgends zu erkennen. Nicht die typischen Symptome eines Durchschusses, keine Hinweise auf einen Einstich mit einem Messer, einem Dolch oder sonst einer scharfen Klinge, keine Spuren eines Niederschlags mit einem harten Gegenstand.

Sein Körper lag in leicht gekrümmter Haltung unterhalb einer dicht belaubten und von kleinen, noch längst nicht ausgereiften, blauen Trauben bewachsenen Rebenzeile, die sich parallel mit unzähligen anderen sanft den Hügel hinauf erstreckte. Wenige Meter oberhalb stand ein dunkelgrüner Weinberg-Schlepper samt Anhänger, schmal genug, die langen, kaum mehr als einen Meter breiten Areale zwischen den Reben passieren zu können. Braig sah, dass der kleine Wagen mit landwirtschaftlichen Arbeitsgeräten beladen war, wendete sich wieder dem Mediziner zu.

»Was wollen Sie damit sagen?«, fragte er.

»Gift«, erklärte der Arzt.

Der Kommissar sah überrascht zu ihm auf. »Gift?«

Dr. Keil nickte. »Noch haben wir ihn nicht obduziert. Aber ich müsste mich schwer täuschen.«

»Was für ein Gift?« Braig zeigte auf die Weinreben der Umgebung. »Spritzmittel?«

»Nein. Anfang Oktober darf nicht mehr gespritzt werden. Zyanidhaltige Mittel sowieso nicht.«

»Zyanid?«

»Blausäure. Die Symptome sind deutlich genug. Der Geruch aus dem Mund«, der Arzt deutete auf den Toten, »die hellrote Verfärbung einiger Körperstellen. Das ist fast schon klassisch.«

»Selbstmord?«

»Das zu entscheiden, ist Ihre Aufgabe.« Dr. Keil streckte seine Hände weit von sich. »Allerdings wüsste ich nicht, womit er sich das Zeug zugeführt haben könnte. Irgendwo muss er es aufbewahrt haben, wenn er es hier draußen zu sich nahm. In flüssiger Form oder als Pulver. Ich konnte nichts finden. Ihr Techniker«, er wies auf Schöffler, »ebenso wenig. Keine Flasche, keine Ampulle, keine Tüte, nichts.«

Braig überlegte, was die Feststellung des Arztes zu bedeuten hatte. »Wie schnell wirkt das Zeug?«

»Schnell. Sehr schnell. Sekunden, höchstens Minuten. Kommt natürlich auf die Konzentration an, aber ...«

»Er kann es nicht in seiner Hand hierher gebracht haben?«

Dr. Keil schüttelte den Kopf. »Kaum. Dann hätte es ihn schon früher erwischt. Die Resorption durch die Haut funktioniert zwar langsam, aber dennoch gründlich.«

Braig musterte den Boden in der Umgebung, wandte sich Markus Schöffler zu. »Du hast dich bereits umgesehen?«

Der Kriminaltechniker nickte. »Noch nicht weiträumig, aber der kleine Bereich hat schon Interessantes ergeben.«

»Ja?«

»Spuren«, erklärte Schöffler und wies auf eine Stelle wenige Meter unterhalb des Toten, »Spuren einer anderen Person. Aufgrund des wochenlangen Regens und des nassen Bodens nicht zu übersehen.«

»Was für Spuren?«, fragte Braig.

»Fußabdrücke.« Schöffler zog eine Plastikflasche aus seinem Koffer, bewegte sich vorsichtig von ihnen weg. »Ich bin gerade dabei, sie aufzunehmen. Auffallend kleine Füße. Sie können nicht von dem Toten stammen. Außerdem ziemlich frisch. Das Gras konnte sich noch nicht aufrichten.«

Braig seufzte laut. »Ich sehe schon, ihr gönnt mir kein ruhiges Wochenende.« Er dachte an Ann-Katrin, spürte mehr und mehr, dass die nächsten Tage anders ausfallen würden, als er es sich erhofft hatte. Wenn sich der Verdacht mit dem Gift bestätigen sollte, hatte er bald sämtliche Medienvertreter des Landes auf dem Hals und der Wunsch nach freien Stunden oder gar Tagen blieb Utopie. Er betrachtete wieder den Toten, fragte nach dessen Identität.

»Papiere trug er keine bei sich«, erklärte Söhnle, »wir wissen aber trotzdem, um wen es sich handelt.« Er zog einen Zettel hervor, reichte ihn Braig.

Konrad Böhler war in krakeligen Buchstaben zu lesen.

»Woher hast du das?«

Söhnle zeigte zur Absperrung des Weges. »Ein Nachbar, er hat ihn identifiziert.«

Braig sah die aufgeregte Menschengruppe, die von den beiden uniformierten Kollegen offenbar nur schwer im Zaum gehalten werden konnte. »Er wohnt hier?«

»Am oberen Ende Rotenbergs.«

»Ein Landwirt.«

»Es sieht so aus.«

Markus Schöffler kniete im nassen Gras, füllte hellen Schaum in eine kleine Einkerbung.

»Wer hat den Mann gefunden?«, fragte Braig.

Söhnle blickte auf einen Zettel, las den Namen ab. »Monique Gilbner, eine junge Frau. Schauspielerin.«

»Schauspielerin?«

»Sie steht dort vorne, ist völlig durcheinander.«

»Wie kam sie hierher?«

Söhnle zeigte nach oben. »Sie lernte für eine Rolle. Hier oben. Macht sie öfters, wie sie erklärte. Sie wohnt in Rotenberg und läuft durch die Weinberge oder, wenn wenig Besucher unterwegs sind, zur Grabkapelle hoch, um ihre Texte zu pauken. Unterwegs sah sie ihn liegen. Klingt plausibel.«

Braig sah zur Kapelle hoch, nickte. Eine Schauspielerin lernt ihre Texte und sieht plötzlich einen Toten. Nur ihn? »Was ist mit der zweiten Person, von der Markus sprach? Hast du Frau Gilbner schon danach gefragt?«

Söhnle schüttelte den Kopf. »So lange bin ich noch nicht hier.«

Braig überlegte. »Die Angehörigen des Toten. Wurden sie verständigt?«

»Nicht, dass ich wüsste. Die beiden Beamten, die als Erste herkamen, sind damit beschäftigt, uns die Neugierigen vom Hals zu halten. Sollen wir ...?«

Steffen Braig sah sich um, wusste nicht, wozu er hier noch gebraucht wurde, nahm Söhnles Vorschlag auf. »Ihr kommt allein zurecht?«, fragte er.

Schöffler und der Arzt nickten. Beide waren bereits wieder intensiv mit der Untersuchung der Umgebung und des Toten beschäftigt.

Der Kommissar verabschiedete sich, lief mit seinem Kollegen zu der aufgeregten Menschenmenge, die sich hinter dem rot-weißen Plastikband versammelt hatte.

»Ein Toter«, rief eine Frau, »stimmt es wirklich?«

Braig reagierte nicht, ließ sich von Bernhard Söhnle mit Monique Gilbner bekannt machen, die etwas abseits über einen Text gebeugt im nassen Gras saß.

»Mein Name ist Braig. Ich komme vom Landeskriminalamt. Frau Gilbner, Sie haben den Toten entdeckt?« Er musste laut reden, weil die aufgeregten Stimmen hinter ihm seine Worte zu übertönen drohten.

Die Schauspielerin sah mit fahrigen Augen auf, blickte ihn erschrocken an. »Ich habe doch schon alles erzählt. Kann ich immer noch nicht gehen?« Sie schaute auf ihre Uhr, streckte sie dem Kommissar entgegen. »Wir haben Vorstellung. Premiere.«

Braig betrachtete die Frau, wunderte sich über ihr jugendliches Alter. Sie war groß und schlank, um nicht zu sagen: dünn, hatte spindeldürre Arme, ein schmales, bleiches Gesicht. Er schätzte sie auf Anfang zwanzig, vielleicht sogar noch jünger, merkte, wie aufgeregt sie war.

»Sie spielen heute Abend?«

Monique Gilbner nickte mit dem Kopf. »Wir haben Premiere.«

»Theater?«

»In der tri-bühne.«

Er erinnerte sich an begeisterte Berichte von Kollegen über das Haus, versuchte, sich kurz zu fassen. »Ich will Sie nicht länger aufhalten. Wenn Sie mir nur ganz kurz noch einmal erzählen würden, wie Sie den Toten entdeckten?«

Die Frau schilderte den Hergang ihrer Beobachtung in knappen Sätzen, wies auf die Stelle, von der aus sie den Toten entdeckt hatte. »Es war Zufall, wirklich Zufall. Wäre die Sonne nicht plötzlich zwischen den Wolken durchgebrochen ...«

»War der Mann alleine?« Braig merkte, dass sie seine Frage nicht verstand. »Ich meine, Sie sahen keine andere Person in seiner Nähe?«

Sie schaute ihn überlegend an, schüttelte den Kopf.

»Sonst irgendwo in der Umgebung? Ein anderer Mann, eine Frau, in einem der Weinberge?«

Monique Gilbner wusste keine Antwort. »Eine andere Person? Aber die hätte ich doch um Hilfe gebeten ...«

Braig dankte der jungen Frau für ihre Unterstützung, gab ihr seine Karte, bat sie, ihn zu informieren, falls ihr doch noch etwas einfallen sollte. »Wie heißt das Stück, in dem Sie spielen?«

Monique Gilbner benötigte einige Sekunden, bis sie reagierte. »Das Fräulein Pollinger.«

Er glaubte, irgendwann davon gehört zu haben, verabschiedete sich von ihr und wünschte ihr alles Gute für ihren Auftritt. Bernhard Söhnles Kommentar ging im heftigen Geraune der wartenden Menschenmenge unter, das durch die Ankunft eines schwarz-grau lackierten Leichenwagens ausgelöst wurde. »Die ist völlig durch den Wind. Hoffentlich spielt sie keine wichtige Rolle in dem Stück.«

3. Kapitel

Das Haus Konrad Böhlers lag am oberen Ortsrand Rotenbergs, hoch auf dem Bergkamm, dessen Flanken im Südosten Weinreben, im Nordwesten Obstbäume trugen. Dem frisch renovierten Fachwerkhaus war eine breite, von Büschen und Blumen gesäumte Terrasse vorgelagert, an deren Ende sich ein passender Stall befand. Die weißen Mauern des landwirtschaftlich genutzten Gebäudes glänzten in der Abendsonne.

»Hast du dir die richtige Hausnummer geben lassen?«, fragte Braig, als er an der Pforte vergeblich nach einem Namensschild suchte.

Söhnle hob abwehrend seine Hände. »Ich kann für nichts garantieren.«

Braig war froh, dass er die schlimme Nachricht nicht allein überbringen musste. Schon die Tatsache, den Kollegen beim ersten Kontakt mit den Angehörigen des Verstorbenen an seiner Seite zu wissen, erleichterte ihm den Weg. Bei aller Routine – zu oft hatte er im Verlauf der vergangenen Jahre die Botschaft vom überraschenden Tod eines Menschen überbringen müssen –, die Angst in den Augen der Partner, Verwandten oder auch nur weitläufig Bekannten, den Moment des Begreifens des schrecklichen Geschehens in ihren Gesichtern mit ansehen zu müssen, waren für ihn die unangenehmsten Minuten seiner beruflichen Tätigkeit. Am liebsten war es ihm, wenn er von einem Pfarrer oder einer Pfarrerin begleitet wurde, Personen, denen es – zumindest dem Anschein nach – mit größerer Souveränität und Abgeklärtheit gelang, diese Aufgabe zu bewältigen. Aber war das wirklich so?

Er erinnerte sich an seine Gespräche mit Vera Sommer, der jungen Pfarrerin von Lauberg, mit der er anlässlich eines seiner ersten Fälle beim Landeskriminalamt zusammengetroffen war. »Es ist nicht allein die Betroffenheit der Angehörigen und das

Mitgefühl mit ihnen, es ist die Erinnerung an unser eigenes Ende, das stille Begreifen der Tatsache, dass es mit uns in jeder, wirklich jeder Sekunde unseres Lebens genauso weit sein kann, was uns das Überbringen der Todesnachricht so erschwert«, hatte Frau Sommer erklärt. »So sehr wir fast das ganze Leben darum kämpfen, uns von anderen zu unterscheiden, etwas Besseres als sie zu sein, so schnell sind alle Bemühungen dahin, wenn wir erst einmal so daliegen wie die Toten. Deshalb bedrückt es uns so. Jeden von uns.«

Braig wusste nicht, wer sie erwartete. Der Nachbar, der so freundlich gewesen war, Konrad Böhler zu identifizieren, hatte laut Söhnle von einer Ehefrau des Toten gesprochen. Gab es Kinder, vielleicht sogar jüngere? Sie hatten vergessen, den Mann danach zu fragen.

Steffen Braig betrachtete den dunklen Holzzaun, der das Grundstück begrenzte, entdeckte ein paar Meter weiter einen silbergrau lackierten Kunststoffbriefkasten samt Klingelkonsole, der die Aufschrift *Marion und Konrad Böhler* trug.

Er läutete. Die Glocke war deutlich zu hören. Zunächst bemerkte er keinerlei Reaktion. Irgendwo, weit hinter ihm, hupte ein Auto. Er drehte sich um, betrachtete die Umgebung. Von seinem Standort aus hatte er einen prächtigen Rundum-Blick über rebenbestandene Hänge hinweg ins Tal, wo sich unten die roten Dächer des Nachbardorfes Uhlbach um eine alte Kirche gruppierten. Zwei kleine Traktoren, etwa von der Größe der Maschine, die sie bei dem Toten gefunden hatten, tuckerten die Weinberge hoch. Der Lärm ihrer Motoren scholl laut herauf.

Braig drückte erneut auf die Glocke, schimpfte. »Scheint wohl niemand zu Hause zu sein.« Er suchte die Fenster des Fachwerkhauses mit seinen Augen ab, merkte, dass alles still blieb. »Dann können wir nichts anderes tun, als es später noch einmal zu versuchen.«

Sie begaben sich zurück zu ihrem Wagen, sahen einen älteren Mann, der im Nachbargarten Unkraut rupfte. Er hatte stoppelige, graue Haare, schien unrasiert, trug alte, ausgebleichte Jeans, deren Hosenträger sich auf seinem Rücken kreuzten. Ohne lange zu überlegen, eilte Söhnle zu ihm, fragte nach Frau Böhler.

Der Mann änderte seine Körperhaltung kaum, ließ sich in seiner Arbeit nicht stören. »Die?«, fragte er kurz. »Feiere wird se.«

»Feiern?«

»Was denn sonscht, wo der Alte jetzt endlich abkratzt isch.«

Bernhard Söhnle starrte den Mann mit vor Überraschung offenem Mund an, blickte sich zu Braig um, winkte ihn herüber. Offensichtlich hatte sich der Tod Böhlers bereits im Ort herumgesprochen.

»Wollen Sie damit sagen, dass das Verhältnis zwischen den beiden nicht besonders gut war?«, fragte er laut, damit Braig jedes Wort verstand.

»Gar nix will i sage, überhaupt nix.« Der Alte rupfte ein Löwenzahnbüschel aus der Erde, warf es an Söhnle vorbei an den Rand des Gartens.

»Also, die Böhlers hatten öfter Streit«, erklärte Söhnle, indem er die Andeutung des Nachbarn aufnahm, »ziemlich heftigen sogar. Seit langem schon. Richtig?«

»Des woiß jeder im Ort. Do könnet Se frage, wen Se wellet.«

»Gab es einen konkreten Anlass dafür?«

»En Anlass?« Der Nachbar richtete sich abrupt auf, betrachtete die Männer mit misstrauischem Ausdruck. »Wozu wellet Sie des überhaupt wisse? Zeitungsschmierfinke, wie?«

Söhnle schüttelte den Kopf. »Polizei. Mein Name ist ...«

»Dann lasset Se mi in Ruh! I verpfeif niemand. Nachher heißt's no, der alte Allmachtsdackel hat die Böhlere in de Dreck neizoge. Noi, ohne mi!« So abrupt, wie er sich erhoben hatte, wandte er sich von ihnen ab, stapfte schwerfällig zu seinem Haus.

Söhnle und Braig blieben stehen, riefen ihm nach. »Vielen Dank für Ihre freundliche Auskunft!«

Der Alte verharrte mitten zwischen zwei Zwiebelbeeten, drehte sich um. »Dass oiner von dene eines schönen Tags de andere umbringt, überrascht in Roteberg niemand. Damit hent mir alle scho lang grechnet. Die hent sich doch so schon halb tot gschlage!« Er bückte sich, zupfte einen Grashalm aus der Erde, starrte in geduckter Haltung zum Zaun. »Kommet Se nach achte, wenn Se von der was wellet.« Seine Stimme wurde knorriger. »No isch die feine Dame vielleicht zurück.«

Söhnle spürte, dass die Auskunftsfreude des Mannes endgültig erloschen war, nickte Braig zu. »Also heute Abend noch mal, ja?«

Sie fuhren die Stettener Straße abwärts, bogen dann im Ortskern in die Württembergstraße ein, folgten deren Serpentine zwischen Weinbergen hinunter ins Tal.

Die Worte des Nachbarn lagen Braig noch in den Ohren. *Damit hent mir alle scho lang grechnet. Die hent sich doch so schon halb tot gschlage*!

Szenen einer zerrütteten Ehe. Falls der Nachbar auch nur in Ansätzen Recht hatte ... Sie mussten die Frau genau überprüfen. Die meisten Verbrechen waren Beziehungstaten, Gewaltakte zwischen Partnern, Bekannten oder Verwandten. Vielleicht hatten sie Glück und der Fall war im Handumdrehen gelöst, das Wochenende doch noch gerettet.

Braig sah einen Bauern am Rand der Fahrbahn, damit beschäftigt, den Zustand seiner Trauben zu begutachten. Der Mann trug mehrere kurzstielige Arbeitsgeräte in einer Art Rucksack, blickte sich prüfend um. Keine zwanzig Meter weiter werkelte der nächste Weinbauer. Das Ende der langen Regenperiode und die Rückkehr zu spätsommerlichen Temperaturen, die der Wetterbericht zumindest für die nächsten drei, vier Tage angekündigt hatte, lockte sie offensichtlich in Scharen in ihre Reviere.

Nachprüfen, wie weit die Trauben sind, überlegte Braig, letzte Vorbereitungen zur Ernte der frühen Sorten treffen. Hatte er sich Konrad Böhler so, in dieser Pose vorzustellen? Ein Weinbauer, der sich auf die Erträge seiner sicher recht mühseligen Arbeit der vergangenen Monate freut, der die Belohnung für manche schweißtreibende Stunde des letzten Jahres deutlich vor Augen hat, jetzt aber das Ergebnis nicht mehr erleben darf. Ausgelöscht durch Gift. Ausgerechnet ein Mann, der mit Spritzmitteln, Giften verschiedener Art, umzugehen gewohnt ist. Wer tötet einen harmlosen Weinbauern mit Gift? Seine eigene, mit ihm heillos zerstrittene Frau?

»Was glaubst du?«, fragte Bernhard Söhnle mitten in Braigs Überlegungen. »Haben wir es mit einer Frau zu tun?«

Der Kommissar war noch ganz in Gedanken.

»Gift. Das klassische Tötungsmittel von Frauen, oder?«

Braig sah ihn erstaunt an. Diesen Aspekt hatte er bisher übersehen. »Suizid können wir ausschließen?«

»Dr. Keils Argumente klangen überzeugend, oder nicht?«

»Ich kann mich nicht erinnern, dass er jemals total lag.«

»Also.« Söhnle nickte, bog in Untertürkheim in die Augsburger Straße ein. Auf der Gegenfahrbahn stauten sich die Fahrzeuge. »Und dann noch die Fußabdrücke. Auffallend kleine Größe, wie Schöffler meinte.«

Braig gab keine Antwort.

»Kennst du den Film ›Arsen und Spitzenhäubchen‹?«

»Wovon handelt er?«

»Eine Uralt-Klamotte. Zwei Omas killen Männer. Aus Mitleid. Damit die nicht länger wegen Obdachlosigkeit und sozialer Isolation leiden müssen.«

»Und dann begraben sie sie im Keller?«

Söhnle nickte zustimmend.

»Ich kenne ihn. Ann-Katrin hat ihn auf Video.«

»Arsen. Sie schütten das Zeug ins Glas und ihre Opfer trinken es – ohne jeden Verdacht. Und schon ist der Typ erledigt.«

»Du meinst, wir sollten uns voll auf Böhlers Frau konzentrieren?«

»Ich weiß es nicht. Zuerst müssen wir uns die Familienverhältnisse genau ansehen. Wenn wir dem Nachbarn glauben können ...«

Braig nickte. »Sofern sich die Untersuchungsergebnisse wirklich bestätigen.« Auch wenn es noch so einfach aussah – der Abend konnte lang werden. Er musste sich noch mal bei Ann-Katrin entschuldigen.

»Blausäure. Wie kommt man an das Gift?«

»Keine Ahnung. Wir müssen die Techniker fragen.«

»Ich fürchte, das gibt Arbeit. Apotheken überprüfen, Ärzte, Chemielabors. Hoffentlich kommen wir dem Täter schnell auf die Spur.«

Sie hatten das Amt erreicht. In seinem Büro im obersten Stockwerk angelangt, zog Braig Jacke und Hemd aus, hängte sie auf einen Bügel, streckte sich. Er lief zum Wasserhahn, füllte sich ein Glas, trank es leer. Dann klatschte er sich mit beiden Händen kaltes Wasser auf die Stirn, schaute aus dem Fenster. Industrieanlagen, breite Straßen, das kanalisierte Band des Neckars, darüber die Steilhänge der Weinberge und mittendrin die Grabkapelle Königin Katharinas auf dem Württemberg, von seinem Standort aus gut zu erkennen. Die Senke, in der sie die Leiche Böhlers gefunden hatten, war nicht zu sehen; sie wurde von einem der davor gelegenen Hügel verdeckt. Ob die Techniker bereits über genauere Untersuchungsergebnisse verfügten?

Braig ging zu seinem Computer, gab den Namen des Toten ein, beauftragte das Suchprogramm, ihn zu überprüfen. Der Rechner arbeitete, brachte kein Ergebnis. Böhler war nirgendwo negativ aufgefallen.

Ein durchschnittlicher, auf den ersten Blick völlig normaler Vorortwingerter, überlegte er. Vergiftet von seiner eigenen Frau?

Braig starrte auf den Monitor, nahm sein Telefon, wählte Ann-Katrins Nummer. Sie war sofort am Apparat.

»Hallo«, grüßte er, »für heute Abend sieht es leider nicht so gut aus.«

»Schade. Ich habe mich so auf deine freien Tage gefreut!«

»Mir geht's ja nicht anders. Endlich Ruhe, dachte ich, und ein Wochenende nur für uns.«

»Ist es Mord?«

»Ich fürchte, ja. Gift.«

»Gift?«

Braig merkte an ihrer Reaktion, wie ungewohnt auch ihr diese Todesart erschien. »Blausäure.«

»Ihr seid euch sicher.«

»Vorläufig. Du kennst den Arzt doch auch: Dr. Keil.«

»Wer ist der Tote?«

»Ein Weinbauer. Nichts weiter über ihn bekannt.«

»Blausäure.« Sie machte eine Pause, zögerte. »Ein schrecklicher Tod, oder?«

»Ich glaube, ja.« Er dachte an die grauenvoll verzerrten Gesichtszüge, schwieg. Alles wollte er ihr nicht erzählen. Sie hatte genug Schlimmes erlebt.

»Wer tut so etwas?«

»Ich weiß noch nichts. Wir müssen bei Null anfangen.«

»Dann wird es heute Abend nichts mehr.« Sie sagte die Worte im feststellenden, nicht im fragenden Ton, konnte ihre Enttäuschung dennoch nicht verbergen.

»Ich werde versuchen, möglichst bald zu einem Ende zu kommen. Vielleicht haben wir Glück und stoßen schnell auf den Täter«, erwiderte er, versuchte, sich selbst Mut zuzusprechen. Er versicherte ihr seine Liebe, bemüht, sie zu trösten, versprach, sich bald wieder zu melden.

Gift, arbeitete es in ihm, auch Ann-Katrin hatte überrascht reagiert, als sie die Todesursache gehört hatte. Wer mordet mit Gift? Wirklich die eigene Frau?

Er überlegte gerade, den Rechner zu beauftragen, ihm alle Unterlagen auszudrucken, die er über Blausäure ausfindig machen konnte, als das Telefon läutete. Er hatte Dr. Keils sonore Stimme am Ohr.

»Weil ich die Neugier meiner Damen und Herren Kommissare kenne«, erklärte der Arzt, »bin ich heute wieder besonders schnell. Ich habe den Mageninhalt Böhlers untersucht. Die

Sache mit der Blausäure hat sich bestätigt. Die Symptome waren eindeutig. Mit irgendeiner alkoholhaltigen Flüssigkeit eingenommen. Was es genau war, weiß ich noch nicht. Ich tippe auf Wein.« Er hielt kurz inne, räusperte sich. »So viel für heute. Alles Weitere schriftlich in ein paar Tagen.«

»Können Sie schon die Zeit des Todes bestimmen?«

»Zwischen 15 und 16 Uhr. Der war höchstens eineinhalb Stunden tot, als ich ihn draußen gesehen habe. Maximal.«

»Also eher 15.30 bis 16 Uhr.«

»Wenn Sie so wollen, ja.«

Braig wollte sich gerade bedanken und den Arzt verabschieden, als ihm noch etwas einfiel. »Zyanid«, sagte er, »wer kommt an das Zeug?«

Dr. Keils Lachen drang laut an sein Ohr. »Ja, das ist eine gute Frage. Wer kommt an das Zeug?« Er schwieg einen Moment, hustete. »Fragen Sie Ihre Techniker.«

»Sie wissen es nicht?«

»Ich bin Arzt, kein Handelsvertreter für chemische Produkte. Wer wird es schon haben? Apotheker natürlich, Laboranten.«

»Sie sind sich sicher, dass es nicht zur Schädlingsbekämpfung oder Unkrautvernichtung in den Weinbergen eingesetzt wird?«

Dr. Keils Lachen dröhnte durch die Leitung. »Junger Freund, dann hätten wir alle paar Tage Gelegenheit, uns beruflich zu treffen.« Er lachte noch immer, beruhigte sich nur langsam. »Ganz so schlimm sind unsere landwirtschaftlichen Brüder doch nicht. Außerdem, ich sagte es Ihnen bereits, das Spritzen ist im Weinbau nur bis Mitte, höchstens Ende August erlaubt. Je nach Wetter und Reife der Trauben. Sie können mir glauben, einer meiner Freunde ist selbst Wingerter. Die Vorschriften sind streng, die Behörden kennen kein Pardon. Nein, da müssen Sie sich schon woanders nach einem Täter umsehen.«

Braig bedankte sich für die schnelle Information, legte auf. Blausäure also, endgültig. Dr. Keils erste Aussage hatte sich bestätigt. Wie war sie an das Gift gekommen? Er ertappte sich bei dem Gedanken, die Ehefrau des Toten bereits als Mörderin überführt zu haben, rief sich in Erinnerung, dass dieser Verdacht bisher nur auf den Aussagen des Nachbarn basierte. Vorerst war das jedoch nur eine unbewiesene Beschuldigung, die noch keinerlei Beweiskraft besaß. Er musste schnellstmöglich in Erfahrung bringen, wer über das hoch giftige Zeug verfügte oder – aus welchen Gründen auch immer – an das Material herankam. Vielleicht konnten ihm die Techniker helfen.

Braig wählte Markus Schöfflers Handynummer. Wie er die gründliche Arbeitsweise des Kollegen kannte, war er sicher noch am Tatort. Die lange Reaktionszeit, bis Schöffler endlich abnahm, bestätigte seine Vermutung. »Du bist noch in Rotenberg?«

»Wir sind zu dritt. Ich habe Verstärkung angefordert. Hutzenlaub und Camilleri sind dabei.«

Braig kannte die Kollegen, wusste, wie sehr vor allem Hutzenlaub Wochenendbereitschaft hasste. »Ihr sucht die Gegend weiträumig ab?«

»Es gibt eine zweite Person, eindeutig. Schuhgröße siebenunddreißig.«

Siebenunddreißig, überlegte Braig. Eine Frau? Böhlers Frau? »Wirklich so klein? Du bist dir absolut sicher?«

Schöfflers Stimme klang leicht gereizt. »Ich habe das Profil genau gemessen. Du solltest mich kennen.«

»Ist schon gut. Ich bin nur überrascht, dass es sich um einen so kleinen Fuß handelt.«

»Wir haben Böhlers Abdrücke und die der anderen Person über mehrere Meter hinweg genau lokalisiert. Der klatschnasse Boden bietet einmalige Chancen. Wochenlanger Regen, total feuchtes Gras. Pech für den Täter. Er kam von der anderen Seite, quer durch die Reben. Mal sehen, wie weit wir ihn verfolgen können.«

»Dann müssen wir die Weinbauern der Umgebung fragen, ob sie die Frau oder den Mann zufällig gesehen haben.«

»Das ist zu empfehlen. Am Rand des Wingerts, etwa an der Stelle, wo Böhlers Traktor steht, müssen sie sich getroffen haben. Dort stoßen die Abdrücke jedenfalls aufeinander. Eine freundliche Begegnung, schätze ich mal. Es gibt keinerlei Anzeichen für einen Streit oder gar Kampf, die Männer standen sich gegenüber, sprachen vielleicht miteinander.«

Die Männer, überlegte Braig. Oder seine Frau, seine eigene Ehefrau? »Du glaubst, dass Böhlers und die anderen Abdrücke auf dieselbe Zeit zurückgehen? Ich meine ...«

»Da bin ich mir sicher, Hutzenlaub und Camilleri übrigens auch. Die Einkerbungen sind von der Tiefe und den Ausbuchtungen her vergleichbar, Böhlers Abdrücke sind nur unmerklich tiefer. Setzen wir voraus, dass die Person mit den kleinen Füßen etwas leichter war als der Tote, lässt sich dieser minimale Unterschied gut erklären. Sie müssen sich getroffen haben, freundlich, denke ich. Hätte es eine Auseinandersetzung gegeben, wäre der Boden weiträumig niedergetrampelt worden. Das ist ganz sicher nirgends der Fall.«

»Dann hat Böhler seine Mörderin oder seinen Mörder gekannt.«

»Vermutlich, ja.«

Braig atmete tief durch. Die Frau? Seine eigene Ehefrau? »Das engt den Kreis der potentiellen Täter auf jeden Fall ein. Vielleicht haben wir Glück.«

»Ich wünsche es dir.«

»Danke. Bleibt nur die Frage, in welcher Form Böhler das Gift verabreicht wurde. Dr. Keil vermutet, mit Wein. Wäre das vorstellbar?«

»Wein?« Schöffler zögerte einen Moment mit seiner Antwort. »Warum nicht? Vielleicht bot der Typ ihm von seinem Mitgebrachten zum Trinken an. Wenn es ein Bekannter war ...«

Braig stimmte dem Kollegen zu. »Die beiden prosten sich zu, der oder die andere simuliert aber nur, als würde sie ebenfalls trinken. Oder sie hat zwei verschiedene Gläser oder Flaschen dabei. Eine mit und eine ohne Gift. Böhler kippt das Zeug, die Wirkung lässt nicht lange auf sich warten.«

»Der Mörder nimmt die Flasche oder das Glas wieder an sich und verschwindet.«

»Denselben Weg, den sie gekommen ist?«

»Denselben. Nur eine Rebenzeile weiter westlich, das haben wir schon eruiert.«

»Dann hoffe ich, dass ihr ihre Spuren möglichst weit verfolgen könnt.«

»Du sprichst immer von *sie* und *ihr*.«

»Schuhgröße siebenunddreißig. Eine Frau.«

»Das muss nicht unbedingt sein. Auch Männer haben manchmal kleinere Füße.«

»Richtig.«

»Außerdem kann es ein Trick sein.«

»Ein Trick?«

»Extra für den Mord. Kleine Schuhe, um uns irre zu führen.«

Braig musste Schöffler insgeheim Recht geben. »Vielleicht. Warten wir's ab.« Er verabschiedete sich.

Bernhard Söhnle trat ein. Die Haltung des jungen Kollegen hatte sich verändert, seine Augen blickten trotz der späten Stunde aufgeregt, sein Mund stand offen.

»Ich habe etwas entdeckt«, erklärte er. Er baute sich vor Braigs Schreibtisch auf, drehte dessen Computermonitor zur Seite, trommelte auf das Kunststoffgehäuse. »Die Frau des Toten.«

Braig wartete neugierig auf Söhnles Idee. »Was ist mit ihr? Mach es nicht so spannend!«

»Ich gab meinem Suchprogramm die Aufgabe, alle Leute hier in der Umgebung auszudrucken, die mit Gift zu tun haben. Personen mit Zugang zu toxischen Stoffen.«

»Und?«

»Marion Böhler, Stuttgart- Rotenberg.«

»Ja?«

»Sie ist Apothekerin. In Bad Cannstatt.«

Braig pfiff laut durch die Zähne.

4. Kapitel

Zehn Minuten nach acht hatte Söhnle Marion Böhler endlich am Telefon.

»Du glaubst es nicht, was die für ein Gezeter anstimmte, als ich ihr erklärte, dass wir heute Abend noch persönlich bei ihr vorbeischauen wollen. Als ob wir sie bei einem Verbrechen überraschen könnten«, erklärte der Kriminalmeister, als sie nach Rotenberg unterwegs waren.

»Du traust der Frau nicht?«

Söhnle überlegte nicht lange. »Das zu beurteilen, ist es noch zu früh. Erst will ich persönlich mit ihr sprechen und beobachten, wie sie reagiert.«

Braig nickte, starrte in die dunklen Straßen, die draußen an ihnen vorbeizogen. »Hattest du den Eindruck, dass sie über den Tod ihres Mannes Bescheid weiß?«

»Keine Ahnung. Vor lauter Schimpfen und Protesten kam ich nicht dazu, den Grund unseres Besuches auch nur anzudeuten.«

Das Haus der Böhlers am Ortsrand Rotenbergs lag weitgehend im Dunkeln. Einzig eine einsame Straßenlaterne verbreitete trübes Licht in Höhe der Grundstücksgrenze zum Nachbarhaus. Das änderte sich jedoch schlagartig, als sie sich dem Zaun der Böhlers näherten. Wie von Geisterhand gesteuert flammten im Sekundenrhythmus hintereinander mehrere gleißend helle Strahler auf, setzten die beiden Beamten in ein unerträglich grelles Licht.

Braig riss seine Arme hoch, hielt sich die Hände schützend vor die Augen. »Bewegungsmelder, wie ich die Dinger hasse!« Er hatte Mühe, den Klingelknopf zu finden, läutete ausgiebig. Das sanfte Dingdong war deutlich zu hören.

Marion Böhler ließ sich Zeit. »Sie haben es wirklich eilig«, erklärte sie mit kräftiger Stimme, als sie langsam, vom unverhofften Licht immer noch geblendet, die Stufen zum Eingang des Fachwerkhauses hinaufstiegen.

Braig reichte ihr die Hand, zeigte seinen Ausweis, stellte sich und seinen Kollegen vor. Er hatte Mühe, sie anzusehen, benötigte einige Sekunden, bis sich seine Augen wieder an das wohldosierte Licht im Inneren des Hauses gewöhnt hatten. Marion Böhler war von mittlerer Größe, hatte eine feine, schlanke Statur. Ihre Haare trug sie kurz, in einem modischen Hennaton gefärbt, das Gesicht dezent geschminkt. Im Gegensatz zu ihren Worten am Telefon war ihr keine Verstimmung anzumerken.

Sie führte die Männer in ein weiträumiges Wohnzimmer, das mit einer modernen, dunkelroten Sofagarnitur, einem weißen Klavier und einem hohen Wandschrank ausgestattet war, bot ihnen Platz, dann auch Getränke an. Braig und Söhnle setzten sich, ließen sich Mineralwasser reichen, das sie in stilvoll schlanken Gläsern servierte. Nachdem sie die Flasche neben dem Sofa abgestellt hatte, nahm auch die Gastgeberin Platz.

»Sie müssen entschuldigen, mein Mann ist noch nicht hier. Ich kann Ihnen nicht einmal sagen, wo er sich aufhält.«

Braig hörte den kritischen Unterton in ihrer Stimme. »Sie gehen oft getrennte Wege?« Sein Blick fiel auf ihre Schuhe; mittlere Größe, schätzte er, durchaus im Bereich dessen, was am Tatort festgestellt worden war. Ihr Körperbau war nicht besonders kräftig; wenn sie ihren Mann töten wollte, musste sie zu einem Hilfsmittel greifen. Gift, die Waffe der Apothekerin? Braig spürte, dass er sich von seiner Voreingenommenheit nur schwer befreien konnte. Er sah sich im Zimmer um, wunderte sich, wie großzügig der Raum ausgestattet war. Nach einer Bauernstube sah es ganz und gar nicht aus. Der in samtroten Farbtönen gearbeitete Perserteppich, der sich in einer Braig bisher unbekannten Größe quer über den gesamten Boden erstreckte, kostete wahrscheinlich mehr als das Jahresgehalt eines Kriminalkommissars. Die moderne Sofagarnitur, zum Sitzen weniger geeignet als zum Vorzeigen und Bestaunen, lag im Preis sicher nicht viel günstiger. Stirnrunzelnd dachte er darüber nach, ob die Böhlers wohl das Klavier, ein *Steinway and sons*, mehr zur Dekoration oder zum Gebrauch erworben hatten. Sein Standort auf dem dicken Teppich schien jedenfalls ungeeignet, eine künstlerischen Ansprüchen genügende Akustik zu entfalten.

»Getrennte Wege?« Marion Böhler lachte leise. »Stundenlang im nassen Weinberg herumstapfen, Rebe um Rebe betatschen, die mickrigsten Trauben untersuchen – das ist nicht jedermanns Sache. Mir scheint es reizvoller, einen Kaffee in angenehmer Umgebung zu trinken, die neuen Auslagen einer Boutique zu betrachten oder einfach durch die Stadt zu bummeln. Fällt es schwer, das nachzuvollziehen?«

»Nein, überhaupt nicht. Sie waren den ganzen Nachmittag unterwegs?«

»Wieso interessiert Sie das?« Sie schien ehrlich verwundert, betrachtete ihn mit fragender Miene.

Die Frau war clever, spürte Braig, im Umgang mit Menschen erfahren. Er vermochte nicht zu erkennen, ob sie die Rolle der Unwissenden spielte oder ihm einfach frei von der Leber weg – durchaus mit Charme – antwortete. »Sie wollen uns nicht sagen, wo Sie waren?«

»Was soll die Frage? Ich war in der Stadt, in Boutiquen, bummeln, einen Kaffee trinken. Ich erzählte es doch gerade.« Sie griff nach ihrem Glas, nippte von dem Wasser. »Was, bitte, wollen Sie eigentlich von mir?«

Braig beobachtete sie misstrauisch, tat es ihr nach. Das Wasser war eiskalt. Er schluckte es langsam, stellte das Glas vorsichtig wieder zurück. »Es tut mir Leid, aber Sie wissen offensichtlich noch nicht, was mit Ihrem Mann ...«, er stockte, überlegte, wie er die nächsten Worte formulieren sollte. Ob sie es weiß? Weil sie ihn selbst ermordet hat?

Die Frau blieb ruhig, wartete auf eine Erklärung.

»Frau Böhler, Ihr Mann wurde heute Nachmittag gegen 16 Uhr in Ihrem Weinberg gefunden. Tot.«

»Wie bitte?«

Sie war wie von einem Katapult in die Höhe geschleudert aus ihrem Sessel gesprungen, stand mit weit aufgerissenem Mund vor ihm und starrte ihn an.

Braig sah, wie es in ihr arbeitete. Er erhob sich ebenfalls, legte ihr beruhigend die Hand auf die Schulter. »Ihr Mann, er war in Ihrem Weinberg heute, ja?«

Sie nickte mit dem Kopf, schaute ihn immer noch ungläubig an. »Im Wingert, ja natürlich. Ich sagte es Ihnen doch schon.«

»Er wurde ermordet.«

Sie fiel wie in Trance in sich zusammen, plumpste in ihren Sessel zurück. Ihre Augen starrten auf einen imaginären Punkt irgendwo im Raum. Sie schwieg, versuchte das Ungeheuerliche zu begreifen.

Marion Böhler, die Mörderin ihres Mannes? Wenn ja, dann verfügte sie jedenfalls über eine außergewöhnliche schauspielerische Begabung, dachte Braig. Er betrachtete ihr vor Entsetzen versteinertes Gesicht, sah, wie eine Träne über ihre linke Wange rann. Ihre Mundwinkel arbeiteten, ihre Augen versuchten, sich von dem imaginären Punkt zu lösen. Pures Unverständnis machte sich in ihrem Gesicht breit. Plötzlich richtete sie sich ruckartig wieder auf.

»Ermordet?«, fragte sie. Ihre Lippen bewegten sich, hatten Mühe, die Worte zu formen. »Heute Mittag?«

Braig ließ ihr Zeit, wartete, bis sie wieder zu sich gefunden hatte, nickte mit dem Kopf. »Mit Gift.«

Sie rutschte zur Seite, warf ein Kissen auf den Boden. Bernhard Söhnle erhob sich, gab ihr das Kissen zurück. Sie beachtete ihn nicht.

»Zyanid«, erklärte Braig, als er ihre fragende Miene sah. Sie schien sprachlos, war unfähig, die Worte auszusprechen, die ihr auf den Lippen lagen.

Sekunden später bestätigte sie, dass sie ihn verstanden hatte. »Blausäure«, hauchte sie.

Die Apothekerin, überlegte er, die Expertin für Arzneien und Gifte. Würde ausgerechnet sie zu dem hoch gefährlichen Zeug greifen, wenn sie ihren Mann beseitigen wollte? Sie, die die Polizei ihres Berufes wegen als Erste verdächtigen würde?

»Sie kennen sich aus?«

Marion Böhler kam langsam wieder zu sich. »Ich arbeite in einer Apotheke. In Cannstatt.«

»Jeden Tag?«

»Dreimal die Woche.«

»Aber heute nicht.«

»Heute? Nein, ich sagte Ihnen doch, ich war in der Stadt, bummeln, einkaufen ...«

Braig spürte, wie sie wieder auflebte, schaute auf seine Uhr. Fünf vor neun. Marion Böhler schien stabil genug, weitere Fragen beantworten zu können. »Sie waren nicht bei Ihrem Mann im Weinberg?«

»Bei Konrad? Um Gottes willen, was soll ich dort? Wissen Sie, wie nass es draußen ist?«

Hatte sie den Hintergedanken seiner Frage wirklich nicht verstanden?

»Der Wingert, das ist Konrads Welt, nicht meine«, erklärte sie, wie zur Bestätigung seiner Vermutung.

»Wie würden Sie den Zustand Ihrer Ehe bezeichnen?«

Sie stutzte, schaute ihn mit großen Augen an, antwortete nur zögernd. »Was tut das jetzt noch zur Sache? Konrad ist tot, oder?«

Braig nickte. »Trotzdem.«

»Wir haben spät geheiratet. Ich war Ende dreißig, Konrad Anfang vierzig. Vielleicht verstehen wir uns deshalb so gut. Bis auf einige Reibereien könnte es nicht besser sein.«

Braig schaute sie überrascht an, wunderte sich über die Dreistigkeit, mit der sie ihn belog. Mit den Ausführungen des Nachbarn hatte diese Aussage nichts gemein. Er wandte seinen Blick Söhnle zu, sah das vorsichtige Kopfschütteln des Kollegen.

»Von welchen Reibereien sprechen Sie?«, fragte er.

Sie antwortete nicht sofort, überlegte erst, wie sie es formulieren solle. »Kleinigkeiten, nicht der Rede wert. Wie sie in jeder Beziehung ab und an mal vorkommen.«

Es war nicht zu überhören, dass sie nicht die Wahrheit sagte.

»Haben Sie Zeugen für Ihren Einkaufsbummel heute Mittag?«

»Zeugen?«

»Haben Sie jemand getroffen? Unterwegs oder beim Kaffee trinken?«

Marion Böhler zuckte mit der Schulter, schaute ihn ratlos an. »Wozu? Konrad ist tot.«

Ihre Antwort überzeugte ihn nicht. »Irgendjemand wird Sie doch gesehen haben, heute Nachmittag.«

»Nein, niemand.«

»Das ist schlecht.«

»Wieso?«

Er wusste nicht, ob sie ihn wirklich nicht verstand oder ihn zum Narren hielt. Immerhin war es möglich, dass sie unschuldig und vom plötzlichen Tod ihres Mannes schockiert war. Er musste seine Aggressionen bremsen. »Haben Sie Kinder?«

»Kinder?« Sie wiederholte seine Frage, schüttelte dann den Kopf.

»Verwandte oder Bekannte, die wir rufen können, damit Sie nicht allein sind?«

Sie verstand, worauf er hinauswollte. »Danke. Ich komme allein zurecht.« Ihre Stimme hatte deutlich an Kraft gewonnen. Sie griff nach einem Papiertaschentuch, putzte sich die Nase. »Ermordet«, fügte sie hinzu, langsam, wie in Zeitlupe. »Dann waren die Drohungen doch echt.«

Braig und Söhnle richteten sich gleichzeitig auf. »Von welchen Drohungen sprechen Sie?«

»Briefe. Ich dachte zuerst, Sie seien deswegen gekommen. Jetzt hat er die Polizei doch informiert, obwohl er die Sache bisher nur auf die leichte Schulter nahm.«

Braig wusste nicht, ob er der Frau glauben solle. »Sie haben sie hier?«

Marion Böhler schüttelte energisch den Kopf. »Sie liegen in seinem Büro.«

»Können wir sie sehen?«

»Muss das unbedingt heute noch sein? Reicht morgen früh nicht auch? Das war sehr viel für mich.« Der Tonfall ihrer Stimme hatte überraschend an Volumen gewonnen. Sie klang energisch, fast aggressiv. So wie am Anfang ihres Besuches, als sie sie empfangen hatte.

Braig nickte, wollte ihr nicht widersprechen. Nicht, wenn sie wider Erwarten erst vor wenigen Minuten, aus seinem Mund vom Tod ihres Mannes erfahren hatte. Ganz konnte er diese Möglichkeit nicht ausschließen. Obwohl sie ihm nicht besonders wahrscheinlich erschien. Er gab Söhnle mit einer Kopfbewegung zu verstehen, dass er aufbrechen wollte, erhob sich. »Wir können wirklich niemanden für Sie rufen?«

»Ich benötige Ihre Hilfe nicht, danke.« Marion Böhler ging ihnen voran, begleitete sie bis zur Haustür.

Braig betrachtete die Frau, bemerkte im hellen Licht der Diele, welch kräftige Farbe ihr Gesicht wieder angenommen hatte. Sie musste sich überraschend schnell von dem Schock erholt haben. Wenn es wirklich ein Schock und eine Überraschung für sie war.

»Schönen Abend noch«, sagte sie, als sie sich verabschiedeten. Ihrer Stimme war nichts, aber auch gar nichts von einer Beunruhigung durch die schlimme Botschaft anzuhören, die sie ihr überbracht hatten.

Ob sie wirklich so unwissend war, wie sie getan hatte? Braig war sich nicht sicher. Ob sie nicht doch über schauspielerische Fähigkeiten verfügte? Der theatralische Sprung vom Sofa, das pathetische Zurückfallen, die dekorative Träne auf der Wange, passte das zu der gesunden Gesichtsfarbe und der kräftigen Stimme, zu denen sie so schnell wieder zurückgefunden hatte? *Damit hent mir alle grechnet. Die hent sich doch so schon halb totgschlage.* Wusste sie von seinem Tod, war aber so clever, uns für einige Minuten die vom Schock der schlimmen Nachricht erschütterte Witwe vorzuspielen? Und um uns von sich selbst abzulenken, gaukelt sie jetzt die Existenz irgendwelcher Drohbriefe vor. Wer weiß, was für absurde Behauptungen sie uns morgen präsentieren wird. Ob ich mich wirklich so einfach von ihr abfertigen lassen soll?

Er hörte, wie die Frau hinter ihnen die Tür abschloss, stieg mit Söhnle vorsichtig die Stufen zur Straße hinunter.

Oder täusche ich mich? Tue ich ihr Unrecht? Er hatte Mühe, seine Gedanken zu ordnen. Vielleicht lag es an der späten Stunde. Müde starrte er ins gleißende Licht der Strahler.

5. Kapitel

Ann-Katrin Räuber hatte keinen guten Tag gehabt.

»Ich konnte es fast nicht aushalten«, erzählte sie Steffen Braig am Telefon, als er kurz vor 22 Uhr zu Hause angelangt war und sich müde auf seine Couch geworfen hatte, »ohne Schmerzmittel wäre es nicht gegangen.«

Er hatte mehrfach nachgefragt, weil er ihre Reaktion inzwischen kannte und deutlich spürte, wie sie dem Thema wieder einmal aus dem Weg zu gehen versuchte.

»Wir müssen es mit einem anderen Arzt versuchen«, sagte er, »ich werde mich jetzt ernsthaft darum kümmern.« Er hatte Dr. Keil um Rat fragen wollen, weil er von Bernhard Söhnle um dessen Kompetenz auch in der Beurteilung von Kollegen wusste, war aber angesichts des vergifteten Mannes im Weinberg nicht zu diesem Gedankensprung fähig gewesen. Er beschloss, den Arzt in den nächsten Tagen privat anzurufen.

»Seid ihr weitergekommen?«, fragte Ann-Katrin.

Braig spürte, dass sie von ihrem Gesundheitszustand abzulenken versuchte, fühlte sich aber zu müde, sich dagegen zu wehren. »Nicht viel. Die Sache mit dem Gift hat sich bestätigt.«

»Blausäure?«

»Wie Dr. Keil von Anfang an vermutete.«

»Wer kommt an das Zeug?«

»Eine gute Frage. Wenn wir die Antwort wüssten, hätten wir den Fall so gut wie geklärt. Apotheker, Mitarbeiter in Chemielabors und solche Leute.«

»Im Umkreis des Toten ist niemand dabei?«

»Seine Frau. Sie ist Apothekerin.«

»Oh.« Ann-Katrin stutzte. »Und? Habt ihr sie euch schon vorgenommen?«

»Ich war mit Bernhard bei ihr. Wir trauen es ihr zu, wissen es aber nicht. Sie schien für einen Moment betroffen, sehr betroffen sogar, hatte sich aber schnell wieder in der Gewalt. Vielleicht etwas zu schnell.«

Sie hatten noch lange darüber gesprochen, nachdem sie das Haus in Rotenberg verlassen hatten. Marion Böhler, die Apothekerin, als Giftmörderin ihres Mannes? Söhnle und er waren sich einig gewesen, dass das Verhalten der Frau keine eindeutige Antwort gab. Vor ein paar Jahren noch hätte er sich nach einem kurzen Besuch bei einer Tatverdächtigen – das waren sehr oft die unmittelbaren Angehörigen eines Ermordeten – niemals angemaßt, ein vorläufiges Urteil über die Schuld oder Unschuld dieses Menschen zu fällen. Jetzt aber, nach mehr als einem Jahrzehnt Berufserfahrung, unzähligen Gesprächen und Vernehmungen, vertraute er mehr und mehr seiner Intuition, seiner inneren Stimme. Natürlich beurteilte er einen Menschen zu allererst von seinem Verstand her. Aber das war nicht alles. Ein geschickter Schauspieler konnte seine prüfend tastenden Sinne, seine kognitive Wahrnehmung wohl täuschen, ihm einen Sachverhalt vorspiegeln, der von der Realität ablenkte. Seine emotionale Auffassungsgabe, in unzähligen Ermittlungsverfahren ebenso trainiert wie sein Intellekt, beschränkte sich jedoch nicht auf die Darstellung des Menschen allein, sondern erstreckte sich auch auf dessen Umfeld, die Atmosphäre, das Zusammenspiel von Aussage und Verhalten des Gesprächspartners. Und an dieser Kombination verschiedener Wahrnehmungsebenen war in den letzten Jahren auch manche schauspielerisch begabte Person, die ihm einen Bären aufzubinden versucht hatte, gescheitert.

Im Falle Marion Böhlers jedoch war er unsicher. Alle Berufserfahrungen halfen ihm hier nicht weiter. Vielleicht war der Besuch in Rotenberg zu kurz oder zu spät am Abend erfolgt, seine eigene Verfassung nicht mehr vital genug gewesen, sich voll auf Marion Böhler konzentrieren zu können.

Er wagte es jedenfalls nicht, ein vorläufiges Urteil über Schuld oder Unschuld der Frau zu fällen.

»Ihr zweifelt an ihren Aussagen?«

»Ich bin mir nicht sicher. Sie selbst kann doch kaum so naiv sein kann zu glauben, wir würden im Fall des Gifttodes ihres Mannes nicht zuerst an sie, die Apothekerin denken.«

»Sonst gibt es keine Verdächtigen?«

»Noch ist es zu früh. Wir wissen fast nichts über den Toten. Allerdings haben wir Spuren.« Er erzählte ihr von Schöfflers Beobachtungen, beschrieb ihr das verblüffend kleine Profil der Schuhsohlen.

»Eine Frau?«

»Kann sein. Wir müssen unbedingt die Schuhgröße Frau Böhlers überprüfen. Andererseits wissen wir nicht, ob der Täter absichtlich zu kleine Schuhe trug. Um uns zu täuschen.« Er hatte es ausführlich mit Bernhard Söhnle erörtert. Waren die Abdrücke nicht viel zu deutlich zu erkennen, übers ganze Gelände hinweg, so als wollte der Mörder bewusst verhindern, dass man sie übersah?

»Das könnte sein. Frauen als Giftmörderinnen – ein altes Klischee. Klingt irgendwie nach Kino und Hollywood. Damit ihr ja in diese Richtung ermittelt.«

Genau das hatte er auch gedacht. Aber war das nicht bereits zu viel an Interpretation?

»Ihr müsst euch auf den Toten konzentrieren, oder? Was war er für ein Mensch, mit wem hatte er zu tun, beruflich, privat.«

Braig bestätigte Ann-Katrins Vorschlag. Schon auf der Rückfahrt hatten Söhnle und er darüber nachgedacht, was Marion Böhlers Aussage, ihr Mann habe Briefe mit Drohungen erhalten und sie in seinem Büro deponiert, bedeutete. Wieso benötigte ein Weinbauer ein Büro? Hatte Konrad Böhler, wie viele Landwirte im Schwäbischen, ein weiteres Einkommen? Sie mussten sich morgen darüber informieren, zudem die angeblichen Drohbriefe ansehen.

»Was für ein Typ ist die Frau? Hast du dir Gedanken darüber gemacht?«

Steffen Braig wusste sofort, was sie meinte. Er lachte leise. »Ich hatte leider keine Zeit, mich damit zu beschäftigen. Die halbe Stunde ... Das reichte beim besten Willen nicht aus. Ich kann sie noch nicht einordnen.«

Das Enneagramm, eine von Ann-Katrins Lieblingsbeschäftigungen, Menschen aufgrund ihrer Charaktere und ihres Verhaltens in bestimmte psychologische Kategorien einzuteilen, um sie besser verstehen und ihre Handlungsweise analysieren zu können. Vor Wochen schon hatte sie ihm zwei Bücher in die Hand gedrückt, die das Enneagramm aus unterschiedlicher, weltanschaulicher Sicht thematisierten, hatte ihn dazu überredet, einen Gesprächskreis zum Thema in einer Ludwigsburger Kirchengemeinde zu besuchen.

Zweimal war er mit ihr dort gewesen, hatte den Ausführungen der überwiegend weiblichen Teilnehmer gelauscht und versucht, sich die Einzelheiten der charakterlichen Typisierung einzuprägen, um das Enneagramm zur Beurteilung von Menschen nutzen zu können. Anfangs war er Ann-Katrins Begeisterung für dieses Modell mit großer Skepsis begegnet, fürchtete er doch die Gefahr einer weitgehend undifferenzierten und pauschalen Einordnung von Menschen in bestimmte orthodox vorgegebene Kategorien. Je länger er sich jedoch damit beschäftigt und je öfter Ann-Katrin ihn mit der Beurteilung bekannter Personen im Rahmen dieses Jahrtausende alten, traditionsreichen Modells überrascht hatte, desto mehr waren seine Vorbehalte gewichen und hatten der nüchternen Erwägung Platz gemacht, dass ihm das Enneagramm – vorsichtig zur Anwendung gebracht – unter Umständen sogar beruflichen Nutzen bringen könne.

Auf das Thema gekommen waren sie nach einer heftigen Auseinandersetzung, die Braig mit seinem Kollegen Felsentretter anlässlich des weiteren Vorgehens in einer komplizierten Ermittlung ausgefochten hatte. Felsentretter, stürmisch, polternd und unsensibel wie immer, war wie ein Elefant über mehrere Verdächtige weggetrampelt, hatte Braigs vorsichtig herantastende Vorarbeit mit einem einzigen seiner unbedachten Schritte zerstört.

»Die typische Acht«, hatte Ann-Katrin Räuber kommentiert, als er ihr voller Frust das Vorgefallene berichtete, »du musst dir die Charaktermerkmale dieser Menschen einprägen, dann wirst du Felsentretter verstehen und sein Verhalten in Zukunft besser abschätzen.«

Die typische Acht, so hatte sie ihn dann informiert, lebt gern exzessiv über das gewohnte Maß hinaus und will von allen als wichtige Person erkannt werden. Sie tritt selbstbewusst und unüberhörbar auf und sieht keinen Anlass, sich an Vorschriften zu halten, wenn diese ihr nicht sinnvoll erscheinen. Menschen, die nicht so viel Power entwickeln wie sie selbst, verachtet sie; ohne große Skrupel trampelt sie über diese hinweg.

Felsentretter, überlegte Braig damals, wie er leibt und lebt. Treffender hätte er den Kollegen nicht beschreiben können.

Die Persönlichkeit Marion Böhlers allerdings vermochte er noch nicht ins Enneagramm einzuordnen. Dazu kannte er die Frau viel zu wenig, hatte von ihren typischen Charakterzügen keinerlei Ahnung.

»Schade«, meinte Ann-Katrin. »Ich hätte zu gerne mal wieder über einen Menschen diskutiert.«

Braig, den die Müdigkeit vollends zu übermannen drohte, versprach, am nächsten Morgen wieder von sich hören und sich auf jeden Fall in Ludwigsburg sehen zu lassen und verabschiedete sich dann von ihr. Zehn Minuten später war er bereits eingeschlafen.

6. Kapitel

Am Samstagmorgen hatte Braig Mühe, wach zu werden und klare Gedanken zu fassen. Er hatte den Wecker um zehn vor sieben läuten lassen, gönnte sich nur eine kurze Dusche und ein karges Frühstück, um dann direkt nach Rotenberg zu fahren. Mit einem Team von drei Leuten, bestehend aus seinen Kollegen Beck, Söhnle und Stöhr, war er von acht Uhr an dort und in den Nachbarorten unterwegs, alle Besitzer von Grundstücken im Bereich des Mönchbergs nach einer Person zu fragen, die am Freitagnachmittag dort irgendwo beobachtet worden war. Den zuständigen Sachbearbeiter des Grundbuchamtes hatte Söhnle noch am Vorabend informiert und um einen Computerausdruck gebeten, nachdem es Markus Schöffler und seinen Kollegen gelungen war, die Abdrücke des mutmaßlichen Täters bis an den Rand Untertürkheims nachzuweisen. Dort verloren sich die Spuren im Bereich der Augsburger Straße, die die Weinberge zu den Industrieanlagen des Stuttgarter Vororts hin begrenzte.

Ob sich jemand zur fraglichen Zeit überhaupt auf seinem Grundstück aufgehalten hatte, war unbekannt; sie mussten es riskieren, ihre Tour von Haustür zu Haustür völlig umsonst zu unternehmen. Noch am späten Freitagabend hatte Söhnle zudem die lokale Presse und die regionalen Rundfunksender darum gebeten, die Bevölkerung nach jemandem zu befragen, der an diesem Nachmittag im Bereich des Mönchbergs gesehen worden war. Vielleicht führte eine zufällige Beobachtung auf die Spur des Unbekannten.

Gegen zehn Uhr suchte Braig die Apotheke in der Nähe des Bad Cannstatter Wilhelmsplatzes auf, in der Marion Böhler drei Tage pro Woche arbeitete. Der Inhaber, ein stattlicher, betont höflich auftretender Mann Mitte fünfzig, war bemüht, seine Angestellte in einem vorteilhaften Licht darzustellen.

»Frau Böhler gilt bei unseren Kunden als kompetente, freundliche Mitarbeiterin.«

»Das freut mich sehr«, charmierte Braig, wartete, bis der Mann eine Kundin bedient hatte. »Es gab in den letzten Jahren keinerlei Unregelmäßigkeiten oder Probleme in Bezug auf die Vollständigkeit Ihrer Bestände?«

Gerhard Venner schien das Anliegen des Kommissars nicht zu verstehen. Er schaute ihn fragend an, blieb jedoch ruhig.

»Ob nicht irgendwann Medikamente abhanden kamen, besonders heiklere Sorten?«

Ein neuer Kunde betrat den Raum. Steffen Braig trat zur Seite, wartete, bis der Mann bedient war. Erst als er den Laden wieder verlassen hatte, begann der Apotheker zu reden.

»Ich denke, Sie sind informiert.«

»Informiert? Worüber?«

»Der Einbruch.«

»Hier?«

Venner nickte. »Sie haben den Bericht darüber nicht gelesen?«

Braig musste zugeben, es versäumt zu haben. »Wann ist es passiert?«

»Vor dreieinhalb Jahren. Große Mengen an toxischen Stoffen wurden geraubt.«

»Etwa auch Zyanide?«

»Auch das, ja. Eine Woche vorher hatten wir die Bestände vieler Stoffe erneuert.«

»Die Sache wurde geklärt?«

»Leider nicht, nein. Und ...« Venner stockte, starrte auf die Glasplatte seiner Theke, fuhr dann mit leiser Stimme fort. »Ob ich es Ihnen jetzt erzähle oder nicht, Sie werden es doch erfahren. Seither stehe ich bei Ihren Kollegen in einem schlechten Licht.«

»Sie? Wieso?«

Der Apotheker zögerte mit seiner Antwort, klopfte mit dem Zeigefinger nervös auf die Tastatur seiner Kasse. »Bei dem Einbruch wurde nichts zerstört.«

Braig betrachtete den Mann, glaubte zu verstehen. »Die Täter hatten einen Schlüssel?«

Venner zuckte mit der Schulter. »Türen und Scheiben waren unversehrt. Wir bemerkten den Einbruch nur durch einen Zufall. Ein Glas aus unserem Labor ließen sie hier im Verkaufsraum stehen. Wohl aus Versehen.«

»Wie viele Schlüssel für die Apotheke gibt es?«

»Vier. Meine Frau und ich haben je einen, dazu Frau Böhler und damals noch Frau Weiler. Diese hörte letztes Jahr bei uns auf.«

»Auf eigenen Entschluss?«

»Sie bekam ein Kind. Außerdem gingen unsere Umsätze zurück.«

»Wer hinter dem Einbruch steckte, wurde nicht ermittelt?«

»Leider nicht. Ihre Kollegen verdächtigen wohl immer noch uns oder eine der beiden Frauen.«

»Niemand hatte seine Schlüssel verloren?«

»Niemand, nein.«

»Ich nehme an, dass Sie über spezielle Schlösser verfügen.«

Der Apotheker nickte. »Wir sind ordnungsgemäß ausgestattet, ja. Schon allein wegen der Versicherung. Deren Beiträge wären ohne moderne Schließsysteme unbezahlbar.«

»Dann sind die Schlüssel nicht so leicht nachzumachen.«

Braig spürte wieder aufkommende Schmerzen in seinem Kopf, überlegte. Er musste sich die Akten über den Einbruch im Zentralen Verbrechensregister genauer ansehen, Frau Böhlers Rolle, die sie dabei gespielt hatte, überprüfen. dreieinhalb Jahre – sollte sie so lange gewartet haben?

Das Ziehen in seinem Schädel gewann an Intensität. Die Nacht war zu kurz gewesen, der Schlaf nicht erholsam genug. Er benötigte wenigstens die Wochenenden zur Regeneration.

Eine junge Frau in einem luftigen T-Shirt betrat die Apotheke, sah die beiden Männer um Rat suchend an. Braig nickte ihr freundlich zu, trat zwei Schritte zurück, hörte den Wunsch, den sie äußerte.

»Kondome, gefühlsecht, bitte.«

Er musste unwillkürlich grinsen, dachte an Ann-Katrin, hatte Mühe, sich auf sein Anliegen zu besinnen. Mit einem freundlichen Gruß verließ die junge Frau den Laden.

»Wissen Sie zufällig noch, welche Menge an Zyaniden gestohlen wurde?«

Der Apotheker trommelte nervös auf die gläserne Theke. »Genug für einen ganzen Straßenzug.«

Marion Böhlers Vorrat für den Fall, dass sie sich von ihrem Mann befreien wollte?

Braig musste sich detailliert über den Einbruch informieren. Er bedankte sich bei dem Apotheker für dessen Auskunftsbereitschaft, fragte ihn, ob er übers Wochenende eventuell für weitere Fragen zur Verfügung stehe, ließ sich seine private Adresse und Telefonnummer geben.

Draußen stand die Sonne am Himmel, die Temperatur hatte jetzt schon zwanzig Grad überschritten. Straßen und Gehwege waren trocken, nur ein paar Wasserpfützen in Vertiefungen kündeten noch von viel, viel Regen. Vom Wetter her schien es ein Traumwochenende zu werden. Braig atmete kräftig durch, hoffte, seine Kopfschmerzen in der frischen Luft wieder zu verlieren. Sein Misstrauen gegenüber Marion Böhler hatte durch den Bericht des Apothekers neue Nahrung erhalten, der Verdacht, die von ihr erwähnten Drohungen gegen ihren Mann seien künstlich inszenierte Ablenkungsmanöver, war gewachsen. Sollte er die Mühe auf sich nehmen, die Briefe zu untersuchen?

Er überquerte die stadteinwärts führende Fahrbahn der Waiblinger Straße, wusste, dass er nicht umhinkonnte, sich die angeblichen Drohschreiben anzusehen. Noch war die Frau nicht überführt, noch konnte er ihr die Verantwortung für den Tod ihres Mannes nicht beweisen.

Die Stadtbahn brachte ihn vom Wilhelmsplatz direkt in die Stuttgarter Innenstadt, wo er Konrad Böhlers Büro aufsuchen wollte.

»Sie haben ein Büro Ihres Mannes erwähnt«, hatte er die Frau bei seinem Telefonat am Morgen gefragt, »wo er Drohbriefe erhielt. Würden Sie mir bitte die Schlüssel zu diesem Büro überlassen?«

Marion Böhlers Antwort war sehr kurz ausgefallen. »Sie brauchen keine Schlüssel. Die arbeiten auch am Samstag.«

Mit Verwunderung hatte er vernommen, dass der Ermordete Mitinhaber einer Werbeagentur war, die mitten in der Stuttgarter City residierte. Sein Weinberg sei, so die Witwe, lediglich sein heiß geliebtes Hobby gewesen.

Böhler, Deppner, Jungels befanden sich in der Theodor-Heuss-Straße unweit des Rotebühlplatzes. Braig wurde von Wolfhart Deppner, dem Partner des Ermordeten, wie sich der freundliche, grauhaarige Mann vorstellte, begrüßt. Die Firma verfügte über große, helle Räume, die alle auf einen schmalen Innenhof hinausgingen. Mehrere auffallend junge Frauen und Männer saßen an Bildschirmen oder standen diskutierend in Gruppen vor breiten Tischen. Braig sah sich prüfend um, studierte die großformatigen Plakate an den Wänden, die ihm teilweise bekannt vorkamen. Werbung für Dosenmilch, Parfüm, Autos.

»Die stammen alle von Ihnen?«, fragte er.

Wolfhart Deppner nickte, führte Braig in ein abgetrenntes, kleines Zimmer, in dem er offensichtlich selbst arbeitete. Ein kleiner, einfacher Raum mit einem schmalen Schreibtisch, Computer und Bildschirm und drei gewöhnlichen Stühlen.

Schwäbische Bescheidenheit, dachte Braig. Wo sonst begnügte sich der Chef des Unternehmens mit einem der kleinsten Zimmer?

Deppner wies auf einen Stuhl, wartete, bis sein Besucher Platz genommen hatte.

»Konrad hat sie akquiriert. Er ist die wichtigste Person in unserer Firma. Ich kann mir beim besten Willen nicht vorstellen, wie wir ohne ihn auskommen sollen.«

Er hatte Braig schon beim Eintreten erklärt, von Marion Böhler über den Tod ihres Mannes informiert worden zu sein.

»Sie hatten ein gutes Verhältnis zueinander?«

»Es wäre gelogen, wenn ich Ihnen etwas anderes erzähle.«

»Auch Ihr dritter Partner, Herr Jungels?«

Wolfhart Deppner zuckte für einen Moment zusammen, versuchte dann, seinen Schreck zu überspielen. »Ich wüsste nicht, was dagegen spricht. Fragen Sie ihn selbst.«

Braig beschloss, dies zu tun. Die seltsame Reaktion seines Gesprächspartners hatte seine Neugier geweckt. »Wie lange arbeiten Sie schon zusammen?«

»Acht Jahre. Zuerst in einer anderen Agentur. Vor sechs Jahren wagten wir dann gemeinsam den Absprung.«

»Die Firma gehört Ihnen zu dritt?«

Wolfhart Deppner nickte. »Drei Leute machen finanziell und in Bezug auf Connections mehr her als einer. Wenn Sie an die größeren Fische rankommen wollen, ist das unabdingbar.«

»Sie haben sich größere Fische geangelt?«

Der Werbemanager verzog sein Gesicht zu einem breiten Lächeln. »Einige von den Großen schon.«

»Wer kann Herrn Böhler ermordet haben? Haben Sie eine Vermutung?«

Braigs Gesprächspartner lehnte sich erschrocken in seinem Stuhl zurück, wehrte dies Ansinnen mit erhobenen Händen ab. »Da kann ich Ihnen nicht helfen. Das ist Ihre Aufgabe.«

»Es gab Spannungen hier in der Firma?«

Wolfhart Deppner ließ sich zu viel Zeit mit seiner Antwort. »Hier bei uns? Nein.«

»Zwischen Böhler und Jungels zum Beispiel.«

»Ach, das ist ...«

»Warum hatten die beiden Streit?«

Die Miene des Mannes spiegelte unübersehbar, wie peinlich es ihm war, dass er Braig diesen Konflikt verraten hatte. Er fuchtelte mit beiden Armen herum, versuchte, die Attacke des Kommissars abzuwehren. »Das sind keine nennenswerten Dinge, nur harmlose Differenzen.«

»In einem Mordfall ist nichts harmlos.«

»Sicher nicht. Aber diese Angelegenheit hat mit dem Mord«, er sprach das Wort langsam und vorsichtig aus, als könne er sich allein durch die Erwähnung des vorgefallenen Verbrechens verletzen, »nichts zu tun.«

»Woher sind Sie da so sicher?«

»Ich dachte, Sie seien gekommen, sich die Drohungen gegen Konrad anzuschauen.«

»Gern. Sobald Sie meine Frage beantwortet haben.«

Wolfhart Deppner seufzte, wischte sich die Haare aus der Stirn. »Also, wenn Sie es unbedingt wissen wollen: Es geht um das Image unserer Firma.«

»Könnten Sie mir das, bitte, genauer erklären?«

»Reinhard, Herr Jungels also, fürchtet, dass wir dabei sind, unseren durch jahrelange mühsame Arbeit erworbenen seriösen Ruf zu verspielen, wenn wir immer offensiver dazu übergehen, laute, marktschreierische Kampagnen zu entwickeln.«

»Diese Kampagnen gehen auf Herrn Böhler zurück?«

»Richtig. Er versuchte, Aufträge an Land zu ziehen, die speziell junge Leute ansprechen, um unserem Haus ein weiteres Standbein zu verschaffen.«

»Und die wurden dann laut und marktschreierisch.«

»Wenn Sie heute junge Menschen erreichen wollen, bleibt das nicht aus.«

Braig betrachtete die Plakate an den Wänden, massierte seine Schläfen, um aufkommende Schmerzen zu vertreiben. »Dann hat Herr Jungels jetzt gewonnen. Endgültig.«

Wolfhart Deppner wehrte Braigs Bemerkung mit erhobenen Händen ab. »So dürfen Sie das nicht sehen, um Gottes willen. Das sind Diskussionen, denen wir uns stellen müssen. Im Dienst unseres Hauses.«

»Herr Jungels weiß von dem Mord?«

»Ich konnte ihn noch nicht erreichen. Er ist zur Zeit in England. Geschäftlich.«

»Schon länger?«

»Seit Mittwoch. Er wollte bis nächsten Dienstag bleiben. Das ist jetzt natürlich hinfällig.«

Braig nickte, verzichtete auf weiteres Nachhaken. »Sie haben die Drohbriefe gegen Herrn Böhler hier?«

Wolfhart Deppner schob ihm kommentarlos ein Papier zu.

»Das ist alles?« Braig nahm das Blatt, sah, dass der Text mit einer alten Schreibmaschine getippt war. Viele Buchstaben waren verwischt, einige nur halb ausgedruckt.

»Konrad hat die anderen Briefe zerrissen und weggeworfen.«

»Er hat mehrere erhalten?«

»Ich weiß es nicht genau. Irgendwann, vor ein paar Wochen, fing er damit an. Es gebe Drohungen. Nichts Ernstzunehmendes, kaum der Rede wert. Ein Verrückter, der nicht wisse, wie er seine Langeweile überwinden könne. Er wolle sich nicht damit befassen, habe das Zeug vernichtet.«

Der Text war nichts sagend, umfasste gerade einmal vier Zeilen.

Böhler, wir haben dich gewarnt.
Du weißt, um was es geht.
Wenn du nicht hören willst, wirst du büßen.
Deine Chance war da. Jetzt folgt die Tat.

»Wann ist das gekommen?«

»Ich kann Ihnen nichts dazu sagen. Konrad legte es mir vorgestern auf den Schreibtisch. Ohne Kommentar.«

»Sie wissen nicht, wer es brachte? Die Post, ein Bote? War es hier ans Büro gerichtet oder an seine Privatadresse?«

Wolfhart Deppner schüttelte den Kopf. »Tut mir Leid.«

»Gibt es kein Kuvert?«

»Ich weiß es nicht.«

»Es muss doch ein Kuvert geben«, beharrte Braig, »Schreiben dieser Art werden doch nicht offen übermittelt.« Er hielt das

Papier vorsichtig in die Höhe, sah den Falz in der Mitte. »Hier, es war gefaltet, einmal. Also suchen wir nach einem Kuvert der Größe DIN A 5.«

»Er wird es längst weggeworfen haben.«

»Wo ist sein Papierkorb?«

»Der wird regelmäßig abends geleert, wie alle anderen auch. Unser Cleanboy arbeitet von vier bis sechs, jeden Tag.«

»Kann ich Herrn Böhlers Papierkorb und seinen Schreibtisch trotzdem einmal sehen?«

Wolfhart Deppner hatte keine Einwände. Er stand auf, bat Braig, ihm zu folgen. Der Kommissar ließ sich für das Schreiben eine Klarsichthülle geben, verließ den kleinen Raum. Sie kamen an der Gruppe junger Leute vorbei, die eifrig diskutierend über einen Tisch gebeugt standen, auf dem mehrere große Plakate ausgebreitet lagen.

Auf der anderen Seite des Großraums befand sich ein winziges Zimmer, kaum größer als das, in dem Deppner arbeitete. Ein einfacher Schreibtisch mit Computer und Monitor, daneben ein kleiner Büroschrank samt Ablage, dazu zwei Stühle – das war alles. Der Blick aus dem Fenster zeigte den von modernen Bürogebäuden gesäumten Innenhof.

»Das ist Herrn Böhlers Büro.«

Braig betrachtete das dürftige Inventar, sah, dass der Papierkorb leer war. Auch hier Schwäbische Bescheidenheit, überlegte er. »Wann war Ihr Kollege zuletzt hier?«

Wolfhart Deppner brauchte nicht lange zu überlegen. »Gestern«, antwortete er, »allerdings nur bis Mittag. Seine neue Kampagne war am Donnerstag fertig. Er wollte mittags unbedingt in seinen Weinberg, weil endlich besseres Wetter angekündigt war.«

»Sind unregelmäßige Arbeitszeiten bei Ihnen üblich?« Braig deutete auf Deppners Mitarbeiter, die heute am Samstag so zahlreich in ihre Entwürfe vertieft waren.

»Bei uns schon, ja. Die Belastung hängt davon ab, wie viele Aufträge wir akquirieren. Das lässt sich nicht gleichmäßig übers ganze Jahr verteilen. Mal geht es in die Nacht rein, mal das ganze Wochenende durch. Wir versuchen aber, durch verlängerte Urlaubszeiten alles auszugleichen. Soweit das möglich ist.«

Braig nickte, war schon dabei, den Schreibtisch nach einem Kuvert oder weiteren Drohbriefen abzusuchen. Arbeitsmappen mit Werbe-Entwürfen stapelten sich in den Schubladen, Verträge mit bekannten und unbekannten Firmen in dem kleinen Büroschrank. Er blätterte alles durch, ohne erst um Erlaubnis zu fragen, ignorierte Deppners angespannte Miene, mit der dieser seine Untersuchung verfolgte. Der Mann, ein alter Aristokrat, war viel zu vornehm, Braig sein Missfallen an dessen Eindringen offen auszusprechen.

Der Kommissar sah alle Papiere sorgfältig durch, konnte nichts entdecken, was mit dem Drohbrief in Verbindung zu bringen war. »Vielen Dank für Ihre Hilfe«, sagte er dann, als Deppners kritische Miene kaum mehr zu übersehen war, »ich werde selbstverständlich alles vertraulich behandeln, mit absoluter Diskretion. So sinnlos unsere Untersuchungen manchmal wirken, oft helfen nur Zufälle weiter. Aber die stellen sich nicht ein, wenn wir uns nicht bemühen. Das Kuvert aus Versehen in die eine Kladde gesteckt, ein Drohbrief ohne Absicht in eine andere Mappe geraten – aber hier scheint mir das Glück nicht hold.«

»Konrad Böhler ist«, Wolfhart Deppner korrigierte sich mitten im Satz, »war ein ordentlicher Mensch.«

Kein ›Das hätte ich Ihnen gleich sagen können‹, kein Vorwurf, keine Drohung, sich bei seinen Vorgesetzten über ihn und sein unverschämtes Vorgehen zu beschweren. Jeder andere hätte gezetert, ihn angebrüllt, sich über sein unangekündigtes Eindringen in geschäftliche Unterlagen lauthals mokiert, wusste Braig. Der Mann war zu wohlerzogen, zu anständig für den üblichen ruppigen Umgangston. Ein Aristokrat aus altem Schrot und Korn. Freundlich, verbindlich, absolut zuverlässig.

Warum schienen Menschen dieses Schlages immer seltener zu werden, Individuen mit solch vornehmen Manieren? Täuschte er sich oder war das nicht eine der vielen Fehlentwicklungen dieser Gesellschaft – ein ständig ruppigerer, ungehobelterer, aggressiverer Umgangston der Menschen untereinander?

Er sah sich in dem kleinen Zimmer um, wusste nicht, wo er noch suchen sollte. »Wer kann Herrn Böhler das geschickt haben?«

Kopfschütteln.

»Ich bedanke mich für Ihre Hilfe. Den Brief nehme ich mit.«

Wolfhart Deppner reichte ihm ohne Aufforderung ein großes Kuvert, in dem er das Papier verstauen konnte, begleitete ihn zum Ausgang. »Wenn Sie mich außerhalb der Geschäftszeiten sprechen wollen, hier ist meine Nummer. Ich habe allerdings kein Handy.« Er reichte ihm eine Visitenkarte, nahm Braigs Gegenstück an sich.

Der Kommissar verabschiedete sich. Es war Samstagmittag kurz vor eins.

7. Kapitel

Kurz nach 14 Uhr hatten Beck, Söhnle und Stöhr bis auf zwei Familien, die nicht anzutreffen waren, alle im Grundbuch als Weinbergsbesitzer aufgeführten Personen sowie die von diesen benannten Pächter mit ihrem Anliegen konfrontiert – erfolglos, wie Braig von seinen Kollegen telefonisch erfuhr. Nicht einer hatte das Ende des langen Regens genutzt, sofort in sein Grundstück aufzubrechen, fast alle waren durch ihre Berufe verhindert, sich schon am Freitagmittag dem nur im Nebenerwerb oder als Hobby betriebenen Weinbau zu widmen.

Auch die Aufrufe in Rundfunk und Presse hatten bisher keine Ergebnisse gebracht – bis auf die schnell als Jugendstreiche erkannten Anrufe, eine der Prostituierten des Stuttgarter Drei-Farben-Hauses bzw. einer der Lehrer des Bad Cannstatter Elly-Heuss-Knapp-Gymnasiums seien zur fraglichen Zeit im Bereich des Mönchbergs gesehen worden – waren noch keine Reaktionen erfolgt. Wie es schien, war von dieser Seite her nicht viel Hilfe zur Aufklärung des Verbrechens zu erwarten.

Braig hatte sich nach seinem Gespräch mit Wolfhart Deppner in einer Bäckerei Brezeln und Brötchen besorgt und sie im Büro mit Kaffee zu sich genommen, dann ausführlich mit Ann-Katrin telefoniert und ihr hoch und heilig versprochen, sich unabhängig von seiner beruflichen Belastung spätestens am Abend bei ihr einzufinden. Im Eingangsbereich des LKA war er Markus Schöffler begegnet, hatte ihm den Drohbrief übergeben und ihn gebeten, das Schreiben auf eventuell nachweisbare Fingerabdrücke zu überprüfen und einen Schriftvergleich mit gespeicherten Druckbildern durchzuführen.

»Dieses Jahr noch?« hatte Schöffler seufzend erklärt. »Morgen muss ich – trotz Sonntag – auf eine Konferenz zum BKA, mindestens zwei Tage.«

Braig war ihm die Antwort schuldig geblieben und ohne Kommentar in sein Büro marschiert.

Als er den Computer einschaltete, um sich ins Zentrale Verbrechensregister einzuloggen, fiel ihm eine seiner ersten größeren Ermittlungen ein, die er vor Jahren als Kommissar des Landeskriminalamtes durchzuführen hatte. Mehrere Männer aus Stuttgart und Umgebung waren im Abstand von wenigen Tagen unmittelbar an die Fahrbahn der stark befahrenen Bundesstraße 14 gebunden worden, eine ganze Nacht dem Lärm und den Abgasen unzähliger Fahrzeuge ausgeliefert. Einziges gemeinsames Merkmal, das sie bei den Entführten entdecken konnten, waren Drohbriefe, die auf die Fortführung dieser Aktion hinwiesen.

Erst nach intensiven Untersuchungen hatten sie es geschafft, die Hintergründe aufzudecken. Braig erinnerte sich noch genau, wie es seiner Kollegin Katrin Neundorf gelungen war, das erste Opfer, den mächtigen Boss eines großen Automobilclubs, als zentralen Täter zu entlarven: Durch das Auffinden einer alten Schreibmaschine in einem mehrfach verriegelten Schrank in dessen Haus, auf welcher der Mann selbst das Schreiben der angeblichen Verbrecher getippt hatte. Der Schriftvergleich legte seine Urheberschaft unwiderlegbar offen.

Ob sie im vorliegenden Fall genauso vorgehen sollten? Einfach das Haus Marion Böhlers nach einer alten Schreibmaschine durchsuchen und darauf hoffen, dass sie das belastende Stück nicht längst weggeschafft hatte?

Braig wusste, wie absurd diese Idee klang. Kein Untersuchungsrichter würde sich dafür hergeben, den Durchsuchungsbefehl für das Haus zu unterschreiben. Den Verdachtsmomenten gegen die Frau des Ermordeten fehlte – jedenfalls im Moment noch – jede solide, durch Beweise zu begründende Basis.

Auf dem Bildschirm hatte sich ein neuer Text aufgebaut. Braig sah, dass es sich um die von ihm gewünschte Beschreibung des Einbruchs in die Bad Cannstatter Apotheke handelte, ließ sich die Information ausdrucken. Der Tathergang sowie die durch den Besitz eines Schlüssels automatisch in Verdacht geratenen Personen entsprachen genau der Schilderung Gerhard Venners. Die untersuchenden Beamten schlossen nach wochenlangen Ermittlungen ein gewaltsames Eindringen in den Laden mit absoluter Sicherheit aus – die Techniker hatten die gesamte Einrichtung der Apotheke auf den Kopf gestellt und nirgendwo an den Scheiben oder Wänden auch nur den kleinsten Hinweis auf eine Sachbeschädigung entdecken können – zurück blieb die einhellig geäußerte Vermutung, der Einbruch stehe in irgendeiner Weise mit einer der vier Personen in Verbindung, die über einen Schlüssel zu der Apotheke verfügten: Gerhard und Susanne Venner, die gemeinsamen Inhaber des Unternehmens Marion Böhler, angestellte Apothekerin aus Stuttgart-Rotenberg und Bettina Weiler, pharmazeutisch-technische Assistentin aus Schorndorf.

Obwohl alle vier gründlich überprüft und nicht nur bezüglich ihrer jeweiligen Alibis, sondern auch ihrer Lebensführung akribisch abgecheckt worden waren, hatte sich kein genauerer Tatverdacht ergeben. Der die Ermittlungen leitende Stuttgarter Hauptkommissar Arthur Ulmer ging anhand der großen Menge entwendeter toxischer Stoffe davon aus, dass, da es sich um ein Auftragsdelikt handelte, keine der vier Personen unmittelbar beteiligt, wohl aber durch das Verleihen der Schlüssel an die Hintermänner oder Diebe involviert war. Wem konkret man diese kriminelle Handlung zuschreiben musste konnte bis jetzt noch nicht festgestellt werden.

Nach diesen Ausführungen folgte eine Übersicht über die gestohlenen Pharmazeutika, die aufgrund der Aussagen aller vier Beteiligten erstellt worden war. Braig überflog die Liste ohne große Konzentration, weil er mit den vielen Fremdwörtern ohnehin wenig anzufangen wusste, hielt erst bei der Erwähnung des für ihn relevanten Stoffes inne. *Zyanide, ca. 800 Gramm.*

800 Gramm, überlegte Braig, für wie viele Opfer reichte diese Menge?

Er wählte die Nummer der Kriminaltechniker, hatte Helmut Hutzenlaub am Ohr. »Hier ist Braig, entschuldige die Störung. Ich habe eine Frage.«

»Mach schnell. Ich will nach Hause.«

»Zyanid. Wie viel von dem Zeug reicht für eine tödliche Dosis?«

»Was weiß ich«, brummte Hutzenlaub, »je nach Körpergewicht und so. Maximal wenige Gramm.«

Braig spürte die Ungeduld des Kollegen, wollte ihn nicht länger aufhalten, dankte kurz und verabschiedete sich. Immerhin war es Samstagmittag. »Genug für einen ganzen Straßenzug«, hatte der Apotheker erklärt. 800 Gramm – es schien, dass er Recht hatte. Wer immer auf das Zeug scharf gewesen war, er oder sie hatte ein gigantische Vernichtungspotentiale eröffnendes Mittel erbeutet.

Braig spürte seine Kopfschmerzen, lief zum Wasserhahn, klatschte sich kaltes Wasser ins Gesicht. Hinter ihm klopfte es: Bernhard Söhnle. Der Kollege war bleich wie ein Leintuch.

»Du bist noch im Haus?«, fragte Braig.

»Ich wollte gerade gehen.«

»Ist dir nicht gut?«

Söhnle schüttelte unsicher den Kopf, hatte Schwierigkeiten, zu einem ordnungsgemäßen Satz zu finden. »Ich wollte dir noch sagen, wegen der Böhler, wir haben weitere Nachbarn gefragt.«

»Heute morgen?«

»Als wir die Besitzer und Pächter des Weinbergs interviewten.«

Braig sah, dass Söhnle am ganzen Körper zitterte.

»Eine ältere Frau, sie wohnt mitten im Ort, vielleicht 200 Meter von den Böhlers entfernt. Anna Häfele, ich habe mir ihren Namen notiert. Sie fegte gerade die Straße. Mord und Totschlag, meinte sie, das Einzige, was ihr zu den Böhlers einfalle. Jedenfalls in der letzten Zeit. Für sie war es keine Frage, wo wir den Täter, die Täterin, zu suchen hätten.«

»Das heißt, wir müssen uns die Böhler noch mal vornehmen, ohne Rücksicht auf den Tod ihres Mannes.«

Söhnle ging nicht auf seine Antwort ein. »Ein anderer Nachbar, seinen Namen wollte er allerdings nicht verraten, sprach von vielen Auseinandersetzungen, die es in letzter Zeit zwischen den Böhlers gegeben habe.« Er hatte Mühe, sich aufrecht zu halten, stützte sich an Braigs Schreibtisch ab.

»Vielen Dank für die Information. Du gehst jetzt nach Hause, oder?«

Söhnle nickte, versuchte ein krampfhaftes Lächeln. »Ich bin im Moment nicht ganz auf dem Damm.«

Braig kannte die gesundheitlichen Probleme des Kollegen, wusste, dass Söhnle sich nicht darauf ansprechen lassen wollte.

War er, Braig, wenn nicht als Vorgesetzter und Kollege, so doch schon aus mitmenschlicher Verantwortung heraus, nicht dazu verpflichtet, sich mehr um Söhnle zu kümmern? Er wusste, was der Mann in den letzten Jahren privat wie beruflich mitgemacht hatte. Die kinderlose Ehe des Kriminalmeisters war in die Brüche gegangen, nur wenige Monate, bevor ein bewaffneter Amokläufer Söhnle bei einer nächtlichen Ermittlung in Ludwigsburg als Geisel gekidnappt und mehrere Stunden in seiner Gewalt gehalten hatte. Erst am nächsten Mittag war es ihnen gelungen, den Kollegen am Fuß der Schwäbischen Alb aus dem Kofferraum eines Autos zu befreien.

Hinzu kam eine Krebsdiagnose. Vor mehr als einem Jahr hatten die Ärzte der Tübinger Universitätsklinik bei ihm Krebs diagnostiziert. Die Aussage von einem der behandelnden Mediziner, die Erkrankung stehe höchst wahrscheinlich in unmittelbarem Zusammenhang mit Söhnles jahrelanger Dienstverpflichtung zur Begleitung unzähliger Castor-Transporte zur radioaktiven Entsorgung des Atomkraftwerkes Neckarwestheim, hatte sich trotz aller Sanktionen und Vertuschungsversuche von Seiten des zuständigen Ministeriums im gesamten Amt verbreitet. Söhnle lebte allein, soweit Braig wusste. War der Mann überfordert, sich um sein eigenes Wohlergehen zu kümmern?

Für Söhnle selbst war sein Gesundheitszustand absolutes Tabu. Jede Frage nach seinem Befinden, jede noch so freundlich geäußerte Empfehlung, er solle sich schonen, wurde von ihm übergangen oder schroff zurückgewiesen. Auch wenn seine physischen Probleme alle paar Wochen, manchmal gar im Abstand von wenigen Tagen offenkundiger wurden, wagte es niemand, ihn darauf anzusprechen.

Braig sah, wie der Kriminalmeister mit unsicherem Gang aus seinem Büro taumelte. Er hatte Mühe, sich zurückzuhalten.

Steffen Braig schaute auf seinen Monitor, sah den Text zum Einbruch in der Apotheke. Er musste sich auf Marion Böhler konzentrieren, so schwer es ihm im Moment auch fiel. Es war dringend notwendig, nochmals mit der Frau zu reden, sie auf die Lüge, mit der sie ihm ein harmonisches Eheleben vorgegaukelt hatte, sowie auf den Einbruch anzusprechen, ihr Alibi gestern Mittag und ihre Schuhgröße zu überprüfen – nicht morgen oder in den nächsten Tagen, sondern heute noch, so schnell wie möglich, ungeachtet ihrer persönlichen Situation.

Braig griff zum Telefon, läutete bei Marion Böhler an. Es dauerte einige Sekunden, bis sie sich mit unüberhörbar verschlafener Stimme meldete.

»Hier ist Braig vom Landeskriminalamt. Frau Böhler, kann ich kurz bei Ihnen vorbeikommen?«

»Heute? Wozu denn?«

»Ich habe ein paar dringende Fragen.«

»Dann stellen Sie sie am Telefon.«

»Das geht nicht«, wehrte er ab. »Es ist zu kompliziert.« Ich muss sehen, wie sie reagiert, sagte er zu sich selbst, ihre Mimik, ihre Gebärden, die Körpersprache, alles spielt eine Rolle.

»Morgen. Kommen Sie morgen vorbei, wenn es unbedingt sein muss.«

»Das ist zu spät. Ich komme heute Nachmittag. Wann geht es bei Ihnen?« Er wusste, wie unverschämt er war, bestand dennoch auf seinem Vorhaben. Wenn Marion Böhler in den plötzlichen Tod ihres Mannes in irgendeiner Weise involviert war, hatte sie keine Rücksicht verdient. Wenn nicht ...

Braig wollte es nicht glauben, hatte Schwierigkeiten, sich die Frau als leidgeprüfte Witwe vorzustellen.

»Also gut, Sie geben doch keine Ruhe. Aber nicht vor vier.« Sie hatte den Hörer aufgelegt, bevor er noch reagieren konnte.

Er schaute auf seine Uhr, spürte den Ärger. Fünf vor drei. Mehr als eine Stunde Differenz. Er hatte keine Lust, unnötig Zeit zu vertrödeln. Nicht am Samstagmittag, wenn Ann-Katrin auf ihn wartete.

8. Kapitel

Zwanzig vor vier stand Braig vor Marion Böhlers Haus. Er läutete, wurde mit aggressivem Gesichtsausdruck empfangen.

»Höflichkeit und Rücksicht sind nicht Ihre Sache.«

»Manchmal nicht, nein. Tut mir Leid.«

Marion Böhler trug einen schwarzen Hosenanzug, dazu eine graue Bluse, schwarze Slipper über dunklen Strümpfen. Er warf einen Blick auf ihre Schuhe, schätzte, dass von der Größe her nichts dagegen sprach.

Sie führte ihn in das weiträumige Wohnzimmer, in dem sie ihn und Söhnle schon am Vorabend empfangen hatte, bot ihm mit mürrischer Stimme Platz, diesmal aber nichts zu trinken an.

Braig ließ sich vorsichtig auf dem dunkelroten Sofa nieder, wartete, bis sie es ihm gleich getan hatte. »Sie haben uns gestern Abend nicht die Wahrheit erzählt«, begann er ohne diplomatische Umschweife, »zumindest nicht in einem Punkt.«

»Welcher Punkt soll das sein?«

»Die ständigen Streitereien mit Ihrem Mann.«

»Streitereien, pah. Wer behauptet diesen Quatsch?« Sie hatte nichts von ihrer anfänglichen Aggressivität verloren, sah ihm offen in die Augen.

»›Mord und Totschlag‹. So wird Ihr Verhältnis beschrieben. Von mehreren Zeugen, unabhängig voneinander.«

»Blödsinn.« Ihre Stimme hatte etwas an Kraft verloren, nur wenig zwar, doch wahrnehmbar für einen aufmerksamen Zuhörer.

»Von mehreren Zeugen unabhängig voneinander«, wiederholte Braig, »es hat keinen Zweck, mir noch länger Lügen aufzutischen.«

»Ich habe Ihnen keine Lügen aufgetischt.«

»Weshalb stritten Sie so erbittert miteinander?«

»Das verstehen Sie nicht.«

»So billig können Sie mich nicht abspeisen. Geben Sie mir endlich eine vernünftige Antwort.«

Marion Böhler betrachtete ihn mit zerfurchter Stirn, schien mit sich zu ringen, wie sie reagieren sollte. »Heftigen Streit hatten wir erst seit ein paar Monaten«, erklärte sie dann.

»Was war die Ursache?«

»Konrads Arbeitswut. Er lebte Tag und Nacht nur für seine Firma, tourte durch halb Europa, um neue Aufträge zu akquirieren und immer bombastischere Werbekampagnen zu entwickeln und erinnerte sich überhaupt nicht mehr daran, dass er verheiratet war. Kam er dann doch einmal nach Hause, hockte er jede freie Sekunde in seinem Weinberg.«

»Das war alles?« Braig wusste nicht, ob er die Antwort akzeptieren sollte. Sie schien ihm zu hausbacken, zu deutlich als Ausrede vorgeschoben, die von der eigentlichen Ursache der heftigen Streitereien ablenken sollte.

»Sie können sich nicht in meine Lage versetzen, wie?«

Er schüttelte den Kopf. »Es fällt mir schwer.«

»Dann kann ich Ihnen nicht helfen.« Marion Böhler schaltete wieder auf Angriff um. »Wenn Sie eine Partnerin haben, von ihr aber wegen deren unstillbarem beruflichem Ehrgeiz nur noch den Namen wissen, werden Sie mich gut verstehen können.«

»Sie sind doch selbst berufstätig, gehen gern in die Stadt, bummeln, shoppen, wie Sie mir erzählt haben.«

»Na und? Glauben Sie, es macht Spaß, ständig allein unterwegs zu sein?«

Braig merkte, dass er auf Granit biss. Sie hatte sich eine Ausrede zurechtgelegt und versuchte mit allen Mitteln, diese jetzt zu verteidigen. Was immer er auch daran kritisierte, sie würde auf ihrer Antwort bestehen, weil sie sich sonst als Lügnerin entlarvt sehen musste. Er ließ das Thema daher fallen, schaltete abrupt um.

»Sie haben die Schlüssel zu Ihrer Apotheke hier im Haus?«

Marion Böhler zeigte nicht die geringste Überraschung, war in keiner Weise irritiert, so sehr er damit gerechnet hatte. »Sie haben von dem Einbruch, der vor mehr als drei Jahren stattfand, erfahren. Die Schlüssel sind hier, in der Tat.«

»800 Gramm Zyanide wurden gestohlen.«

»Neben vielen anderen Giften, ja. Soll ich sie Ihnen alle aufzählen?«

Ihre clevere Antwort verschärfte seinen Argwohn. »Sie können sich nicht vorstellen, dass mich das misstrauisch macht, jetzt, nach dem Tod Ihres Mannes?«

»Nein, das kann ich mir nicht vorstellen, dass ich vor mehr als drei Jahren einen Einbruch in die eigene Apotheke vortäusche, nur um dann über vierzig Monate später meinen Mann mit Blausäure vergiften zu können.«

»Vielleicht diente der Einbruch noch anderen Zwecken. Ich weiß nicht, was Sie alles planen.«

»Ganz Rotenberg ins Jenseits befördern, was glauben Sie denn?« Marion Böhler war aufgesprungen, starrte Braig mit vor Wut weit aufgerissenen Augen an. Sie hatte Mühe, sich zurückzuhalten, kämpfte mit ihrer Erregung. »Oder reicht Ihnen das nicht? Was wollen Sie noch hören? Die böse Apothekerin mit ihrem vielen Gift – wer wird ihr als Nächstes zum Opfer fallen?«

9. Kapitel

Zehn Minuten vor neun stand Wolfgang Reck vor dem Eingangsportal der evangelischen Juliana-Kirche in Großaspach. Er hatte sich verspätet, hatte sich beim Frühstück zu ausführlich mit seiner Mutter über das geistliche Konzert vom Vorabend unterhalten, zu dem er von Freunden in die Winnender Schlosskirche eingeladen worden war.

Wolfgang Reck war seit frühester Kindheit begeisterter Musiker. Alles, was mit Instrumenten, Chören, klassischen Werken zu tun hatte, reizte sein Interesse. Mit sechs Jahren, zeitgleich mit seinem Eintritt in die Grundschule, hatte er Klavierunterricht erhalten, zuerst bei einer jüngeren, später dann bei einer älteren, erfahreneren Lehrerin. Kurz nach dem Beginn seiner Gymnasialzeit war er auf eigenen Wunsch zur Kirchenmusik gewechselt, hatte in der Backnanger Stiftskirche das Orgelspielen gelernt.

Der Mangel an ausgebildeten Organisten war ebenso groß wie Wolfgang Recks Begeisterung für die Königin der Instrumente: Ersten Monaten mit Ferien- und Notfalleinsätzen an den Orgeln verschiedener Kirchen in der Umgebung seines Wohnortes Großaspach folgten immer häufiger Verpflichtungen zur musikalischen Begleitung von Gottesdiensten, Hochzeiten oder Beerdigungen im gesamten Umkreis. Reck erspielte sich dabei im Lauf der Zeit einen solch guten Ruf, dass ihm schließlich von seiner Heimatgemeinde eine halbe, zu 14-tägigen Diensten verpflichtende Organistenstelle angeboten worden war, die er vor mehr als drei Jahren, damals noch als Oberstufenschüler eines Backnanger Gymnasiums, angetreten hatte.

Heute, im zweiten Monat seiner neuen Tätigkeit als Zivildienstleistender, übte Wolfgang Reck sein sonntägliches Engagement mit ungebrochenem jugendlichen Elan und nicht nachlassender Begeisterung, zur Freude vieler vor allem älterer

Gottesdienstbesucher, aus. Punkt halb neun saß er an Dienst-Sonntagen in der Kirche, übte eineinhalb Stunden die vom Pfarrer ausgewählten Lieder und Kantaten, um sie anschließend der Gemeinde zu präsentieren. Das kleine Gotteshaus war fast immer gut besucht; schon eine halbe Stunde vor Beginn füllten sich die ersten Reihen mit andächtig den Klängen der Orgel lauschenden Zuhörern.

Wolfgang Reck griff in seine Tasche, zog den Schlüssel heraus, steckte ihn ins Schloss des Haupteingangs. Die Melodien des abendlichen Konzerts lagen ihm noch im Ohr. Leise vor sich hin summend drehte er den Schlüssel im Schloss, spürte aber, dass die Tür gar nicht verschlossen war.

Überrascht drückte er die Klinke nieder. Das schwere Portal gab nach, schwang mit dem gewohnten Quietschen nach außen. Neugierig starrte der junge Organist in das Gotteshaus.

Dass am frühen Sonntagmorgen jemand vor ihm in der Kirche war, entsprach nicht der Regel. Zwei- oder dreimal in den Jahren, in denen er hier praktizierte, hatte irgendjemand vergessen, am Samstagabend abzuschließen, vielleicht ein Mitglied der Pfarrfamilie, die Messnerin oder einer der gelegentlichen Besucher, denen erlaubt worden war, in freien Stunden auf der Orgel zu spielen, er wusste nicht, wer genau. Der Kirche würde das Versäumnis nicht geschadet haben, niemand außer ihm war auf das unverschlossene Gotteshaus aufmerksam geworden, dachte er.

Wolfgang Recks Augen benötigten einige Sekunden, um sich an das gedämpfte Licht des Innenraums zu gewöhnen, dann nahm er die gewohnten Umrisse wahr: die dunklen, in Reih und Glied beiderseits des Kirchenschiffs angeordneten Bänke; die von rechteckigen Holzeinfassungen begrenzte Empore auf der rechten Seite; den geradlinigen Gang, der vom Eingang direkt zum Altar und der dahinter untergebrachten Orgel führte.

Der junge Kirchenmusiker ließ seine Augen aufmerksam über die gesamte Einrichtung schweifen, rief vorsichtshalber ein kräftiges: »Ist jemand da?«, trat dann ins Innere, als außer dem Echo der eigenen Worte keine Antwort erfolgte. Er zog die Tür hinter sich zu, folgte dem breiten Gang mitten durch die Kirche, sah, dass offensichtlich alles in Ordnung war.

Die Fliesen glänzten frisch poliert, die Bänke rochen nach harzigem Wachs, kein Staubkorn tanzte in der Luft. Die Messnerin hatte gestern vor ihrem Urlaubsbeginn wieder vorbildliche Arbeit geleistet. Wolfgang Reck wusste, welchen Wert die Frau ihren Bemühungen um ein allseits sauberes Gotteshaus beimaß, versuchte, möglichst leichtfüßig aufzutreten, um ja keinen Schmutz zu hinterlassen.

Die in verkrümmter Haltung auf den Boden seitlich neben die Kanzel gekauerte Gestalt nahm er erst wahr, als er den vorderen Teil der Kirche erreicht hatte. Er blickte zur Seite, sah eine grässlich verzerrte Grimasse, die zu ihm heraufzustarren schien, glaubte im ersten Moment, der Mann sei gerade dabei aufzuspringen, um sich auf ihn zu werfen.

Erschrocken stolperte er einen Schritt zurück, ließ die schmale Tasche mit den Notenblättern fallen, wartete auf die Attacke des anderen. Seine Glieder schienen versteinert, die Muskeln gelähmt. Die Ledermappe schlug mit einem lauten Knall auf dem Boden auf, ließ ein Bündel Blätter über die Fliesen gleiten, direkt auf die neben der Kanzel kauernde Gestalt zu.

Als sich das Echo des Aufpralls in allen Ecken des kleinen Gotteshauses brach, erwachte Wolfgang Reck aus seiner Trance. Im Bruchteil einer Sekunde war ihm klar, dass von der Person vor ihm keine Gefahr mehr ausging, nicht jetzt und auch in Zukunft nicht, gleichgültig, wer immer der Mann war. Seine Erstarrung schwand, die Lähmung ließ nach. Schneller als jemals zuvor rannte der junge Organist durch das Gotteshaus, drückte die Klinke nieder und spurtete schreiend ins Freie. Er kümmerte sich nicht um seine vor der Kanzel verstreuten Noten, dachte nicht länger an die unablässigen Bemühungen der Messnerin, die Kirche sauber zu halten.

10. Kapitel

Steffen Braigs Handy läutete beim Frühstück. Er saß mit Ann-Katrin und deren Mutter am reich gedeckten Tisch, ahnte sofort, dass der Anruf wieder keine angenehmen Neuigkeiten bringen würde. Wochenendbereitschaft bedeutete allzu oft intensive Beschäftigung mit in mehrere Einzelteile zerfetzten Jugendlichen auf irgendwelchen Straßen, vermissten Kindern oder Ehepartnern, blutigen Auseinandersetzungen im Milieu. Tage ohne Zwischenfälle waren äußerst selten.

Ein Brötchen mit Olivenpaste kauend nahm Braig das Gespräch an.

»Weißhaar hier, es tut mir Leid, wenn ich störe.«

»Was liegt an?« Er sprach mit vollem Mund, kaute weiter. Der Kollege war ihm gut bekannt, er arbeitete seit mehreren Jahren beim LKA.

»Ein Toter in einer Kirche.«

»In einer Kirche? Wo?«

»Großaspach. Der Organist. Und um es dir gleich zu sagen: Das allerschlimmste ...« Weißhaar wurde unterbrochen, stockte.

»Ja? Was ist das Allerschlimmste?« Braig sah die Falten auf Ann-Katrins Stirn, die ärgerliche Miene, mit der sie sein Gespräch verfolgte.

»Es scheint sich bestätigt zu haben«, fuhr der Kollege fort, »gerade traf eine neue E-Mail ein. Gift.«

Braig schluckte vor Schreck die halb zerkauten Brötchenteile. »Gift? Doch nicht etwa ...«

»Blausäure.« Weißhaar war ihm zuvorgekommen. »Soeben vom untersuchenden Arzt bestätigt.«

Braig sprang von seinem Stuhl auf, fuhr sich durch die Haare. »Kein Wort an die Presse. Hörst du, kein Wort.«

»Ich werde versuchen, es zu verhindern. Kümmerst du dich um die Sache?«

»Das geht wohl nicht anders. Hast du die Kollegen verständigt?«

»Ich bin dabei. Die Techniker sind bereits unterwegs.«

»Gut. Ich mache mich ebenfalls auf den Weg.« Er drückte eine Taste und steckte das Handy weg.

Ann-Katrins Augen glühten vor Wut. »Manchmal kotzt es mich richtig an«, zischte sie.

»Was meinst du?«

»Was wohl? Können wir nicht mal den Sonntag für uns haben?«

»Tut mir Leid. Mir wäre es auch lieber ...«

»Das weiß ich. Nur hilft uns das nichts. Dieser ganze Mist! Und was erwartet dich jetzt wieder?«

»Blausäure«, sagte er kurz, schwieg dann für einen Moment. Natürlich hatte sie Recht. Gestern war er am späten Nachmittag bei ihr eingetroffen, schon bei der Ankunft müde und abgearbeitet, reif für eine lange Nacht mit nichts als tiefem Schlaf, unfähig, sich auf sie und ihre Zweisamkeit zu konzentrieren. Aus dem abwechslungsreichen Abend, auf den sie sich seit Tagen gefreut hatte, war nichts geworden, kein Kino, kein Theater, nicht einmal der Besuch eines Lokals oder eines Cafés. Schlaff und abgespannt hatten sie sich quälende drei Stunden mit Ann-Katrins Mutter unterhalten, mit ihr gegessen und dann seinem Schlafbedürfnis stattgegeben. Zwar war es um ihre Gesundheit nicht zum Besten bestellt gewesen, hatten Schmerzen sie auch gestern wieder den ganzen Tag über hartnäckig attackiert, doch war die Hoffnung auf einen gemeinsamen Abend immer noch das wirkungsvollste Mittel, die Probleme wenigstens zeitweise vergessen zu lassen.

»Deine Gedanken kreisen unentwegt um das grässliche Verbrechen«, hatte sie ihm mehrfach vorgeworfen und ihn jedes Mal dabei ertappt, wie seine Gewissheit, Marion Böhler sei die Mörderin ihres Mannes bzw. habe auf jeden Fall damit zu tun, Stunde um Stunde gewachsen war.

»Berufskrankheit«, war seine Antwort, in dem Bewusstsein von sich gegeben, mit dieser Feststellung voll und ganz die Wahrheit zu sagen.

»Dieselbe Sache wie am Freitag?«, fragte Ann-Katrin.

Braig trank seine Tasse leer, aß den Rest des Brötchens. »Ich fürchte, ja.«

»Tut mir Leid für dich.«

Er nickte, wusste, wie richtig sie mit ihrer unausgesprochenen Befürchtung lag. Die verzerrten Gesichtszüge der Leiche Konrad Böhlers waren ihm noch deutlich in Erinnerung. Wahrscheinlich durfte er sich in den nächsten Stunden mit einer ähnlich entstellten Physiognomie beschäftigen, wie gut aussehend auch immer der Tote zu seinen Lebzeiten gewesen sein mochte.

Er ließ sich ein belegtes Brötchen einpacken, dazu eine halbe Thermoskanne Kaffee, verabschiedete sich.

In Gedanken versunken machte er sich auf den Weg. Noch ein mit Blausäure vergiftetes Opfer? Derselbe Täter wie in Rotenberg? Ermordet in einer Kirche? Sonntagmorgens – kurz vor dem Gottesdienst? Er wusste nicht, wie er Weißhaars Worte interpretieren sollte, überlegte, ob er ihn überhaupt richtig verstanden hatte, war froh, dass er den Ort bald erreichte.

Großaspach mit seinen 3000 Einwohnern lag malerisch vor dem Halbrund der von Weinbergen gezeichneten Südwestflanke des Schwäbischen Waldes. Die Kirche, offenkundig das Wahrzeichen der Ortschaft, war schon von weitem zu sehen. Auf einer leichten Erhöhung am Ortsrand gelegen, fielen Braig sofort ihr wuchtiger Chorturm und der malerische Fachwerkgiebel des nahen Pfarrhauses ins Auge.

Eigentlich ein bemerkenswerter, fast schon romantisch zu nennender Anblick, überlegte er, spürte aber, dass diese Empfindung nicht im Geringsten zu seiner gegenwärtigen Gemütslage passte. Die kleine, dennoch sehr massiv wirkende Kirche, das filigran gezeichnete Fachwerk des Pfarrgebäudes, überhaupt die ganze Lage des Ortes vor der Kulisse der wie ein

Halbmond die Häuser umarmenden Weinberge ließen das Herz jedes Tourismusmanagers höher schlagen. Braigs Gedanken dagegen hatten jeden Halt, jede Orientierung verloren.

Schon wieder Blausäure – derselbe Täter, dieselbe Täterin also? Marion Böhler? Oder nur ein Nachahmer, eine jener ruchlosen Gestalten, die im Windschatten eines anderen Verbrechers ihren Mordgelüsten frönten? Die dritte Möglichkeit: Zufall. Zwei völlig unabhängig voneinander ans Werk gegangene Täter.

Braig wollte es nicht glauben, nicht aus seiner skeptischen Haltung, seinem Gefühl, mit dem er sich an das neue Verbrechen herantastete, auch nicht aus seiner langjährigen Erfahrung als Kriminalbeamter heraus. Zufälle in dieser zeitlichen und geografischen Nähe waren zu selten, als dass man sie ernsthaft als solche ins Auge fassen konnte. Morde mit Blausäure, sofern es sich bei dem neuen Fall, zu dem er heute gerufen wurde, wirklich darum handelte, hatten immer noch das Siegel exklusiver Ausnahmedelikte, weshalb jede unmittelbare Häufung dem Zufallsprinzip widersprach. Nein, Braig war sich darüber vollkommen im Klaren, wenn es sich hier tatsächlich wieder um ein Verbrechen mit Zyanid handelte, musste die Schlussfolgerung *Tat eines Serienmörders* lauten. Und was das in Bezug auf die Arbeit, den Stress, die Hektik der nächsten Wochen, vielleicht gar Monate und die Hetze der Boulevardpresse bedeutete, wusste er aus Erfahrung.

Er bog in die Einfahrt zum Ort ab, sah auf den ersten Blick die für einen Sonntagmorgen außergewöhnliche Situation. Eine fast unübersehbare Menge teilweise auffallend vornehm gekleideter Menschen bevölkerte die Straßen, Wege und Grünflächen rund um die Kirche. Sie standen in Gruppen zusammen, waren in eifrige Gespräche vertieft. Eine knappe Handvoll uniformierter Beamter war damit beschäftigt, den direkten Eingangsbereich des Gotteshauses von Unbefugten freizuhalten.

Braig stellte seinen Wagen auf dem einzigen noch freien Platz am Rand des Kirchengeländes ab, schob sich durch die laut diskutierenden Passanten auf den Eingang zu. Aufgeregte Gesichter, neugierige Blicke, nervöses Tuscheln, dazu ab und an schrille, von einem Anflug von Hysterie kündende Schreie – die Nachricht vom Geschehen in der Kirche hatte sich offenbar herumgesprochen.

Braig näherte sich dem Hauptportal, sah Polizeiobermeister Busch vom Backnanger Polizeirevier mit weit ausgebreiteten Armen am oberen Ende der Stufen vor dem doppelflügeligen Eingang stehen. Der Mann hatte Mühe, das Heer der Neugierigen davon abzuhalten, einen Blick ins Innere des Gotteshauses zu werfen.

Steffen Braig schob sich bis zu ihm vor, grüßte ihn, erinnerte sich an mehrere Einsätze, bei denen sie sich begegnet waren. »Kein schöner Sonntag heute«, sagte er, bemerkte die aufmerksamen Gesichter der Menschen auf den Stufen der Treppe, die zum Eingang führte.

Busch schüttelte den Kopf. »Weiß Gott nicht, nein.«

»Sie sind schon lange hier?«

»Fast eine Stunde.« Der Polizeiobermeister wies ins Innere des Gotteshauses. »Ihre Kollegen sind schon da. Der Typ sieht schrecklich aus. Grauenvoll. Und das in einer Kirche.« Er schüttelte wieder seinen Kopf, so intensiv, dass ihm die Mütze verrutschte, er rückte sie hastig zurecht.

»Stimmt des wirklich, dass der erschosse worde isch?«, kreischte eine Frau hinter Braig.

»Ond wie«, antwortete ein Mann, »'s ganze Gsicht soll he sei.«

Der Kommissar drehte sich nicht um, nickte Busch zu, zog das Portal auf, trat in die Kirche. Das kleine Gotteshaus war von hektischer Betriebsamkeit erfüllt. Braig sah die dunklen Bänke, die mit hellem Holz verkleidete Empore, den sauberen Sisalteppich, der sich den Mittelgang entlang erstreckte. Am anderen Ende der Kirche tasteten zwei Männer, von grellen Scheinwerfern in gleißendes Licht getaucht, mit kleinen Pinseln vornübergebeugt die blank geputzten Fliesen vor dem Altar ab.

»Der Abdruck hat höchstens Größe siebenunddreißig oder achtunddreißig«, hörte er eine Stimme sagen.

Braig erkannte den Mann sofort, schob sich vorsichtig nach vorne. »Welcher Abdruck?«, fragte er laut.

Helmut Rössle schob seinen Kopf nach links, warf Braig einen Blick zu. »Alle achtzig Deifel von Sindelfinge, hat's dich heut au no erwischt?«

Der Kommissar begrüßte ihn und Helmut Hutzenlaub, der direkt neben ihm arbeitete, sah unmittelbar vor der Kanzel den Rücken einer Person, die mit einem Gegenstand, den ihr Körper vollkommen verdeckte, beschäftigt schien.

»Welcher Abdruck?«, wiederholte Braig.

»Schuhe«, erklärte Rössle, »hier auf dem Teppich vor dem Altar.«

»Größe siebenunddreißig oder achtunddreißig?«

»Ganz genau. Und nicht vom Toten. Dessen Füße sind größer, mir hent sie schon überprüft.«

Größe siebenunddreißig oder achtunddreißig. Wie in Rotenberg, arbeitete es in Braig. Er spürte, wie seine Hände zitterten.

»Deiner Kollegin han i des au schon erzählt.«

»Welcher Kollegin?«

»Welcher wohl? Neundorf natürlich.«

»Sie ist auch hier?« Braig wunderte sich. Neundorf hatte ebenfalls ihr freies Wochenende. Wer hatte sie alarmiert?

»Mir hent sie vorhin in Waiblingen mitgnomme. Weißhaar hat uns den Auftrag gebe.«

»Wo ist sie jetzt?«

»Sie spricht mit dem Pfarrer oder der Messnerin – i woiß es net genau.«

Braig schaute zur Seite, sah, dass sich die Person vor der Kanzel aufrichtete und ihm das Gesicht zuwandte. Es war ein schmächtiger Mann mit dichtem, schwarzem Vollbart, dessen Augen müde aus einem bleichen Gesicht blickten. Braig erinnerte sich, ihn schon einmal gesehen zu haben.

»Schweisser«, sagte der Mann, streckte ihm die Hand entgegen, »ich bin der Arzt.«

Sie begrüßten sich, starrten auf den Toten. Dessen Gesicht war grauenhaft verzerrt, ähnlich wie Braig es nach dem Anblick am Freitag in Rotenberg erwartet hatte, der ganze Körper unnatürlich verkrampft. Auf der rechten Wange hatte er einen großen, hellroten Fleck. Er trug einen dunkelbraunen Anzug, ein weißes, jetzt am Bauch vom Arzt aufgeschnittenes Hemd, dazu eine dunkelgrüne Krawatte. Wie bei der Leiche in Rotenberg war nirgends eine Verletzung zu erkennen. Braig hatte Mühe, das Alter des Mannes einzuschätzen. Über fünfzig, überlegte er, aber wie viel darüber?

Angeekelt von den Gesichtszügen wandte er sich von dem Toten ab, lief ein paar Schritte von der Kanzel weg. »Gift«, sagte er, »Blausäure.«

Dr. Schweisser nickte. »Ich bin zwar kein klinischer Pathologe, aber dieses Urteil traue ich mir dennoch zu. Die Muskulatur, die Flecken, die Körperhaltung, sogar der Geruch aus seinem Mund – alles wie im Lehrbuch. Blausäure, ohne jede Frage.«

»Kennen wir seine Identität?«

»Ihr Kollege hat es notiert.« Der Arzt zeigte auf Rössle, der auf dem Boden unmittelbar vor der Orgel kniete und ein feines Pulver verstreute.

»Wie heißt der Mann?« Braig hatte sich dem Kriminaltechniker vorsichtig genähert, wartete, bis der seine Arbeit kurz unterbrach und zu ihm aufsah.

»Bernhard Hemmer.«

»Hämmer mit ä?«

»Noi, mit e. H – e – m – m –e –r.«

»Woher weißt du das?«

»Von dem Organisten, der ihn gfunde hat. Er kennt ihn.«

»Der Tote hat keine Papiere bei sich?«

»Nichts. Mir hent alles untersucht. Vergeblich.«

Braig zog sein kleines Notizbuch vor, schrieb sich den Namen auf. »Wie lange ist er tot? Was schätzen Sie?«

Dr. Schweisser zögerte mit seiner Antwort. »Das ist nicht einfach«, meinte er, »in der Kirche ist es frisch, kaum über zehn, zwölf Grad. Ich kann nur schätzen.«

»Versuchen Sie es, bitte.«

»Es ist wirklich nur ein Versuch.«

Braig nickte.

»Zwölf Stunden.«

»Gestern am späten Abend also.«

»So etwa. Aber ich ...«

»Ja, das ist klar. Eine genauere Analyse erhalten wir erst nach der Obduktion. Er starb also auf keinen Fall heute Morgen.«

»Nein, das würde ich ausschließen.«

»Wurde er hier getötet?«, fragte er dann.

Dr. Schweisser wog den Kopf hin und her, fuhr sich durch seinen dichten Bart. »Ich weiß, die Kirche. Aber Menschen bleiben Menschen. Wenn Sie Blausäure zu sich genommen haben, zum Beispiel Zyanid in einer Flüssigkeit gelöst, bleibt Ihnen nicht mehr viel Zeit. Gleich, ob draußen in der Welt oder hier in der Kirche.«

Braig nickte, betrachtete die Kriminaltechniker, die den Boden um den Altar bearbeiteten.

»Und Selbstmord können wir wohl ausschließen«, ergänzte der Arzt, »alle Indizien sprechen dagegen. Es gibt kein Gefäß, aus dem er den Stoff hätte zu sich nehmen können. Ihre Kollegen haben alles abgesucht, vergeblich.«

Braig kam das alles bekannt vor. Dasselbe Geschehen wie in Rotenberg, überlegte er. Dort in der freien Natur im Weinberg und hier mitten in einer Kirche. »Dann müssen wir davon ausgehen, dass der Fußabdruck Größe siebenunddreißig, achtunddreißig der Person gehört, die Hemmer das Gift übergab.«

»Möglich isch es«, brummte Rössle.

»Was wollte der Mann in der Kirche? Wissen wir etwas darüber?«

»Orgel spielen.«

»Orgel spielen? Ich dachte, der Organist hat den Toten entdeckt?«

»Das stimmt. Hemmer kam nur ab und zu zum Üben hierher. So han ich es jedenfalls verstande. Aber frag den Organischten selbst. Der Kerle steht draußen und wartet auf dich.«

Braig nickte, begab sich zum Eingang, schob die Tür auf. Die Menschenmenge hatte sich noch näher an das Portal herangeschoben. Polizeiobermeister Busch schimpfte mit lauter Stimme.

»Sie können nicht in die Kirche, wie oft soll ich es noch wiederholen?« Er blickte zur Seite, sah Braig auf sich zu treten. »Zum Verrücktwerden«, schimpfte er, »diese Neugier.«

»Sollen wir noch Kollegen anfordern?«

Busch winkte mit der Hand ab. »Wir sind zu dritt. Eine Frau und zwei Männer. Das müsste doch reichen.«

Braig fragte nach dem Organisten, der den Toten gefunden hatte. Der uniformierte Kollege bat ihn zu warten, sah sich mit prüfendem Blick um.

»Wer isch der Tote?« kreischte eine Stimme.

»Findet heut koin Gottesdienst statt?«

Braig wusste nicht, was und wem er antworten sollte, sah Busch mit einem jungen Mann auf sich zu kommen.

»Hier ist er«, erklärte der Polizeiobermeister. »Herr Reck, der Organist.«

Der Kommissar wunderte sich, wie jung der Mann war, begrüßte ihn, stellte sich vor. »Sie haben den Toten gefunden?«

Reck nickte. Er war Anfang zwanzig, hatte blonde Locken, ein bleiches, von Nervosität geprägtes Gesicht.

Braig bat ihn, mit in die Kirche zu kommen und einige Fragen zu beantworten. Er öffnete das Portal, betrat gemeinsam mit seinem Gesprächspartner den Innenraum, ließ das aufgeregte Stimmengewirr hinter sich.

»Können wir uns irgendwo setzen?« Seine Stimme wirkte laut in der Kirche.

»Wenn du mit Gewalt Spure verwische willsch, gern. Mir brauchet no a Weile, bis mir alles untersucht hent.« Rössle baute sich schwer atmend vorne vor dem Altar auf. »Obwohl i net glaub, hier noch groß was zu finde. Immerhin hent mir das Profil von dene Schuh hier vor dem Altar.«

Braig entschuldigte sich bei Reck, bat ihn, im Stehen auf seine Fragen einzugehen. Er notierte sich die Adresse, den Beruf und die Zeiten, in denen der junge Mann seiner Tätigkeit als Organist nachging, ließ sich die Entdeckung des Toten genau beschreiben. Reck kam seinen Wünschen ausführlich nach.

»Sie haben Hemmer im ersten Moment also nicht erkannt?«, hakte Braig später nach.

»Als ich zum ersten Mal in der Kirche war? Nein. Ich war so erschrocken über den Anblick ...« Er stockte, überlegte, wie er sich ausdrücken sollte. »Sie müssen sich vorstellen, ich dachte, die Kirche sei leer, irgendjemand habe vergessen abzuschließen, aber dann liegt da plötzlich dieser entstellte Körper ...« Er schüttelte sich vor Abscheu.

»Ich verstehe. Wie gut kannten Sie Herrn Hemmer?«

Wolfgang Reck fuhr sich über seine linke Wange. »Nicht besonders. Ich meine, wir trafen uns zwei-, dreimal an der Orgel. Wenn ich samstags zum Üben kam. Mehr nicht.«

»Er spielte nur zum Spaß?«

»Nicht nur. Wenn Not am Mann war, sprang er auch mal ein, soweit ich weiß. Bei Beerdigungen oder Hochzeiten oder auch in den Ferien. Aber das kann ich Ihnen nicht genau sagen. Dazu kenne ich ihn zu wenig.«

Braig nickte, kam zu einem anderen Thema. »Die Tür war nicht abgeschlossen, sagten Sie. Aber Sie bemerkten es erst, als Sie den Schlüssel drehten, ja?«

»Ich konnte es vorher nicht feststellen, weil der Riegel des Schlosses von außen nicht zu sehen ist, klar?« Reck lief zum Portal, öffnete es, zeigte Braig die Metallschiene, die über die eine Türhälfte hinausragte.

Mehrere Gesichter starrten sogleich neugierig zu ihnen hin. Polizeiobermeister Busch zupfte den Kommissar an der Schulter. »Eine Kirchengemeinderätin möchte Sie sprechen. Sie fragt, ob der Gottesdienst ...«

Braig schüttelte den Kopf. »Heute Morgen nicht. Die Techniker brauchen Zeit.« Er schob die Tür hinter sich zu, entzog sie allen weiteren Fragen.

»Herr Hemmer hatte einen eigenen Schlüssel für die Kirche?«

Wolfgang Reck wusste keine Antwort. »Das müssen Sie die Pfarrer fragen.«

Braig notierte sich die Frage, wurde vom Läuten des Handys unterbrochen. Er entschuldigte sich bei dem jungen Mann.

Katrin Neundorf war am Apparat. »Schöne Bescherung, was die uns da eingebrockt haben, was?«

»Du? Wer hat dich informiert?« Er drehte sich von dem jungen Mann weg, starrte zum Altar, wo Rössle und Hutzenlaub immer noch mit dem Boden beschäftigt waren.

»Weißhaar. Der war total in Panik. Beck und Stöhr zu einem brutalen Verkehrsunfall unterwegs, ein Lastwagen, der eine ganze Gruppe PKW samt Inhalt niederwalzte, Felsentretter auf Fortbildung und Söhnle ohne Reaktion. Du könntest unmöglich alles allein machen, meinte er. Damit war es um mein freies Wochenende geschehen.«

»Tut mir Leid für dich. Was soll das heißen, Söhnle ist ohne Reaktion? Weshalb ist er nicht hier?«

»Keine Ahnung. Er geht nicht an den Apparat, obwohl er Bereitschaft hat, meinte Weißhaar.«

»Nicht an den Apparat? Er war gestern unterwegs und am Freitag den kompletten Abend. Dann wurde ihm schlecht, ich forderte ihn auf, nach Hause zu gehen. Er sah übel aus.«

»Jetzt gibt er keine Antwort.«

Braig sah, wie Rössle sich aufrichtete und der Orgel zuwandte. Der Techniker tastete mit Plastikhandschuhen vorsichtig den Notenständer ab, hielt einen Stift in die Höhe.

»Das klingt nicht gut. Auf Bernhard ist Verlass.«

»Ich weiß. Aber das hilft uns im Moment nichts.«

»Wo bist du?«

»Unterwegs. Ich sprach eben mit der Pfarrerin und dem Pfarrer, einem Ehepaar, das die Stelle hier gemeinsam ausübt. Sie holten mich aus der Kirche, als ich gerade den Toten ansah. Jetzt suche ich die Messnerin. Anschließend komme ich. Du bist im Innenraum?«

»Ich unterhalte mich gerade mit dem Organisten, ja.«

»Das ist gut. Dann bis gleich.«

Braig beendete das Gespräch und überlegte: Söhnle reagierte nicht. Das klang nicht gut, in Anbetracht der bleichen Miene, die der Kriminalmeister gestern zur Schau getragen hatte. Auf Söhnle war Verlass, er konnte sich nicht erinnern, dass der Kollege seine Dienst-Wochenenden jemals verschlafen oder sonst wie versäumt hatte. Ob er doch zu einem Arzt gegangen war?

Braig musste alle Kraft zusammennehmen, um sich wieder auf Wolfgang Reck zu konzentrieren. Er drehte sich um, wandte sich dem jungen Mann zu. »Sie üben immer sonntags vor dem Gottesdienst?«

»Die Lieder, die gesungen werden, dazu die Einführung und den Schluss.«

»Nur sonntags?«

Reck schüttelte den Kopf. »Ein- oder zweimal die Woche abends, je nachdem, wie es mit der Zeit reicht.«

»Wenn Sie üben, sind Sie allein in der Kirche?«

»Anfangs, ja. Nach einer Weile kommen dann die ersten Gottesdienstbesucher.«

»Lange vor Beginn?«

»Vielleicht eine halbe Stunde, je nachdem. Einige wollen zuhören, die sind immer sehr früh dran.«

»Sie schließen also die Kirche nie ab, wenn Sie üben?«

»Sonntags nicht, nein. Ich weiß ja nicht, wann die ersten Leute kommen.«

»Und abends?«

Wolfgang Reck verstand, worauf Braig hinauswollte. »Meistens schon, ja. Es gibt keinen Grund, offen zu lassen. Und wenn ich spiele, höre ich nicht, was an der Tür los ist.«

»Die anderen Eingänge sind ebenfalls verschlossen?«

»Immer.«

»Dann bleibt die Frage, ob Herr Hemmer die Tür hinter sich abschloss oder nicht, wenn er samstagmittags übte.«

Reck antwortete sofort. »Ich glaube, er ließ offen. Als ich ihn neulich hier traf, hatte er jedenfalls nicht abgeschlossen.«

Braig nickte, hatte diese Aussage befürchtet. »Somit hatte jeder Zugang«, sagte er, »jeder.« Er blickte nach vorn, sah, dass Rössle und Hutzenlaub die Tastatur der Orgel untersuchten. »Gibt es Spuren einer Auseinandersetzung?« rief er laut nach vorne.

»Null«, antwortete Rössle, »hier isch alles in Ordnung, wenn ich das richtig sehe.«

»Sein Körper weist ebenfalls keine Spuren von Schlägen oder Ähnlichem auf«, meldete sich der Arzt, »aber ich will der Obduktion natürlich nicht vorgreifen.«

Braig spürte erste Schmerzen in seinem Kopf, massierte seine Schläfen. »Dann hat er seinen Mörder vielleicht gekannt.«

Er wusste, dass sie das Umfeld des Toten genau durchleuchten mussten, überlegte, ob es jetzt schon irgendeine Verbindung zu Marion Böhler in Rotenberg gäbe, die er bisher übersehen hatte. Wenn der Mord hier gestern am frühen Abend geschehen war ...

Die Möglichkeit bestand, auf jeden Fall. Von Rotenberg nach Großaspach waren es etwa 35 bis 40 Kilometer, die Sache einer knappen Stunde. Gegen 16.30 Uhr hatte er Marion Böhler verlassen, früh genug, ihr den Besuch der Kirche hier am Abend noch zu ermöglichen. Er musste genau überprüfen, was sie am Abend und in der Nacht noch unternommen hatte. Wenn sie kein absolut wasserdichtes Alibi vorweisen konnte ...

»Was ist mit meinen Noten?« Wolfgang Recks Frage riss ihn aus seinen Gedanken.

»Welche Noten?«

Der junge Mann deutete nach vorne. »Ich ließ sie vor Schreck fallen, als ich den Toten sah. Aus Angst, ich könnte irgendwelche Spuren verwischen, wagte ich mich nicht mehr daran.«

Braig folgte dem Mittelgang Richtung Orgel, sah das Winken Rössles.

»Die hier?« Der Techniker bewegte sich in gestelzten Schritten am Altar vorbei auf sie zu, hielt einen Packen Papiere samt dunkler Ledermappe in der Hand.

Wolfgang Reck nickte, nahm sie an sich.

»Die gehören alle Ihnen?«, fragte Braig.

Der Organist blätterte die Noten durch, ordnete sie Stück für Stück in einer von ihm selbst vorgegebenen Reihenfolge, nickte dann. »Das sind meine, ja.«

»Die lagen samt der Mappe neben der Kanzel auf dem Boden«, erklärte Hutzenlaub.

Braig sah zur Orgel hinüber, suchte das Instrument mit seinen Augen ab. Die Tastatur lag offen, der Deckel war hoch geklappt. Die Tasten glänzten weiß und schwarz, schienen sehr gut gepflegt. Auf dem Notenständer darüber lag ein dünner Stift. Links und rechts dahinter erhob sich der schmale Leib des Orgelvorbaus. Ihre Pfeifen ragten mit ihren Spitzen fast bis an die Decke des dem Gotteshaus angefügten Raumes hoch.

Braig spürte, dass etwas nicht stimmte. Irgendein Element störte ihn. Er überlegte, versuchte sich klarzumachen, wie es früher ausgesehen hatte, als er noch ab und an in die Kirche gegangen war. Der Organist oder vielmehr die Organistin mit dem Rücken zur Gemeinde, die offene Tastatur, der breite Notenständer, die aufgeklappten Noten ...

Plötzlich war Braig klar, was ihn irritierte. Das Bild war nicht vollständig, wichtige Bestandteile fehlten. »Hemmer war in der

Kirche, um auf der Orgel zu üben?«, fragte er, an den Organisten gewandt.

Wolfgang Reck nickte. »Das haben wir doch besprochen.«

»Spielte er aus dem Gedächtnis?« Er sah den fragenden Ausdruck im Gesicht des jungen Mannes, merkte, dass dieser das Problem nicht verstand. »Ich meine, wo sind seine Noten?«

Er schaute nochmals zur Orgel, überflog die Sitzbank, den Boden davor. Alles war leer, nirgendwo auch nur ein Blatt Papier.

»Des han i mi au scho gfragt«, brummte Rössle.

Reck starrte verblüfft von einem zum andern, betrachtete die Orgel, die Sitzbank, den Boden, nickte mit dem Kopf. »Seltsam. Natürlich brauchte er Noten.«

»Sie haben sie nicht aus Versehen eingesteckt?« Braig deutete auf die Ledermappe.

»Hier?« Reck kramte alle Blätter wieder vor, sah sie langsam Stück für Stück durch, schüttelte dann den Kopf. »Nein, das sind alles meine eigenen. Wirklich. Sie glauben doch nicht etwa ...«

»Nein, um Gottes willen, mir geht es um die Frage, wo Hemmers Noten sind. Wenn Sie sie nicht haben, wo sind sie dann?«

»Woher soll ich das wissen?«

»Ist es möglich, dass er gestern keine Noten brauchte, weil er nur auswendig gelernte Stücke spielen oder improvisieren wollte?«

»Das kann ich mir nicht vorstellen. Üben bedeutet fast immer neue Stücke einspielen, bestimmte Griffe trainieren. Ohne Noten geht das schlecht.«

»Vielleicht war er ein einzigartiges Genie, ein Naturtalent, und hatte das nicht nötig.«

Reck schüttelte energisch den Kopf. »Bei aller Hochachtung vor dem Mann, nein. Ich hörte ihn nur zwei- oder dreimal spielen, das erzählte ich Ihnen, da benutzte er Notenblätter, ganz normal, ich erinnere mich genau. Nein, das kann nicht sein.«

»Ihr habt alles untersucht?«, fragte Braig.

Rössle schaute sich hilflos um. »Vielleicht gibt es einen Platz, von dem mir nix wisset?«

Der junge Organist war sich sicher. »Hier nicht. Die Noten kommen auf den Ständer, auf die Bank oder auf den Boden daneben. Es gibt keine andere Ablage. Ich spiele seit drei Jahren hier.«

»Dann können wir davon ausgehen, dass irgendjemand die Noten Hemmers mitgenommen hat.« Braig spürte erneut Schmerzen, massierte seine Schläfen. »Der Mörder oder die Mörderin.«

Reck starrte ihn an, das Gesicht von Schreck gezeichnet. »Warum?«

»Wenn ich das wüsste, wäre der Fall vielleicht schon gelöst. Unter Umständen hatte sie oder er Angst, sie könnten etwas verraten, uns Hinweise geben.«

»Oder er hat ihn getötet, um die Blätter zu stehlen«, warf Hutzenlaub ein. »Gibt es Noten, die so wertvoll sind, dass sich ihretwegen ein Mord lohnen würde?«

»Originalhandschriften eines Künstlers vielleicht«, sagte Braig, »obwohl ich das für absurd halte. Der Mord steht im Zusammenhang mit dem von Rotenberg, daran gibt es für mich keinen Zweifel.«

»Aber wieso sollen die Noten den Mörder verraten? Was hat der damit zu tun?«

Braig schüttelte den Kopf, seufzte laut auf. Das Echo hallte durch die ganze Kirche. »Das überlegen wir später. Gibt es noch irgendetwas, das wir jetzt mit Herrn Reck besprechen sollten?«

Er sah das Nicken Rössles.

»Hier«, erklärte der Techniker und wies auf die Orgel, »Sie könnet mir noch helfe.« Er trug dünne Filzpantoffeln, versuchte, weiß markierte Flächen auf dem Boden zu umgehen. »Wenn Sie mir grade mal folget.« Rössle fasste den jungen Mann am Arm, zog ihn vorsichtig hinter sich her.

Braig folgte ihnen bis unmittelbar vor die Orgel, sah, wie der Techniker auf bestimmte Gegenstände deutete und Reck danach fragte, ob sie ihm bekannt vorkämen.

»Ist hier alles in Ordnung oder fällt irgendetwas aus dem Rahmen?«

Der Organist betrachtete alles der Reihe nach, überflog die Umgebung wieder und wieder mit seinem Blick, äußerte sich dann zufrieden. »Nein. Ich kann nicht erkennen, dass etwas geändert wurde.«

Braigs Handy läutete in dem Moment, als Rössle einen Tintenkuli in die Höhe hielt, der auf dem Notenständer lag. »Was ist damit?«, forschte er. »Liegt der immer hier?«

Reck schüttelte den Kopf. »Der gehört sicher Herrn Hemmer.«

»Wozu brauchte er den?«, fragte Braig. Sein Handy läutete noch immer.

»Wenn wir üben, machen wir oft Notizen, wie wir die Griffe spielen. Zeigefinger, Mittelfinger, Daumen und so. Deshalb haben wir immer einen Bleistift dabei.«

»Ihrer ist es nicht?«

»Nein. Den bringt normalerweise jeder selbst mit.«

Braig wandte sich ab, machte mit dem Handy ein paar Schritte von der Orgel weg.

Jürgen Hofmann, der Oberstaatsanwalt, war am Apparat. »Tut mir Leid, wenn ich Sie am Sonntagvormittag störe«. sagte er, »aber wie ich höre, sind Sie schon wieder im Einsatz.«

»Es ließ sich nicht vermeiden. Dasselbe Delikt wie am Freitagnachmittag«, antwortete Braig. Er hatte den Mittelgang neben der Kanzel erreicht, blieb stehen.

»Blausäure.«

»Genau.«

»Derselbe Täter?«

»Es ist noch zu früh für eine Antwort. Ersten Indizien nach aber ein vorsichtiges Ja. Wir haben einen Fußabdruck Größe siebenunddreißig, achtunddreißig – wie in Rotenberg.«

»Das ist schlecht«, meinte Hofmann, »dann muss ich die Sache übernehmen.«

Braig berichtete, was er wusste, versprach, sich später bei ihm zu melden. Hofmann war eine der sympathischsten Personen im gesamten Bereich der Staatsanwaltschaft, er hatte mehrfach mit ihm zusammengearbeitet, dabei ausnahmslos gute Erfahrungen gemacht. Braig wandte sich wieder dem Organisten zu. »Wissen Sie zufällig, wo Herr Hemmer wohnt?«

»Tut mir Leid.« Wolfgang Reck schüttelte den Kopf. »Sie müssen die Pfarrer fragen oder einen der Kirchengemeinderäte, vielleicht wissen die Bescheid. So gut kannte ich ihn nicht.«

»Dann bedanke ich mich für Ihre Mitarbeit.« Braig reichte ihm seine Karte. »Wenn Ihnen noch etwas einfällt ...« Er gab ihm die Hand, verabschiedete ihn.

»Mit dem Gottesdienst wird es heute wohl nichts mehr?«

»Ich fürchte, nein. Die Techniker müssen alles gründlich absuchen, das ist unverzichtbar.«

Wolfgang Reck nickte, lief leise, wie auf Zehenspitzen, den Mittelgang der Kirche entlang zum Ausgang.

Braig drehte sich wieder nach vorne, schaute zur Orgel. Hutzenlaub pinselte irgendeine Stelle auf dem Boden mit weißem Pulver ein, Rössle starrte durch eine breite Lupe auf die rechte Kante des Altars.

Was will die Mörderin oder der Mörder mit den Noten, überlegte Braig. Stehen sie in irgendeiner Weise mit ihr oder ihm in Verbindung?

Er glaubte, der junge Organist habe das Gotteshaus ebenso leise verlassen, wie er den Mittelgang entlang weggegangen war, als er ihn plötzlich wieder neben sich sah. Braig schrak zusammen.

»Verzeihung«, Recks Worte waren nur ein Flüstern, »ich habe noch eine Frage.«

»Ja?«

»Wenn ich jetzt raus komme, vor die Kirche, die vielen Leute«, er kam ins Stottern, »kann ich dann sagen, was passiert ist?«

Braig schaute ihn mit großen Augen an.

»Die sind neugierig, verstehen Sie?«

Der Kommissar glaubte zu träumen. »Vielleicht äußern Sie sich zurückhaltend«, antwortete er, »sagen Sie einfach, wir wüssten noch nicht, warum er starb.«

Reck nickte verständnisvoll, machte sich wieder auf den Weg. Diesmal blickte Braig ihm nach, bis er die Kirche endgültig verlassen hatte. »Gibt es das noch?«, sinnierte er laut. »Einen jungen Mann, der um Erlaubnis fragt, ob er das, was er soeben erfahren hat, weitererzählen dürfe?«

Braig schüttelte den Kopf. Wann immer ein Verbrechen geschehen war, ob am Tag oder mitten in der Nacht, es brauchte nur Minuten, bis eine vor Neugier triefende Meute aus dem Nichts aufgetaucht war und jede ihrer Ermittlungen fast bis zum Gehtnichtmehr behinderte. Wissbegierige Leute, nach Sensationen lechzende Visagen, laut mit den perversesten Vermutungen um sich werfende, nach Informationen gierende Gestalten gehörten inzwischen zu ihrer täglichen Arbeit wie das Wasser zum Schiff. Und jetzt die Frage, ob der junge Organist erzählen dürfe, was geschehen war.

Vielleicht sollte ich meine Skepsis bezüglich des menschlichen Charakters doch revidieren, überlegte er, nicht ganz so schwarz sehen, wie ich es mir dank meines Berufes in den letzten Jahren angewöhnt habe. Aber bedeutete das nicht eine naive Verbrämung der Realität? Wolfgang Reck – er musste sich den Namen merken – war eine Ausnahme, die vor Neugier tollwütigen Gesichter die Realität, das erwies sein beruflicher Alltag ständig aufs Neue.

Die Eingangstür am Ende der Kirche wurde geöffnet, Katrin Neundorf trat ins Innere. Braig ging ihr entgegen, begrüßte sie, freute sich über ihre Hilfe.

»Du hast Johannes versorgen können?«, fragte er.

Ihr Sohn war erst wenige Monate alt, er erinnerte sich nicht mehr an das genaue Geburtsdatum, wusste nur noch, dass er im vergangenen Winter ein paar Wochen nach Weihnachten auf die Welt gekommen war. Neundorf, eine der fähigsten Kommissarinnen des LKA, hatte nach Beendigung des Mutterschaftsurlaubs im Frühjahr ihren Dienst wieder aufgenommen.

»Meine Mutter. Zum Glück ist sie zur Zeit gut drauf, so war sie sofort einverstanden. Ich war am Freitagabend mit ihr im Theater, Premiere, sie träumt immer noch davon. Das hält eine Weile vor.«

»Das freut mich für dich. Interessantes Stück?« Braig fragte mehr aus Höflichkeit als aus Interesse, weil er kein großer Theaterbesucher war.

»Eine der besten Inszenierungen, die ich je erlebte. ›Das Fräulein Pollinger‹.«

»Wie bitte?« Seine Frage hallte laut durch die Kirche. »Du warst im ›Fräulein Pollinger‹?«

»Was ist daran so außergewöhnlich? Na gut, die Karten waren schwer zu bekommen, das lief über einen Bekannten, schon vor mehreren Monaten ...«

Braigs Überraschung stand immer noch in seinem Gesicht. »Wie waren die Schauspieler?«, fragte er dann, als er sich wieder gefangen hatte.

»Exzellent. Vor allem die junge Gilbner, die das Fräulein Pollinger spielte. Das Stück ist ihr auf den Leib geschrieben.«

»So kann man sich täuschen«, meinte er, »Bernhard, ich hätten wetten können, dass die Premiere zum Reinfall wird.« Er berichtete ihr von Monique Gilbners Nervosität, zeigte auf den Toten vor der Kanzel. »Er sah auch nicht besser aus als der.«

Neundorf lief zu dem Arzt, grüßte ihn und die Techniker, warf einen kurzen Blick auf die Leiche Hemmers. »Ich habe ihn mir vorhin schon angesehen«, sagte sie, »Frau Gilbner kann ich nur bewundern, wie souverän sie den Schock überspielte.« Sie schüttelte den Kopf, wandte sich von dem Toten ab. »Und in Rotenberg dasselbe?«

»Haargenau. Offensichtlich derselbe Täter. Oder besser: Täterin.« Braig berichtete ihr von seinem Verdacht, erklärte minutiös, was für und gegen Marion Böhler sprach.

»Wir müssen auf jeden Fall versuchen, eine Verbindung zu finden«, meinte Neundorf, »den Punkt, den die beiden Toten gemeinsam haben. Gleichgültig, ob jetzt alles für oder gegen diese Böhler spricht.«

Braig stimmte ihr zu. »Du hast mit dem Pfarrer und der Messnerin geredet?«

»Die Messnerin ist in Urlaub«, erwiderte sie. »Kurzurlaub, seit gestern. Sie hatten vergessen, es mir zu sagen. Die Pfarrerin und ihr Mann waren umso auskunftsfreudiger. Sie luden mich zum Kaffee ein, obwohl sie völlig aufgelöst waren. Ein Toter in ihrer Kirche!«

»Haben sie etwas beobachtet?«

»Nichts, leider überhaupt nichts. Sie waren gestern den ganzen Mittag weg, bis spät am Abend, die ganze Familie. Als Zeugen oder auch nur zufällige Beobachter fallen sie leider aus.«

»Das ist Pech. Wenn die Messnerin gestern noch da war, könnte sie ja auch ... Jedenfalls müssen wir uns an die Presse wenden, ob zufällig jemand beobachtet wurde, der gestern Nachmittag oder Abend die Kirche betrat. Vielleicht von einem der vorbeifahrenden Autos aus ...«

»Haben wir schon den genauen Todeszeitpunkt?«

»Noch nicht. Irgendwann gegen Abend.«

»Dann sollten wir noch die Ergebnisse des Pathologen abwarten.«

Braig nickte, erkundigte sich nach der Familie des Toten. »Die Pfarrer kennen sie?«

»Leider nicht. Hemmer kam durch die Vermittlung eines Kirchengemeinderates hierher. Der wohnt im Ort, kennt seine Adresse. Die Pfarrerin gab mir seine Telefonnummer.«

»Rufst du ihn bitte an? Wir müssen Hemmers Familie verständigen.«

Wenige Schritte weiter erhob sich Dr. Schweisser, sammelte seine Instrumente ein, packte sie in seine Tasche. Er warf einen letzten Blick auf den Toten, wandte sich dann an Braig.

»Ich bin fertig. Meinen Bericht erhalten Sie heute Mittag. Ich werde mich beeilen. Geben Sie mir bitte Ihre Fax-Nummer?«

Braig überreichte ihm seine Karte, bedankte sich für seine Arbeit.

»Ich wünsche Ihnen viel Erfolg«, sagte der Arzt, zeigte auf Hemmers Leiche, »hoffentlich erwischen Sie den bald, der dafür verantwortlich ist. Der darf nicht länger frei herumlaufen. Blausäure bringt einen grauenvollen Tod.« Er klopfte Braig auf die Schulter, verabschiedete sich von den Technikern und von Neundorf.

»Der Transport in die Pathologie ist bestellt?«, fragte die Kommissarin.

Der Arzt nickte. »Die müssten bald hier sein.« Er folgte dem Mittelgang, öffnete das Portal. Von draußen waren immer noch kräftige Stimmen zu hören. Entnervt starrte Braig zur Tür.

»Ich habe Hemmers Adresse. Er wohnte in Marbach, hat Frau und Tochter. Die soll aber schon erwachsen sein, meinte der Mann.«

»Wurde die Familie informiert?«

Neundorf schüttelte den Kopf. »Der Kirchengemeinderat kannte nur ihn. Außerdem wusste er nicht genau, was hier geschehen ist. Ein Toter in der Kirche, fragte er mich, stimmt das? Die haben offenbar überraschend dicht gehalten.«

»Dann sollten wir jetzt zu Hemmers Familie. Du kommst mit?«, bat Braig.

Sie zeigte sich sofort einverstanden, beauftragte Rössle und Hutzenlaub, sich um den Abtransport der Leiche und die weitere Untersuchung der Kirche zu kümmern.

»Der Abdruck Größe siebenunddreißig, achtunddreißig ist eindeutig belegt?«

»Alle Idiote von Sindelfinge, wie oft soll i des no wiederhole?«, schimpfte Rössle. »Eindeutig, ja. Mitten auf dem kleinen Teppich vor dem Altar.«

»Dann müsst ihr ihn mit dem Profil von Rotenberg vergleichen. Vielleicht sind sie tatsächlich identisch.«

»Wird gemacht, keine Angst.«

Braig und Neundorf verließen die Kirche in dem Moment, als der Wagen zur Leichenüberführung eintraf. Das aufgeregte Geschnatter der dicht gedrängt versammelten Menschen erstarb für einen Moment, um dann, als die beiden Männer ausstiegen und die Ladefläche öffneten, umso heftiger wieder aufzuleben.

Sie schoben die Bahre aus dem Auto, trugen sie die Treppen hoch. Die kleine, dünne Gestalt, die den Arbeitern unmittelbar folgte, bemerkte Braig erst, als diese gerade im Begriff waren, das Portal zu öffnen und ins Innere der Kirche zu treten. Der Mann trug eine unauffällige, dunkelgrüne Sportjacke, dazu schwarze Jeans und helle Slipper, hielt den Blick starr vor sich auf den Boden gesenkt. Er versuchte, im Windschatten der kräftigen Gestalten vor ihm in die Kirche zu gelangen.

Braig blieb abrupt stehen, rannte zurück, kümmerte sich nicht um die überraschten Blicke der Leute. Er spurtete die Stufen hoch, packte den Mann an seiner Jacke. »Zutritt verboten«, keuchte er, »die Untersuchung ist noch nicht beendet.«

Der Angegriffene wand sich aus seiner Umklammerung, hatte den ersten Fuß schon in der Kirche. Unruhe kam auf.

»Was soll das?«, rief eine Frau, unmittelbar vor Braig. Er hatte Mühe, den Mann festzuhalten.

Die Leute unterhalb der Treppe starrten aufgeregt hoch, verstanden nicht, was sich dort abspielte.

»Keine Gewalt«, rief eine andere Frau, »nicht vor unserer Kirche!«

Mehrere Menschen begannen zu klatschen, schauten vorwurfsvoll zum Eingang des Gotteshauses. Braig keuchte vor Anstrengung, spürte die Wut in sich. Er war versucht, den Leuten einen Vogel zu zeigen: Er kannte den Mann, wusste, was der im Sinn führte. Bayer war einer der umtriebigsten Boulevardjournalisten der Region, berühmt-berüchtigt bei fast allen Beamten der Kriminalabteilungen. Allem, was sich in irgendeiner Form zu einer Schlagzeile aufbauschen ließ, hinterher wie der Teufel. Seinen Erfolgen nach zu urteilen, musste er stets auf der Lauer liegen und Polizeifunk abhören. Der Mann erschien Braig nämlich oft schon über bestimmte Verbrechen informiert, wenn er und seine Kollegen sich noch schwerfällig um die ersten Erkenntnisse bemühten. Bayer kannte jeden Trick, die aktuellen Tatorte nicht nur aufzuspüren, sondern auch auf den Film zu bannen. Offensichtlich hatte der Journalist auch heute wieder Blut geleckt, obwohl Braig sich nicht vorstellen konnte, wer ihm heute Morgen so schnell die nötigen Informationen hatte zukommen lassen.

Erst als Neundorf dazu kam, ließ der Widerstand nach. »Gefahr im Vollzug«, kommentierte sie kurz, »am besten, wir sperren den Kerl weg. Da brauchen wir keinen Richter, das reicht bis morgen früh.«

Sie nahmen ihn in die Mitte, zogen ihre Jacken zurecht.

»Ich hoffe, Sie machen keine Dummheiten«, zischte er.

Das Klatschen hatte aufgehört. Jede Bewegung vor dem Portal wurde von unzähligen Augenpaaren verfolgt.

»Sie können mir nichts vormachen«, erklärte Bayer, »schon wieder ein Blausäure-Toter, was? Liebe Frau Kommissarin, lieber Herr Kommissar, das gibt Aufsehen, ob Sie mich jetzt reinlassen oder nicht. Wir kriegen die Bilder, garantiert. Warten Sie's ab. Morgen sind sie auf der ersten Seite.«

Braig hatte Mühe, an sich zu halten. Er erhaschte einen Blick auf Neundorfs Gesicht, erkannte an ihrer verbissenen Miene, dass es ihr nicht anders erging.

»Der Geier findet immer sein Aas«, versuchte Bayer es weiter, ein hämisches Grinsen übers ganze Gesicht, »das wissen Sie doch. Sie können es nicht verhindern.« Er riss sich von seinen Bewachern los, stieg die Stufen hinab. »Wir kriegen das Bild, warten Sie ab!« Freundlich winkend schob er sich durch die dicht gedrängte Menschenmenge, verschwand um die Ecke.

Braig starrte ihm wütend nach, wusste von früheren Ereignissen, wie machtlos sie ihm und seinen Helfershelfern gegenüber waren. Das üble Schmuddelblatt, das jeden Tag aufs Neue mit Dreck die widerlichsten Kammern der menschlichen Seele bediente, saß am Ende doch wieder am längeren Hebel. Irgendwie kamen sie fast immer zu dem, was sie wollten. Und war es noch so geschmacklos.

»Ich könnte dem Schwein jeden Zahn einzeln zertrümmern«, knurrte Neundorf unmittelbar neben ihm.

Er berührte sie sanft an der Schulter, versuchte sie zu beruhigen, obwohl er kein Jota anders fühlte. Irgendwie würden Bayer und Konsorten es schaffen, das entstellte Gesicht eines oder gar beider Ermordeten zu fotografieren und es, millionenfach mit einem scheinheiligen Kommentar versehen, inmitten all des übrigen Mülls, den sie ständig zum Besten gaben, präsentieren. Am Schluss waren die immer die Gewinner!

Braig lief zu Busch, trichterte dem Polizeiobermeister ein, keine Unbefugten in die Kirche zu lassen, folgte den Bahrenträgern ins Innere und bat sie, sich vor zudringlichen Fotografen in Acht zu nehmen.

»Hat dieser Streit jetzt sein müsse?«, rief eine Frau, als er sich gemeinsam mit Neundorf durch die Menschenmenge drängte.

Braig hob gereizt den Kopf: »Ja, hat er!! Sind wir vielleicht Schuld?« blaffte er zurück.

Er hörte das Aufbrausen eines Motors, sah einen dunklen BMW davonjagen, erkannte Bayers Umrisse hinter dem Steuer.

»Woher weiß dieser Kerl schon wieder Bescheid?«

Neundorfs Antwort kam sofort. »Irgendeiner unserer Kollegen hat sich sein Gehalt aufgebessert.«

Braig lief missmutig zu seinem Dienstwagen, öffnete die Tür.

»Vielleicht kann uns Hemmers Witwe weiterhelfen«, sagte Neundorf, als sie neben ihm Platz nahm, »ich hoffe nur, dass die Frau nicht in Ohnmacht fällt, wenn sie vom plötzlichen Tod ihres Mannes erfährt.«

11. Kapitel

Das von seiner Fassade her etwas angestaubt wirkende Zweifamilienhaus der Hemmers lag am Rand der Marbacher Altstadt, gleich jenseits vom Bahnhof. Braig und Neundorf läuteten an der neben der niedrigen Holzpforte angebrachten Glocke, betrachteten den Vorgarten, der von Astern und Dahlien in allen Farben überquoll. Große, rote Blüten wechselten mit violetten Büschen, vor der Hauswand streckten sich weiße, blaue und dunkelrote Exemplare in die Höhe, allerdings fast alle vom Regen der vergangenen Wochen in Mitleidenschaft gezogen.

Die Frau öffnete die Tür, empfing sie mit strengem Blick. Sie trug ein langes, dunkelgrünes Kleid aus festem Stoff, dazu eine beige Weste, hatte die Haare zu einem festen Knoten auf den Hinterkopf gesteckt.

Braig zog seinen Ausweis aus der Tasche, streckte ihn über die Pforte. »Frau Hemmer?«

Sie betrachtete sie misstrauisch, erst ihre Gesichter, dann den Ausweis, sagte kein Wort. Zwei große, rote Katzen näherten sich von innen, strichen ihr rechts und links um die Beine, blieben abwartend vor ihnen stehen.

»Frau Hemmer, wir sind vom Landeskriminalamt«, erklärte Braig mit kräftiger Stimme, um die Frau aus ihrer Lethargie zu reißen, »das ist meine Kollegin Neundorf, mein Name ist Braig. Dürfen wir Sie für einen Moment sprechen?«

Statt einer Antwort miaute eine der Katzen, laut und kräftig, dem geübten Spiel einer Violinistin ähnlich. Sie legte sich auf den von der Sonne erwärmten Fußabstreifer, direkt vor die Füße ihrer Herrin, dehnte voll sichtbarem Wohlbehagen die linke Vorderpfote und legte sie auf den Schuh der Frau. Das andere Tier verfolgte neugierig ihr Verhalten, blieb unentschlossen daneben stehen.

»Was wollen Sie?«, fragte die Frau.

Braig wandte seinen Blick von den Katzen hoch zu ihrer Gesprächspartnerin. »Können wir vielleicht ins Haus?«

Die Frau schüttelte den Kopf. »Das geht jetzt nicht.«

Der Kommissar schaute seine Kollegin ungläubig an, zuckte mit der Schulter. »Besser wäre es schon«, meinte er, »wenn wir uns drinnen unterhalten könnten.«

»Heute nicht«, erklärte sie rigoros.

Die Katze legte sich auf den Rücken, streckte alle vier Pfoten von sich, räkelte sich hin und her.

»Na, denn«, brummte Neundorf ärgerlich, »bringen wir es hinter uns. Frau Hemmer, es geht um Ihren Mann.«

»Meinen Mann? Ich habe keinen Mann.«

Die zweite Katze versuchte, es der anderen gleich zu tun, warf sich ebenfalls auf den Boden. Sie streckte ihre Pfoten von sich, räkelte sich wohlig hin und her.

Braig riss seinen Blick von den beiden Tieren weg, starrte die Frau überrascht an. »Bernhard Hemmer ist nicht Ihr Mann?«

»Das ist lange vorbei.«

Er überlegte, was ihre Antwort zu bedeuten habe, sah Neundorfs skeptischen Blick.

»Wie sollen wir das verstehen?«, fragte diese.

Die zweite Katze drückte sich immer weiter auf den Fußabstreifer vor, versuchte die andere zur Seite zu drängen.

»Was wollen Sie?«, brummte die Frau.

»Ihr – ehemaliger – Mann Bernhard! Sind Sie geschieden?«

»So gut wie.«

»Er lebt nicht mehr hier bei Ihnen?«

Frau Hemmer schüttelte den Kopf.

»Wir müssen es Ihnen dennoch sagen. Ihr Mann ist tot.«

Sie zuckte nur kurz zusammen, zeigte sonst keine Reaktion.

»Er wurde ermordet«, erklärte Braig, »gestern Abend.« Er behielt ihr Gesicht fest im Blick, sah, dass sich ihre Miene kaum veränderte. Entweder sie sich verteufelt gut im Griff oder es gab wirklich keinerlei emotionale Verbindung mehr zwischen den beiden ehemaligen Partnern.

»Warum erzählen Sie mir das?« Keine Betroffenheit, nicht der Hauch einer Gefühlsregung waren zu erkennen, keine Trauer, nicht einmal eine Spur von Verbitterung über eine jetzt endgültig beendete, offensichtlich schon längst gescheiterte Beziehung zweier Menschen. Stattdessen versteinerte Teilnahmslosigkeit.

Braig lief es kalt über den Rücken. Dies war der letzte Rückblick auf ein einstmals gemeinsames, zumindest in seinen Anfängen doch wohl glückliches Leben?

»Habe ich richtig verstanden, dass Sie noch nicht rechtskräftig geschieden sind?«

»Ich wollte ihn nicht mehr sehen. Das ist der Grund.«

Vielleicht sagte sie wirklich die Wahrheit. Eine Scheidung hätte sie, soweit Braig informiert war, vor Gericht aufeinandertreffen lassen, jedenfalls für die wenigen Minuten der Verhandlung.

»Sie haben also keinerlei Kontakt mehr zu Ihrem Mann?«

Frau Hemmer schüttelte nicht einmal mehr den Kopf. Die zweite Katze hatte die erste inzwischen vollständig vom warmen Fußabstreifer verdrängt, wurde plötzlich mit einem heftigen Fauchen und kräftigen Schlägen von ihrer Kollegin attackiert.

»Wo lebte er zuletzt?«

Die Frau beugte sich nieder, nahm beide Katzen der Reihe nach in ihre breiten Arme. Wärme und Zuneigung überfluteten ihr Gesicht. Sie wog die Tiere hin und her, drückte ihren Kopf ins wollig-weiche Fell. Ihre Liebe hatte neue, vielleicht dankbarere Partner gefunden.

»Gehen Sie zu seiner Schlampe«, erklärte sie unvermittelt, ihr Gesicht im Fell einer der Katzen verborgen, »sagen Sie es ihr, damit sie eine trauernde Witwe finden.« Die Tiere hielten beide still, schienen die Liebkosung zu genießen.

»Haben Sie den Namen und die Adresse?«

»Fragen Sie meine Tochter.« Sie wies ins Innere des Hauses, drehte sich um, die Katzen immer noch im Arm. »Regine!«

Irgendwo aus dem Obergeschoss meldete sich eine schwache, verschlafen klingende Stimme. Die Frau schlurfte einen Meter zurück, ließ dann beide Tiere auf den Boden nieder, schaute nach oben. »Die Adresse von Hemmer.«

Braig und Neundorf verstanden die Antwort erst, als die Frau sie wiederholte.

»In Asperg.« Sie nannte den Namen und die Straße, fügte die Hausnummer hinzu.

»Ihre Tochter«, sagte Neundorf, »können wir mit ihr reden?«

Julia Hemmer schüttelte den Kopf. »Erst wenn sie ausgeschlafen hat.«

Braig schaute auf seine Uhr, sah, dass es kurz nach eins war. Der Moment des ersten Erwachens nach einer ausgiebigen Disco- oder Kneipentour in der Nacht von Samstag auf Sonntag, überlegte er. Er hatte keine Lust, sich mit der Frau anzulegen, gab klein bei. »Wir melden uns wieder.«

Sie schenkte ihnen keinen Blick, schloss die Tür.

»Was bringt einen Eisberg zum Schmelzen?«, fragte Neundorf.

In diesem Moment fiel Braig ein, was er noch hatte fragen wollen. Er klopfte Neundorf leicht auf die Schulter, wies aufs Haus, drückte erneut auf die Glocke. Zweimal, dreimal, viermal. Er hielt den Daumen auf dem Knopf, bis die Frau endlich öffnete. Sie starrte ohne Regung zu ihnen her.

»Kennen Sie eine Familie Böhler?«

Der Eisberg bewegte sich. »Wieso?«

»Marion und Konrad Böhler aus Rotenberg.« Sie musste von dem Mord in der Zeitung gelesen haben, musste über das Schicksal des Mannes aus den Medien Bescheid wissen, schließlich war es seit mehr als vierundzwanzig Stunden publik.

»Marion?« antwortete die Frau, »natürlich kenne ich Marion.«

»Marion Böhler aus Stuttgart-Rotenberg?«, schnappte Braig.

Julia Hemmer nickte mit dem Kopf, als sei es das Selbstverständlichste auf der Welt.

12. Kapitel

Diesmal ließ er sich nicht wieder wie ein kleiner, hilfloser Junge abwimmeln. Braig öffnete ohne zu fragen die kleine Pforte, stieg die drei Stufen zur Haustür hoch, baute sich unmittelbar vor der ihn mit verdutzten Augen verfolgenden Frau auf. Er schob einen Fuß ins Innere des Hauses, blockierte die Tür. »Das müssen Sie mir genauer erzählen«, forderte er sie auf.

Julia Hemmer trat einen Schritt zurück, als wolle sie sich vor ihm in Sicherheit bringen. »Was soll ich erzählen?«, brummte sie. Die Situation war ihr unangenehm.

»Marion Böhler. Woher kennen Sie sie?« Er starrte gebannt auf sein Gegenüber, wartete auf eine Antwort.

»Vom Urlaub. Wir waren im selben Ort.«

»Wann war das?«

Julia Hemmer blieb still, schien zu überlegen. »Vor vier oder fünf Jahren.«

»Die beiden Böhlers und sie?« Je länger er an der Schwelle des Hauses stand, desto intensiver spürte er den Geruch, der aus dem Inneren kam. Die Wohnung verströmte das Aroma von Bohnerwachs. Braig betrachtete die Frau, stellte fest, dass der Geruch irgendwie zu ihr passte.

»Marion Böhler«, erklärte Julia Hemmer, »ihr Mann hockte damals bei diesem jungen Flittchen.«

Braig starrte sie überrascht an. »Konrad Böhler hatte seine Frau verlassen?«

»Sie lebten getrennt. Was glauben Sie, weshalb wir uns so gut verstanden?«

»Sie hatten beide das gleiche Schicksal erlitten?«, fragte Neundorf. Sie war auf die unterste Stufe getreten, schaute interessiert zu ihnen hoch.

Julia Hemmer nickte. »Marion war völlig am Ende. Es war das erste Mal, dass er sie betrogen hatte.«

»Bei Ihnen leider nicht.«

Sie schwieg einen Moment, presste die Worte dann gewaltsam aus sich heraus. »Bei mir nicht, nein. Er hinterging mich, kaum dass wir verheiratet waren.«

War das der gemeinsame Punkt, der die beiden Ermordeten miteinander verband? Zwei von ihren Männern betrogene Frauen, die jetzt ihren jahrelang verletzten Gefühlen Genüge getan hatten?

»Wann haben Sie Frau Böhler zum letzten Mal getroffen?«

»Vor drei, vier Monaten. Irgendwann im Mai. Ich weiß es nicht mehr genau. Wir fuhren zusammen nach Überlingen. Wie damals.«

»Seitdem nicht mehr?«

»Wir telefonierten. Warum?«

»Weil ihr Mann ebenfalls ermordet wurde.«

»Konrad?« Sie machte eine Pause, schien zu überlegen. »Sie lebten wieder zusammen.«

»Friedlich?«

»Gezwungenermaßen.«

Eine junge Frau, die in einen dunkelblauen Hausanzug gehüllt, lautlos die Treppe hinter der Eingangstür heruntergekommen war, schien noch nicht ganz ausgeschlafen. Sie hatte kurze, dunkle Haare, reichte Braig freundlich die Hand. »Regine Hemmer.«

Er stellte sich und seine Kollegin vor, richtete seinen Blick dann auf die noch bettwarme junge Person. Sie hatte ein hübsches, schmales Gesicht, strahlte so viel Lebensfreude aus, wie sie Braig in diesem Haus nie vermutet hätte.

»Wir haben leider eine schlechte Nachricht für Sie«, sagte er, »Ihr Vater ist tot.«

Regine Hemmer reagierte anders, als er es erwartet hatte. »Sie brauchen sich nicht zu bemühen. Mir geht es ähnlich wie meiner Mutter. Ich habe schon lange keinen Vater mehr. Für mich ist er seit Jahren tot.«

Braig schwieg überrascht, hatte der jungen Frau, die im Gegensatz zu ihrer sauertöpfischen Mutter so viel Charme und jugendliche Begeisterungsfähigkeit versprühte, diese Antwort nicht zugetraut.

»Sie können mich nicht verstehen, ich sehe es Ihnen an. Ich verlange es auch nicht. Aber irgendwann ist jedes Fass einmal voll und dann ist es endgültig genug. Und die dumme Ausrede, das sei in der Filmbranche so üblich, zieht dann auch nicht mehr.«

»Ihr Vater war in der Filmbranche tätig?« Braig ertappte sich bei dem Fehler, den Beruf Hemmers noch nicht eruiert zu haben.

»Fernsehproduzent«, erklärte Regine Hemmer mit verächtlich klingendem Tonfall, »und all die dummen, langbeinigen Girlies, die ihre Träume in Ludwigsburg wahr werden sahen, landeten der Reihe nach in seinem Bett.« Sie ließ sich von ihrer Mutter eine Decke geben, wickelte sie um ihren Körper.

Braig betrachtete sie nachdenklich. »Er hat es ausgenutzt.«

»Ausgenutzt? Quatsch – er ist ein Schwein. War, muss ich jetzt wohl sagen.« Sie wickelte sich noch fester in die Decke, wies mit einer Kopfbewegung auf ihre Mutter. »Und sie hat sich alles bieten lassen, bis zum Gehtnichtmehr. Schauen Sie sich doch an, was mit ihr los ist. Sie ist doch nur noch ein Wrack.«

Braig überlegte, ob Julia Hemmer früher ebenso lebenslustig gewesen war wie jetzt ihre Tochter. Hatte sie das sauertöpfische Gehabe allein der Enttäuschung über das jahrelange Verhalten ihres Mannes zu verdanken?

»Frau Böhler ließ sich diese Behandlung nicht gefallen. Respekt vor der Frau. Sie setzte ihrem Alten die Pistole auf die Brust und zwang ihn, sich zu entscheiden. Entweder die junge Tussi aus seinem Büro oder sie. Er wählte den bequemeren Weg, machte reinen Tisch.«

»Böhler gab seine Geliebte auf?«

»Seine Frau ließ ihm keine andere Chance. ›Zweigleisig fahren läuft nicht. Sie oder ich.‹«

»Sie kennen Frau Böhler persönlich?«

»Marion war oft hier. Vor allem damals, als er es mit der Tussi trieb. Leider hat sie meiner Mutter nicht mehr Mumm vermitteln können.«

Regine Hemmer lockerte die Decke, tänzelte hin und her. Braig sah, dass sie barfuß war, betrachtete ihre Füße. Schmale, schlanke Zehen mit kurzen Nägeln. Kleine, fast mädchenhafte Füße.

Unwillkürlich fiel es ihm ein. Größe siebenunddreißig konnte durchaus passen.

13. Kapitel

Was glaubst du?«, fragte er Katrin, als sie Marbach verlassen hatten und gerade bei Benningen über die Neckarbrücke fuhren, »traust du es ihr zu – gemeinsam mit Marion Böhler?«

»Der jungen Hemmer oder der Mutter?«

»Der Mutter? Nein.« Braig schüttelte den Kopf. »Der Tochter. Der Mutter fehlt die Energie. Jede Energie.«

»Du meinst, die beiden Frauen, Marion Böhler und Regine Hemmer, rechneten gemeinsam ab?«

»Wäre es nicht nachvollziehbar?«

»Wenn wir ihren Worten glauben können, was das Verhalten der beiden Ermordeten betrifft, schon.«

»Mir reicht das Gesicht der Frau. Die ist tot, mitten im Leben. Hast du eine Regung erkennen können, nur die Spur eines Gefühls? Der Alte muss ein bodenloses Schwein gewesen sein. Fernsehproduzent – was immer das heißen mag.«

Wir haben zwei Opfer, überlegte Braig, zwei scheinbar sehr freundliche, nicht mehr besonders junge Männer. Einen Weinbauer aus Leidenschaft, der sich nach Luft, Sonne und Gottes freier Natur sehnt und jede freie Minute darin genießt, und einen Orgelspieler, der seine Samstagmittage in Kirchen verbringt. Zwei richtig harmlose und grundanständige Personen. Doch kaum riskieren wir einen etwas genaueren Blick auf die Biografien der Herren, verschwindet das angenehme Bild wie eine Fata Morgana und zwei gewaltige Schatten verdunkeln alles. Der Weinbauer und der Orgelspieler verwandeln sich in rücksichtslose Egoisten, die hemmungslos ihre Ehefrauen betrügen.

Braig starrte nach draußen, sah die ins warme Licht der Sonne getauchte Landschaft. Sonntagmittag am Neckar, einer der vielleicht letzten Spätsommertage des Jahres. Drüben auf der anderen Seite des Flusses die schon ins erste Rotgold getauchten Rebhänge direkt über dem Wasser, darunter unzählige Radfahrerinnen und Radfahrer in T- Shirts und kurzen Hosen, mit Sonnenbrillen und Hüten, lachend und winkend unterwegs. Und wir haben nichts Besseres zu tun, als einem Verbrecher hinterherzujagen, der zwei Menschen mit Blausäure ermordet hat, arbeitete es in ihm.

»Glaubst du wirklich, die Böhler greift ausgerechnet zum Gift, um ihren Mann zu töten?«, fragte Neundorf.

»Du meinst, weil jeder sofort an ihren Beruf und den ungeklärten Einbruch in ihrer Apotheke denkt?«

»Zum Beispiel.«

»Vielleicht war es Arbeitsteilung. Die Böhler liefert das Material, Regine Hemmer erledigt den Rest. Freitags im Weinberg, samstags in der Kirche. Vielleicht sollten wir ihr Alibi überprüfen.«

Braig wusste selbst, wie vage das alles war, wie sehr er sich mit diesen Gedanken in unbewiesenen Spekulationen erging, spürte seine Kopfschmerzen, dazu den knurrenden Magen. 14 Uhr. Die Leute machen schon ihre Nachmittagsausflüge und wir haben seit dem Frühstück keine Zeit mehr gehabt, an uns zu denken.

»Tamm«, sagte Neundorf, deutete auf ein großes Hinweisschild an einer Kreuzung. »Bernhard wohnt noch dort, oder?«

Braig nickte, verstand, was sie meinte. Söhnle hatte immer noch nichts von sich hören lassen, obwohl er heute wieder zur Bereitschaft eingeteilt war. Er rief sich in Erinnerung, wie bleich er gestern ausgesehen hatte, dachte an das verkrampfte Zittern seines Körpers am Nachmittag. »Ruf ihn kurz an, ich habe seine Nummer gespeichert.« Er reichte ihr sein Handy, wartete auf Söhnles Reaktion.

Sie ließ es acht Mal läuten, gab dann auf.

»Vielleicht ist er im Amt.«

Neundorf wählte auch diese Nummer, erhielt keine Antwort.

»Weißhaar«, meinte Braig, »er muss Bescheid wissen.«

Sie läutete bei der Einsatzzentrale des LKA an, hatte den Kollegen am Apparat. »Ist Bernhard Söhnle bei euch?«

Weißhaar entschuldigte sich. »Tut mir Leid. Ich habe ihn mehrfach angerufen aber nicht erreicht. Er reagiert nicht. Keine Ahnung, was mit ihm los ist.«

»Wir sind in der Nähe seiner Wohnung«, sagte sie, »wir schauen vorbei.«

Es war kein großer Umweg. Hemmers Freundin lebte in Asperg, zwei Kilometer von Tamm entfernt.

»Du kennst die Straße und seine Hausnummer?«

Braig nickte, hatte das Gebäude schnell gefunden. Ein in die Jahre gekommenes Mehrfamilienhaus mit hellen Balkonverkleidungen, einer millimetergenau gleichmäßig gemähten Rasenfläche im schmalen Vorgarten, mehreren Autoabstellplätzen davor.

»Sein alter Ford steht da«, meinte Braig. Er wies auf den roten Escort, parkte genau daneben, läutete an dem mit sechs verschiedenen Namen beschrifteten Wohnungsschild.

Keine Reaktion. Er drückte nochmals auf die Klingel, starrte nach oben. »Siehst du was?«

Neundorf schüttelte den Kopf.

Die junge Frau, die aus der Eingangstür trat, betrachtete Braig mit spöttischer Miene. »Sie sind wohl ein ganz hartnäckiger Bursche, wie?«

Er löste den Finger von der Glocke, deutete nach oben. »Bernhard Söhnle, Sie kennen ihn?«

Die Frau strich ihre Jacke zurecht, warf ihm einen mitleidigen Blick zu. »Da können Sie es lange probieren.«

Braig trat von der Haustür zurück, stellte sich ins Licht. »Wieso?«

»Das ganze Haus wurde wach«, zischte die junge Frau, zog eine Sonnenbrille aus ihrer Handtasche, setzte sie auf, »der wurde vom Notdienst geholt, gegen sechs heute Morgen. Das war ein Theater, bis die ihn endlich im Auto hatten.« Sie hängte sich die Tasche über die Schulter, verabschiedete sich. »Ich glaube, sie fuhren nach Ludwigsburg ins Klinikum.«

Braig nickte nur kurz, bedankte sich für die Auskunft. Er gab Weißhaar Bescheid, ließ sich dann die Nummer des Klinikums geben, erkundigte sich dort nach Söhnles Einlieferung und seinem Gesundheitszustand.

»Wer sind Sie?«, fragte die Frau am anderen Ende.

»Sein Vater«, erklärte Braig. Es war die einzige Chance, überhaupt eine Information zu erhalten.

»Das kann jeder sagen«, brummte sie. »Auskünfte am Telefon sind uns generell untersagt.«

»Er liegt bei Ihnen?«

Das »Ja« kam ihr nur schwer über die Lippen.

»Wir fahren hin«, sagte er, »ich will wissen, wie es ihm geht.« Söhnle war morgens um Sechs vom Notdienst ins Krankenhaus gebracht. Braig war nicht einmal sonderlich überrascht. Insgeheim hatte er dergleichen schon befürchtet.

Neundorf nickte, lief zum Auto zurück.

Braig dachte an Söhnles Gesundheitszustand, wusste, wenn der den Notarzt rufen musste, ging es weiß Gott nicht um Bagatellen. Hoffentlich hatte es nichts mit seiner Krebserkrankung zu tun.

Braig wollte gerade losfahren, als sein Handy läutete. Er meldete sich. Die Stimme kam ihm bekannt vor, obwohl er sie im ersten Moment nicht einordnen konnte.

»Hier ist Wolfgang Reck.«

»Ja?«

»Ich bin der Organist in Großaspach. Wir sprachen heute Morgen miteinander.«

»Ja, natürlich.«

»Sie gaben mir Ihre Nummer.«

»Ist Ihnen noch etwas eingefallen?« Mach schneller, rumorte es in Braig, lass dir nicht alles aus der Nase ziehen.

»Genau. Deswegen rufe ich an. Obwohl ich nicht weiß, ob es Sie überhaupt interessiert.«

»Um was geht es?«

»Der Stift auf dem Notenständer der Orgel. Sie erinnern sich?«

»Ja. Was ist damit?«

»Es ist ein Kuli.«

»Ein Kuli?«

»Ja. Ein Kugelschreiber. Oder nicht?«

»Ich glaube schon.« Braig überlegte, worauf der Mann hinauswollte. »Was ist mit dem Kuli?«

»Wir benutzen Bleistifte. Niemals Kulis.«

»Wie bitte?«

Wolfgang Reck formulierte es deutlicher. »Beim Üben tragen wir bei schwierigen Griffen die Finger ein, mit denen der Akkord am besten zu spielen ist. Direkt neben die jeweilige Note. Aber immer mit Bleistift. Erstens kann es sein, dass ich beim zweiten, dritten Durchgang feststelle, dass ich besser doch andere Finger benutze, und zweitens spielt ein Kollege, der mit demselben Notenblatt arbeitet, die Passage vielleicht anders. Deshalb ist es wichtig, dass wir die Anmerkungen nur mit Bleistift eintragen. Damit sie leicht ausradiert werden können.«

Braig verstand immer deutlicher, was der Organist ihm da erklärte, spürte, dass die Mitteilung von eminent wichtiger Bedeutung sein konnte. »Das trifft für alle Orgelspieler zu?«

»Nicht nur für uns. Soweit ich weiß, für alle Musiker. Notenblätter sind sehr teuer. Wir leihen sie uns gerne gegenseitig aus, um nicht ständig kopieren oder neue kaufen zu müssen. Deshalb benutzt niemand einen Kuli, um seine Griffe zu kennzeichnen.«

»Herr Hemmer ebenfalls nicht.«

»Warum sollte er? Das ist absolut unüblich.«

»Vielleicht hatte er gestern seinen Bleistift vergessen und griff deshalb zu diesem Kuli.«

»Das glaube ich nicht. Wer übt, trägt immer einen Bleistift mit sich. Der liegt mitten zwischen den Notenblättern. Ich kenne niemand, der einen Kuli benutzt. Wirklich.«

Braig erinnerte sich an die Orgel in der Großaspacher Kirche, sah den Notenständer, dazu den Stift, den Rössle in die Hand genommen hatte, in Gedanken vor sich. Es war ein Kuli, soweit er das noch zu beurteilen wusste, in der Tat ein Kuli. Sie hatten sich noch darüber gewundert, dass die Notenblätter Hemmers alle verschwunden waren, einzig der Kuli auf dem Ständer lag, hatten überlegt, wieso. Wenn der Stift nicht dem Toten gehörte ...

»Wer spielt noch auf der Orgel?«, fragte Braig. »Kann es nicht sein, dass ein anderer Spieler ihn aus Versehen liegen ließ?«

Reck ging auf seine Spekulation nicht ein. »Wir alle benutzen Bleistifte. Alle.«

Sie mussten den Kuli überprüfen, ohne Frage. Vielleicht war es wirklich ein wichtiger Hinweis.

»Sie müssten doch feststellen können, woher der Kuli stammt«, fuhr Wolfgang Reck fort, »der trug eine Telefonnummer, wenn ich darüber nachdenke, oder?«

Braig erinnerte sich an irgendeinen Aufdruck, hatte bisher aber vergessen, das genauer nachzuprüfen. Höchste Zeit, es nachzuholen. Sollte der Mörder oder die Mörderin tatsächlich so leichtsinnig gewesen sein, einen Stift liegen zu lassen? Aber wozu hatte er oder sie ihn überhaupt in der Kirche gebraucht?

Er bedankte sich bei dem jungen Organisten, startete den Wagen, fuhr los. »Rufst du bitte Rössle an und fragst ihn nach dem Aufdruck auf dem Kuli?«

Neundorf hatte alles über die Freisprechanlage mitgehört, war skeptisch. »Wozu soll der Mörder den Stift an der Orgel gebraucht haben? Glaubst du, der schreibt noch irgendetwas, bevor er das tödliche Gift verabreicht?«

Rössle meldete sich sofort.

»Du bist noch in der Kirche?«

»Allerdings. I hans net so gut wie die Frau Kommissar und genieß das schöne Wetter heut Mittag. Mir kriechet noch uf dem Bode rum und suchet nach Spure.«

Neundorf fragte nach dem Stift, bat ihn, die Aufschrift zu überprüfen.

»Des han i schon längst gmacht«, knurrte Helmut Rössle, »alle achtzig Deifel von Sindelfinge, ihr glaubet wohl, mir schaffet gar nix? Die Telefonnummer auf dem Kuli han i sofort agwählt.«

»Tatsächlich? Und wer war am Apparat?«

»Niemand. Da nimmt niemand ab.«

»Dann versuchen wir es später noch mal. Steht außer den Ziffern noch etwas auf dem Stift?«

»Nur die Werbung für einen Handwerker. ›Maler Hoch‹. Sonscht nix. Wellet ihr die Nummer?«

Neundorf bat ihn darum, notierte sie, verabschiedete sich dann. Sie fuhren durch nicht enden wollende Industrie- und Gewerbeflächen, sahen von weitem die sterilen Betonkomplexe von Breuningerland und IKEA, erreichten Ludwigsburg.

»›Maler Hoch‹«, meinte Neundorf, »Werbung für einen Handwerker. Kein Wunder, dass der am Sonntag nicht zu erreichen ist.«

Sie tippte die Nummer in ihr Handy, hatte plötzlich eine kräftige Männerstimme im Apparat. »Herr Hoch persönlich?«, fragte sie überrascht.

»Hoch? Lecket Sie mi doch am Arsch!« brüllte der Mann. »Und den Hoch glei dazu!«

»Oh Verzeihung, ich habe mich wohl verwählt.«

»Verwählt? Allerdings! I han die Schnauze voll mit diesem Scheißkerl! I bin koi Maler und han au koi Luscht, ihre Scheißdrecks Wänd a zu pinseln! Der Deifel soll Sie hole, Sie dämliche Schnalle!« Er schrie aus Leibeskräften, beendete das Gespräch ohne jede weitere Erklärung.

Neundorf blickte überrascht aus dem Fenster, sah die weitläufigen Gartenanlagen des Ludwigsburger Schlossparks, den sie gerade passierten. »Mein Gott, war der aggressiv. Da muss schon einiges schiefgelaufen sein an diesem schönen Sonntagmittag.« Sie erhaschte einen Blick auf die gepflegten Rasenflächen und Blumenbeete, sah die vielen Menschen, die durch den Park bummelten. Familien mit Kindern, ältere Frauen und Männer, Gruppen von Jugendlichen.

Neundorf nahm noch mal ihr Handy, achtete genau auf die Zahlen, die sie eingab.

»Du hast dich nicht wieder verwählt?«, frozzelte Braig.

Sie studierte die Nummer auf dem Display, verglich sie mit der, die Rössle ihnen genannt hatte. »Alles okay.« Sie hatte noch nicht zu Ende gesprochen, als sich die alte Stimme meldete.

»Ja?«

Der Tonfall kam ihr bekannt vor. »Herr Hoch?«

»Herrgottsdonnerwetter, Sie schon wieder! I hans Ihne doch gsagt, i bin net dieser Scheiß-Hoch! Die Nummer isch falsch!«

Neundorf blickte erschrocken zu Braig, hatte die Entschuldigung schon auf den Lippen. Rössle war ein Fehler unterlaufen, er hatte ihnen die falsche Nummer gegeben. An ihr lag es nicht, die Zahlenfolge auf dem Display stimmte genau mit der von ihr notierten überein.

»I gang zur Polizei«, schrie der Mann am anderen Ende, » i hans dem Allmachtsdackel scho fünfmal gsagt, er soll diese verdammte Kulis endlich aus dem Verkehr ziehe, sonscht passiert was! I han die Schnauze gstriche voll!«

»Wie bitte? Von was für Kulis reden Sie?«

Die Stimme des Gesprächspartners drohte, sich zu überschlagen. »Fraget se doch net so blöd! Wo hent Sie denn mei Nummer her? Doch von dem Drecks-Kuli! Des isch mei Nummer, net die von dem Scheiß-Maler, Sie blöde Ragall!«

Er hatte in dem Moment aufgelegt, als Braig direkt auf das Ludwigsburger Klinikum zusteuerte. »Wieder falsch, wie?«, fragte er.

Neundorf nickte. »Aber nicht, weil ich mich verwählt habe. Die Ziffern auf den Kulis scheinen nicht zu stimmen, wenn ich den Typen richtig verstanden habe. Dieser Maler Hoch ist offensichtlich unter einer ganz anderen Nummer zu erreichen.»

»Wieso bringt er dann solche Kugelschreiber in Umlauf?«

»Keine Ahnung. Wir müssen es nachprüfen.«

Braig stellte das Fahrzeug auf dem nahen Parkplatz ab, eilte mit Neundorf in die Vorhalle des Klinikums. Die Auskunft befand sich gegenüber vom Eingang. Neundorf streckte der Frau ihren Ausweis entgegen, gab ihr Zeit, ihn ausführlich zu studieren, erkundigte sich dann nach ihrem Kollegen. Sie hörte das Klicken der Computertastatur, sah, wie Söhnles Name auf dem Bildschirm erschien.

»Das geht leider nicht«, erklärte die Frau hinter der Info-Theke, »Herr Söhnle ist nicht ansprechbar, er liegt auf der Intensivstation.«

Braig verstand sofort, was das bedeutete. »Der betreuende Arzt, können wir ihn sprechen?«

»Ihr Ausweis nützt Ihnen nichts. Sie sind keine Angehörigen, oder?«

»Kollegen.« Er sah, wie die Frau mit der Schulter zuckte. »Oder genauer: seine Vorgesetzten.«

»Jaja, aber das ist trotzdem nicht erlaubt.«

»Wir gehen nicht, bevor wir nicht mit dem Arzt gesprochen haben«, erklärte Neundorf.

Die Frau betrachtete sie mit einem wütenden Blick, griff dann zum Telefon. »Mit unverschämtem Auftreten kommt man weiter«, murmelte sie.

Braig hörte, wie sie mit einer weiblichen Stimme einige Sätze wechselte, sah, dass sie den Hörer zurücklegte.

»Station D, siebter Stock«, erklärte sie dann. »Frau Dr. Hörwein ist zu einem kurzen Gespräch bereit.«

Braig bedankte sich mit ausgesuchter Höflichkeit, folgte Neundorf zum Treppenhaus. »Willst du etwa zu Fuß ...«

Sie hielt die Tür auf, spurtete die Stufen hoch. »Was tust du sonst für deine Kondition?«

Er wusste, dass sie Recht hatte, musste sich dennoch mit aller Gewalt dazu zwingen, hinter ihr herzulaufen. Sein Magen knurrte, die Kopfschmerzen machten ihm immer mehr zu schaffen.

Neundorf nahm zwei Stufen auf einmal, wartete, bis Braig, um Luft ringend, bei ihr angelangt war.

Die Ärztin, eine Frau in den Vierzigern, saß in einem weißen Kittel vor einem Monitor, verfolgte aufmerksam das Aufblinken bzw. Verschwinden kleiner Lichtsignale. Braig und Neundorf wiesen sich aus, wurden trotzdem auf ärztliche Schweigepflicht hingewiesen.

»Herr Söhnle liegt im künstlichen Koma. Wir versuchen, den Kreislauf und die Funktionen seiner Organe zu stabilisieren. Unsere Prognose ist aber nicht besonders positiv.«

So sehr Neundorf insistierte, ihr Gegenüber war nicht bereit, weitere Auskünfte zu erteilen. »Krebs?«, fragte die Kommissarin.

Die Ärztin reagierte nicht.

»Keine Antwort ist manchmal treffender als tausend umschreibende Worte.«

»Das mag sein. Sie sollten die Angehörigen Herrn Söhnles über seinen Krankenhausaufenthalt informieren.«

Braig und Neundorf versprachen, sich darum zu kümmern, verließen die Station. Ein weiß gewandeter Krankenpfleger öffnete eine der Türen, trat auf den Gang. Braig erhaschte einen Blick ins Innere, sah mehrere nebeneinander aufgereihte Betten mit scheinbar leblosen Körpern. Bleiche Gesichter, unzählige Schläuche und Leitungen, Computer-Bildschirme, dazu das unablässige Fiepen und Pulsieren verschiedener Geräte und Pumpen. Er spürte das Unbehagen, fühlte die Gänsehaut, die sich auf seinem Rücken ausbreitete.

Braig beeilte sich, den nächsten Fahrstuhl zu erreichen, sah, dass Neundorf ihm folgte.

»Wie alt ist er?«, fragte sie.

»41, glaube ich.«

»Es klang nicht gut.«

»Nein.«

Sie drängten sich mit einer Gruppe niedergeschlagen wirkender Frauen und Männer in den Aufzug, starrten schweigend auf den Boden. Als sie an der Cafeteria vorbei kamen, zog Braig seine Kollegin mit sich. »Tut mir Leid, aber mir knurrt der Magen.«

Sie holten sich zwei Tabletts, zogen belegte Brötchen und gemischte Salatteller aus den Vitrinen, schenkten sich Kaffee ein, bezahlten. Nur wenige Tische waren belegt. Was nicht gerade für die Verpflegung sprach.

Braig setzte sich ans Fenster, schaute in den Hof.

»Du kennst seine Familie?«, fragte Neundorf.

Er schüttelte den Kopf. »Ich weiß nur, dass seine Mutter noch lebt. Wo – keine Ahnung. Ich meine, er erwähnte irgendwann einmal Ulm.«

»Zu seiner ehemaligen Frau hat er keine Verbindung mehr?«

»Ich glaube nicht.«

»Ich gebe Weißhaar Bescheid. Er soll sich darum kümmern.« Per Handy gab sie die Information durch. Der Kollege versprach, in Söhnles Personaldaten nach Angehörigen zu fahnden und diese zu benachrichtigen.

»Ist das jetzt die Folge der Atomtransporte?« Neundorf kaute lustlos auf ihrem Brötchen, stocherte unentschlossen im Salat.

Braig wusste keine Antwort.

»Hoffentlich hat er eine Chance.«

Ein über und über bandagierter Mann humpelte in die Cafeteria, holte sich ein Bier, versuchte, an einem der Tische Platz zu nehmen. Der Stuhl, auf dem er sich niederlassen wollte, kippte, schlug laut auf dem Boden auf. Braig eilte dem Mann zu Hilfe, hob den Stuhl wieder auf, hielt ihn dann fest, bis der ungelenke Kranke endlich saß. Der Mann bedankte sich, seufzte laut.

»Seit dem Unfall ist es nur noch das halbe Leben.«

»Auto?«

Er nickte, trank von seinem Bier.

»Gute Besserung.« Braig ging zu seinem Platz zurück.

»Wie lange kennst du Bernhard?«, fragte Neundorf.

Braig aß von dem Salat. »Sieben, acht Jahre vielleicht. Ich weiß nicht mehr genau, wann ich zum ersten Mal mit ihm zu tun hatte.« Die Jahre flogen nur noch so dahin. Je älter er wurde, desto schneller schien die Zeit zu vergehen. Das Leben war nur noch ein einziges Jagen und Hasten.

Ob Söhnle es ähnlich empfand? Jetzt lag er dort oben an mehreren Schläuchen, von Maschinen und ächzenden Pumpen am Leben gehalten.

Braig stocherte im Salat, darauf konzentriert, verschiedene Blätter auf die Gabel zu spießen.

Söhnles gegenwärtige Umgebung. War das der Sinn des Ganzen? Lernen, einen Beruf ergreifen, sich Tag für Tag abrackern, um dann irgendwann auf der Intensivstation zu landen? Oder gleich auf dem Friedhof?

»Wie geht es Ann-Katrin?«, versuchte Neundorf abzulenken.

Braig schluckte die Blätter, seufzte laut. »Mehr Schatten als Licht.« Mehrfach war er hier gewesen, hatte sie im Klinikum besucht.

»Sie hat immer noch Schmerzen?«

»Fast jeden Tag. Irgendwie trostlos. Kein Arzt kann ihr erklären, woran es wirklich liegt.«

»Und jetzt bist du wieder das ganze Wochenende beschäftigt.«

»Ich fürchte, dass sich das nicht unbedingt zu ihrem Vorteil auswirkt. Wir hatten uns auf die freien Tage gefreut.«

»Richte ihr viele Grüße aus, wenn du sie siehst. Ich wünsche ihr gute Besserung.«

Er nickte, aß den Rest seines Salates.

Eine Gruppe junger Leute betrat die Cafeteria, machte sich lauthals an der Theke zu schaffen. Einer der jungen Männer trug dicke Bandagen am rechten Knie.

Neundorf lehnte sich in ihrem Stuhl zurück, verschränkte die Arme hinter ihrem Rücken. »Jetzt könnte ich noch einen Kaffee vertragen. Sonst schlafe ich ein, bevor wir mit Hemmers Freundin reden.«

Braig stimmte ihr zu, hoffte, dass ihm das anregende Getränk helfen würde, die bohrenden Schmerzen zu überwinden. Er brauchte einen klaren Kopf, wenn der Besuch bei der Frau einen Sinn haben sollte.

14. Kapitel

Das Haus, in dem Bernhard Hemmer zuletzt gewohnt hatte, lag unweit der Auffahrt zum Hohenasperg. Es war in postmodernem Baustil errichtet, fiel seines Aussehens wegen schon von weitem auf. Silbergraue Metallträger ragten vom Boden senkrecht in die Höhe, von grellgrünen Seitenstreben flankiert. Als Dach hatte der Architekt dem an beiden Enden spitzwinklig auslaufenden Gebäude eine große, auf den Bauch gelegte Wanne, ebenfalls aus silbergrauem Metall, aufgepfropft – einem gekippten, kopfüber im Wasser treibenden Schiffsrumpf gleich.

Braig starrte auf das Papier mit der Adresse, verglich die Hausnummer. »So also wohnen schwäbische Fernsehproduzenten«, spottete er.

Sie gingen auf die Haustür zu, sahen über sich die mächtigen Mauern des Gefängnisses auf dem Hohenasperg. Der weithin sichtbare Hügel gilt im Volksmund als *Höchster Berg des Landes,* kehrt doch kaum einer, der es hinaufgeschafft hat, vor dem Ablauf von Jahren zurück. Seit Jahrhunderten wurden dort Strafgefangene kaserniert. Fürsten und Könige des Landes hatten den Hügel benutzt, kritische und unbequeme Geister, wie Demokraten und Sozialisten, für Jahre dort wegzuschließen.

Heute benutzen die in Stuttgart Regierenden subtilere, aber dennoch nicht weniger wirksame Methoden als ihre Vorgänger, Kritiker auszuschalten, überlegte Braig, drückte eine halbmondförmige Taste, hörte das Läuten der Glocke.

Eine junge, mit T-Shirt und kurzem Rock bekleidete Frau öffnete die Tür, schaute sie mit aufgeregter Miene an. »Was ist?«, fragte sie. Ihre blond gelockte Mähne fiel ihr von der Seite ins Gesicht. Sie nahm die rechte Hand, warf die Haare zurück.

»Mein Name ist Braig. Das ist meine Kollegin Neundorf. Wir kommen vom Landeskriminalamt.« Er zeigte ihr seinen Ausweis.

»Ist was mit Bernie?« Ihre Augen glitten fahrig zwischen ihnen hin und her, schenkten dem Papier keine Aufmerksamkeit.

»Sie sprechen von Herrn Hemmer?«

Die junge Frau zappelte aufgeregt. »Wo ist er?« Eine Woge süßlichen Parfums strahlte von ihr aus.

»Sie vermissen ihn?«

Sie blickte nervös von Braig zu Neundorf, nickte mit dem Kopf.

»Seit wann?«

»Seit gestern. Er wollte Orgel spielen. Seitdem ist er weg.«

»Dürfen wir reinkommen?« Braig bemerkte den kräftigen Lidstrich, mit dem sie die Konturen ihrer Augen betonte, sah das grelle Rot ihrer Lippen. Sie war üppig geschminkt, zu üppig!

Die Frau gab eilig die Tür frei, lief vor ihnen her ins Innere. Der Gang führte kerzengerade zu einem kleinen, durch eine breite Glaswand gut einsehbaren, etwa fünf auf zehn Meter großen Swimmingpool. Links und rechts passierten sie Türen, die verschiedene Zimmer verschlossen.

»Hierher bitte«, sagte die Gastgeberin, ließ sie in einen großen, mit weißen Fliesen und üppig grünen Pflanzen gestilten Raum treten, in dessen Mitte ein halbrundes Sofa um einen ovalen Tisch platziert war. Kein einziges anderes Möbelstück war zu sehen. Sie bat sie, sich zu setzen, wartete auf eine Erklärung.

»Sie sind Herrn Hemmers Lebensgefährtin?«, fragte Neundorf, als sie sich auf dem weitläufigen Sofa verteilt hatten.

Die Beschreibung ihrer Beziehung schien der Frau zu gefallen. Sie nickte mit dem Kopf.

»Dürften wir, bitte, Ihren Namen wissen?«

»Oh.« Sie strich ihren Rock zurecht, versuchte, ihn Richtung Knie zu ziehen. »Beatrice Brennerle.«

Braig musste an sich halten, nicht loszubrüllen. Beatrice Brennerle. Das passte zusamme wie die Faust aufs Auge.

»Sie leben schon länger mit Herrn Hemmer zusammen?«, wollte Neundorf wissen.

Beatrice Brennerle schlenkerte ihre blonde Mähne zur Seite, überlegte. »Fast fünf Jahre«, sagte sie dann.

»Aber er ist nicht geschieden?«

»Seine ehemalige Frau will es nicht. Aber das ist nur eine Formsache.«

»Sie haben Kontakt zu ihr?«

Sie schüttelte energisch den Kopf. »Um Gottes willen, nein.«

Braig betrachtete ihr Gesicht, überlegte, dass sie kaum älter als Hemmers Tochter war: Mitte, Ende zwanzig.

»Kommt es öfter vor, dass ihr Lebensgefährte nachts nicht zu Hause ist?«

Neundorfs Frage brachte sie aus dem Gleichgewicht. »Bernie? Nein, das heißt ...« Sie stockte, setzte dann zu einer neuen Erklärung an. »Wenn er unterwegs ist, beruflich, meine ich ...«

»Er ist Fernsehproduzent?«

Beatrice Brennerle nickte mit wichtiger Miene.

»Was kann ich mir darunter vorstellen?«

Die junge Frau blühte sichtbar auf. »Bernie produziert Fernsehshows für verschiedene Sender. Er kümmert sich um die Hallen oder Stadien, wo sie aufgezeichnet werden, die notwendige Technik, sucht nach den fähigsten Darstellern und Regisseuren, organisiert die Versorgung aller Beteiligten, schaut danach, dass alles in einem akzeptablen finanziellen Rahmen bleibt.«

»Haben Sie ihn beruflich kennen gelernt?«

»Ich war Tänzerin in mehreren Shows, einmal habe ich auch gesungen.« Der Stolz auf diese Leistung ließ sie um mehrere Zentimeter wachsen.

Braig dachte mit Schrecken an jene dümmlich-eintönigen Veranstaltungen, die in immer unübersehbarerer Anzahl über die Bildschirme flimmerten, mit unaufhörlich in sämtliche

Kameras grinsenden, zu lächerlichen Modeaffen aufgeplusterten Moderatoren, frivolen Sprüchen, unerträglichen musikalischen Ergüssen und scheinbar ausnahmslos geistlos-minderbemittelten Teilnehmern. Manchmal, wenn er spätabends in übermüdetem Zustand, ausgepowert von kräftezehrenden Ermittlungen, das Fernsehgerät einschaltete und die seltsamen Auslassungen und Verrenkungen hüpfender und schreiender Gestalten vor sich sah, fragte er sich, ob die Analphabetenraten wirklich nur in afrikanischen Staaten Schwindel erregende Höhen erklommen.

»Wie oft spielt Herr Hemmer Orgel?«, fragte Neundorf.

Die junge Frau fühlte sich aus ihrer vertrauten Umgebung herausgerissen, verzog ihr Gesicht. Dicke Falten machten sich auf ihrer Stirn breit. »Orgel? Samstags, manchmal. Es ist ein Tick von ihm.« Sie brachte ihre Geringschätzung für das Hobby ihres Partners deutlich zum Ausdruck.

»Anschließend kommt er immer nach Hause?«

»Ja, immer.«

Die Antwort kam Braig etwas zu schnell. Regine Hemmer hatte davon gesprochen, dass viele der jungen Frauen, die sich für einen Auftritt in einer der Shows bei ihrem Vater bewarben, in seinem Bett landeten. Ob er diese Angewohnheit trotz seiner Liaison mit Beatrice Brennerle beibehalten hatte?

»Um wie viel Uhr etwa kommt er normalerweise zurück?«

»Um wie viel Uhr?« Sie zuckte mit der Schulter. »Das ist verschieden. Je nachdem.«

»Er hatte nicht anschließend ab und an etwas vor, etwa ein Rendezvous?«, fragte Braig bewusst taktlos.

Beatrice Brennerle schrak zusammen. »Ein Rendezvous? Nein. Mit wem denn?«

»Darüber wissen Sie sicher besser Bescheid als wir.«

»Nein. Wirklich nicht.«

»Mit anderen Nachwuchsstars zum Beispiel«, erklärte Neundorf mit anzüglicher Betonung. Es war nicht zu überhören, was sie andeuten wollte.

Beatrice Brennerle schossen Tränen in die Augen. Sie kämpfte mit sich, schluckte, schüttelte den Kopf. »Ich weiß nicht, von was Sie sprechen.«

Ihre Körpersprache sagte mehr als alle Worte: Hemmer war wohl wirklich ein solch skrupelloser Typ, wie ihn seine Tochter beschrieben hatte. Er schien jede Chance seines Berufs genutzt zu haben, sich mit ständig wechselndem Frischfleisch zu versorgen, überlegte Braig voller Sarkasmus. Somit hatte auch Beatrice Brennerle Grund, Hass auf den Mann zu empfinden. Fragte sich nur, ob diese Emotionen so intensiv waren, dass sie sich zu einem Mord an ihrem Partner hatte hinreißen lassen.

»Sie wissen es schon«, beharrte Neundorf, »Sie verstehen uns sehr gut.«

»Was ist mit Bernie? Warum kommt er nicht?«

Braig spürte, dass ihr seine Kollegin reinen Wein einschenken wollte, kam Neundorf zuvor. »Wissen Sie etwas von Drohbriefen, die Herr Hemmer in letzter Zeit erhielt?«

Überrascht sah die junge Frau zu ihm auf. »Drohbriefe?«

»Schriftliche Drohungen. Vielleicht auch telefonische.«

Beatrice Brennerle schüttelte vorsichtig den Kopf. »Nein. Wieso? Was ist mit ihm?«

»Er erzählte nichts von Drohungen gegen ihn?«

Sie zögerte mit der Antwort, rang sich dann zu einem »Nein« durch.

»Er ist tot«, sagte Neundorf, »Bernhard Hemmer wurde ermordet.«

»Er-mor ...« Die restlichen Silben blieben der jungen Frau im Hals stecken, ein heftiger Weinkrampf erfasste ihren ganzen Körper. Sie starrte sie aus großen, völlig in Tränen schwimmenden Augen an, krümmte sich zusammen, zog den Oberkörper nach unten, bis sie fast die Form einer Kugel angenommen hatte, schien in das Sofa versinken zu wollen.

Braig verfolgte ihre Reaktion, suchte nach einem Papiertaschentuch, fand es in seiner linken Hosentasche. Er streckte es der jungen Frau entgegen, bemerkte, dass sie ihn überhaupt nicht wahrnahm, zog es wieder zurück.

»Vielleicht sollten wir einen Arzt rufen«, flüsterte Neundorf.

Braig stand auf, suchte nach einem Telefon samt Adressbuch, sah nur die Pflanzen. Er zuckte mit der Schulter, setzte sich wieder. »Sie ist jung.«

»Vielleicht war er die Liebe ihres Lebens.«

»Dann kann sie einem wirklich Leid tun.«

Beatrice Brennerle fand nur langsam wieder zu sich. Ihr Schluchzen verlor an Intensität, nach und nach schob sich ihr Oberkörper wieder in die Höhe. Braig merkte, dass ihre Augen die Umgebung wieder wahrnahmen, reichte ihr erneut das Papiertaschentuch.

Diesmal nahm sie es an. Ihre Wangen waren vom Lidschatten verfärbt, die Partie über den Lippen glänzte rot. Sie wischte mit dem Tuch übers Gesicht, versuchte, sich die Augen zu trocknen.

»Benötigen Sie einen Spiegel?«, fragte Braig.

Sie schüttelte den Kopf, rieb mit der Rückseite ihrer Rechten die Wangen trocken.

Braig und Neundorf warteten, bis sie wieder einigermaßen zu sich gefunden hatte. Ihr Gesicht hatte seine natürliche Farbe verloren, sah mitgenommen aus. Sie hatte von Hemmers Tod nichts gewusst, war sich Braig sicher, so viel Show kann selbst dieses Sternchen nicht vortäuschen.

Das Telefon läutete, irgendwo in einem anderen Raum. Beatrice Brennerle reagierte nicht, richtete sich nur langsam wieder auf. Nach fünf, sechs Versuchen herrschte wieder Ruhe.

»Wer, wer war es?«, stotterte sie mit zitternder Stimme.

»Wir wissen es nicht.«

Sie fragte nicht weiter, vergrub das Gesicht in den Händen.

»Frau Brennerle, sollen wir jemand rufen, mit dem Sie reden können?«

Sie reagierte erst nach einer Weile, schüttelte dann den Kopf. »Danke, lassen Sie mich bitte in Ruhe.«

Braig nickte, sah auf die Uhr: Zehn vor fünf. Der Sonntag näherte sich seinem Ende. Er musste noch ins Amt, mit Hofmann sprechen, eine Pressekonferenz einberufen. Sicher war die Neuigkeit längst in aller Journalisten Munde. Die Presse wollte für die Montagsausgaben garantiert detaillierte Informationen einholen.

Er sah, wie sich Neundorf erhob, wiederholte seinen Vorschlag. »Wir rufen gern jemanden, der mit Ihnen spricht.«

Beatrice Brennerle schüttelte den Kopf, fragte nicht nach dem Wo, nicht nach dem Wie. Sie war viel zu erschöpft dazu.

15. Kapitel

Als sie draußen auf der Straße standen und auf die Fassade des Hauses starrten, fiel Braig ein, was er vergessen hatte. »Die Noten Hemmers«, sagte er, »wir wollten überprüfen, ob er sie in der Kirche dabei hatte und was für einen Stift er für seine Anmerkungen benutzte.«

Neundorf nickte, winkte trotzdem ab. »Lass gut sein, morgen ist auch noch ein Tag. Die Frau ist fix und alle, ich glaube nicht, dass die uns noch irgendetwas erklären kann.«

Er stimmte ihr zu, schlug ihr vor, sie nach Hause zu bringen und dann selbst zum Abschluss des Sonntags den Oberstaatsanwalt zu informieren und die Pressekonferenz vorzubereiten.

»Du schaffst es allein?«

»Viel kann ich sowieso nicht berichten.«

Neundorf zeigte sich einverstanden, war froh, ihre Mutter und das Baby nicht länger warten lassen zu müssen. »Ich hoffe nur, dass wir bald weiterkommen. Ab morgen früh haben wir die ganze Pressemeute auf dem Hals. Zwei Giftmorde – mein Gott, ich kann mir jetzt schon ausmalen, welchen Aufruhr das gibt.«

Braig wusste, wie Recht sie hatte. Er starrte nach draußen, sah, wie die Sonne hinter dem Hohenasperg verschwand. Ein schlechtes Wetterzeichen, überlegte er, dieses kraftlos bleiche Gelb statt dem gewohnten romantischen Rot. Sollte die kurze Schönwetterperiode schon wieder zu Ende gehen?

Er wusste es nicht, hatte keine Lust, das Radio einzuschalten, um einen aktuellen Wetterbericht zu hören. Das ewig gleiche rockig-poppige Gedudel, verbunden mit all dem dämlich hohlen Gequatsche schreckte zu sehr ab, als dass er es sich freiwillig antun wollte. Soll es ruhig wieder regnen und kalt werden, überlegte Braig, er kam vor lauter Arbeit ohnehin nicht dazu, Sonne und blauen Himmel zu genießen. Nässe und unwirtlicher Schmuddel ließen es vielleicht nicht ganz so schwer fallen, Verrückten hinterherzujagen, die nichts Besseres zu tun hatten, als andere Leute mit Blausäure ins Jenseits zu befördern. Soll es ruhig regnen oder auch schneien, sollen Stürme übers Land toben, Orkanen gleich, das entsprach ohnehin eher seiner Stimmung als spätsommerlich blauer Himmel, Sonnenschein und laue Temperaturen.

Diese, Braigs Stimmung war auf einem Tiefpunkt angelangt, als er Neundorf in Waiblingen abgesetzt und das Landeskriminalamt in Bad Cannstatt erreicht hatte. Abgekämpft fuhr er nach oben, lief in sein Büro. Sein Kopf drohte zu zerspringen, Müdigkeit lähmte seine Gedanken. Er wusste nicht, was er dem Oberstaatsanwalt alles berichten, wie er die offiziellen Texte für die Pressekonferenz formulieren sollte. Er lief zum Waschbecken, erfrischte sich wie gewohnt mit kaltem Wasser.

Sein Kreislauf kam nur langsam wieder auf Touren. Er setzte eine Tasse Kaffee auf, bat den Kollegen Stöhr, der Spätdienst hatte, die Medienvertreter für 19 Uhr zur lange erwarteten Pressekonferenz einzuladen, läutete dann bei Hofmann an. Dieser sagte sofort zu. Eine Teilnahme Hofmanns nahm von vornherein allen Vorwürfen die Spitze, die Polizei bemühe sich zu wenig um die Sicherheit der besorgten Bevölkerung. Allein die Anwesenheit eines der leitenden Oberstaatsanwälte bewies das Gegenteil und konnte vielleicht dazu beitragen, die lautesten Schreier der wortgewaltigen Boulevard-Journaille mit ihren selbstverliebten Aufklärer-Posen zu bremsen. Sollten Bayer und Konsorten angesichts der außergewöhnlichen Verbrechen jede Form zivilisierten Benehmens vergessen, konnte Hofmann allein kraft seines Amtes auf die absolute Priorität verweisen, mit denen die Ermittlungen in dieser Angelegenheit von Seiten des LKA geführt wurden.

Braig schenkte sich einen Kaffee ein, wählte die Nummer Ann-Katrins. Es dauerte nur wenige Sekunden, ehe abgenommen wurde. Ihre Mutter war am Apparat.

»Du bist im Amt?«, fragte sie.

»Leider. Wir waren bis jetzt ohne Unterbrechung unterwegs. Um sieben muss ich vor die Presse, unsere bisherigen Ermittlungen bekannt geben. Vorher wartet noch der Oberstaatsanwalt.«

»Dann bist du die nächsten Tage beschäftigt.«

Er widersprach nicht, wusste, dass sie die Situation korrekt erfasst hatte. »Es geht um zwei bestialische Morde. Wahrscheinlich derselbe Täter. Morgen werden die Zeitungen voll davon sein.«

Sie schwieg, ließ ihn die Musik hören, die im Hintergrund lief. Irgendwelche bajuwarischen Volkstümeleien. Ihre Lieblingsweisen. Deutliches Zeichen dafür, dass Ann-Katrin nicht im Raum war. Sie hätte es sich verbeten.

»Ann-Katrin geht es nicht gut?«, fragte er.

Er merkte schon an ihrem Zögern, wie es um die Tochter bestellt war.

»Phantomschmerzen. Ich hätte beinahe den Arzt gerufen.«

Braig wusste, was sie meinte, erinnerte sich an die Aussage eines der behandelnden Ärzte, dass bei der Schussverletzung irgendwelche bisher nicht lokalisierten Nervenstränge in Mitleidenschaft gezogen worden sein mussten.

»Sie schläft?«

»Seit halb drei. Ich gab ihr die Tropfen.«

Zeitweise hielt sie es ohne die morphinhaltige Arznei nicht aus. Er wusste, dass dies keine Lösung auf lange Sicht sein durfte.

»Tut mir Leid. Sag ihr bitte, dass ich angerufen habe und gute Besserung wünsche. Ich melde mich später noch mal.«

Braig legte auf, ärgerte sich im Nachhinein über das durch die beiden Morde völlig anders als geplant verlaufene Wochenende. Vielleicht hätte sich Ann-Katrins Leiden durch zwei Tage gemeinsamer Unternehmungen wenigstens mildern lassen. Und sei es allein infolge von Ablenkung. Er könne nicht ausschließen, dass ein Teil der Schmerzen auf psychisch bedingte Ursachen zurückgehe, hatte der Arzt erklärt, Körper und Seele hätten weit mehr miteinander zu tun, als die moderne Apparatemedizin bisher begriffen habe. Gerade in Ann-Katrins Fall sei das für ihn aus verschiedenen Gründen besonders naheliegend.

Braig trank von seinem Kaffee, holte sich Papier und einen Kugelschreiber, versuchte, sich auf die Pressekonferenz und seine Äußerungen dort zu konzentrieren. Er notierte die wichtigsten Ermittlungsergebnisse, überlegte, ob und wie weit sie an die Öffentlichkeit gegeben werden durften, entschied sich für eine zurückhaltende Strategie. Die Tatsache der Giftmorde wirkte Aufsehen erregend genug, er musste vermeiden, durch zu freigiebigen Umgang mit Informationen – wie etwa die Bekanntgabe der auffällig ähnlichen Fußabdrücke an beiden Tatorten – noch mehr Öl ins Feuer zu gießen.

Als er sich einen Großteil seiner Gedanken notiert hatte, fielen ihm unversehens die Augen zu, er schreckte hoch, weil ihm entgangen war, dass er von den Pathologen noch nicht über den genauen Todeszeitpunkt Bernhard Hemmers informiert worden war. Er läutete bei der Pathologie an. Der Arzt vom Dienst überprüfte die Daten, sicherte ihm zu, die Untersuchungsergebnisse sofort per Fax zu übermitteln.

Braig bedankte sich. Kaltes Wasser! Es half nur noch kaltes Wasser! Er wäre am liebsten hineingestiegen. Dann nahm er ein Glas, ließ es voll laufen. Während er es leer trank, tuckerte schon das versprochene Fax aus dem Apparat.

Braig trocknete seine Hände, nahm das Papier, las die dicht gedrängten Zeilen. Der untersuchende Arzt ging ausführlich auf den durch ein in flüssiger Form verabreichtes Gift verursachten Tod ein, sah sich jedoch außer Stande, die Flüssigkeit genau zu definieren, in der das Gift gelöst gewesen war. Rückstände in Magen und Nieren deuteten auf eine alkoholhaltige Substanz hin, am ehesten Rotwein.

Wie in Rotenberg, derselbe Befund. Er überflog den restlichen Text, notierte den vermuteten Todeszeitpunkt: 17 bis 20 Uhr am Samstagabend. Etwa die Zeit, die auch Dr. Schweisser angedeutet hatte. Marion Böhler, falls sie wirklich so kaltblütig war, wie er ihr mit dieser Hypothese unterstellte, kam also durchaus als Täterin in Frage.

Braig versah den Zeitrahmen mit einem dicken Pfeil, damit er auf keinen Fall vergaß, ihn vor den Journalisten zu erwähnen. Vielleicht war am späten Samstag doch eine Person beobachtet worden, die sich in die Großaspacher Juliana-Kirche geschlichen oder sich – nach der Tat – von dort davongestohlen hatte. So unwahrscheinlich es schien, oft hatten Zufälle in scheinbar ausweglosen Situationen dazu beigetragen, eine Ermittlung entscheidend weiterzuführen oder sie gar erfolgreich zu beenden. Man durfte die Hoffnung darauf nie ganz aufgeben.

Braig wurde vom Läuten des Telefons überrascht. Jürgen Hofmann war am Apparat.

»Ich bin im Haus. Reicht es noch zu einem kurzen Gespräch?«

Braig sagte zu, nahm seine Papiere, verließ sein Büro. Die Räume der Staatsanwaltschaft lagen am entgegengesetzten Ende des Gebäudes, zwei Stockwerke tiefer. Er nahm die Treppen, hatte sie in wenigen Minuten erreicht.

»Das wird kein Honigschlecken«, meinte der Oberstaatsanwalt, nachdem sie sich begrüßt und in der kleinen Sitzecke seines Büros Platz genommen hatten. »Heute kann ich Ihnen nicht mal einen ›Earl Grey‹ anbieten. Wir haben nur noch fünfzehn Minuten.«

Braig sah auf seine Uhr, merkte, dass ihnen wirklich nicht mehr viel Zeit bis zum Beginn der Pressekonferenz blieb.

»Ein Serientäter. Müssen wir davon ausgehen?«

»Ich fürchte, ja. Blausäure-Morde in zeitlich und räumlich so unmittelbarer Nähe beruhen kaum auf Zufall. Außerdem gibt es eine Verbindung zwischen den beiden Opfern.« Braig schilderte die Urlaubsbekanntschaft der beiden von ihren Ehemännern betrogenen Frauen, ging auf die aggressiven Kommentare Regine Hemmers über ihren Vater ein.

»Sie glauben an eine gemeinsame Aktion der beiden Frauen? Rache für das erlittene Leid?«

Braig wollte nicht direkt zustimmen. »Frau Hemmer auf keinen Fall. Ihr fehlt jegliches Selbstvertrauen. Die Frau ist ein seelisches Wrack.«

»Es sei denn, sie wurde von Frau Böhler dazu getrieben.«

»Auch dann nicht. Ich fürchte, sie ist zu nichts mehr zu bewegen. Julia Hemmers Lebenswille scheint mir auf ewige Zeit gebrochen.«

Hofmann notierte sich Braigs Einschätzung, fragte dann nach Regine Hemmer. »Sie denken an die Tochter?«

»Es ist noch zu früh, das zu beurteilen.« Braig blieb vorsichtig. »Wir haben nur kurz mit ihr gesprochen.«

»Rein theoretisch scheinen Sie es ihr aber zuzutrauen.«

»Rein theoretisch, ja.«

»Frau Neundorf stimmt Ihnen zu?«

»Es ist schwierig. Was das betrifft: Sie hatte noch keine Gelegenheit, Marion Böhler kennen zu lernen.«

Hofmann nickte, überflog seine Notizen. »Regine Hemmer und Marion Böhler. Beide gemeinsam?«

Braig wog den Kopf hin und her. »Oder mit Arbeitsteilung. Die eine liefert das Gift, die andere überreicht es den Opfern. Die Männer müssen die Getränke, wahrscheinlich Wein, freiwillig zu sich genommen haben. Würden Sie ablehnen, wenn eine charmante, junge Frau Sie einlädt, mit ihr ein paar Schluck zu trinken?«

»Wie steht es mit einem Alibi?«

»Das müssen wir noch genauer überprüfen. Marion Böhler hat keines, zumindest nicht für den Todeszeitpunkt ihres Mannes.«

»Die Fußabdrücke?«

»Die Techniker sind noch nicht so weit. Wenn aber auch Regine Hemmer nicht nachweisen kann, wo sie zur jeweiligen Tatzeit war und der Vergleich der Abdrücke belegt, dass in Rotenberg und in Großaspach derselbe Täter am Werk war, müssen wir sowohl Marion Böhlers als auch Regine Hemmers Schuhe untersuchen. Wenn die beiden freiwillig nicht zustimmen, möchte ich Sie bitten, sich um die richterliche Erlaubnis zu kümmern.«

Jürgen Hofmann hatte keinen Einwand. »Das dürfte nicht schwierig sein.« Er zögerte, überlegte einen Moment. »Dennoch wäre es mir lieber, wir versuchen es zuerst auf freiwilliger Basis. Schließlich sind es nur Vermutungen, was wir bisher zu bieten haben.« Er sah auf seine Uhr, erhob sich von seinem Platz. »Was ist übrigens mit dem Drohbrief, den Sie in Böhlers Büro fanden?«, fragte er.

»Der liegt bei im Labor und wird untersucht. Bisher habe ich noch nichts darüber gehört.«

»Gibt es eine Parallele bei Hemmer? Ich meine, wurde der Mann ebenfalls bedroht?«

Braig schüttelte den Kopf. »Bisher ist mir nichts bekannt. Ich war allerdings noch nicht in Hemmers Firma. Seine Frau und seine Lebensgefährtin erwähnten aber nichts davon.«

»Dann sollten Sie sich morgen früh darum kümmern. Nicht, dass wir eine wichtige Spur übersehen.«

Braig nickte, erhob sich ebenfalls. Sie mussten sich beeilen, der Großteil der Journalisten war sicher längst eingetroffen. Ob die Sache sich routinemäßig ohne großen Stress erledigen ließ?

Braig seufzte, dachte an den Berg von Arbeit, der noch auf sie wartete. Er verließ Hofmanns Büro, sah das nachdenkliche Gesicht des Oberstaatsanwalts. »Sie sind nicht zufrieden?«

Hofmann schloss seine Tür, überlegte sich seine Antwort genau. »Ich hoffe nur, dass wir nicht an der falschen Stelle kämpfen. Nicht, dass es sich wieder um eine viel größere Sache handelt, als wir es im Moment überblicken. Vielleicht ist das, was wir bis jetzt wahrnehmen, erst der kleine Anfang. Die Spitze des Eisbergs sozusagen. Und die Hauptmasse der Angelegenheit ist noch unsichtbar unter der Wasseroberfläche verborgen.«

16. Kapitel

Als Braig am Montagmorgen auf die Straße trat, empfing ihn das seit Wochen vertraute Bild: nasse Gehwege, bedeckter Himmel, Wasserfontänen von zur Seite spritzenden Autos. Zweieinhalb Tagen Spätsommer voller Sonne und Wärme, die weitgehend unbemerkt an ihm vorbeigezogen waren, weil er sie im Büro bzw. auf der bisher vergeblichen Suche nach dem Mörder Konrad Böhlers und Bernhard Hemmers verbracht hatte, war das vom September her gewohnte Einheitsgrau mit dunklen Wolken und Regenschauern gefolgt. Der Stuttgarter Talkessel schien im tristen Frühherbstschmuddel zu versinken.

Braig litt jetzt schon unter starken Kopfschmerzen, hatte Mühe, einen klaren Gedanken zu fassen. Er hatte nur wenig geschlafen, war mehrfach vom Lärm der Straße geweckt worden. Hupende Autos, quietschende Bremsen, aufheulende Motoren – alle paar Minuten neue, nervenaufreibende Geräusche irgendwo in der Umgebung seiner Wohnung. Voller Wut war er mitten in der Nacht zum halbseitig aufgeklappten Fenster geeilt und hatte es fest verschlossen, obwohl er frische Luft zum Schlafen fast genauso dringend benötigte, wie ein Fisch das Wasser. Er hatte die Verursacher des Lärms insgeheim mehrfach verflucht, sich geschworen, sie eigenhändig zu erwürgen, falls sie ihm unter die Finger kämen, und weiter vergeblich darauf gewartet, endlich in den ersehnten Schlaf zu finden. Verkehrslärm in allen Variationen gehörte in zunehmend unerträglichem Maß zu den Begleiterscheinungen seiner Wohnung, obwohl der Hermannstraße keinerlei Erschließungsfunktion zukam, sie von den zuständigen Behörden vielmehr als innerstädtische Nebenstraße ohne große Belastung definiert war. Braig sah diese Entwicklung als Teil der immer weiter um sich greifenden Verrohung der Gesellschaft, die in seinem Beruf Tag für Tag deutlicher sichtbar wurde: Verantwortung für das Gemeinwesen wurde zunehmend weniger, der Realisierung egoistischer Interessen dagegen immer mehr Dominanz zugebilligt.

Er sah auf seine Uhr, merkte, dass bis zur nächsten S-Bahn noch genügend Zeit blieb, spurtete in seine Wohnung zurück, holte einen Schirm. Trotz des schlechten Wetters wollte er nicht auf den kurzen Marsch vom Cannstatter Bahnhof zum LKA verzichten, um sich wenigstens ein paar Minuten lang in der frischen Luft aufhalten zu können – die einzige Methode, die langfristig Wirkung gegen seine Kopfschmerzen versprach.

Schon am Kiosk, wenige Meter vor den Treppen zur Station »Feuersee« sah er sich mit seinen derzeitigen beruflichen Problemen konfrontiert:

Mit Blausäure ins Jenseits – ein bestialischer Tod.
Giftmorde – wer ist das nächste Opfer?
Von wem stammen die geheimnisvollen Fußabdrücke?
Polizei ratlos.

Die Titelseiten der meisten Zeitungen hatten nur ein Thema, dazu wurden die entstellten Gesichtszüge Reinhard Hemmers fast lebensgroß als besondere Zugabe des überregionalen Boulevardblatts präsentiert.

Entnervt wandte sich Braig vom Kiosk ab, starrte auf die andere Seite der Straße. Bayer, das verfluchte Schwein. Warum saß er immer am längeren Hebel?

Braig stieg die Stufen zur S-Bahn hinunter, musste nicht lange warten, dämmerte die paar Minuten bis Bad Cannstatt vor sich hin. Der Kerl stand immer auf der Seite der Gewinner, verfügte über die notwendigen Beziehungen, kannte die entsprechenden Tricks, wie seine Ziele zu realisieren waren. Und wenn alles nichts half, sorgte er mit Geld für die entscheidenden Dokumentationen.

Braig verließ den Zug, folgte der Wildunger Straße, bog dann in die Taubenheimstraße ein. War mit Geld wirklich alles, was immer einer wollte, zu erhalten? Konnte man jeden Menschen kaufen?

Ein Auto fuhr mitten durch eine große Wasserpfütze, jagte die Fontäne direkt vor Braigs Füße. Er starrte zur Seite, überlegte, sich die Nummer des rücksichtslosen Fahrers zu notieren, zögerte zu lange. Bis er sich endlich entschlossen hatte, waren die Buchstaben nicht mehr zu erkennen.

»Welche Verbindung sehen Sie zwischen den Fußabdrücken am jeweiligen Tatort und den Tätern?«, hatte Bayer gestern Abend in der Pressekonferenz mit lauter Stimme gefragt.

Heftiges Gemurmel und aufgeregte Rufe vieler Journalisten waren die Folge.

Braig hatte sich mit Gewalt zusammenreißen müssen. Woher wusste der Kerl davon? Wer hatte ihn informiert? Wie war er an diese bisher bewusst verschwiegenen Erkenntnisse gelangt? Niemand hatte auch nur das Geringste über die verräterischen Spuren verlautbaren lassen.

Voller Wut war er auf diese Bemerkung, die eine wahre Flut zusätzlicher Fragen ausgelöst hatte, eingegangen. »Verehrter Herr Bayer, offensichtlich wissen Sie wieder einmal mehr als wir selbst. Vielleicht ist es am besten, Sie übernehmen mit Ihrer Truppe die Ermittlungen. Wir überlassen Ihnen gerne das Feld.«

Natürlich hatten seine Worte den jetzt einsetzenden Spekulationen kein wirkliches Ende gesetzt. Es schien, als sei es bei ihrer Pressekonferenz nur darum gegangen, die Medienvertreter über die an beiden Tatorten aufgefundenen Fußabdrücke zu informieren.

Und jetzt stand es in allen Zeitungen. Wer hatte Bayer die Information zugesteckt? Wie hatte der Kerl Wind von diesen Spuren bekommen?

Braig war klar, welche für ihre Ermittlungen katastrophalen Folgen die vorzeitige Veröffentlichung dieser polizeilichen

Entdeckung haben konnte: Der Täter oder die Täterin würde, falls noch nicht geschehen, die bei den Morden benutzten Schuhe so schnell wie möglich vernichten oder sonst wie verschwinden lassen. Vielleicht waren Marion Böhler oder Regine Hemmer gerade dabei, sich der verdächtigen Objekte zu entledigen. Sollten sie sofort zuschlagen, um sich wenigstens noch den Hauch einer Chance zu erhalten, an das belastende Schuhwerk zu gelangen?

Den schmerzenden Kopf voll wirrer Gedanken betrat Braig das Landeskriminalamt, grüßte den Kollegen an der Pforte. Er sah, dass die beiden Fahrstühle in anderen Stockwerken festhingen, entschied sich spontan fürs Treppenhaus. »Sie müssen mehr für Ihre körperliche Kondition tun«, hatte ihm der Arzt vor wenigen Wochen geraten. »Wenn Sie schon keinen regelmäßigen Sport treiben, sollten Sie ungeachtet Ihrer beruflichen Belastung für ausreichende tägliche Bewegung sorgen – nicht nur im Kampf gegen die Kopfschmerzen.«

Zwei Stufen auf einmal nehmend eilte Braig nach oben. Sein Puls hämmerte, die Lungenflügel rangen um Atem. Treppen steigen mochte gesund sein, besonders angenehm war es nicht. Keuchend und schweißgebadet betrat er sein Büro. Der Raum lag im Dunkeln, wie an einem nebligen Tag im November. Braig schaute nach draußen, sah die dicken Wolken am Himmel. Sein Kopf schmerzte, der Puls hämmerte immer noch. Er blieb an der Tür stehen, schaltete das Deckenlicht ein, sah ein Fax in der Ablage.

Braig zog seine Jacke aus, griff zu dem Papier. »Die Fußabdrücke von Rotenberg und auf dem Teppich in der Kirche in Großaspach sind identisch. Eindeutig. Schuhgröße siebenunddreißig. Warum habt ihr das der Presse bekannt gegeben? Ist das wirklich sinnvoll? Gruß Rössle.«

Er setzte sich an den Schreibtisch, griff zum Telefon. Der Techniker war sofort am Apparat. »Danke für dein Fax. Jetzt brauchen wir nur noch die passenden Schuhe.«

»Des glaubet ihr doch selber net, dass die noch existieret? Die sind längst verbrannt. Wieso hent ihr des an die Öffentlichkeit bracht?«

»Das haben wir nicht.«

»Net? Alle Idiote von Sindelfinge, hat der Herr Kommissar heut noch keine Zeitung zu Gesicht kriegt?«

Braig berichtete Rössle vom Verlauf der Pressekonferenz, legte ihm ausführlich dar, mit welch genussvoller Süffisanz Bayer die Tatsache der Fußabdrücke vor allen Anwesenden vorgetragen hatte.

Der Techniker schwieg eine Weile, rang sich dann doch zu einer Bemerkung durch. »Quadratscheiße, was?«

»So kann man das sagen.«

»Wem kann man so was zutrauen?«

»Ich weiß es nicht. Keine Ahnung.«

»Einer von uns?«

Braig hatte keine Lust, Nachforschungen anzustellen, genau zu überprüfen, welche Personen Kenntnis von ihren Ermittlungen hatten. Er schloss auf jeden Fall aus, dass einer der beteiligten Kriminaltechniker oder auch Söhnle und Neundorf die Information weitergegeben hatten, unter welchen Umständen auch immer. Allein der Gedanke, einen seiner engen Mitarbeiter in Betracht zu ziehen oder ernsthaft zu verdächtigen, schien ihm vollkommen pervers. »Ich muss mich auf meine Ermittlungen konzentrieren«, sagte er deshalb, »einen zweiten Kriegsschauplatz kann ich mir im Moment nicht leisten.«

»Das ist richtig. Aber vielleicht gibt es doch noch eine Möglichkeit, dem Täter über die Fußabdrücke nahe zu kommen.«

Braig horchte auf. »Was meinst du?«

»In Rotenberg hinterließ der Kerl so viele Spuren, dass wir ein genaues Belastungsprofil seiner Füße erstellen konnten. Wie er läuft, wo genau er seine Schwerpunkte setzt, auf den Ballen zum Beispiel oder auf die Zehen. Dieses Profil fällt bei jedem

Menschen anders aus, wobei die Schuhe gewisse Einflüsse haben können. Lassen wir einen Verdächtigen auf einem speziellen Untergrund ein Stück laufen, können wir anschließend die Belastungsprofile miteinander vergleichen.«

»Und ihr könnt beweisen, dass es sich um dieselbe Person handelt?«

»Schön wär's. Vor Gericht wird das Ergebnis noch nicht akzeptiert. In ein paar Jahren vielleicht, aber heute noch nicht. Wenn ihr euch aber clever anstellt, könnte es dennoch klappen.«

Braig erinnerte sich, von der Methode gehört zu haben, überlegte, wie sie den Vorschlag umsetzen konnten. »Was stellst du dir vor?«

»Ihr erklärt dem Verdächtigen, dass ihr den Täter anhand des Belastungsprofils mit absoluter Sicherheit feststellen könnt. Weigert er sich daraufhin, Probe zu laufen, wisst ihr schon mal, woran ihr mit ihm seid.«

»Dann hilft nur noch, alle seine Schuhe zu untersuchen.«

»Und ihn genau zu überwachen. Er oder sie muss wissen, warum er seine Mitarbeit verweigert.«

»Du kannst das Belastungsprofil erstellen?«

»Jederzeit.«

Braig bedankte sich bei Rössle für die Information, legte den Hörer auf, sah Neundorf in sein Büro treten.

»Blöd gelaufen, wie?«, sagte sie.

Er grüßte sie, erhob sich von seinem Stuhl, lief zum Wasserhahn.

»Ich habe vorhin mit Hofmann telefoniert«, erklärte sie, »irgendwann werde ich die undichte Stelle finden.« Sie trug eine schwarze Jacke, darunter ein weißes Shirt, wirkte unausgeschlafen.

»Ich will nicht darüber nachdenken«, erwiderte er, »sonst werde ich verrückt.« Er klatschte sich Wasser ins Gesicht, füllte ein Glas, trank in kleinen Schlucken.

»Regine Hemmer hat kein Alibi. Weder für Freitag noch für Samstag.«

Braig stellte das Glas neben das Wasserbecken, wartete auf weitere Erklärungen.

»Ich habe sie gestern Abend noch angerufen, von Waiblingen aus. Sie gab sich ganz offen, redete unbekümmert über ihr Verhältnis zu ihrem Vater. Er existiere für sie nicht. Vor fünf Jahren, als er sich endgültig von ihrer Mutter trennte, war Schluss.«

»Du glaubst ihr?«

Neundorf lehnte sich an seinen Schreibtisch, wog ihren Kopf unschlüssig hin und her. »Das ist schwer zu sagen. Ich traue mir noch kein Urteil zu. Im Moment zumindest nicht.«

»Wo war sie während der fraglichen Zeit?«

»Sie weiß es angeblich nicht genau. Am Freitag war sie in Stuttgart. Einkaufen, Kaffee trinken, Bummeln. Bis in den späten Abend.«

»Das kommt mir bekannt vor. Genau das gleiche erklärte mir schon Frau Böhler.«

»Findest du es so unglaubwürdig? Ich kann ihr nicht das Gegenteil beweisen.«

»Kein Kassenbon mit Datum und Uhrzeit, die Rechnung des Cafés?«

Neundorf schüttelte den Kopf. »Sie hat nur Kleinigkeiten gekauft, deren Kassenbestätigung aufzuheben nicht lohnte. Und im Café zahlte sie ohne Bon.«

»Und am Samstag?«

»Sie lag in der Sonne, das schöne Wetter ausnützen.«

»Allein?«

»Sie sagt, ja. Zur Zeit ist sie solo.«

»Und niemand kann es bestätigen? Ihre Mutter, Nachbarn, sonst jemand?«

»Sie war mit dem Fahrrad unterwegs, legte sich irgendwo an den Neckar, hatte ein Buch dabei, vergaß die Zeit, wie sie sagte, schmökerte bis in den Abend.«

Braig seufzte, trank den Rest des Wassers. »Die Frau macht es uns wirklich nicht einfach.«

»Du fragst nicht nach ihrer Schuhgröße?«

»Sie hat sie dir aus freien Stücken mitgeteilt?«

»Wieso nicht? Sie ist kein Eisberg wie ihre Mutter.«

»Siebenunddreißig?« Er hatte das Glas ausgespült und neben das Wasserbecken gestellt, schaute interessiert zu seiner Kollegin.

Neundorf nickte. »Mal siebenunddreißig, mal achtunddreißig. Je nachdem, wie die Schuhe ausfallen. Sie besitzt aber nicht viele Exemplare. Vier Paar, wie sie sagte, als arme Studentin verfüge sie über zu wenig Geld, sich die Wohnung mit Schuhen vollzustellen.«

»Und das fünfte Paar, mit dem sie ihre Opfer in Rotenberg und Großaspach besuchte, schwimmt längst im Neckar.«

»Oder sie verrotten irgendwo auf einer Müllkippe.« Neundorf zuckte mit der Schulter. »Ich weiß es nicht, wirklich. Wir haben sehr wenig in der Hand.«

»Es gibt dennoch eine Chance, sie genauer zu überprüfen.«

»Ja?«

Braig erklärte ihr die Methode, auf die ihn Rössle aufmerksam gemacht hatte, sah ihre zustimmende Reaktion.

»Was spricht dagegen, es sofort zu versuchen?«, lockte sie.

»Von meiner Seite aus nichts.«

»Gut. Dann laden wir sie heute noch vor. Wenn es mit den Technikern klappt.«

»Ich werde mich darum kümmern. Sie hat dir erzählt, was sie beruflich macht?«

»Sie studiert«, antwortete Neundorf, »Französisch, Deutsch und Philosophie.«

»In Stuttgart?«

»Nein, Tübingen. Vielleicht ist sie noch zu Hause, sie hat Semesterferien.«

Braig lief zu seinem Schreibtisch, setzte sich, griff zum Telefonhörer. »Was hast *du* vor?«

»Ich fahre nach Rotenberg«, erklärte Neundorf, »Marion Böhler wartet auf mich. 9 Uhr. Ich will mir die Frau ansehen.«

Braig nickte, stimmte ihr zu. Gerade weil er der Frau des ermordeten Werbemanagers misstraute, war es sinnvoll, sich Neundorfs Urteil über sie einzuholen. »Dann kannst du sie gleich mitbringen. Zum Sohlenbelastungsprofil.« Er wählte Rössles Nummer, hatte den Techniker nach viermaligem Läuten am Apparat.

»Braig hier. Dieses Profil, du weißt schon, geht es heute?«

»Du hast einen Kandidaten?«

»Zwei«, sagte Braig.

»Jederzeit.«

Er versprach dem Kollegen, rechtzeitig Bescheid zu geben, legte auf. »Dann versuche ich es sofort mit Regine Hemmer.«

Neundorf nickte, blieb vor seinem Schreibtisch stehen.

Braig hatte die Frau nach kurzem Warten in der Leitung, hörte ihr lautes Gähnen.

»Hätten Sie im Verlauf des Tages Zeit, bei uns vorbeizuschauen?«, erkundigte er sich.

Regine Hemmer fragte nach dem Grund seiner Bitte, ließ sich sein Vorhaben genau erklären. »Sie verdächtigen mich also, meinen eigenen Vater ermordet zu haben«, stellte sie trocken fest.

Braig scheute sich nicht, Klartext zu reden. »Sagen wir es besser so: Niemand im Umfeld Ihres Vaters darf bei unseren Ermittlungen außen vor bleiben.«

»Aha. Gibt es wenigstens noch andere Verdächtige?«

»Die gibt es. In der Tat.«

»Und die werden ebenfalls zum Rapport bestellt?«

»Genau wie Sie.«

»Dann kann ich ja beruhigt sein«, sagte sie, »wann soll ich kommen?«

Sie einigten sich auf 16 Uhr, beendeten dann das Gespräch.

»Das ging schnell«, meinte Neundorf, »entweder sie ist wirklich unschuldig oder sie will mit dem Kopf durch die Wand.«

Braig gab Rössle den Termin durch, bat ihn, die Untersuchung durchzuführen.

»Und jetzt?«, fragte Neundorf.

»Ich muss noch in Hemmers Firma vorbeischauen. Diese Fernsehproduktion in Ludwigsburg. Ich suche nur noch schnell die Adresse.«

»Die kannst du haben. Hier.« Sie gab ihm ein Blatt, wies auf die Stelle, wo diese samt Telefonnummer notiert war.

»Von seiner Tochter?« Braig nahm das Papier, sah Neundorfs Kopfnicken. »Danke. Dann fahre ich jetzt gleich dorthin.«

»Was ist mit Bernhard?«, fragte sie. »Hast du was gehört?«

»Tut mir Leid, nein. Ich weiß nicht einmal, ob sich jemand um ihn kümmert.«

»Vielleicht kannst du im Krankenhaus reinschauen. So viel Zeit müssten wir zur Verfügung haben.«

Steffen Braig hatte nichts dagegen einzuwenden, holte sich einen Stadtplan von Ludwigsburg, überprüfte den Firmensitz Hemmers, sah, dass er nicht weit vom Bahnhof, außerdem nur einen Straßenzug von Ann-Katrins Wohnung entfernt lag. Er durfte nicht schon wieder den ganzen Tag in einer Blechkarosse verbringen, spürte, wie dringend sein Körper Bewegung in frischer Luft forderte.

Braig nahm sein Telefon, wählte die Nummer von Hemmers Firma, hatte die Sekretärin am Apparat. Die Stimme der Frau klang verweint, offensichtlich war sie erst vor kurzem über den Tod ihres Chefs informiert worden. Braig kündigte seinen Besuch an, sammelte dann seine Unterlagen zusammen, schlüpfte in die Jacke.

Das Wetter hatte sich beruhigt, die schwarzen Wolken waren nur noch fern am Horizont zu sehen Er lief zum Cannstatter Bahnhof, nahm die nächste S-Bahn, wechselte dann im Hauptbahnhof nach Ludwigsburg. Als der Zug in Feuerbach hielt, wählte er Ann-Katrins Nummer.

»Wie geht es dir?«, fragte er.

»Viel besser als gestern.« Ihre Stimme ließ neuen Lebensmut erkennen.

»Die Schmerzen sind weg?«

»Fast.« An ihrem Zögern merkte er, dass sie nicht ganz die Wahrheit sagte. »Kein Vergleich zu gestern. Ich fühle mich wie neu geboren.«

»Hoffentlich kann ich das glauben.«

»Du kannst es. Wir wollen nach Tübingen. Theresa zeigt uns ihr neues Zimmer. Sie hat uns vorhin angerufen.«

Braig kannte Ann-Katrins Schwester, hatte sie mehrfach getroffen. »Das ist sehr gut«, sagte er, »du traust es dir zu?«

Ihre Stimme klang fröhlich. »Es lenkt mich ab. Vielleicht ist es das, was mir fehlt. Immer nur sitzen und darauf warten, dass es irgendwie besser wird, kann nicht alles sein.«

Er verstand, was sei meinte, musste ihr insgeheim Recht geben. »Wann fahrt ihr?«

»Nachher, mit dem nächsten Zug. Du hast keine Zeit?«

»Tut mir Leid. Ich bin gerade unterwegs nach Ludwigsburg. Du hast die Zeitung schon gelesen?«

»Der zweite Blausäure-Tote?« Sie schwieg einen Moment, seufzte dann laut. »Vielleicht solltest du doch den Beruf wechseln.«

Manchmal, in besonders unangenehmen Momenten, war es Braig danach. Alles liegen und stehen lassen, die Ermittlungen zur Seite schieben, ein neues Leben beginnen. Fernab von Polizei und Kriminalität. Er gab keine Antwort, wusste, dass jeder Gedanke in diese Richtung vorerst Utopie bleiben würde.

»Nimm dir ein Beispiel an Theresa«, sagte Ann-Katrin, »sie wagt es wirklich.«

»Sie ist ein Phänomen. Ich bewundere sie ehrlich. Richte ihr viele Grüße aus.«

Theresa hatte nach dem Abitur ein BA-Studium der Betriebswirtschaft beim Daimler-Konzern absolviert, danach als Jung-Managerin mehrere Jahre im Dienst der Firma gearbeitet, gut bezahlt, mit großen Karriere-Chancen, wie er wusste. Tätigkeiten in Stuttgart waren Monate in Asien gefolgt, später war sie in die USA gewechselt. Dann, an ihrem 32. Geburtstag, hatte sie alles hingeworfen und den ersten Schritt zu einem neuen Leben getan.

»Dieser Konzern war mein Leben«, hatte sie ihm erklärt, wenige Wochen nach Ann-Katrins schwerer Schussverletzung, »aber das kann nicht alles sein.«

Trotz vieler Versuche ihrer Bekannten, sie zur Besinnung zu rufen und ihr die Konsequenzen ihres Handelns klarzumachen, hatte sie sich nicht davon abbringen lassen, sich in Stuttgart ins Sprachenkolleg einzuschreiben und Altgriechisch und Hebräisch zu lernen – als Vorbereitung für ihr Theologiestudium, das sie jetzt im Oktober in Tübingen aufnehmen wollte. Braig bewunderte den Mut und die Entschlusskraft, mit der sie ihre Entscheidung ohne jedes Straucheln durchgesetzt hatte.

Er wünschte Ann-Katrin einen von schmerzfreien, abwechslungsreichen Tag, beendete das Gespräch, als der Zug Ludwigsburg erreichte. Der Weg zu Hemmers Firma war nicht weit, gerade mal sieben-, achthundert Meter vom Bahnhof entfernt. Er spannte seinen Schirm auf, weil es wieder leicht zu regnen begonnen hatte, wich Passanten aus, die ihm auf dem schmalen Bürgersteig entgegenkamen.

Das Gebäude, in dem Hemmers Firma residierte, fiel auf durch eine erst vor kurzem von Grund auf erneuerte Fassade: ockergelbe Wände, sandsteinfarbene Erker, die gesamte Front im neobarocken Stil. Braig las die Aufschrift *Bernhard Hemmer Fernsehproduktion*, drückte auf die Glocke.

Die Stimme aus dem Lautsprecher krächzte erbärmlich. Er konnte nicht erkennen, ob es sich um eine Frau oder einen Mann handelte, stellte sich vor, hörte das Surren des Türöffners.

Das Büro lag im ersten Obergeschoss. Braig stieg die Treppe hoch, wurde schon an der breiten Milchglastür von einer jungen Frau empfangen. Sie war höchstens Mitte zwanzig, trug eine knallenge, weiße Bluse und einen kurzen, schwarzen Lederrock, dazu gepunktete Nylons und grellrote Slipper. Wahrscheinlich entsprach dieses Outfit der Fernsehwelt, die zu repräsentieren ihr beruflich aufgetragen war. Was nicht passte, waren ihre Frisur und ihr Gesicht. Die kurzen, blondierten Haare hingen strähnig und ungeordnet in ihre Stirn, von ihren Augen strömte ein von der Wimperntusche dunkelblau gefärbtes Rinnsal quer über die Backen in Richtung Kinn. Ihr Gesicht zeigte Falten und einen gequälten Ausdruck. Sie war offensichtlich ohne jede Vorwarnung vom Tod ihres Arbeitgebers überrascht worden.

»Nicole Lieb«, nuschelte sie in Braigs Richtung, hielt ihm die Tür auf, ließ ihn eintreten, lief dann, nachdem er sich vorgestellt und ausgewiesen hatte, vor ihm her.

Bunte Poster in unübersehbarer Anzahl schmückten den breiten Gang auf beiden Seiten, wunderschöne, mit breitem Cheese-Lächeln in die Kamera grinsende junge Menschen portraitierend. Genormte und geklonte Visagen, überlegte Braig, in Hollywoods virtuellen Gen-Labors produziert.

Der Gang endete in einer Art Warteraum, in dem drei junge, vielleicht 16- oder 17-jährige, in knallenge Jeans gepackte Teenies auf unbequemen Stühlen lümmelten. Die junge Frau zeigte dort auf die Tür, die zu Hemmers Büro führte.

Nicole Lieb bat Braig in einen kleinen Raum mit einem auffallend großen Fenster, wies ihm einen Stuhl zu, der unmittelbar vor ihrem mit einem Computer bestückten Schreibtisch stand.

»Ich kann es nicht glauben«, presste sie mit erstickter Stimme hervor.

Braig setzte sich, betrachtete die Wände des Zimmers. Wieder bunte Poster, schöne junge Menschen, dazu Werbeparolen für bekannte und weniger bekannte Fernsehshows und einen regionalen TV-Sender.

»Wann haben Sie vom Tod Herrn Hemmers gehört?«

Nicole Lieb rutschte auf ihrem Drehstuhl hin und her, wischte mit einem weißen Tuch ihre Augen sauber. Sie brauchte einige Sekunden, ehe sie im Stande war, Braigs Frage zu beantworten. »Heute Morgen«, sagte sie, »als ich hier ankam. Beatrice war da und heulte wie ein Schoßhund.«

»Sie haben es nicht aus den Nachrichten gewusst?«

»Nachrichten? Ich sehe keine Nachrichten.« Sie putzte immer noch an ihren Augen herum, schaffte es dennoch nicht, ihrem Clownsgesicht irgendeine geordnetere Fasson zu geben.

»Seit wann arbeiten Sie hier?«

»Bei Bernie?«

Braig nickte. Die Beziehung zu ihrem Chef war offenbar nicht nur beruflicher Natur.

»Drei Jahre.« Jetzt hatte sie ihre Antworten schneller parat.

»Sie kannten Herrn Hemmer gut?«

»Gut? Was heißt gut?« Sie nahm das Tuch vom Gesicht, schaute ihn fragend an.

»Reichte Ihr Verhältnis bis in private Bereiche?« Braig scheute sich nicht, doppeldeutige Worte zu benutzen, um ihr etwas auf die Sprünge zu helfen.

Nicole Lieb zögerte mit der Antwort. »Na ja, das bleibt nicht aus. Es ist schließlich ein besonderer Beruf.« Sie schien die Tragweite seiner Frage nicht zu verstehen.

»Sie waren also auch in Ihrer Freizeit mit ihm zusammen?«

»In meiner Freizeit? Nein, das hätte Beatrice nicht erlaubt.«

Braig überlegte, ob er sich Beatrice Brennerle noch einmal genauer vornehmen sollte, verzichtete darauf, in der Beziehung Nicole Liebs zu ihrem Chef herumzustochern. Er musste sich auf Hemmers Firma konzentrieren. »Was sind Ihre Aufgaben?«

Sie sah ihn verwundert an, versicherte sich der Zielsetzung seiner Frage. »Hier, meinen Sie?«

Er nickte.

»Alles«, erklärte Nicole Lieb, »die ganze Firma.«

»Und das bedeutet konkret?« Er wartete, bis sie endlich auf die zentralen Inhalte ihrer Arbeit zu sprechen kam.

»Wir produzieren Shows, Fernsehshows. Mit allem Drum und Dran.« Ihre Augen verloren den wehmütigen Blick, begannen sogar ein wenig zu leuchten.

»Fernsehshows«, wiederholte Braig. Er erinnerte sich, was Hemmers Tochter und Beatrice Brennerle ihm mitgeteilt hatten. »In wessen Auftrag?«

»Die Sender«, erklärte Nicole Lieb, »verschiedene Sender.« Sie zählte mehrere auf, gestand auf mehrfaches Nachfragen Braigs, dass circa neunzig Prozent der Shows für das regionale TV-Unternehmen produziert wurden.

Unter weitgehendem Ausschluss der Öffentlichkeit also, überlegte er. Er hatte selten jemand gehört, der den Kanal dieses Senders einschaltete.

»Wie steht es mit der Konkurrenz?«, fragte Braig. »Gab es Auseinandersetzungen mit anderen Produzenten?« Bei allem Verdacht gegen Regine Hemmer und Marion Böhler, er durfte die etwaige berufliche Komponente des Falles nicht völlig außer Acht lassen.

Nicole Lieb wusste keine Antwort. »Die Sender sind mit unserer Arbeit zufrieden. Warum sollte es Auseinandersetzungen geben?«

»Weil andere Firmen gerne das Geschäft machen würden.«

»Andere Firmen? Die Sender wissen, was sie an uns haben. Die brauchen keine anderen Firmen.«

Braig glaubte nicht, dass die geschäftliche Situation so einfach zu beurteilen sei, gab sich dennoch mit der Antwort zufrieden, weil ihm noch ein anderes Anliegen unter den Nägeln brannte.

»Die Mitwirkenden dieser *Shows*«, das Wort kam ihm nur schwer über die Lippen, weil er sie als in der Öffentlichen Meinung maßlos überbewertet empfand, »Sänger, Tänzer, Statisten – wer wählt sie aus?«

»Bernie. Herr Hemmer.«

»Er ganz allein?«

»Ja.« Sie schwieg einen Moment, überlegte. »Es sei denn, die Manager des jeweiligen Senders verlangen bestimmte Stars. Aber das hängt dann davon ab, wie viel sie zu zahlen bereit sind.«

»Ein angenehmer Job für Herrn Hemmer. Ich nehme an, es gibt genügend Leute, die in einer dieser ...«, er zögerte, entschied sich dann für einen anderen Ausdruck, »Veranstaltungen mitwirken wollen? Ich meine, als Statisten, Tänzer oder so?«

»Oh ja, natürlich.« Nicole Liebs Stimme drohte sich zu überschlagen. »Wir haben so viele Bewerberinnen und Bewerber, dass wir nur einen Bruchteil davon nehmen können.«

»Welche Qualifikationen müssen die Leute mitbringen, um ausgewählt zu werden?«

»Das müssen Sie Bernie, Herrn Hemmer fragen. Die Entscheidung trifft er ...« Sie verstummte mitten im Satz, wurde sich bewusst, was sie sagen wollte, begann heftig zu schluchzen.

In Braig wuchs Ungeduld, er war nicht gewillt, sich noch länger mit derart naiven Sprüchen hinhalten zu lassen. »Musste man mit der Rache abgelehnter, vielleicht mehrfach zurückgewiesener Bewerber rechnen? Menschen, denen Hemmer das Blaue vom Himmel versprochen, die sich in ihrer Phantasie bereits vollständig in ihre vermeintliche Rolle als zukünftige Showstars hineingesteigert hatten, von ihm aber schnöde abgewiesen worden waren?«

Er konnte sich vorstellen, dass in solchen Momenten der Enttäuschung ungeahnte Emotionen freigesetzt, eventuell ganze Lebensperspektiven relativiert oder zerstört wurden. In einer so eindimensional auf Äußerlichkeiten fixierten Gesellschaft wie der unseren bleibt es wohl nicht aus, dass manche Menschen sich voll und ganz in eine Zukunftshoffnung hineinträumen, die ihren Sinn allein darin sehen, von anderen verehrt, begehrt, ja vergöttert zu werden, um dadurch die eigene

Bedeutungslosigkeit aufzuwerten. In der Öffentlichkeit Berühmtheit zu erlangen, die Maske des Erfolgs nach außen zu tragen, gleichgültig, wie substanzlos der Kern der übermittelten Botschaft auch sei, schien immer deutlicher zur zentralen Forderung dieser neuen Zeit zu werden. War Hemmer mit einem Fanatiker kollidiert? Braig fühlte sich in diesem Metier nicht zu Hause.

Er beschloss, seine Fragestellung zu konkretisieren: »Gab es Drohungen gegen Herrn Hemmer oder die Firma?«, erkundigte er sich, nachdem sich Nicole Lieb wieder halbwegs beruhigt hatte.

Sie ließ einen tiefen Seufzer hören, bearbeitete ihr Gesicht immer noch mit dem weißen Tuch. »Drohungen, warum?«, fragte sie schließlich. Von Unannehmlichkeiten dieser Art schien sie bisher verschont geblieben zu sein.

»Von Personen, die von Herrn Hemmer als Bewerber abgelehnt wurden, etwa«, erklärte er, »oder von Leuten, die sich von ihm nicht korrekt beurteilt fühlten.«

Nicole Lieb schüttelte den Kopf. »Warum sollte uns jemand drohen? Dass wir ihn in einer Show auftreten lassen müssten?«

»Zum Beispiel, ja.«

»Davon ist mir nichts bekannt. Herr Hemmer ist nicht«, sie bemerkte ihren Fehler, stockte, sprach nach einer kurzen Pause weiter, »er war nicht zu beeinflussen. Von so etwas schon gar nicht.«

Braig musste insgeheim lachen, weil er an die Worte Regine Hemmers dachte. Der Mann war nicht zu beeinflussen, nein. Bettgeschichten ohne Ende, aber er war völlig neutral in seinem Urteil. Möglicherweise hatte kaum eine der jüngeren Frauen ohne Bereitschaft zu aktiver Matratzenakrobatik eine Position in einer der angestrebten Shows erhalten, aber diese Einsatzfreude schien den Worten Nicole Liebs zufolge nicht sonderlich erwähnenswert, eher Grundvoraussetzung zu einer Karriere in diesem Metier zu sein.

Braig schüttelte den Kopf, hatte genug von Sprüchen dieser Art. Er musste sich der beruflichen Seite des Mannes auf eine andere Art und Weise nähern, wollte er eventuelle Ursachen einer Bedrohung Hemmers erkennen. »Wo ist das Büro Ihres Chefs? Ich möchte es mir einmal ansehen.« Er fragte nicht, ob sie es erlaube, nahm das Recht dazu ungefragt für sich in Anspruch.

Die junge Frau akzeptierte seinen Wunsch ohne Widerspruch, zeigte auf die Tür gegenüber ihres Schreibtischs

Braig erhob sich, trat in den Raum. Er war mindestens dreimal so groß wie das Zimmer der Sekretärin, zeigte hohe, weiße Wandschränke mit gläsernen Türen, hinter denen Aktenordner neben Aktenordnern aufgereiht waren, einen riesigen, hellen Schreibtisch mit Computer und unzähligen Stapeln von Blättern, Postern und Fotos, dazu ein kleines Sofa mit einem runden Tisch. Große Fenster ermöglichten einen weiten Blick über das Geschehen auf der Straße.

Braig wandte sich dem Schreibtisch zu, sah die Papiere, Poster, dann die Fotos durch, merkte, dass die Stapel entgegen dem ersten Eindruck in penibler Ordnung nach verschiedenen Sachgebieten getrennt waren. Auf der einen Seite Bewerbungsschreiben unterschiedlicher Interessenten, fein säuberlich in Kurzbiografie, besondere Talente sowie bereits erfolgte Show-Auftritte und Ganz-Körper-Fotos gegliedert, daneben Bedarfslisten mehrerer Veranstaltungen mit Datum, Uhrzeit, Ort des Geschehens sowie der genauen Schilderung der benötigten Personen.

Braig nahm sich Stapel für Stapel vor, blätterte sie jeweils bis zur Hälfte durch, stellte fest, dass die Papiere nach Alter und Geschlecht sortiert waren. Frauen im Alter von 15 bis 40, wie er auf den ersten Blick schätzte, bildeten den Großteil der vorhandenen Bewerbungen; viele der Fotos zeigten nur mäßig bekleidete, ihre weiblichen Formen vorteilhaft präsentierende Gestalten. Er merkte, dass die auf den Postern angepriesenen

Veranstaltungen alle erst noch stattfinden sollten, fand einen weiteren Stapel von Papieren, der ausnahmslos unterschriebene Verträge mit Sängern, Tänzern und Statisten enthielt, die Leistungen innerhalb der nächsten Wochen und Monate beinhalteten. Persönliche Post war nicht zu finden.

Braig wechselte zu den Wandschränken, öffnete die Glastüren, nahm einige der Ordner in die Hand. Wieder Verträge mit Sängern, Tänzern, Statisten, alle aus dem vergangenen Jahr datiert. Er kannte nicht einen der aufgeführten Namen. Braig war sich bewusst, dass das nichts über den Marktwert oder die Attraktivität der Künstler aussagte. Manch einer der hier aufgeführten Namen mochte allein durch seine Erwähnung Scharen von Teenies oder gereiften Omas in Stürme der Begeisterung versetzen, während er selbst noch nie von dieser Person gehört hatte. Vielleicht waren es wirklich Prominente, deren Verträge er hier vor sich liegen sah, vielleicht nur völlig unbekannte Möchtegern-Sternchen, er konnte es nicht beurteilen, wollte sich die Leute nicht näher ansehen. Ihn interessierte nur, ob eine der Personen in irgendeiner Weise relevant für die Aufklärung des Mordes an Bernhard Hemmer war.

Braig sah die Ordner stichprobenartig durch, spürte, wie sich seine Kopfschmerzen zurückmeldeten. Papier auf Papier zeigte denselben Inhalt: Name der Person, Erklärung der dargebotenen Leistung, Ort und Dauer der Veranstaltung, Datum, Summe der Vergütung, Einverständniserklärung mit den Bedingungen des Produzenten, Unterschrift. Mehr und mehr verschwammen die Ausführungen vor seinen Augen, registrierte sein Gehirn nur noch bruchstückhaft, was er vor sich liegen hatte.

Er schob die Ordner wieder in die Schränke zurück, trat an den Schreibtisch, öffnete die beiden Schubladen, die unter der breiten Platte angebracht waren. Keine war verschlossen, obwohl sie großenteils private Unterlagen enthielten: Zigaretten, Tabletten, Salben, Rasierwasser, mehrere Schachteln mit

Kondomen. Wahrscheinlich eines der wichtigsten Arbeitsmaterialien des Herrn Hemmer, schoss es Braig durch den Kopf. Er studierte die Beschreibung der vorhandenen Arzneimittel, stellte fest, dass es sich größtenteils um Schmerz- und Vitaminpillen handelte.

Die untere Schublade enthielt nur einen Ordner, neutral, ohne Aufschrift. Braig zog ihn heraus, legte ihn auf die Schreibtischplatte. *Leitz* prangte in kleinen fetten Buchstaben auf seiner linken Ecke.

Er schlug den Kartondeckel zur Seite und unterdrückte einen Schrei. Was vor ihm lag, sah er nicht zum ersten Mal. Papier und Schrift waren ihm genauso bekannt wie der Inhalt des Textes.

Braig ließ das Blatt liegen, sprang zur Tür. Nicole Lieb saß in Gedanken versunken auf ihrem Stuhl.

»Ich möchte Ihnen etwas zeigen«, sagte er.

Die Frau zuckte zusammen, zitterte am ganzen Körper.

»Verzeihung, ich wollte Sie nicht erschrecken.«

Sie erhob sich wie in Trance, lief um ihren Schreibtisch, blickte fragend zu ihm auf. Das Blau der Wimperntusche hatte sich über ihr ganzes Gesicht verteilt. »Wo?«

Er führte sie ins Zimmer ihres ermordeten Chefs, zeigte auf den aufgeklappten Ordner. »Der Brief. Bitte berühren Sie ihn nicht. Verstehen Sie? Nicht berühren.«

Sie näherte sich dem Schreibtisch, zeigte auf das Papier. »Das hier?«

Braig nickte. »Wissen Sie, wann er kam und wer ihn gebracht hat?«

Sie stand vor dem Ordner, starrte auf das Blatt, zuckte mit der Schulter. »Wovon handelt der? Ich sehe ihn zum ersten Mal.«

Er stellte sich neben sie, las ihr den Text vor.

Hemmer, wir haben dich gewarnt.
Du weißt, um was es geht.
Wenn du nicht hören willst, wirst du büßen.
Deine Chance war da. Jetzt folgt die Tat.

Es dauerte eine Weile, bis sie den Inhalt endlich zu begreifen schien. »Sie drohen.«

»Wer?«, fragte Braig. »Wer schreibt so etwas?« Wenn es noch irgendeinen Zweifel gegeben hatte, jetzt war der Beweis erbracht. Es handelte sich um denselben Täter wie bei Konrad Böhler.

Nicole Lieb sah ihn mit weit aufgerissenen Augen an, wusste keine Antwort. »Hier, in seinem Schreibtisch?« Sie deutete auf die geöffnete Schublade, zog die Schulter hoch. »Was soll das?«

»Die Ankündigung des Mordes. Braig zog seine Plastikhandschuhe aus der Tasche, hob das Blatt vorsichtig hoch.

Vergeblich. Der Ordner enthielt keine weiteren Papiere.

»Sie sehen das zum ersten Mal?« Braig konnte buchstäblich verfolgen, wie bei ihr der Groschen fiel.

»Ich kenne es nicht. Keine Ahnung.«

Er musterte ihr Gesicht, sah das fahrige Hin- und Herhuschen ihrer Augen, glaubte ihr. »Sie wissen nicht, wann er es erhielt?«

Nicole Lieb schüttelte den Kopf. »Tut mir Leid. Ich, ich ...« Sie stotterte, wusste nicht weiter.

Braig schaute sich um, suchte den Papierkorb. Er war leer, nicht ein Staubkorn in seinem Inneren. »Wer leert den Müll?«

»Ich.«

»Jeden Tag?«

»Abends, ja.« Sie war jetzt hellwach, antwortete sofort.

»Wann haben Sie ihn zuletzt geleert?«

»Am Freitag, wie üblich.«

»In den Müll?«

Nicole Lieb schüttelte den Kopf.

»Wohin dann?«

»Wir haben eine große Papiertonne, zusammen mit anderen Firmen.«

»Wo steht sie?«

»Hinter dem Haus.«

»Wissen Sie zufällig, wann sie geleert wird?« Er musste den Umschlag finden, musste versuchen, den Absender irgendwie zu lokalisieren.

»Einmal die Woche. Aber an welchem Tag?« Sie zuckte mit der Schulter.

»Wer nimmt die Post entgegen?«, drängte er.

»Je nachdem. Mal ich, mal Bernie selbst.«

»Sie sortieren sie nicht vor?«

Nicole Lieb schüttelte den Kopf. »Je nach Lust und Laune. Er nimmt sich gern alles selbst vor, sortiert, wirft weg, sucht aus. Wenn die Zeit reicht, lege ich ihm alles direkt auf den Schreibtisch.«

»Sie erhalten viele Sendungen?«

»Sehr viele, ja. Bewerbungen und so.«

Braig nickte. So konnte es gewesen sein, falls der Brief per Post gekommen war. Sie hatte den ganzen Packen entgegengenommen und direkt bei ihm abgeladen.

Aber die Briefe davor? Hemmer musste vorher schon Drohschreiben erhalten haben, so viel ging aus dem Inhalt des Textes deutlich hervor.

»Sie haben noch nie so eine Drohung gesehen? Auch einen anderen, vielleicht größeren Brief nicht?«

Tränen rannen wieder über ihre Wangen, als sie heftig den Kopf schüttelte. »Ich hätte doch reagiert, die Polizei informiert«, schluchzte sie.

Braig nahm sein Handy, gab im Amt Bescheid. Er erklärte dem Kollegen, wo er war, diktierte die Adresse. »Ich brauche mindestens zwei Leute, die hier alles auf den Kopf stellen. Vielleicht finden wir einen der früheren Drohbriefe. Die Sache eilt.«

Er steckte das Handy weg, fragte nach der Papiertonne. Nicole Lieb beschrieb ihm den Weg, begleitete ihn zur Tür. Braig behielt seine Plastikhandschuhe an, eilte in den Hof. Die blaue Tonne war nicht zu übersehen. Eingerahmt von zwei grünen Müllcontainern stand sie vor der Hauswand. Er öffnete den Deckel, erschrak über den Papierberg, der sich vor ihm auftat. Zeitungen, Kataloge, Kartonreste, Aktenschnipsel, alles bunt durcheinander. Braig war gerade dabei, einen ersten Packen nach oben zu ziehen, als sein Handy läutete. Er nahm eines der losen Blätter, wischte seine Hände daran ab, aktivierte das Telefon. Neundorf war am anderen Ende.

»Störe ich?«, fragte sie.

»Nicht im Geringsten.« Er erklärte ihr, was er entdeckt habe und womit er gerade beschäftigt sei.

»Na prima, dann geht es endlich an zwei Fronten vorwärts«, kommentierte sie.

»Du hast Neuigkeiten?«

»Ich glaube schon. Vielleicht haben wir Glück.«

»Erzähl!« Er wischte seine Hände nochmals sauber, trat mehrere Meter von der Tonne weg. »Frau Böhler?«

»Ich glaube, ich verstehe deine Skepsis«, sagte Neundorf, »die Frau ist wirklich mit Vorsicht zu genießen. Sie ist zu auffällig unauffällig. Wenn du verstehst, was ich meine.«

»Zu auffällig unauffällig«, wiederholte er. So konnte man Marion Böhler beschreiben. Jedenfalls hatte auch er sie so kennen gelernt. »Ich glaube, ich habe begriffen. Da sind wir uns einig.«

»Schuhgröße achtunddreißig. Aber was sagt das schon. War eben mal ein Paar Siebenunddreißiger darunter.«

»Du traust es ihr zu?«

Neundorf zögerte etwas mit ihrer Antwort. »Ja und nein«, sagte sie, schwieg einen Moment, senkte dann ihre Stimme. »Vielleicht«, sie stockte, wurde dann wieder lauter, »so, wie wir es gestern besprochen haben. Arbeitsteilung.«

»Du meinst, mit Regine Hemmer zusammen.«

»So in etwa, ja. Dem eigenen Mann den Giftbecher reichen, scheint mir selbst für sie etwas viel.«

»Das Gift stehlen und andere damit arbeiten lassen, schafft Abstand von der eigentlichen Tat. Sozusagen ein sauberer Mord.«

»Das könnte ich mir vorstellen, ja. Aber ich habe keinerlei Beweise dafür in der Hand. Vielleicht tue ich der Frau trotz allem Unrecht. Immerhin war sie nach einigem Zögern bereit, heute Nachmittag den Profiltest im Amt zu leisten.«

»Heute Nachmittag?«

»17 Uhr. Es war allerdings sehr mühsam, sie so weit zu bringen.«

»Alle Achtung. Ich hätte nicht gedacht, dass sie sich so schnell breitschlagen lässt.«

»Das ist aber noch nicht alles. Ich habe noch eine andere Spur.«

»Erzähl!«

Braig sah, wie eine junge Frau im weißen Kittel mit einem Eimer in der Hand auf die Tonnen zueilte. Er sprang von seinem Platz an der Hauswand weg, stellte sich der Frau in den Weg. Sie schaute ihn ungläubig an, wich einen Schritt vor ihm zurück.

»Haben Sie Papier?«, fragte er.

Sie blieb stehen, streckte ihm wortlos den Eimer entgegen. Er war bis zum Rand angefüllt mit Blättern und Formularen.

»Verzeihung«, rief Braig, »würden Sie ihn bitte noch nicht ausleeren?«

»Nicht ausleeren?« Sie wiederholte es mit lauter Stimme, machte einen weiteren Schritt rückwärts.

Er griff in die Tasche, zog seinen Ausweis vor. »Entschuldigen Sie bitte«, erklärte er, hielt ihr die Kennkarte vors Gesicht, »mein Name ist Braig, ich bin Kommissar beim Landeskriminalamt. Ich weiß, es klingt verrückt, aber wir suchen in der Papiertonne nach Spuren. Wir müssen sie erst noch untersuchen, bevor wir sie wieder freigeben können. Würden Sie bitte so lange warten?«

Die junge Frau schien langsam zu begreifen, nickte dann mit dem Kopf. »Hier, bei uns?«, stotterte sie aufgeregt.

Braig nickte. »Es tut mir Leid.«

Sie starrte ihn mit großen Augen an, trat dann vollends den Rückzug an.

Er erklärte Neundorf den Zwischenfall, bat sie, mit ihrem Bericht fortzufahren. »Frau Böhler hat dich auf eine andere Spur gebracht?«

»Nein, nicht Frau Böhler. Der Kuli war es, der aus der Kirche in Großaspach.«

Braig verstand, ließ sie reden.

»Ich habe angerufen, zuerst die Pfarrerin. Sie wisse nichts von einem Stift, habe keine Ahnung, wie er an die Orgel gekommen sein könne. Die Messnerin, die von ihrem Kurzurlaub zurückgekehrt ist, ebenso wenig. Dann versuchte ich es mit dem Maler.«

»Die Nummer auf dem Kuli.«

»Nein, eben nicht. Ich rief bei der Auskunft an, ließ mir die Nummer des Malers Hoch geben. Die aufgedruckte Verbindung ist falsch. Die zweitletzte Ziffer stimmt nicht. Eine Eins statt einer Sieben.«

»Deswegen hatten wir gestern keinen Erfolg.«

»Genau. Ich ließ mir die Nummer des Mannes geben, bekam ihn persönlich an den Apparat. Der schwitzte Blut und Wasser, als ich ihm erzählte, wer ich bin, glaubte tatsächlich, wir ermittelten gegen ihn, weil seine Kulis eine falsche Nummer tragen.«

»Wieso bringt er diese Stifte auch in Umlauf, wenn er weiß, dass eine Ziffer nicht stimmt?«

»Hat er gar nicht. Jedenfalls, wenn ich ihm glauben kann. Ich bin jetzt gerade unterwegs zu ihm nach Leonberg, prüfe die Sache nach. Wenn es wirklich stimmt, was er sagt, könnten wir vielleicht von Glück reden.«

Braig überlegte, was sie meine, bat um Erklärung.

»Hoch behauptet, er habe das Paket mit den falsch bedruckten Kulis sofort wieder zurückgehen lassen, als er den Fehler bemerkte. Der Hersteller habe versprochen, alle sofort zu vernichten und neue Nummern zu drucken.«

»So kann es aber nicht gelaufen sein. Wo käme der Kugelschreiber in der Kirche sonst her?«

»Das machte ich dem Mann sofort klar«, erklärte Neundorf, »und dann gestand er mir nach einigem Hin und Her, eine Dummheit begangen zu haben.«

»Nämlich?«

»Am Tag, als er das Paket mit den Kulis erhielt, feierte sein Sohn Geburtstag. Fünf Kinder waren eingeladen. Der Kleine bemerkte zwar sofort die falsche Nummer, bestand aber darauf, seinen Gästen dennoch einen zu schenken – als ganz persönliches Präsent und Erinnerung an seine Feier sozusagen. Was der Vater dann auch erlaubte. ›Ich konnte meinem Sohn das an seinem zehnten Geburtstag doch nicht abschlagen‹, betonte er. Klingt plausibel, oder?«

Braig stimmte ihr zu, fragte nach den übrigen Stiften. »Er schickte wirklich alle anderen zurück?«

»Behauptet er jedenfalls, ja. Hätte er gewusst, welchen Ärger das Verschenken der Stifte auslöst, hätte er es natürlich nicht erlaubt, sagte er. Die Jungs machten sich offensichtlich einen Spaß daraus, die falsche Nummer anzurufen. Unzählige Male, bis sich einer verplapperte und von den Kulis erzählte. In dem Moment war der Teufel los. Müller, so heißt der Typ, dessen Nummer irrtümlicherweise aufgedruckt war, drohte Hoch mit einer Anzeige, woraufhin der die Eltern der Kinder verständigte und sie darum bat, die Anrufe zu unterbinden.«

»Was wohl aber nicht so ganz klappte, wenn ich an die Reaktion des Mannes bei deinem Anruf gestern denke.«

»Mag sein, ja. Auf jeden Fall ist Hoch im Moment dabei, die Kulis bei den Kindern der Reihe nach wieder einzusammeln. Wenn seine Behauptung stimmt, dass er nur diese fünf Stifte aus der Packung nahm, dürfte er vier wieder zurückkriegen. Und die Familie, die ihren Kugelschreiber nicht mehr finden kann, ist uns eine Erklärung schuldig.«

Braig pfiff laut durch die Zähne. »Wie kommt der Kuli von Leonberg nach Großaspach?«

»Genau. Das ist der Punkt.«

Er spürte, dass es wieder zu regnen begann, zog sich ins Treppenhaus zurück. »Wir dürfen uns aber nicht zu große Hoffnungen machen«, wandte er ein, »wenn wir Pech haben, beruht alles auf einem Zufall.«

»Ich weiß«, antwortete Neundorf, »ich kann mir eigentlich auch nicht vorstellen, dass der Mörder so dämlich gewesen sein soll, seinen Kuli in der Kirche liegen zu lassen. Andererseits: Wie viele Fälle haben wir allein deshalb gelöst, weil der Täter irgendeine Dummheit beging?«

Braig wusste, wie Recht sie hatte. »Sehr viele. Wir müssen diese Spur verfolgen, unbedingt. Du hältst mich auf dem Laufenden?«

Sie versprach es, beendete das Gespräch.

Braig schaute auf den Hof. Kleine Tropfen fielen vom Himmel, nicht mehr besonders zahlreich, kaum als Regen zu bezeichnen. Er blickte nach oben, sah, dass die Wolkendecke trotzdem dichter zu werden schien. Er löste die Verankerung des Papiercontainers, zog den Behälter zum überdachten Vorraum des Treppenhauses, brachte ihn dort zum Stehen.

Auf den Stufen waren laute Stimmen zu hören. Braig drehte sich um, sah die Teenies, die er aus Hemmers Warteraum kannte, schimpfend die Treppe herunterkommen. Sie blickten ihn verwundert an, stöckelten dann davon: Zerstörte Karriereträume, überlegte er, verflogene Illusionen. Offensichtlich waren sie von Nicole Lieb davon überzeugt worden, dass es heute keinen Vorstellungstermin bei Hemmer mehr geben würde – nie mehr!

Braig öffnete die Tonne, griff in den Papierberg, zog einen Packen beschrifteter Blätter und Zeitungen vor, prüfte sie Stück für Stück. Der Aufschrift nach handelte es sich größtenteils um Formulare eines Reisebüros, das sich auf Last-Minute-Touren in die Türkei und nach Ägypten spezialisiert hatte. Er konnte keinen Zusammenhang mit Hemmers Firma entdecken, warf die Blätter neben die Tonne. Zeitungen, Kataloge, alte Werbeschriften folgten. Braig überflog die Titel der Schreiben, legte sie auf den stetig wachsenden Abfallberg im Vorraum des Treppenhauses.

Plötzlich hatte er ein hellbraunes Kuvert in der Hand. Er sah, dass es außer einem kleinen, mit der gedruckten Aufschrift *Hemmer* versehenen Aufkleber völlig unbeschriftet war, untersuchte es von allen Seiten. Kein Poststempel, kein Absender, keine Notiz, nur der Name des Ermordeten.

Braig schloss die Tonne, nahm das Kuvert, eilte die Treppen hoch, läutete. Nicole Lieb öffnete die Tür, betrachtete den Umschlag, den er ihr entgegenstreckte.

»Kennen Sie dieses Kuvert?« Er wendete es vor ihren Augen hin und her, wollte es nicht aus der Hand geben.

Die junge Frau überlegte nicht lange. »Die Besetzungsliste. Von einem unserer Regisseure.«

»In diesem Umschlag?« Braigs Enttäuschung war nicht zu überhören. »Sind Sie sich sicher?«

»Aber ja. Das ist so üblich. Wir verwenden immer dieselben Muster, damit sie nicht verwechselt werden.«

»Und Sie benutzen keinen Absender?«

Nicole Lieb schüttelte den Kopf. »Wozu? Der steht auf dem Kopf der Besetzungsliste.«

Braig nickte, atmete tief durch. Es würde noch schwieriger werden, als er befürchtet hatte. Niemand konnte ihm garantieren, dass die Hülle, in der der Täter den Drohbrief hatte überbringen lassen, noch in der Tonne zu finden und nicht längst mit einer früheren Container-Ladung entsorgt worden war. Wenn er überhaupt ein Kuvert benutzt hatte ...

Braig wurde durch das lang anhaltende Läuten der Türglocke aus seinen Gedanken gerissen. Nicole Lieb bediente die Sprechanlage, fragte nach dem Interesse der Besucher.

»Rauleder vom Landeskriminalamt. Wir suchen unseren Kollegen.«

Steffen Braig erkannte die Stimme des Mannes sofort. »Wartet bitte unten. Ich komme sofort«, rief er ins Mikrofon.

Er lief die Treppe hinunter, grüßte Lars Rauleder und Helmut Hutzenlaub, die bereits vor dem Abfallberg standen. »Tut mir Leid, dass die Woche gleich so stressig beginnt«, sagte er, »aber ich brauche eure Hilfe dringend. Es geht um die Stecknadel im Heuhaufen.«

Er erklärte ihnen den Sachverhalt, bat sie, sowohl auf Briefe als auch auf Kuverts zu achten, die an Hemmer gerichtet waren und empfahl ihnen, Frau Lieb um Rat zu fragen, falls sie ein Papier nicht eindeutig identifizieren konnten.

Braig sah gedankenverloren einen Augenblick zu, während die Kollegen in der Papiertonne wühlten, stieg die Treppe hoch, um sich Hemmers Büro noch genauer anzusehen. War es möglich, dass der Mann einen früheren Drohbrief irgendwo in seinen Unterlagen abgeheftet hatte? Er wandte sich den Schränken des Fernsehproduzenten zu, griff sich Ordner um Ordner, studierte alle darin enthaltenen Akten. Bewerbungsschreiben, Showveranstaltungen, Abrechnungen. Ausnahmslos geschäftliche Unterlagen. Braig wühlte sich durch die Papierberge, spürte seine Migräne. Die Suche schien sinnlos, ohne jede Garantie auf Erfolg. Warum sollte Hemmer Drohbriefe hier abheften, wenn er das ohne Zweifel neueste Exemplar separat in seiner Schreibtischschublade aufbewahrte?

Braig war gerade dabei, seine mühsame Suche abzubrechen, als sich Neundorf meldete: »Ich bin es wieder, hast du Zeit?«

»Ich durchsuche Hemmers Büro. Vielleicht gibt es doch noch einen früheren Drohbrief.«

»Die Verstärkung ist noch nicht da?«

»Hutzenlaub und Rauleder. Sie wühlen im Papiermüll.«

»Das ist gut«, erklärte Neundorf, »dann kannst du mir helfen.«

Braig wartete auf ihre Erklärung.

»Ich bin in der Wohnung von Herrn Hoch in Leonberg. Der Mann setzt wirklich alle Hebel in Bewegung, um uns zu unterstützen.« Sie brach ab, hörte offensichtlich auf eine männliche Stimme aus dem Hintergrund, die ihr etwas mitteilte. »Hervorragend«, sagte sie, »Wir werden bei der Firma nachfragen.« Dann war sie wieder am Apparat. »Du bist noch da?«

»Was kann ich helfen?«

»Herr Hoch hat alle Kinder erreicht oder, besser gesagt, die jeweilige Familie. Du verstehst?«

»Die mit den Kulis«, sagte Braig, »vom Geburtstag seines Sohnes.«

»Genau. Er war echt fleißig. Zwei Kinder trieb er in der Schule auf, mitten im Unterricht. Die anderen zu Hause, über ihre Eltern bzw. Mütter. Die Kulis sind da. Alle fünf.«

»Alle fünf?«

»Ja.«

»Dann hat er dir aber nicht die Wahrheit erzählt, was die Sache mit der falschen Nummer angeht. Wie kommt sonst der Kugelschreiber in die Kirche?«

»Das war ihm sofort klar. Er muss einen weiteren Stift ausgegeben haben.«

»Mindestens einen.«

»Der Mann tut mir Leid. Er hat sich die ganze Zeit den Kopf zerbrochen, wer noch einen Kuli erhalten haben kann. Ein anderes Kind, ein Verwandter?«

»Du glaubst ihm? Ich meine, vielleicht hat er selbst ...«

»Er scheint mir vertrauenswürdig. Er bemüht sich echt, uns zu helfen. Ich sehe keinen Anlass, ihm nicht zu glauben. Vor ein paar Minuten fiel ihm eine Möglichkeit ein. Vielleicht bringt es uns weiter.«

»Und? Wer ist es?«

»Eine Briefbotin.«

Braig horchte elektrisiert auf. »Eine Frau?«, rief er laut. Er spürte, wie ihn die Erregung packte.

»Die Mitarbeiterin eines Kurierdienstes«, antwortete Neundorf. »An dem Tag, als er die Kulis erhielt, kam am Mittag die Ausschreibung eines neuen Auftrags. Für seine Firma. Hoch glaubt sich zu erinnern, dass die Frau ihren Schreiber im Wagen vergessen hatte, als er den Empfang bestätigen sollte. Er meint, ihr mit einem Kuli ausgeholfen zu haben. Einem aus dem Paket, das morgens gekommen war.«

»Wie heißt die Frau? Wo wohnt sie?« Braigs Stimme drohte sich zu überschlagen.

»So weit sind wir noch nicht. Die Idee mit der Briefzustellerin kam ihm erst vor wenigen Minuten.«

»Es war ein Kurierdienst, sagt er? Wie heißt das Unternehmen, das muss sich doch feststellen lassen!«

Neundorf versuchte, ihren Kollegen zu beruhigen. »Das habe ich schon getan. Herr Hoch hat mir die Frachtpapiere übergeben. Der Name der Fahrerin ist leider nicht festzustellen. Nur der des Kurierdienstes.«

»Und? Wie heißt der Betrieb?«

»Kurierdienst Larch.«

»Larch? Nie gehört.«

»Scheint ein kleineres Unternehmen zu sein. Es hat seinen Sitz, deshalb rufe ich dich an, in Ludwigsburg.«

»Hier?«

»Genau. In der Myliusstraße.« Sie nannte ihm die Hausnummer. »Würdest du dich bitte um die Identität der Zustellerin kümmern?«

»Kein Problem«, sagte Braig, »hast du die Telefonnummer?«

Neundorf gab sie ihm, bedankte sich für seine Hilfe.

Schon wieder eine Frau, überlegte er. Frauen schienen in dieser Mordserie eine wichtige Rolle zu spielen. Nicht wie in den meisten Verbrechen als Opfer, sondern, als in irgendeiner Weise in das Geschehen verwickelte Personen.

Er nahm den Aktenordner, den er gerade überprüft hatte, vom Schreibtisch, stellte ihn zurück in den Wandschrank. War es möglich, dass die Briefzustellerin in die Sache involviert war? Dass die Abdrücke in Rotenberg und in der Kirche in Großaspach nicht von Marion Böhler oder Regine Hemmer, sondern von dieser Frau stammten? Aber was sollte die – noch – Unbekannte mit den beiden ermordeten Männern zu tun haben?

Braig wählte die Nummer des Kurierdienstes. Eine weibliche Stimme auf einem Anrufbeantworter teilte ihm mit, dass das Büro im Moment leider unbesetzt, ab 11 Uhr aber garantiert wieder jemand zu erreichen sei. Man hoffe auf Verständnis für dieses kleine Malheur und freue sich darauf, in wenigen Minuten miteinander ins Gespräch zu kommen.

Braig schaute auf seine Uhr: 10.45 Uhr. Er ging ins Vorzimmer, fragte Frau Lieb nach der Myliusstraße.

»Fünfhundert Meter von hier, vorne links. Sie führt kerzengerade auf den Bahnhof zu.«

Braig bedankte sich für die Auskunft, bat die Sekretärin, nichts anzurühren, aber seinen Kollegen behilflich zu sein, falls diese Fragen hätten, verabschiedete sich. Er lief die Treppe hinunter, sah Rauleder und Hutzenlaub über ein zerrissenes Papier vertieft vor der Tonne stehen.

»Habt ihr etwas entdeckt?«

Lars Rauleder streckte ihm die Überreste eines mit Schreibmaschine oder Computer beschriebenen Blattes entgegen, dessen obere und untere Teile fehlten. Er nahm es vorsichtig an, erkannte sofort die Brisanz des Textes.

elenden Kinderschänder entlarven. Wenn du mir wirklich keine Chance in einer Show gibst, wird die Polizei Arbeit bekommen. Ich bin erst 15. Das kannst du glauben oder nicht. Du hast es gewollt, ich nicht. Wenn du meinst, ich lasse mir das bieten, hast du dich getäuscht. Du wirst büßen. Wahrscheinlich legst du viele Mädchen flach, aber damit hat es jetzt ein

Der Riss ging mitten durch den Text, beendete das Schreiben abrupt.

»Er könnte es sein«, meinte Rauleder, »oder?«

Braig benötigte keine zweite Durchsicht der Sätze, um zu begreifen, dass es sich um eine Drohung handelte. Die aufgeführten Verhaltensweisen kamen ihm bekannt vor. Regine Hemmer hatte sich deutlich genug darüber ausgelassen.

»Sehr gut«, sagte er, »den Auftritt in einer Show kann hier nur einer vermitteln. Und das Flachlegen junger Mädchen scheint Hemmers Spezialität gewesen zu sein. Wo habt ihr das gefunden?«

Hutzenlaub deutete auf einen Stapel ungeordneter Papiere. »Es handelt sich wohl um eine komplette Ladung aus Hemmers Papierkorb. Nur die restlichen Stücke des Blattes waren bisher nicht dabei.«

Braig betrachtete die ausgefransten Seiten des Papiers, hielt es in die Höhe. »Er hat es selbst zerrissen, oder?«

Rauleder nickte. »Vor Wut, schätze ich mal.«

Braig bat seine Kollegen, einen Moment zu warten, eilte nochmals die Treppe hoch. Er lief in Hemmers Büro und holte den Drohbrief, den er in der Schublade hinterlegt hatte. Als er wieder unten im Hausflur angelangt war, hielt er die beiden Blätter nebeneinander. Es war auf den ersten Blick zu erkennen, dass sowohl das Papier als auch das Schriftbild keinerlei Ähnlichkeit miteinander zeigten.

»Das muss nichts bedeuten«, meinte Hutzenlaub, »selbst die einfachsten Schreibprogramme bieten heute völlig verschiedene Schriftarten an. Und wenn ich zu Hause in meinem Schreibtisch nachschaue, finde ich mehrere Sorten von Papier: Gebleichtes, umweltgerechtes und was weiß ich noch alles. Die Unterschiede allein beweisen jedenfalls nicht, dass es sich um verschiedene Autoren handelt.«

Braig gab dem Kollegen Recht, betrachtete das neu entdeckte Schreiben mit prüfendem Blick. War das endlich der Durchbruch? Der letzte Schritt auf dem Weg zur Mörderin, zum Mörder? Er überflog die Sätze, überlegte, wer sie wohl formuliert habe. Eine 15-jährige, von Hemmer betrogene junge Frau. Frau? Eher doch eine Heranwachsende, ein gerade dem Kindesalter entwachsenes Mädchen. Die Mörderin Hemmers?

Man konnte nichts ausschließen, sicher. Im Fernsehen oder in Kinofilmen flimmerten immer wieder junge, von skrupellosen Männern missbrauchte Frauen als Rachegöttinnen über die Leinwand. Hemmer also als Opfer eines von seinem Karrierewahn verblendeten, bitter enttäuschten Mädchens?

Sie mussten die restlichen Teile des Blattes finden, das war eine Chance. Oder in den Akten des Fernsehproduzenten nach 15-jährigen Bewerberinnen fahnden, die von ihm abgelehnt worden waren – vielleicht stießen sie auf den Namen und die Adresse der Schreiberin der vorliegenden Drohungen.

Braig bat die Kollegen, sich darum zu bemühen, forderte sie auf, Frau Lieb zu fragen, ob sie den Text kenne.

»Der Mann scheint ein widerliches Schwein gewesen zu sein«, meinte Rauleder, »sehe ich das richtig?«

»Alles, was mir bisher über ihn erzählt wurde, geht in diese Richtung. Wenn die Vorwürfe hier stimmen, trieb er es sogar mit halben Kindern.«

»Wir werden versuchen, den Rest des Briefes zu finden. Hoffentlich haben wir Glück.«

Braig wusste nicht, ob es mehr Erfolg versprach, zu bleiben und den beiden Kollegen bei ihrer mühsamen Suche zu helfen oder zu dem Kurierdienst zu gehen, um sich nach der Briefzustellerin zu erkundigen, entschied sich nach kurzem Zögern dann aber doch für seinen ursprünglichen Plan. Rauleder und Hutzenlaub würden es entdecken, wenn es in dem Papierwust noch etwas zu finden gab – daran hegte er keinen Zweifel. Er verabschiedete sich von den beiden, holte seinen Schirm, trat ins Freie.

Der Nieselregen hatte nachgelassen, kaum ein Tropfen fiel vom Himmel, obwohl er über und über mit dunklen Wolken bedeckt war. Braig schlug die von Frau Lieb empfohlene Richtung ein, hatte die Myliusstraße nach wenigen Minuten erreicht. Das Büro des Kurierdienstes lag nur wenige Meter entfernt in einem mehrstöckigen, an verschiedene Unternehmen vermieteten Gebäude. Er sah das Schild *Kurierdienst Larch*, drückte auf die Glocke. Keine fünf Sekunden später wurde der Türöffner betätigt. Braig kletterte ins zweite Obergeschoss.

Eine Frau um die Vierzig lehnte an der geöffneten Tür, ein Telefon am Ohr, als er das Stockwerk erreichte. Sie debattierte heftig mit einem Anrufer, winkte Braig zu. Er sah das Firmenschild des Kurierdienstes an der Wand, zog seinen Ausweis. Die Frau drückte ihm die Hand, nannte einen Namen, den er nicht richtig verstand – irgendwie seltsam klingend, »Schweitzhilbner« oder ähnlich –, betrachtete seine Legitimation, runzelte die Stirn.

»Ich muss Sie jetzt endgültig auf morgen vertrösten«, sagte sie mit energischer Stimme ins Telefon, »dann ist Herr Fehr wieder da und wird es persönlich mit Ihnen besprechen.«

Der Anrufer warf ihr noch eine lange, mit etlichen Schimpfwörtern durchsetzte Antwort ins Ohr, die aufgrund seiner lauten Stimme von Braig ohne Probleme verfolgt werden konnte, donnerte dann anscheinend den Hörer auf seinen Apparat. Die Frau an der Tür verdrehte genervt die Augen, seufzte laut.

»Tut mir Leid, dass ich störe«, sagte Braig, »Sie hatten im Moment wohl keinen angenehmen Gesprächspartner.«

»So lässt sich die Sache vornehm umschreiben, ja«, erwiderte sie, »Sie wollen zu uns?«

Braig nickte, stellte sich vor, folgte der Frau in ein kleines Büro, das von einem mächtigen Schreibtisch und zwei Computerbildschirmen dominiert wurde. Auf beiden Monitoren flimmerten verschiedene Zahlenreihen. Hinter dem Schreibtisch erhob sich ein über und über mit Aktenordnern bestücktes Metallregal, am anderen Ende des Raumes standen drei Stühle um einen hellen, rechteckigen Tisch.

Die Frau bat Braig, an dem Tisch Platz zu nehmen, fragte nach dem Grund seines Besuches.

»Wir ermitteln in einem komplizierten Fall«, versuchte er von seinen konkreten Untersuchungen abzulenken, um seine Gesprächspartnerin nicht unnötig zu verschrecken, »der mit Ihrem Unternehmen wahrscheinlich überhaupt nichts zu tun hat. Ich ziehe Erkundigungen über bestimmte Personen ein, die uns dabei meist nur am Rand unterkamen. Darf ich Sie zunächst um Auskunft bitten, welche Aufgabe Sie hier erfüllen?« Er sah das Blatt mit dem Namen des Kurierdienstes auf dem Tisch liegen, las den Namen unmittelbar unter dem Titel: *Monika Schweishilbner, Sekretariat Ludwigsburg.*

»Ich betreue das Büro hier«, erklärte sie, »nehme Aufträge an, versuche, die Wünsche nach bestimmten Lieferzeiten zu koordinieren. Der Großteil der Arbeit läuft per Telefon und Computer.«

»Ludwigsburg ist nicht der Hauptsitz des Unternehmens?«

Monika Schweishilbner lachte laut. »Nein, wir sind eine der Filialen. Larch arbeitet in allen Regionen Süddeutschlands.«

»Dann kennen Sie die Fahrer und Zusteller nicht persönlich.«

»Je nachdem. Wir haben drei Wagen, die nur hier im Umkreis unterwegs sind – deren Fahrer sind mir schon bekannt. Ich stehe ständig in Telefonkontakt mit ihnen.«

»Sie können feststellen, wer einen bestimmten Kunden beliefert bzw. in den vergangenen Tagen beliefert hat?«

Die Frau nickte mit dem Kopf. »Aber natürlich. Es gehört schließlich zu meinen Aufgaben, unsere Fahrer einzuteilen, wann sie wen aufsuchen.«

»Auch ihre Fahrerinnen?«

»Fahrerinnen? Was meinen Sie? Wir haben keine Frauen als Zusteller.«

»Keine Frauen?« Braig starrte Monika Schweishilbner überrascht an. Hatte der Maler in Leonberg nicht die Wahrheit gesagt?

»Im Moment jedenfalls«, fügte seine Gesprächspartnerin hinzu.

»Was heißt das?«

»Na ja, bis vor zwei Wochen war eine Frau als Zustellerin beschäftigt. Aber sie ist nicht mehr dabei.«

Braig wurde hellhörig. »Wie ist ihr Name? Sie kennen die Frau?«

»Das versteht sich wohl. Sie arbeitete fast zehn Jahre lang bei uns, wenn ich mich richtig erinnere. Berg. Beate Berg.«

»Warum schied Frau Berg aus?«

»Na ja, es gab Probleme. Ich weiß nicht, wie ich es sagen soll. Darf ich überhaupt darüber reden? Schließlich sind das doch sehr persönliche Dinge.«

»Sie dürfen«, sagte Braig, »wir bekommen die Information auf jeden Fall.«

Monika Schweishilbner nickte. »Gut, Sie sind von der Polizei, ich denke, ich kann es Ihnen sagen. Also, was Frau Berg angeht, sie war, salopp formuliert, zu langsam.«

»Was heißt das konkret?«

»Briefe zustellen ist ein harter Job, da geht es um den Einsatz aller Kräfte. Rein in den Wagen, zur nächsten Adresse, schnell die Lieferung abgegeben, die Unterschrift des Empfängers, weiter zum nächsten Termin. Verlieren sie nur ein paar Minuten unterwegs, weil sie in einem Stau hängen bleiben oder der Kunde nicht sofort reagiert, wirft das den gesamten Plan über den Haufen. Unsere Geschäftsleitung glaubte, es sei zu viel für Frau Berg.«

»Sie brauchte zu viel Zeit?«

»Es gab Probleme, seit zwei Monaten etwa. Kunden beschwerten sich, dass die Briefe mit Verspätung angeliefert wurden.«

»Frau Berg wurde entlassen?«

Monika Schweishilbner zuckte mit der Schulter. »Die Geschäftsleitung kennt da kein Pardon. Ich habe zwar noch versucht, darauf aufmerksam zu machen, dass Frau Berg seit längerer Zeit gesundheitlich schwer angeschlagen war, aber das half nichts. So ist das Geschäft nun einmal, leider.«

»Was macht Frau Berg jetzt?«

»Ich weiß es nicht.« Sie schüttelte den Kopf. »So gut kenne ich sie nicht.«

»Könnten Sie feststellen, ob es Frau Berg war, die vor etwa drei Wochen, nämlich genau am ...«, Braig schaute auf das Blatt, auf dem er sich die Information notiert hatte, »... Dienstag, dem 18. September, in Leonberg eine Firma Hoch beliefert hat?«

»Das kann ich machen, ja. Einen Moment, bitte.« Monika Schweishilbner trat zu einem der Computer, tippte fast lautlos den entsprechenden Suchbefehl ein, hatte das Ergebnis nach kurzer Zeit auf dem Bildschirm. »Frau Berg, ja. Dienstag, 18. September, Leonberg, Firma Hoch. Ein Päckchen.«

Braig nickte, bedankte sich. Herr Hoch hatte sie also doch nicht belogen.

»Soll ich es Ihnen ausdrucken?«

»Vielen Dank, das ist nicht nötig. Wichtiger wäre mir die Adresse von Frau Berg. Können Sie die feststellen?«

»Das kann ich, ja.«

Monika Schweishilbner suchte wieder in ihrem Computer, als Braigs Handy läutete. Er merkte erst nach ein paar Sekunden, dass es sich um sein eigenes Gerät handelte, entschuldigte sich.

Neundorf war am Apparat. »Du warst bei dem Kurierdienst?«

»Ich bin noch hier.«

»Sehr gut. Du weißt schon Bescheid?«

Braig sah, dass Frau Schweishilbner ihm etwas mitteilen wollte, bat Neundorf, einen Moment zu warten.

»Ich habe die Adresse. Soll ich sie ausdrucken?«

»Bitte, ja.«

»Hoch wurde von einer Frau Berg beliefert«, sagte Braig zu seiner Kollegin. »Die Frau arbeitet allerdings nicht mehr hier. Vor vierzehn Tagen wurde sie entlassen.«

»Entlassen?« Er glaubte, durchs Handy hören zu können, wie es in Neundorfs Gehirn arbeitete. »Weshalb?«

»Sie war zeitweise wohl den Anforderungen nicht mehr gewachsen.«

»Das hast du schön formuliert.«

»So etwa wurde es mir erklärt.«

»Ja«, sagte Neundorf, »die Sprüche sind bekannt. Weggeworfen wie alter Schrott. Nur, dass es sich dabei zufällig um einen Menschen handelt.«

»Was willst du damit sagen?«

»Nichts. Nur, dass zum Müll geworfen zu werden für jeden Menschen eine schreckliche Erfahrung bedeutet. Auf die man verschieden reagieren kann. Die meisten mit Frust, Resignation, Enttäuschung, Apathie. Einige wenige aber mit verstärkter Aggression, Wut, Hass, Rache.«

»Du glaubst, die Frau könnte es sein?«

»Ich weiß es nicht«, antwortete Neundorf. »Aber wenn ich zum Müll geworfen werde, sind meine Emotionen ganz schön aufgemischt. Und wie ich da reagiere, weiß ich jetzt nicht.«

Braig verstand, was sie meinte, stimmte ihr insgeheim zu. Entlassen zu werden, gleich aus welchem Grund, seinen Beruf, die Lebensgrundlagen zu verlieren, bedeutete einen eklatanten Einschnitt. Einen aggressiven Akt, den kein Mensch einfach wegzustecken im Stande war.

»Du hast ihre Adresse?«, fragte Neundorf.

Braig sah, wie das Blatt aus dem Drucker quoll, ließ es sich reichen.

»Moment! – Ja, jetzt: Beate Berg, Ludwigsburg, Lindenstraße.« Er nannte ihr die Hausnummer, hörte Neundorfs aufgeregte Stimme.

»Ich komme sofort. Wir gehen gemeinsam zu der Frau. Kannst du derweil bitte überprüfen, ob wir sie im Computer haben?«

Braig versprach, dies zu tun, merkte, dass Neundorf die Verbindung bereits beendet hatte. Beate Berg, überlegte er, entlassen, weil sie das erforderliche Tempo ihres Berufes nicht mehr schaffte.

»Wie alt ist Frau Berg?«, fragte er. »Haben Sie ihre Daten gespeichert?«

Monika Schweishilbner nickte, konzentrierte sich auf den Bildschirm. Sie gab den Befehl zur Beantwortung von Braigs Frage ein, hatte dann die Zahl parat. »Vierundfünfzig. Geboren am 25. September.«

»Am 25. September?« Braig stutzte. »Dann wurde sie wenige Tage vor ihrem Geburtstag entlassen.«

Seine Gesprächspartnerin sah verblüfft zu ihm hinüber. »Daran habe ich bisher noch nicht gedacht.« Sie schien betroffen von dem Schicksal der Frau. »Das macht das Ganze wohl noch schlimmer.« Anfang, Mitte fünfzig, zu langsam für die Anforderungen des Berufes, gefeuert, kurz darauf der Geburtstag. Ein Zufall wohl, doch vielleicht nicht ohne Folgen. Kaum ein Mensch im fortgeschrittenen Alter, der an solchen Tagen nicht auf sein bisheriges Leben zurückschaut, den Sinn, das Erreichte, die negativen und positiven Momente der Vergangenheit, die Wünsche, Hoffnungen und Erwartungen, die Zukunft im Blick. Ein emotionaler Ausnahmezustand allemal, Tage, die besondere Belastungen für die Seele, das Gemüt mit sich bringen, es sei denn, die familiären Umstände der betroffenen Person vermochten sie von all diesen Gedanken abzulenken.

»Haben Sie eine Ahnung, ob Frau Berg verheiratet ist?«

Monika Schweishilbner legte ihre Stirn in Falten. Sie starrte auf den Monitor, schüttelte den Kopf. »Ich weiß es nicht. Ich glaube aber, sie ist geschieden.«

Braig wusste nicht, was er noch fragen sollte, bedankte sich für die freundliche Auskunft. »Sie wissen nicht zufällig, wo ich die Straße finde?«

Sie reichte ihm einen Stadtplan, zeigte die Richtung, der er folgen musste. »Keine fünfhundert Meter von hier.«

Er verabschiedete sich, wies sie darauf hin, dass er sich eventuell noch einmal bei ihr melden würde, falls er weitere Auskünfte benötige, lief die Treppe abwärts. Im Eingangsbereich des Gebäudes blieb er stehen, fragte per Handy im Amt an, ob sie Informationen über Beate Berg zur Verfügung hätten. Die Antwort kam innerhalb von Sekunden: Die Frau war nicht gespeichert.

Braig verließ das Haus, folgte der auf dem Stadtplan ersehenen Richtung, hatte die Lindenstraße nach wenigen Minuten erreicht. Sie lag am unmittelbaren Rand der Innenstadt, zeigte gleichförmige, zwei- bis dreistöckige, von dunkelroten Ziegeldächern bedeckte Häuser. Feiner Nieselregen tauchte alles in nebligen Dämmer. Braig hatte Mühe, die Hausnummern zu erkennen, tastete sich mit aufgespanntem Schirm und zusammengekniffenen Augen von Gebäude zu Gebäude. Als er das gesuchte Haus fast erreicht hatte, hörte er Neundorfs Rufen hinter sich. Sie näherte sich mit schnellen Schritten.

»Haben wir die Frau im Computer?«, rief sie mit keuchendem Atem.

Braig blieb stehen, wartete, bis sie ihn erreicht hatte. »Fehlanzeige, nein.«

Sie gab ihm wortlos die Hand, holte tief Luft. Ihre Haare trieften vor Nässe, Regentropfen perlten über ihre Wangen. Braig streckte seinen Arm aus, hielt den Schirm schützend über sie.

»Zu spät!«, lachte sie, schüttelte sich erneut: »Hast du noch etwas über sie erfahren?«

»Sie ist vierundfünfzig, wahrscheinlich geschieden, hatte Ende September Geburtstag.«

»Vor wenigen Tagen?« Seine Kollegin schüttelte weiter die Nässe aus den Haaren, schaute überrascht zu ihm auf. »Kurz vor ihrer Entlassung.« Sie pfiff durch die Zähne. »Jetzt fehlt nur noch die Verbindung zu Hemmer und Böhler.«

»Vielleicht waren die beiden an dem Kurierdienst beteiligt.«

»Hast du danach gefragt, wem das Unternehmen gehört?« Er schüttelte den Kopf. »Tut mir Leid. Daran habe ich nicht gedacht. Ich vergesse viel zu viel zur Zeit.

»Überarbeitung«, tröstete ihn die Kollegin.

Zwei Autos fuhren hintereinander her durch die Straße, spritzten kleine Fontänen schmutzigen Wassers zur Seite. Braig sah ihnen nach, bemerkte die aufmerksamen Augen der Fahrer, die sich mühsam zu orientieren suchten. Die Umrisse der weiter entfernten Gebäude tauchten nur schemenhaft aus dem Regenschleier.

»Lass uns mit der Frau reden«, sagte Neundorf. »Vielleicht kann sie uns erklären, wie der Kuli in die Kirche kam.« Sie wischte sich mit dem Handrücken die Feuchtigkeit von Stirn und Wangen, zeigte auf das übernächste Haus, dessen Nummer die Wohnung Beate Bergs ankündigte.

Braig nickte, folgte ihr zu dem Gebäude. Es hatte eine grau verblasste Fassade, auf einem Metallschild gab es vier verschiedene Namen. *Berg* stand an oberster Stelle.

»Wir sind richtig«, sagte sie, drückte auf den Knopf.

Die Glocke war kurz aus dem Obergeschoss zu hören, ging dann aber im Geräusch eines vorbeifahrenden Autos unter. Neundorf wartete, bis das Fahrzeug verschwunden war, merkte, dass sich nichts regte. Sie starrte nach oben, spürte sofort wieder feine Tropfen in ihren Augen. Der Regen machte es unmöglich, mehr zu erkennen.

Zwei Männer liefen vorbei, Kapuzen über den Kopf gezogen. Neundorf schaute ihnen nach, drückte erneut auf die Klingel, starrte wieder nach oben. Für den Bruchteil einer Sekunde glaubte sie, hinter einem der Vorhänge eine Bewegung wahrgenommen zu haben.

»Ich glaube, wir werden beobachtet«, sagte sie.

»Von oben?«

Sie nickte.

»Dann versuchen wir es noch mal«, erklärte Braig. Er lehnte sich an die Tür, wollte läuten, spürte, wie die Tür nachgab. Überrascht drückte er sie vollends auf, faltete den Schirm zusammen. Das Wasser rann in feinen Strömen auf den Boden, ließ innerhalb weniger Sekunden kleine Lachen im Eingangsbereich des Hauses entstehen. Neundorf drückte ein drittes Mal auf die Klingel, folgte Braig ins Innere.

Die Treppe führte mit hellen Marmorimitatstufen rechteckig nach oben. Sie folgten ihr ins erste Obergeschoss, sahen den Namen neben der linken Tür, auf der Seite, wo sich der Vorhang bewegt hatte. Neundorf klopfte, rief laut nach der Wohnungsinhaberin. »Frau Berg, öffnen Sie endlich die Tür!«

Das Geräusch aus dem Inneren war nicht zu überhören. Ein heftiger Schlag, dann ein Klirren, als sei eine Tasse oder ein Teller auf dem Boden zerschellt.

Braig wollte gerade auf die Klingel neben dem Namensschild drücken, als die Tür abrupt geöffnet wurde. Ein mittelgroßer Mann in sportlicher Kleidung stand vor ihnen. Lange, dunkelblonde Haare, ein weites, grün-weiß gestreiftes Sweat-Shirt, blaue Jeans. Seine Backen glänzten kräftig rot, wie frisch eingecremt. Der prüfende Blick, mit dem er zu den beiden Personen vor sich aufschaute, ließ deutliches Misstrauen erkennen.

»Ja?«, fragte er kurz, mit einer seltsam heiseren Stimme, ließ seine Augen vom einen zum anderen gleiten, wartete ungeduldig auf eine Erklärung ihres Besuches.

»Entschuldigen Sie bitte die Störung«, sagte Braig, nannte seinen Namen, verzichtete aber impulsiv auf die Erwähnung seines Berufs, »wir suchen Frau Berg. Ist sie zu Hause?«

Der Mann starrte sie mit großen Augen an, schien kurzzeitig verblüfft. »Oh, das ist aber schlecht«, sagte er, nachdem er sich wieder gesammelt hatte, »Frau Berg ist im Moment nicht hier.« Er drohte, ins Stottern zu geraten, fing sich dann aber. Seine Stimme schien deutlich angeschlagen.

»Wann kommt sie wieder?«

»Das kann ich nicht genau sagen. Sie ist einkaufen. Drei, vier Stunden wird das schon noch gehen.«

»So lange?«

»Sie ist in Stuttgart, sucht nach Kleidung. Sie wissen ja, wie Frauen so sind.« Er versuchte ein schiefes Lächeln, ließ es aber sein, als er Neundorfs eisigen Blick bemerkte.

»Und Sie? Wer sind Sie?«, hakte die Kommissarin nach.

Der Mann trat einen Schritt zurück. »Darf ich wissen, was Sie das angeht?«, fragte er mit heiserer Stimme.

Sie zog ihren Ausweis, hielt ihn ihm entgegen. »Landeskriminalamt«, sagte sie.

Der Mann ließ keine Reaktion erkennen. »Bauer«, erklärte er, »Herbert Bauer. Frau Berg und ich sind befreundet. Gut befreundet.«

Neundorf nickte, steckte ihre Karte wieder ein. »Wir hätten Frau Berg gern gesprochen.«

»Ich werde es ihr ausrichten. Wenn Sie mir Ihre Telefonnummer geben, wird sie sofort zurückrufen, sobald sie hier ist.«

»Wir können warten, das ist kein Problem.« Sie deutete ins Innere der Wohnung, schickte sich an, sie zu betreten.

Herbert Bauer hielt abwehrend seine Hände hoch. »Es tut mir Leid, aber das geht nicht. Ich muss weg, bin auf dem Sprung. Deshalb habe ich auch nicht sofort geöffnet, weil mir die Zeit fehlt. Ich wollte mich nicht unnötig aufhalten lassen.« Er lächelte, ein breites, offenes Lachen. Seine Backen glänzten rot.

Neundorf nickte, signalisierte Verständnis. »Dann wollen wir Sie nicht länger behelligen. Drei, vier Stunden, sagten Sie?«

Der Mann nickte. »So ungefähr. Genau weiß ich das nicht. Je nachdem, ob sie etwas findet oder nicht.«

Sie gab ihm ihre Nummer, legte ihm nahe, Frau Berg um einen Rückruf zu bitten, verabschiedete sich dann.

»Herbert Bauer«, murmelte Braig, als sie das Haus verlassen hatten und im Nieselregen auf der Straße standen. Er öffnete seinen Schirm, hielt ihn in die Höhe, Neundorf in seinen Schutz miteinbeziehend. »Vielleicht hätten wir ihn danach fragen sollen, ob Frau Berg Beziehungen mit Großaspach unterhält.«

»Das werden wir hoffentlich bald von der Frau selbst erfahren.«

»Ob er hier mit ihr zusammen lebt?«

»Das könnte sein. Er schien jedenfalls ziemlich überrascht, dass wir zu Frau Berg und nicht zu ihm wollten.«

»Vielleicht sollten wir ihn sicherheitshalber überprüfen.«

Braig sah das Nicken seiner Kollegin, reichte ihr den Schirm. Er zog sein Handy aus der Tasche, fragte, ob der Mann im Zentralregister des LKA verzeichnet war. Es gab zwar eine ganze Menge von Personen seines Nachnamens, gegen die etwas vorlag, jedoch keinen Herbert.

»Unbekannt«, sagte er, »wenigstens kein alter Kunde. Hauptsache, die Frau kommt bald von ihrem Einkauf zurück.«

Er schaute zum Himmel, bemerkte, dass die Wolkendecke aufzureißen schien. »Und jetzt?«

Neundorf duckte sich unter den Schirm. »Was ist mit dem Drohbrief? Seid ihr weitergekommen?«

Braig starrte auf sein Telefon, hielt es hoch, gab Rauleders Nummer ein. Der Kollege nahm das Gespräch sofort an.

»Hat sich was Neues ergeben?«, fragte Braig.

»Du rufst im richtigen Moment an. Ich glaube, wir haben sie.«

»Wen? Die Verfasserin des Briefes?«

»Wenn wir Glück haben, ist sie es. Ihr müsst es überprüfen.«

Braig spürte seine aufkommende Erregung. Es schien, als ginge es endlich vorwärts. »Wie heißt sie?«

Rauleder ließ sich Zeit mit seiner Antwort, kramte in irgendwelchen Papieren. »Jasmin Hähnel. Wir fanden einen weiteren Teil des Schreibens mit dem Anfang ihrer Unterschrift. Die ersten vier Buchstaben ihres Vornamens waren zu entziffern. Anschließend schauten wir die Listen mit den weiblichen Bewerbern der letzten Monate im Büro Hemmers durch. Wir stießen auf diese Jasmin Hähnel. Sie bewarb sich als Sängerin und Tänzerin für verschiedene Shows, gab achtzehn als ihr

Alter an. Irgendjemand hat es dann handschriftlich auf sechzehn korrigiert.«

»Sehr gut«, lobte Braig, »das habt ihr clever gemacht. Obwohl ich mir eine 15-Jährige nur schwer als Täterin vorstellen kann. Vor allem, wenn sie ihre Drohung sogar noch unterschreibt.«

»Wenn du dir den Rest ihres Briefes anhörst, fällt es dir vielleicht leichter«, erwiderte Rauleder, zitierte dann aus dem Schreiben. »*Meine Rache wird tödlich sein. Ich werde dich vergiften. Du wirst elend abkratzen, du widerliches Schwein. Prüfe von jetzt an, was du isst und trinkst. Mein Giftcocktail ist vorbereitet. Ich habe mich genau informiert, ich weiß, wovon ich rede. Meine Mutter arbeitet als Apothekerin. Ich komme an alles, was ich brauche. Der Tod wartet auf dich. Bald wirst du unter Qualen verrecken.*«

Braig war nahe an Neundorf herangetreten, sah am Kopfnicken der Kollegin, dass sie alles mitgehört hatte. »Das klingt sehr theatralisch«, meinte er, »fast zu plakativ. Leute, die solche Sätze formulieren, schreiben sich ein Stück weit den Frust und den Hass von der Seele, der sich bei ihnen angestaut hat. Wenn wir dann noch berücksichtigen, dass der Brief ihre Unterschrift trägt ...«

»Das muss nichts heißen«, wandte Neundorf ein, »du kannst nicht ausschließen, dass sie irgendwann die Nerven verlor und ihre ursprünglich völlig irrational geäußerten Drohungen in die Tat umsetzte. Vielleicht glaubte sie, mit ihrem Drohbrief Hemmer tatsächlich so zu beeindrucken, dass er seine Entscheidung revidieren und sie doch in eine seiner Shows aufnehmen würde? Der aber, abgebrüht und skrupellos, wie er wohl viele seiner Bewerberinnen behandelte, dachte überhaupt nicht daran, lachte sie aus, machte sich über ihre Drohungen lustig. Daraufhin drehte sie durch und ging auf ihn los, genau wie sie es angekündigt hatte. Wenn sie sich wirklich in den Wahn hineingesteigert hatte, im Showbusiness Karriere zu machen und deshalb auch mit dem Kerl ins Bett schlüpfte, muss dessen Ablehnung äußerst schmerzvoll gewesen sein.«

»Das klingt einleuchtend, beantwortet aber nicht die Frage, wie sie an das Gift kam. Blausäure gibt es schließlich nicht an jeder Ecke.«

»Immerhin schreibt sie davon, dass ihre Mutter Apothekerin sei«, sagte Neundorf, »wenn das stimmt ...«

»Wir müssen sie auf jeden Fall überprüfen«, gab Braig nach, »habt ihr die Adresse des Mädchens?«

Rauleder antwortete sofort. »Pflugfelder Straße in Kornwestheim. Was immer ihr gegen diesen Hemmer anführt, der Mann war anscheinend ein penibler Bürokrat. Er hat alles fein sauber notiert und abgeheftet.«

»Sogar seine eigene Mörderin?« Braig wusste nicht, was er von dem Drohbrief des Mädchens halten sollte. Eine 15-Jährige, die mit dem Giftbecher ihren Frust aus der Welt schaffte und dabei einen, vielleicht sogar zwei Menschen ermordete? Waren das nicht Gedankenspielereien fernab jeder Realität?

Er beendete das Gespräch. Der Regen hatte aufgehört. Neundorf faltete den Schirm zusammen. »So sehr mir die Vorstellung zuwider ist«, sagte sie, »ich weiß aber, dass wir nicht auf einer Insel der Seligen leben.«

Natürlich hatte sie Recht: Jugendliche, die andere Menschen überfielen, Mitschüler attackierten, Lehrer oder Vorgesetzte als Geisel nahmen, Kinder oder Heranwachsende ermordeten, gab es nicht nur in Amerika. Die Radikalisierung junger Leute nahm von Jahr zu Jahr auch in Europa, auch in Deutschland, auch im Schwäbischen rapide zu. Worin auch immer die Ursachen zu finden waren: Die Aggressionen Jugendlicher waren nicht zu bremsen. So wenig nachvollziehbar dies angesichts des materiellen Überflusses, in dem die Mehrzahl von ihnen lebte, erschien. Oft genug hatten seine Kollegen und er bei ihren Ermittlungen damit zu tun.

Braig dachte an den jungen Mann, der vor wenigen Jahren in Stuttgart seine eigene Klasse samt einer Lehrerin als Geisel genommen und bedroht hatte. Er erinnerte sich an den Schüler in Sachsen, der seine Lehrerin mit einem Messer ermordet, an den Heranwachsenden, der in Bayern seine Vorgesetzten und den Direktor seiner ehemaligen Schule erschossen hatte.

Nein, dieses Land, diese Gesellschaft war keine Insel der Seligen. Warum sollte Jasmin Hähnel, angetrieben von Wut und Hass, nicht zum Gift ihrer Mutter gegriffen und den Mann, der sie so bitter enttäuschte, aus dem Weg geräumt haben?

17. Kapitel

Die junge Frau, die ihnen die Haustür öffnete, schien gerade einem Kosmetiksalon entsprungen. Sie trug auffälliges Make-up; die Haut wirkte unnatürlich aufgehellt, fast gebleicht, die Augen blickten streng, mit dunkler Schattierung und nachgezogenem Lidstrich künstlich vergrößert. Was am meisten störte, war das grelle, fast ins Violett reichende Rot ihrer Lippen. So aufdringlich sie sich angemalt hatte, so intensiv war der Duft des Parfüms, der von ihr ausstrahlte. Braig hatte das herbe Aroma schon in der Nase, noch ehe die Tür auch nur ein bisschen geöffnet wurde: Wie eine Wolke strömte die Essenz nach draußen. »Frau Hähnel?«, fragte er, zückte seinen Ausweis.

Der Spalt zwischen Tür und Angel reichte gerade aus, seine Identitätskarte durchzureichen; sie hatte eine Sicherheitskette eingehakt, um Unbefugten den Zutritt zu verwehren.

»Braig ist mein Name, neben mir steht meine Kollegin Neundorf, wir kommen vom Landeskriminalamt. Dürfen wir Sie einen Moment sprechen?«

Die Frau gab ihm seinen Ausweis zurück, zog die Kette ab, öffnete die Tür. »Was wollen Sie?« Ihre Stimme klang kindlich, wie die eines Mädchens.

Braig kniff seine Augen zusammen, um sie genauer betrachten zu können, begriff erst nach ausführlicherem Begutachten, dass sie tatsächlich eine Jugendliche vor sich hatten.

»Wir kommen wegen Ihrer ...«, er stoppte mitten im Satz, starrte sie an, begann dann intuitiv – ohne langes Überlegen – mit einer neuen Frage. »Sie sind Jasmin Hähnel?« Der herbe Duft ihres Parfüms betäubte ihn fast.

Sie nickte, schaute skeptisch zu ihm auf. Sie war mehr als einen Kopf kleiner als er, hatte lange, dunkle, fast schwarze Haare, eine schlanke Figur.

»Dürfen wir reinkommen?«

Jasmin Hähnel zögerte erst, wich dann vor Steffen Braig, der ohne Abwarten einen Fuß in die Wohnung setzte, ins Innere zurück. Sie öffnete die Tür zu einem großen Zimmer, ließ die Kommissare eintreten, sah zu, wie beide auf einem dunkelbraunen Ledersofa Platz nahmen, das sich mit zwei Sesseln um einen rechteckigen Tisch gruppierte. An der Schmalseite des Raumes erhob sich ein schlanker, weißer Schrank mit quadratischen Glaselementen, hinter denen Gläser und Vasen zu sehen waren. Die übrigen Wände des Zimmers lagen frei, lediglich über dem Sofa hing ein überdimensionaler Bilderrahmen, der Fotos einer jungen Frau in immer neuen Aufmachungen zeigte.

Braig betrachtete die Bilder, sah, dass es sich ausnahmslos um Motive handelte, in denen Jasmin Hähnel im Mittelpunkt stand. Eine stark geschminkte Frau, ein Mikrofon in der Hand, umgeben von einer Gruppe junger Leute; daneben dieselbe Person in äußerst knapper Bekleidung, auf einem Stuhl stehend, den Kopf in die Höhe gestreckt, unübersehbar Aufmerksamkeit erheischend. Er wandte seinen Blick von den Fotos ab, bemerkte, dass ihn Jasmin Hähnel, unsicher am Tisch wartend, argwöhnisch musterte.

»Sie planen eine Karriere als Tänzerin«, begann er.

Sie zuckte zusammen, runzelte die Stirn.

»Bin ich richtig informiert?« Er wies auf den Ledersessel an der Längsseite des Tisches, sah, wie sie seiner Aufforderung folgte und sich dort langsam niederließ.

»Wieso?« Sie bewegte kaum die Lippen, wusste nicht, was sie antworten sollte.

»Oder sehen Sie sich eher als Sängerin?«

Braigs Frage schien sie aufzumuntern. Jasmin Hähnels Körper straffte sich, ihre Augen begannen zu leuchten. »Pop-Sängerin«, erklärte sie, »ich hatte schon mehrere Auftritte.«

»Alle Achtung. Sie sind noch sehr jung.«

»Ich habe genug Erfahrung«, erklärte sie fast trotzig, »darauf kommt es an, nicht auf das Alter.« Sie verschränkte ihre Arme vor der Brust, warf Braig einen finsteren Blick zu. Es war ihr Thema, ihr Lebensinhalt, ohne Frage.

»Wo sind Sie aufgetreten?«

Die Antwort kam postwendend, ohne jedes Zögern. »In Sulzbach in der Belinda, einen ganzen Abend lang. Letztes Jahr in Ludwigsburg im Neuen Forum, bei einer großen Show. Und vor drei Monaten auf dem Backnanger Straßenfest, zweiter Platz beim Songwettbewerb.« Sie schaute triumphierend zu ihm hin, konnte nicht verbergen, dass sie geradezu nach seiner Bewunderung lechzte.

Braig tat ihr den Gefallen. »Spitze! Sie sind schon ein richtiger Profi.«

»Sagen wir besser: auf dem Weg dorthin«, korrigierte sie ihn. Ihre Stimme klang kühl, fast geschäftsmäßig.

Sie hatte Routine, ohne Zweifel. Wenn sie wirklich erst sechzehn Jahre jung war, musste sie intensiv gelebt und Erfahrungen gesammelt haben, die anderen erst wesentlich später zufielen.

»Wer vermittelt Ihre Auftritte? Ihr Manager?«, mischte sich Neundorf ins Gespräch.

Jasmin Hähnel warf ihr einen giftigen Blick zu. »Ich brauche keinen Manager. Die Typen wollen nur absahnen. Ich kann mir meine Engagements selbst besorgen.«

»Das ist sicher nicht einfach.«

»Ich habe Routine. Damit komme ich durch.«

»Aber bei Herrn Hemmer hatten Sie keinen Erfolg.« Die Kommissarin schleuderte ihr die Bemerkung ohne jede Vorbereitung entgegen, beobachtete die Reaktion.

Jasmin Hähnel blieb gelassen. Lediglich ihre Mundwinkel rutschten nach unten, als sie zur Antwort ansetzte. »Auf die Hilfe dieses Schweins kann ich verzichten. Ich werde meinen Weg auch ohne ihn machen.« Sie hob ihre Hand, winkte angeekelt ab.

»Das klang aber schon ganz anders.«

»Ich weiß nicht, von was Sie sprechen.« Ihre Stimme zitterte leicht, ließ den Eindruck entstehen, dass sie sehr wohl verstand, was die Kommissarin anzudeuten versuchte.

»Ich denke an einen bestimmten Brief«, sagte Neundorf.

Jasmin Hähnel rutschte unruhig in ihrem Sessel hin und her. »Ich war außer mir, na und? Wissen Sie, was der Kerl mit mir gemacht hat?«

»Sie haben es ziemlich drastisch formuliert. Ich denke, wir sind informiert.«

»Also. Dann sollten Sie hingehen und sich um ihn kümmern, statt mich zu belästigen. Ich war damals fünfzehn.«

»Um Herrn Hemmer brauchen wir uns nicht mehr zu kümmern«, erwiderte Neundorf, »das hat schon jemand anders getan.«

Jasmin Hähnel hatte sich wieder beruhigt, schaute die Kommissarin verdutzt an. »Sie haben ihn verhaftet?«

Braig betrachtete das üppig geschminkte Gesicht der jungen Frau, versuchte, das Make-up mit seinen Augen zu durchdringen. »Sie wissen nicht, was mit ihm passierte?«, fragte er.

Sie antwortete sofort, ohne zu überlegen. »Nein, was denn?«

»Er wurde ermordet.«

»He ... Hemmer?«

»Vor zwei Tagen. Sie wissen nichts davon?«

»Ich? Woher?« Sie schien sprachlos, starrte ihn mit ihren groß umrandeten Augen verwundert an.

Er glaubte ihr aufs Wort. Ihre Reaktion war nicht gespielt. Sie hatte den Drohbrief geschrieben, im Moment der Frustration, angetrieben von unbändiger Wut. Hemmer musste ihr das Blaue vom Himmel versprochen, ihr den Auftritt in einer, vielleicht auch mehreren Shows zugesagt, sie dann zu sich ins Bett gelockt und anschließend, ohne sein Versprechen wahr zu machen, abserviert haben. Das junge, von Ehrgeiz besessene, wahrscheinlich zum ersten Mal schmählich gedemütigte, ja missbrauchte Wesen hatte sich jedoch nicht einfach so abspeisen und zur Seite schieben lassen, sondern war in seinem maßlosen Zorn darauf verfallen, zu Papier und Drucker zu greifen, um dem Mann Hölle, Tod und Teufel anzudrohen. Und dann?

»Sie lesen keine Zeitung?«, mutmaßte Neundorf.

»Zeitung? Wozu?«

Braig beobachtete ihre Mimik, sah, wie sie den Kopf schüttelte. »Sie drohten Hemmer, ihn zu vergiften«, sagte er.

Jasmin Hähnel sprang von ihrem Sessel hoch. »Na und? Wissen Sie, wie beschissen es mir ging?«

»Ihre Mutter arbeitet in einer Apotheke?«

»In Leonberg, ja. Halbtags, seit sie geschieden sind«, beruhigte sie sich langsam.

»Dann haben sie tatsächlich Zugang zu hoch giftigen Stoffen

»Wie denn?«, erwiderte sie empört. »Glauben Sie, meine Mutter schleift extra Gift nach Hause, damit ich den Kerl beseitigen kann?« Sie baute sich vor den Kommissaren auf, stützte ihre Hände in die Hüften. »Durchsuchen Sie doch unser Haus, wenn Sie mir nicht glauben. Die Giftvorräte meiner Mutter müssen ja irgendwo zu finden sein.«

Draußen auf der Straße hupte ein Auto, laute Stimmen schrien aufeinander ein. Jasmin Hähnel starrte zum Fenster, setzte sich wieder auf ihren alten Platz.

»Es war ein Brief«, fuhr sie dann unvermittelt fort, »ein dummer Brief. Ich weiß nicht einmal, ob Hemmer ihn gelesen hat oder seine Sekretärin, diese eifersüchtige Kuh, ihn gleich wegwarf, bevor er überhaupt in seine Hände kam. Ich war enttäuscht, fertig, einfach am Ende, verstehen Sie?« Sie sah Braigs Nicken, starrte ihm ins Gesicht. »Er hat mir einen Solo-Auftritt als Sängerin versprochen, redete davon, mich aufzubauen, zu fördern, sich um mich und meine Karriere zu kümmern und schwärmte mir vor, wie toll es mit *uns* laufen würde – er als Produzent und ich als sein Star. Ich war blöd, einfach blöd!« Sie brach ab, schlug die Hände vors Gesicht, weinte leise vor sich hin.

»Und dann lud er sie privat zu sich ein«, sagte Neundorf.

Jasmin Hähnel richtete sich langsam wieder auf, wischte sich ihr Gesicht trocken, schüttelte den Kopf. »Nein, nicht zu sich. In ein Hotel. ›Wir werden in aller Ruhe eine gemeinsame Strategie entwickeln, wie wir deine Karriere aufbauen‹, hatte er mir erklärt. Mein Gott, wie das klang! Meine Karriere aufbauen! Wissen Sie, wie ich mich fühlte?« Sie schaute fragend zu ihnen her, fuhr sich über die Augen. »Ich lief wochenlang auf Wolken. Dabei hatte er nur eines im Sinn.« Sie blickte von ihnen weg, starrte auf einen imaginären Punkt an der Wand.

»Hemmer war ein Schwein«, sagte Neundorf.

Jasmin Hähnel nickte fast unmerklich mit dem Kopf.

18. Kapitel

Wenige Minuten vor drei waren sie wieder in der Lindenstraße in Ludwigsburg angelangt. Sie hatten sich in Kornwestheim bei einem Bäcker vier Brezeln als Ersatz für das ausgefallene Mittagessen besorgt, danach beschlossen, sofort nachzuprüfen, ob Beate Berg schon von ihrem Einkauf in Stuttgart zurückgekehrt sei.

»Sollte die Frau noch nicht anzutreffen sein, schauen wir im Klinikum nach Bernhard. Vielleicht geht es ihm besser«, schlug Braig vor. »Außerdem gibt es dort die bekannte Cafeteria.« Er spürte seinen hungrigen Magen, fühlte die nachmittägliche Müdigkeit.

Waren es nur das unzureichende Essen, die langwierigen, bisher weitgehend erfolglosen Ermittlungen und die Enttäuschung, den Weg nach Kornwestheim vollkommen umsonst, ohne jedes Ergebnis für ihre Untersuchungen unternommen zu haben, die ihm mehr und mehr zu schaffen machten? Jasmin Hähnel hatte mit dem Mord an Hemmer nichts zu tun. Das war den beiden schnell klar geworden: Der Brief der jungen Frau war nichts als ein Produkt ihres durchaus nachvollziehbaren Hasses auf den sie so hemmungslos und skrupellos ausnutzenden Lüstling. Um sich ganz sicher zu sein, waren sie telefonisch in Leonberg vorstellig geworden und hatten Erkundigungen über Jasmin Hähnels Mutter und die Apotheke eingezogen und dabei erfahren, dass keinerlei Unregelmäßigkeiten vorlagen. Am Ende blieb ihnen nur die Gewissheit, dass das mühsam aufgespürte Drohschreiben nur einer der vielen Irrwege war, die sie von der Suche nach den wahren Tätern abgelenkt hatten.

Braig seufzte laut, atmete tief durch. Das Wetter wurde besser, die Temperatur war um mehrere Grad gestiegen. Die Luft strich lau, fast warm über die Haut. Vielleicht waren seine

Erschöpfung und seine Mutlosigkeit typische Erscheinungen von Wetterfühligkeit? Eine Art Frühjahrsmüdigkeit im Herbst? Wäre an den rot-gold gefärbten Blättern der Weinreben und vieler Bäume nicht deutlich zu erkennen gewesen, dass längst der Oktober ins Land gezogen war, der Zustrom warmer Luft hätte als einer der ersten Frühlingsboten gelten können.

Braig öffnete seine Jacke, strich sich die Schweißtropfen von der Stirn. Er sah die dünnen Nebelschwaden vom Boden aufsteigen, der immer noch von der morgendlichen Feuchtigkeit durchnässt war. Kleine Pfützen standen in den Unebenheiten des Gehwegs. Die Lindenstraße war wie am frühen Mittag von Anfang bis Ende ohne jede Unterbrechung zugeparkt. Sie liefen an den Autos vorbei, wichen einem älteren Mann, der sich mühsam auf zwei Krücken vorwärtsbewegte, aus.

Gerade in dem Moment, als sie das Haus mit der Wohnung Beate Bergs erreichten, wurde die Tür von innen geöffnet; eine große schlanke Frau um die Siebzig stand mitten im Eingang. Braig grüßte, trat zur Seite, damit sie passieren könne, streckte seinen Arm aus, um die Tür offen zu halten. Die Frau stockte mitten in ihrer Bewegung, betrachtete ihn misstrauisch.

»Wollen Sie ins Haus?«, erkundigte sie sich mit kräftiger Stimme.

Braig nickte, wunderte sich über die abweisende Haltung seines Gegenübers, trat einen halben Schritt zurück. Er hatte Mühe, die Tür festzuhalten.

»Darf ich fragen, was Sie suchen?« Ihre Augen taxierten ihn von Kopf bis Fuß, nahmen dann Neundorf ins Visier, die sich an Braig vorbei auf sie zu bewegte.

»Glauben Sie, dass Sie das etwas angeht?«, fragte die Kommissarin.

Die Angesprochene wich keinen Zentimeter von der Schwelle, ließ ihren Blick auf Neundorf ruhen. »Ob es mich etwas angeht?« Ihr Gesicht gewann kräftig an Farbe, lief dunkelrot an. »Das ist mein Haus!«

Braig fürchtete, dass die Frau sich nicht so schnell zufrieden geben und sie passieren lassen würde, hatte keine Lust, auf offener Straße eine Auseinandersetzung zu beginnen. »Es ist gut, dass Sie sich so um Ihr Eigentum kümmern«, erklärte er, »wir sind von der Polizei.«

Er zog seinen Ausweis aus der Tasche, streckte ihn ihr entgegen, stellte sich und Neundorf vor. »Wir wollen zu Frau Berg. Das ist erlaubt, oder?« Er versuchte zu scherzen, um die Situation zu entspannen, merkte aber am seltsamen Gesichtsausdruck der Frau, dass ihm das ganz und gar nicht gelungen war.

Sie bewegte sich keinen Deut, starrte ihn kopfschüttelnd an, zog die Stirn in Falten. »Wie bitte?«

»Frau Berg«, wiederholte er, »sie wohnt hier, im ersten Obergeschoss.« Er deutete nach oben, zeigte zu der Wohnung, deren Mieterin sie besuchen wollten.

»Sie machen wohl Witze, junger Mann, ja?« Sie wandte ihren Blick nicht von ihm ab, blieb aufrecht vor ihm stehen.

Irgendetwas stimmte nicht, irgendetwas lief gewaltig schief.

»Sie selbst sind Frau Berg?«, versuchte es Neundorf.

Die Frau schüttelte den Kopf. »Ich?« Sie lachte laut. »Frau Berg ist tot«, erklärte sie dann, »wenn Sie von der Polizei sind, sollten Sie das wissen.«

Braig starrte sie mit offenem Mund an, brauchte Zeit, zu begreifen, was sie von sich gegeben hatte. »Tot?«

Ein Auto fuhr langsam vorbei, hupte, weil ein herrenloser Hund wenige Meter vor ihm über die Fahrbahn rannte. Das Tier sah kurz auf, sprang dann auf der anderen Gehwegseite davon.

»Was soll das heißen, Frau Berg ist tot?«, fragte Braig. »Sie ist heute beim Einkaufen verunglückt?«

Die Frau schüttelte ihren Kopf. »Sie ist nicht verunglückt. Es war Selbstmord. Frau Berg hat sich vergiftet. Vor vierzehn Tagen.«

Er spürte, wie ihm schwindlig zu werden drohte, die Umgebung zu schwanken schien, hielt sich an der Hauswand fest.

»Frau Berg ist seit vierzehn Tagen tot? Von welcher Frau Berg sprechen Sie?«, fragte Neundorf.

»Beate Berg«, antwortete die Frau, »sie wohnte seit über zwei Jahren hier in meinem Haus.«

»Und arbeitete bis vor kurzer Zeit noch bei einem Kurierdienst?«

»Ja, als Paketzustellerin bei Larch.«

»Das kann nicht sein«, sagte Braig, »es ist noch keine drei Stunden her, dass uns Frau Bergs Lebensgefährte erklärte, sie sei zum Einkaufen nach Stuttgart gefahren.«

»Zum Einkaufen nach Stuttgart?« Die Frau ließ ein hartes, verächtliches Lachen hören, schüttelte den Kopf. »Da hat sie aber jemand ganz schön für dumm verkauft. Frau Berg hasste Einkaufen wie die Pest. Sie war immer froh, wenn ihr meine Tochter Hosen und Blusen besorgte und sie die zu Hause anprobieren konnte. Frau Berg und Einkaufen, nein!«

»Dann hat uns der Mann belogen«, meinte Neundorf, »aber warum? Kennen Sie ihn?«

»Nicht näher. Frau Berg kann noch nicht lange mit ihm zusammen gewesen sein, mir hat sie ihn jedenfalls nie vorgestellt. Obwohl wir uns oft unterhielten, manchmal sogar einen Kaffee zusammen tranken. Ich verstehe nicht, wieso ihre Mutter ihm die Schlüssel zur Wohnung überließ.«

»Wo lebt ihre Mutter?«

»In Tübingen in einem Seniorenheim. Die Frau ist schon über achtzig, aber noch sehr rüstig. Vielleicht wollte sie, dass er die Wohnung hier ausräumt, obwohl meine Tochter und ich ihr angeboten haben, es für sie zu erledigen.«

»Haben Sie ihre Adresse?«

Die Frau nickte. »Das ist kein Problem. Die können Sie gerne haben.« Sie gab den Eingang frei, ging zurück zu einer Wohnungstür.

Braig betrachtete das kleine Schild, fragte sicherheitshalber nach ihrem Namen. »Sie sind Frau Martha Bay?«

Die Frau nickte, deutete auf die Nachbarwohnung. »Hier lebt meine Tochter.«

Braig folgte ihrer Hand. *Horst und Daniela Kreitter.*

Sie kramte in ihrer Tasche, suchte nach dem Schlüssel. Es dauerte eine Weile, bis sie ihn endlich gefunden hatte. Martha Bay verschwand in der Wohnung, kehrte kurz darauf mit einem kleinen Zettel zurück, auf dem sie die Telefonnummer und die Adresse von Beate Bergs Mutter notiert hatte.

Braig bedankte sich, deutete nach oben. »Haben Sie einen Schlüssel zu der Wohnung?« Er sah ihren kritischen Gesichtsausdruck.

»Sie ist noch vermietet.«

»Vielleicht ist der Herr, der uns heute Mittag belogen hat, nicht anwesend. Er hätte allen Grund dazu.«

Martha Bay nickte. »Ich habe einen Schlüssel. Auf Ihre Verantwortung.« Sie griff nach einem Schlüsselbund, der unweit der Tür an der Wand hing, reichte ihn Braig. »Ich warte.«

Er nickte, folgte Neundorf die Treppe hoch. Seine Kollegin stand bereits vor der Tür, drückte energisch auf die Glocke. Er stellte sich neben sie, lauschte, ob Geräusche aus der Wohnung zu hören seien. Das Echo der Glocke hallte lange nach.

»Der ist weg«, erklärte sie, »er weiß, warum.«

Braig nickte, zeigte auf den Schlüsselbund. »Wir gehen rein, ja?«

Neundorf nahm ihm die Schlüssel aus der Hand, probierte sie der Reihe nach aus. Der dritte passte. Sie spürte, wie die Tür nachgab. Überrascht blickte sie zu ihrem Kollegen. »Die war nicht verschlossen«, flüsterte sie.

Neundorf stieß die Tür vollends auf, zog ihre Waffe. »Hier ist die Polizei«, rief sie laut, »wir betreten jetzt die Wohnung.«

Braig tat es ihr nach, tastete sich ins dämmrige Dunkel der Diele. Er blieb neben seiner Kollegin stehen, lauschte. Kein Geräusch. Nichts.

Er drückte auf den Schalter neben der Tür. Grelles Licht flammte auf. Rechts lag ein Wohnzimmer, der Tisch voll mit Kleidern, Zeitungen, Papier. Gegenüber die Küche: Töpfe, Teller mit Essensresten, ein halber Laib Brot, Scherben einer zerstörten Tasse, alles kreuz und quer durcheinander. Die Tür daneben war geschlossen.

Braig schob sich langsam vor, drückte beherzt auf die Klinke, stieß die Tür zurück. Sie prallte auf die Wand, vibrierte wenige Zentimeter zurück. Er starrte ins Innere, sah, dass es sich um das Schlafzimmer handelte. Zwei Betten, ein breiter Schrank, herausgerissene Schubladen, zwei große Taschen, angefüllt mit Kleidern, Büchern, weiblicher Unterwäsche.

Geradeaus: Ein kleines Bad, dazu eine Toilette, auch hier das pure Chaos. Seifen, Cremes, Spraydosen auf dem Boden, Kämme, Schminkutensilien über den ganzen Raum verstreut.

»Ausgeflogen«, sagte Braig, »das sieht nicht nach normalem Verlassen der Wohnung aus. Da war jemand in totaler Hektik.« Er bückte sich unter die Betten, öffnete Schränke, schaute hinter den Vorhängen nach.

»Warum hat er uns belogen?«, fragte Neundorf.

Er wusste keine Antwort, lief in die Küche, musterte das gebrauchte Geschirr. »Fingerabdrücke«, sagte er, »wir benötigen die Techniker. Vielleicht können wir ihn identifizieren.«

»Du glaubst, er hat uns auch einen falschen Namen genannt?«

»Du etwa nicht?«

Neundorf warf ihren Kopf zurück, schnaubte vor Wut. »Natürlich. Er hatte etwas zu verbergen. Fragt sich nur, was. Und wir haben uns so abwimmeln lassen. Wie pure Anfänger.«

Braig bat per Handy Rauleder und Hutzenlaub, sofort in die Lindenstraße zu kommen. Sie hatten die Überprüfung des Papiercontainers sowie von Hemmers Büro und seiner Computer-Festplatte abgeschlossen, dabei nichts Neues entdeckt. Braig beschrieb ihnen die Lage der Wohnung, bat sie, unten an der Glocke zu läuten.

Er lief ins Wohnzimmer, wo Neundorf mit Plastikhandschuhen bewehrt in dem Durcheinander herumstöberte, betrachtete die Papierstapel, die auf dem Tisch lagen.

»Versicherungsunterlagen und Steuererklärungen«, sagte Neundorf, »alle auf Beate Berg ausgestellt. Es sieht so aus, als habe der Kerl die ganze Wohnung durchsucht.«

»Ein Einbrecher?«

»Wir sollten beim Einwohnermeldeamt nach seinem Namen fragen, obwohl ich fürchte, dass er uns angelogen hat.«

Braig nickte, ließ sich über das LKA mit der Behörde verbinden. Ein Herbert Bauer war in Ludwigsburg nicht gemeldet.

»Das muss nichts heißen«, meinte Neundorf, »warum soll er nicht in der Umgebung wohnen? Wir müssen sämtliche Orte der Region überprüfen, obwohl es wahrscheinlich nichts bringt.«

»Vielleicht können wir ein Fahndungsfoto erstellen lassen. Daniel Schiek müsste es hinkriegen, wenn wir ihm den Typ beschreiben.«

Neundorf stimmte ihm zu, hörte, wie Braig den Kollegen im LKA darum bat, alle Einwohnermeldeämter der Region nach einem Herbert Bauer im Alter von circa vierzig bis sechzig Jahren zu befragen. Sie bückte sich nieder, zog eine Schublade aus dem Schrank, wühlte in Akten, Zeitungsartikeln, Fotos.

»Ob das Beate Berg ist?« Sie deutete auf eine kleine, kräftig gebaute Frau, die auf mehreren Motiven zu sehen war, mal in Gesellschaft ausgefallen lachender Menschen, mal allein in einer Garten-ähnlichen Umgebung, fast immer fröhlich, gut gestimmt. »Wir müssen uns über die Umstände ihres Selbstmordes informieren. Was da genau ablief und ob alles eindeutig geklärt ist.«

Braig betrachtete die Fotos, stimmte seiner Kollegin zu. »Ich rufe im Amt an und lasse mich mit den Kollegen vom zuständigen Polizeirevier verbinden.«

Drei Minuten später hatte er Kommissar Nicolai Bursac von der Ludwigsburger Kriminalpolizei am Apparat.

»Sie wollen Informationen über den Selbstmord von Frau Beate Berg?«, fragte der Mann mit auffallend tiefer, kräftiger Stimme.

»Wir ermitteln in einem Mordfall und stießen dabei mehr oder weniger zufällig auf die Frau«, antwortete Braig, »haben Sie die Protokolle der Kollegen zur Hand?«

»Ich benötige die Aufzeichnungen nicht«, erklärte Bursac, »ich war selbst an der Untersuchung beteiligt.«

»Oh, da haben wir ja Glück. Wären Sie so freundlich, mir Ihre Erkenntnisse kurz zu schildern?«

»Kein Problem. Das war vor zwei Wochen, am frühen Sonntagmorgen. Frau Berg war in derselben Nacht im hiesigen Klinikum an einer Überdosis Schlaftabletten verstorben, nachdem sie selbst noch am späten Samstagabend per Notruf um Hilfe nachgesucht hatte. Zwei Kollegen von der Streife waren in ihre Wohnung eingedrungen, hatten sie aber nur noch ohnmächtig vorgefunden. Sie lag im Wohnzimmer, auf dem Boden. Auf Anweisung des Notarztes wurde sie sofort ins Klinikum gebracht. Weder der Pathologe noch ich konnten irgendwelche Anzeichen einer Fremdeinwirkung feststellen. Als ich am Morgen ihre Wohnung untersuchte, waren die Räume alle in tadellosem Zustand. Im Wohnzimmer fand ich neben der leeren Tablettenschachtel einen kurzen Abschiedsbrief. In ihrer Handschrift, wie ich selbst durch einen Vergleich feststellte.«

»Ein Abschiedsbrief?«, fragte Braig. »Wissen Sie zufällig noch den Inhalt, sinngemäß etwa?«

»Allerdings«, antwortete Bursac, »das fällt mir nicht schwer. Er bestand nur aus zwei Sätzen. ›Ich kann nicht mehr. Es tut mir Leid. Bea‹.«

»Sonst nichts?«

»Nur noch die Überschrift. ›Liebe Mutter, liebe‹«, Bursac zögerte, überlegte einen Moment, »der Vorname einer Frau, Katja, glaube ich, ja, jetzt weiß ich es wieder genau, Katja. Eine Freundin, wie mir die Mutter der Toten bestätigte.«

»Und die Wohnung war in tadellosem Zustand, sagen Sie?«

»Aufgeräumt bis ins letzte Eck, das fiel mir auf. Sie wollte wohl einen guten Eindruck hinterlassen, dachte ich noch.«

Braig bedankte sich bei dem Kollegen, ließ sich dessen Dienstnummer geben, falls er seine Hilfe noch einmal in Anspruch nehmen wollte.

Neundorf kramte in einem anderen Papierstapel, ließ sich von Braig den Inhalt des Gesprächs wiedergeben.

»Eindeutiger Selbstmord«, schloss er seinen Bericht, »ich denke, das ist geklärt.«

»Dann war der Kerl heute Mittag wohl tatsächlich ein Einbrecher«, meinte Neundorf, »nach dem Durcheinander hier zu urteilen, durchkämmte er die Wohnung nach wertvollen Gegenständen.«

»Und wie kommt der Kuli in die Kirche? Frau Berg ist seit über vierzehn Tagen tot. Sie kann die Morde nicht begangen haben.«

»Wahrscheinlich hat der Kuli überhaupt nichts mit den Verbrechen zu tun«, seufzte Neundorf. »Und wir jagen einer falschen Spur nach und vergeuden nutzlos unsere Zeit.« Sie faltete mehrere Papierbogen auseinander, hatte plötzlich ein Notenheft in der Hand.

Braig steckte gerade sein Handy weg, als er Neundorfs Aufschrei hörte. Die Kommissarin richtete sich auf, streckte ihm das breitformatige Buch entgegen.

Johann Sebastian Bach: Toccata und Fuge in d-moll BWV 565.

Er begriff sofort, weshalb sie so aufgeregt war, starrte elektrisiert auf ihre Entdeckung. »Noten zum Orgelspielen?«, fragte er.

Sie zuckte mit der Schulter, blätterte das Heft auf. Die zweite Seite war leer, die dritte präsentierte erneut den Titel, das Erscheinungsjahr, den Verlag. Darunter, im rechten Eck, der Name einer Frau: *Maria Würth,* in handgeschriebenen Druckbuchstaben, dazu, an der Vorwahl zu erkennen, zwei Stuttgarter Telefonnummern, eine wie der Name in schwarzer, leicht verblichener Tinte, die andere in kräftigem Blau. Unter den blauen Ziffern ein weiterer weiblicher Vorname: *Maja,* in derselben kräftigen Farbe wie die letzte Nummer.

»Ich dachte schon: Hemmer«, sagte Braig, wischte sich Schweiß von der Stirn. »Es wäre zu schön gewesen.«

Neundorf nickte. »Ich rufe trotzdem mal an.« Sie legte das Notenheft ab, wählte die erste Nummer.

Eine Männerstimme meldete sich. »Würth.«

»Neundorf hier. Kann ich Frau Maria Würth sprechen?«

»Maria?« Der Mann am anderen Ende zögerte. »Maria war meine Tochter. Sie lebt nicht mehr.« Er machte eine kurze Pause, fragte dann. »Wer sind Sie? Was wollen Sie von ihr?«

»Oh, das tut mir Leid. Mein Name ist Neundorf. Ich bin Kommissarin beim Landeskriminalamt.«

»Polizei? Was haben wir mit der Polizei zu tun?«

»Wahrscheinlich nichts.« Sie versuchte, den Mann zu beruhigen. »Es geht um eine völlig harmlose Untersuchung. Darf ich fragen, wann Ihre Tochter gestorben ist?«

»Vor zwei Jahren. Ein Autounfall.«

»Sie war noch nicht sehr alt?«

»Achtundzwanzig.« Die Stimme des Mannes stockte. Er hatte den Tod seiner Tochter offensichtlich noch nicht überwunden. »Sie wollten heiraten, zwei Monate später.« Er verstummte, schluchzte leise.

Neundorf wartete ein paar Sekunden, fragte dann weiter. »Maria spielte ein Instrument?«

»Orgel«, antwortete der Mann, »sie war Organistin.«

»Organistin«, wiederholte sie laut, nickte ihrem Kollegen zu. »In Stuttgart?«

»In Esslingen«, sagte ihr Gesprächspartner, »aber sie spielte auch in vielen anderen Städten. Orgelspielen war ihr Leben.«

»Maria war sehr tüchtig in ihrem Beruf?« Neundorf versuchte, den Mann zu trösten, bevor sie auf das für seinen Schmerz sicher sehr heikle Thema kam.

»Ja, das war sie«, schluchzte er.

»Was haben Sie mit ihren Noten gemacht, ich meine, nach ihrem ...« Sie vervollständigte den Satz nicht, wollte Würth nicht noch mehr zumuten.

»Wir haben viele verschenkt«, sagte er, »oder verkauft. In der Kirche, für einen guten Zweck. ›Brot für die Welt‹ und ähnliches.«

»Kannten Sie einen Bernhard Hemmer?«

»Wie heißt der Mann?«

Sie wiederholte den Namen.

»Habe ich noch nie gehört, tut mir Leid.«

»Wie steht es mit Beate Berg? Ist Ihnen diese Frau bekannt?«

»Beate Berg? Nein, ich kenne keine Beate Berg. Wirklich nicht.«

Neundorf seufzte, schaute auf die dritte Seite des Notenhefts. »Eine letzte Frage«, meinte sie, »sagt Ihnen der Name Maja etwas?«

»Ein weiblicher Vorname? Ich kenne niemand, der so heißt.«

»Dann will ich Sie nicht länger stören. Vielen Dank für Ihre Hilfe.«

Sie beendete das Gespräch, starrte auf das Notenbuch. »Maria Würth ist tot. Vor zwei Jahren bei einem Autounfall gestorben«, erklärte sie. »Ihre Noten wurden verschenkt oder für einen guten Zweck verkauft. Wie kommen sie hierher in Beate Bergs Wohnung?«

»Vielleicht spielte Frau Berg Orgel«, meinte Braig.

»Die Frau, die als Briefzustellerin arbeitete?« Sie schüttelte den Kopf. »Das kann ich mir nicht vorstellen. Täglich Päckchen und andere sperrige Gegenstände durch die Gegend schleifen und abends und am Wochenende dann mit denselben Fingern in die Tasten greifen? Das passt doch nicht.«

»Wir müssen mit ihrer Mutter sprechen. Dann wissen wir Bescheid.«

Er zog den Zettel aus seiner Tasche, auf dem Martha Bay ihm die Telefonnummer Frau Bergs notiert hatte, gab sie in sein

Handy ein. Nach kurzem Warten hatte er eine etwas abgehetzt klingende weibliche Stimme am Apparat.

»Hier ist Braig. Kann ich bitte Frau Berg sprechen?«

»Frau Berg? Einen Moment, ich bringe ihr das Telefon. Sie sitzt am Kaffeetisch.«

Braig hörte an den Hintergrundgeräuschen, wie sich die Frau bewegte, verschiedene Leute grüßte, dann einen Raum mit hohem Geräuschpegel erreichte. Teller und Tassen klirrten, Stühle wurden zurückgeschoben, eine Tür quietschte. Plötzlich war die Frau wieder am Apparat.

»So, jetzt habe ich sie.«

Er bedankte sich, hörte, wie das Telefon weitergereicht wurde.

»Frau Berg, ein Gespräch für sie.«

Wenige Sekunden später hatte er die Frau in der Leitung.

»Ja?«

»Hier ist Steffen Braig. Frau Berg, kann ich kurz mit Ihnen sprechen?«

»Wenn Sie mir sagen, was Sie von mir wollen.« Die Stimme klang fest und energisch, nicht gerade wie die einer Achtzigjährigen, die vor kurzem ihr eigenes Kind verloren hatte.

»Es geht um Ihre Tochter«, sagte er.

»Beate.«

»Ja. Können wir über sie reden?«

Ein Teller am anderen Ende der Leitung klapperte laut, eine Stimme im Hintergrund schimpfte.

»Mit wem spreche ich denn?«, fragte die Frau.

Braig hatte seinen Beruf bisher verschwiegen, weil er sie nicht unnötig erschrecken wollte. Wenn der Selbstmord ihrer Tochter erst wenige Wochen zurücklag, löste die Erwähnung der Polizei wohl kaum angenehme Assoziationen bei ihr aus. Dennoch wollte er sie nicht belügen. »Ich bin Kommissar beim Landeskriminalamt. Wir arbeiten an einer Untersuchung, die ein wenig auch Ihre Tochter betrifft.«

Sie reagierte anders als er erwartet hatte. »Was haben Sie auf dem Herzen?« Ihre Stimme war nach wie vor fest, zeigte keinerlei Anzeichen von Betroffenheit oder Trauer.

Braig kam direkt zum Thema. »Spielte Beate Orgel?«

Dies schien sie zu überraschen: »Orgel?« Sie schwieg einen Moment, begann dann zu lachen. »Sie können Beate nicht gut gekannt haben, wie?«

»Leider nicht, nein.«

Die Glocke der Wohnung läutete, ein kräftiges, lautes Geräusch, wie sie es bereits mehrfach im Treppenhaus und – stark gedämpft – am Mittag auf der Straße vernommen hatten. Braig sah, wie sich Neundorf erhob, konzentrierte sich wieder auf sein Gespräch.

»Meine Tochter hatte viele Fähigkeiten, sie war sportlich, kräftig, handwerklich sehr geschickt, konnte im Haus und im Garten jede, aber wirklich jede Reparatur durchführen. Sie war eine Frau zum Pferdestehlen, wenn Sie verstehen, was ich meine, eine Draufgängerin, zu jeder Schandtat bereit. Eines aber fehlte ihr völlig: Jeder Ansatz zu musikalischer Begabung.«

»Dann können wir das mit dem Orgelspielen vergessen.«

»In der Tat. Und zwar sehr schnell.«

Rauleder und Hutzenlaub betraten die Wohnung, winkten Braig zu. Der nickte mit dem Kopf, sah, wie sich Neundorf mit den Kollegen in die hinteren Zimmer zurückzog.

»Können Sie mir erklären, wieso Ihre Tochter dann ein Notenheft zum Orgelspielen in ihrer Wohnung aufbewahrt?«

»Sie sind in der Lindenstraße?«

»Aus aktuellem Anlass, ja.«

»Nein, das kann ich nicht. Mit Beate hat das garantiert nichts zu tun.«

Braig hörte, wie das Klirren von Tellern und Tassen wieder zunahm, hatte die Stimme der Frau am Ohr. »Einen Moment, bitte.«

Stühle wurden zurückgeschoben, verschiedene Leute schrien aufeinander ein. Plötzlich, nach einer halben Minute etwa, war Ruhe.

»So«, erklärte Frau Berg, »jetzt können wir wieder. Ich habe mich in mein Zimmer zurückgezogen.«

»Kennen Sie einen Herbert Bauer?«, fragte er.

»Wer soll das sein?«

»Ein Freund Ihrer Tochter.«

»Freund? Also das bestimmt nicht«, sagte Frau Berg mit energischem Tonfall. »Ich kenne die Freunde meiner Tochter.«

»Der Mann behauptete, mit Ihrer Tochter befreundet zu sein, gut befreundet.«

»Wann war das?«

»Heute«, sagte Braig, »hier in der Lindenstraße. Er war in Beates Wohnung.«

»In ihrer Wohnung? Dann war es wohl der Bekannte von Katja. Sie versprach mir, sich um die Räumung der Wohnung zu kümmern. Ich bin sehr froh, dass sie mir diese Last abgenommen hat, nach all den schrecklichen Ereignissen der letzten Wochen.«

»Katja?« Er erinnerte sich an den Abschiedsbrief der Verstorbenen. »Wer ist Katja?«

Frau Berg zögerte einen Moment, holte tief Luft. »Sie scheinen meine Tochter wirklich nicht gut gekannt zu haben«, erklärte sie dann. »Katja ist eine ihrer Freundinnen. Sie rief mich vor ein paar Tagen an und erzählte, dass sie einen Bekannten darum gebeten habe, sich um Beates Wohnung zu kümmern, weil sie wieder länger unterwegs sei.«

Braig sah keinen Sinn darin, seiner Gesprächspartnerin zu erklären, dass er ihre Tochter überhaupt nicht gekannt hatte, konzentrierte sich auf die Frau, die das Verbindungsglied zu dem angeblichen Herbert Bauer zu sein schien. »Wie heißt diese Katja noch? Ich meine mit Nachnamen?«

Frau Berg schien sprachlos.

»Sind Sie noch dran?«, fragte Braig nach kurzer Pause.

»Sie haben mich aus dem Konzept gebracht«, erwiderte sie, »ich weiß, wie seltsam es klingt, aber ich kann Ihnen im Moment ihren Familiennamen nicht nennen.«

»Das kann vorkommen«, versuchte er sie zu trösten, »später fällt es Ihnen bestimmt wieder ein. Haben Sie vielleicht ihre Telefonnummer oder die Adresse, wo sie wohnt?«

Diesmal antwortete die Frau sofort. »Junger Mann, Sie scheinen zwei Dinge zu verwechseln: Katja war nicht meine, sondern Beates Freundin.«

»Sie kennen sie also nicht näher?«

»Beate legte sehr viel Wert auf ein eigenständiges Leben. Was mir im Übrigen nur recht war. Wenn zwei starke Frauen gut miteinander auskommen wollen, ist es wichtig, dass sie sich gegenseitig klare Grenzen setzen. Ich mischte mich nicht in die Angelegenheiten meiner Tochter ein, sie nicht in meine. Seit wir uns an diesem Prinzip orientierten, kamen wir gut miteinander aus.«

Braig dachte unwillkürlich an seine Mutter, wünschte sich, er könne sein Verhältnis zu ihr in ähnlicher Weise regeln. Zwar hatte ihre Beziehung in den letzten Jahren an Schärfe verloren, doch waren sie immer noch weit davon entfernt, einen Zustand harmonischen Miteinanders zu erreichen. Ab und an, in emotional angespannten Situationen, blitzten die alten Aggressionen auf, verwandelten ihre Begegnungen in einen nur noch mühsam beherrschbaren Schlagabtausch zweier altgedienter Kämpfer.

»Wie komme ich dann an die Nummer oder die Adresse dieser Frau?«, fragte er nach kurzem Überlegen. »Können Sie mir trotzdem helfen?«

»Schauen Sie in Beates Notizbuch nach. Sie sind doch in ihrer Wohnung?«

Braig bestätigte ihre Frage mit einem knappen Ja.

»Also. Sie werden keine Schwierigkeiten haben, die Adresse zu finden. Meine Tochter war, bei allen Fehlern, die auch sie hatte, ein ordentlicher Mensch. Wäre ihr dieser verkommene Halunke nicht in die Quere gekommen, sie hätte sich das niemals angetan.«

Braig merkte, dass Frau Berg den Selbstmord ihrer Tochter angesprochen hatte, versuchte, behutsam auf das Thema einzugehen. »Von wem reden Sie?«

»... er.« Sie sprach den Namen im Gegensatz zu ihren übrigen Worten so undeutlich und hastig aus, dass Braig nur die Schlusssilbe verstand. Weil das offensichtlich ein heikler Punkt war, der ihr zu schaffen machte, vermied er es, genauer nachzuhaken. »Es hat nichts mit ihrer Entlassung bei dem Kurierdienst zu tun?«, fragte er stattdessen.

Die Antwort der Frau ließ nicht lange auf sich warten. »Davon rede ich doch die ganze Zeit. Der Kerl hat Beate nach Strich und Faden ausgenutzt und dann zum alten Eisen geworfen ...« Sie wurde mitten im Satz unterbrochen, wandte sich vom Telefon ab, grüßte eine andere Frau, die anscheinend zu ihr ins Zimmer gekommen war.

Braig wartete einige Sekunden, hatte ihre Stimme dann wieder am Ohr.

»Ich habe Besuch, seltenen Besuch«, erklärte sie, »würde es Ihnen etwas ausmachen, unser Gespräch ein anderes Mal fortzusetzen?«

Er erklärte sich einverstanden, dankte für ihre Bereitschaft, auf seine Fragen einzugehen, steckte sein Handy weg.

Neundorf und die beiden Kriminaltechniker waren damit beschäftigt, das Schlafzimmer der Wohnung auf den Kopf zu stellen. Sie durchsuchten die Betten, die Kommode, den Schrank, stöberten in den Schubladen, stapelten alle Papiere, die ihnen in die Hände fielen, auf dem Nachttisch. Braig trat hinzu, sah, wie seine Kollegin mehrere Blätter aufmerksam studierte.

»Und?«, fragte Neundorf. »Gibt es Neuigkeiten?«

Er nickte, berichtete.

»Dann könnte dieser Herbert Bauer also doch seinen richtigen Namen genannt haben.«

»Vielleicht. Wir müssen das Notizbuch finden mit der Adresse dieser Katja.«

»Was ist mit dem Notenheft? Gibt es eine Vermutung, wie es in Frau Bergs Besitz kam?«

Braig schüttelte den Kopf. »Überhaupt nicht. Ihrer Tochter fehle jeder Ansatz einer musikalischen Begabung.«

»Dann sollten wir es genau untersuchen lassen. Auf Fingerabdrücke zum Beispiel. Die zweite Telefonnummer vorne mit dieser Maja habe ich vorhin probiert. Da nimmt niemand ab. Ich versuche es später noch einmal. Wenn sich nichts tut, lasse ich den Anschluss überprüfen.« Sie wandte sich an Hutzenlaub. »Könntest du das mit dem Notenheft erledigen? Du wolltest sowieso ins Amt.«

Der Techniker nickte, nahm das breitformatige Heft, legte es vorsichtig in eine Hülle. Er zog die Plastikhandschuhe von seinen Fingern, steckte sie weg. »Ich werde es nachher gleich analysieren. Die Papiere aus Hemmers Büro habe ich, zudem die Tasse und das Glas hier aus der Küche. Ich gebe euch Bescheid, sobald ich auf Fingerabdrücke stoße. Okay?«

Braig nickte dem Kollegen zu, sah, wie er die Wohnung verließ. Er hoffte, dass Hutzenlaub Wort halten und sich die Musiknoten bald vornehmen würde. Vielleicht hatten sie Glück und Hemmers Fingerabdrücke ließen sich tatsächlich irgendwo in dem Heft verifizieren. Dann wäre die Verbindung zu Beate Bergs Wohnung bestätigt. Aber war diese Erwartung wirklich realistisch? Die Frau lebte seit mehr als vierzehn Tagen nicht mehr. Wie sollte ein Heft Hemmers in ihre Wohnung gekommen sein?

Neundorf stöhnte laut, unterbrach seine Gedanken. Der Stapel Blätter, den sie auf dem Nachttisch sammelte, wuchs in die Höhe.

Braig trat hinzu, warf einen Blick auf die Papiere. »Was hast du da?«, fragte er.

»Fahrtberichte oder so etwas. Ich glaube, Beate Berg machte sich ausführliche Notizen über ihre Aufträge.«

Braig sah, dass es sich um unzählige handschriftliche Aufzeichnungen über Touren durch ganz Deutschland handelte, datiert in die späten 80er Jahre. *Bergs Transporte* war jedem der Blätter als Überschrift aufgedruckt.

»Hatte die Frau ein eigenes Unternehmen?«

Neundorf wiegte den Kopf hin und her. »Es scheint so, ja.«

Er sah die Papiere durch, spürte mal wieder den Hunger und die Müdigkeit immer stärker werden. Rauleder schleppte eine neue Schublade zum Bett, kippte den Inhalt auf die Decke. Pappkartons mit Ansichtskarten, kleine Hefte, Ordner mit verschiedenen Papieren, weitere Fahrtberichte.

»Das Notizbuch war noch nicht dabei?«

Beide schüttelten den Kopf.

»Hat es wirklich einen Sinn?«, murmelte Braig.

Neundorf gab keine Antwort, stöhnte nur leise auf.

»Ich meine, sind wir wenigstens auf der richtigen Spur?«

»Wen fragst du?«, meinte sie. »Sisyphos?«

»Ich denke nur die ganze Zeit daran, dass Frau Berg schon seit vierzehn Tagen nicht mehr lebt. Sie kann also weder Böhler noch Hemmer ermordet haben.«

»Trotzdem lag ihr Kuli in der Kirche.«

»Wir wissen nicht, ob es wirklich ihr Kuli war.«

»Nein, das wissen wir nicht«, gab Neundorf zu, »aber wir können es nicht ausschließen. Somit ergibt sich die Frage, wie er von hier nach Großaspach gekommen sein könnte. Wer könnte dafür verantwortlich sein? Der Mörder?«

»Das klingt gut, ist aber reichlich spekulativ.«

»Du hast Recht. Es sei denn, dieser angebliche Herbert Bauer ist nicht nur ein normaler Einbrecher.«

»Sondern der Täter.«

»Nicht unbedingt. Aber vielleicht ist er die Person, die uns zu ihm führen könnte. Immerhin hat er uns heute dreist belogen. Und das Notizbuch von der verstorbenen Frau Berg ist verschwunden.«

Braig massierte seine Schläfen, versuchte, die Schmerzen und die Müdigkeit aus seinem Kopf zu vertreiben. Vor ihm lagen weitere Bögen mit *Bergs Transporte*, 1990 und 1991 datiert. Mit dem Oktober desselben Jahres hörten sie auf.

»Wie lange arbeitete Frau Berg bei diesem Kurierdienst?«, fragte Neundorf.

»Ich meine, zehn Jahre.«

»Dann passt es. Anscheinend war sie vorher als selbstständige Unternehmerin tätig.«

Sie stellten die Wohnung auf den Kopf, kämmten Zimmer auf Zimmer durch, ließen keine Schublade, keinen Schrank, keinen Hohlraum unbeachtet.

»Mir reicht es«, sagte Braig, »das Notizbuch finden wir sowieso nicht mehr.«

»Fragt sich nur, warum. Hat dir Frau Berg nicht erzählt, ihre Tochter sei ein besonders ordentlicher Mensch gewesen?«

Er hielt die Hand vor den Mund, gähnte. »Behauptet das nicht jede Mutter von ihrem Kind?«

Neundorf kam nicht mehr zu einer Antwort, weil ihr Handy piepte: »Ihr seid noch in der Wohnung?«, fragte Hutzenlaub.

»Nicht mehr lange. Es hat wohl keinen Sinn, noch weiter zu suchen«, antwortete sie, »wir drehen uns nur noch im Kreis. Langsam kommen mir Zweifel, ob wir uns nicht auf einer völlig falschen Spur bewegen.«

»He? Völlig falsche Spur?«

Braig konnte Hutzenlaubs laute Worte deutlich hören, obwohl er fast einen halben Meter von seiner Kollegin entfernt an der Wand lehnte.

»Wir haben die Fingerabdrücke!«, rief der Kriminaltechniker.

»Fingerabdrücke?« Neundorf starrte auf ein anscheinend außerirdisches Ding in ihren Händen, so überrascht war sie.

»Hemmer«, erklärte Hutzenlaub, »eindeutig Hemmer. Das ganze Notenheft ist voll mit seinen Abdrücken!«

19. Kapitel

Es war Zeit. Höchste Zeit. Wer etwas erreichen, die Dinge, die falsch liefen, korrigieren, Entwicklungen, die nicht länger verantwortbar waren, in richtige Bahnen lenken, Verhaltensweisen, die unzählige Menschen ins Elend stürzten, verändern wollte, musste handeln. Jetzt handeln, nicht länger warten und immer nur untätig zusehen, wie das ewig gleiche Spiel ständig aufs Neue Kummer und Elend, Angst und Verdruss, Schmerz und Enttäuschung, Verbitterung und Depression, Frust und Tod verursachte – die Opfer, wie gewohnt, am Boden, die Täter, rücksichtslos, ohne Skrupel auf der Höhe ihres egoistischen Genusses. Wer das Problem wirklich bereinigen, die Angelegenheit endgültig klären wollte, musste zuschlagen, jetzt, auf der Stelle.

Im Prinzip funktionierte es wie in der Medizin. Allein die Schmerzen zu betäuben, um einer Erkrankung nachhaltig zu begegnen, genügte nicht. Das Übel musste an der Wurzel gepackt und von Grund auf eliminiert werden, das war der einzig Erfolg versprechende Weg. Wie gut, dass es endlich eine Methode gab, ihn zu verwirklichen, ohne allzu viel dafür zu riskieren:

Kaliumcyanid, ein Geschenk des Himmels. Wie nichts sagend der Name klang. Irgendeiner von unzähligen Fachausdrücken, selten benutzt, nur Fachleuten bekannt. Ein unauffälliges, weißes Pulver. Dem Aussehen nach so harmlos wie der Sand am Meer. Die Wirkung dagegen war bombastisch, unnachahmlich, im wahrsten Sinn des Wortes umwerfend. Eine kleine Fingerspitze voll genügte – und schon war der Anfang vom Ende gelegt. Welch herrliches Gefühl, über ausreichende Mengen des Zaubermittels zu verfügen und es im Dienst des gewaltigen Unternehmens einsetzen zu können. Kaliumcyanid, eine Gabe der Götter!

Anfangs schien die Aufgabe zu groß, mit welchen Methoden auch immer, auf keinen Fall zu bewältigen. Zu viele Täter, zu viele unüberwindbare Hindernisse. Zu winzig, zu bedeutungslos die eigene Person. Zu mächtig, zu einflussreich die Gegner. Dann aber – nach dem ersten vorsichtig gewagten Schritt – ergab sich die Sache wie von selbst. Kein unbezwingbarer Berg mehr, kein Abgrund, der unmöglich zu überschreiten war. Inzwischen hatte sich fast schon eine gewisse Routine ergeben, ein eingespieltes Verfahren, eine fast schon vertraute Prozedur. Der Vorgang selbst verlief spielerisch, beinahe wie eine gemütliche Zeremonie.

Zuerst die von unverbindlicher Freundlichkeit geprägte Kontaktaufnahme, aufmunternde Blicke, unübersehbares Interesse an der Person. Dann die angeblich zufällig mitgeführte kleine Flasche, mal Rotwein, mal Weißwein, mal Sekt, je nach Laune. Ein freundlicher Plausch, gemeinsames Anstoßen und schon war das Feld bestellt. Die Vollendung der Aufgabe mitzuerleben musste nicht sein. Die unüberhörbaren Geräusche der letzten Sekunden waren auch aus mehreren Metern Entfernung beeindruckend genug. Die die jeweilige Zeremonie endgültig abschließenden Vorgänge ereigneten sich schließlich im Dienst der Sache, nicht aus voyeuristischen Motiven.

Der Fortgang der Ereignisse lag genau im Plan. Die Anfänge waren vollzogen, die Lösung der weiteren Probleme stand unmittelbar bevor. Einer nach dem anderen würde büßen, zur Rechenschaft gezogen werden, einer nach dem anderen die Konsequenzen für das tragen, wofür er verantwortlich war. Jeder von ihnen hatte es verdient, einer mehr als der andere.

Besonders der, der jetzt an der Reihe war. Der vor allem. Ein Ausbund an Machtgier und Rücksichtslosigkeit. Eine Existenz fern jeden moralischen Skrupels. Das Unheil, das er angerichtet, die Leichen, über die er hinweggetrampelt war, füllten ganze Friedhöfe. Damit hatte es jetzt ein Ende, für immer. Waren es schon die ersten Anzeichen von Vorfreude auf den nahen Exitus dieser Figur, die das Blut schneller fließen, das Herz häufiger pochen ließen?

Möglich war es. Schließlich handelte es sich, trotz aller inzwischen erarbeiteten Routine, um kein alltägliches Geschehen. Weiß Gott nicht. Dieses Vorgehen war immer noch etwas ganz Besonderes.

Es war Zeit. Höchste Zeit.

20. Kapitel

Helmut Hutzenlaub hatte gründlich gearbeitet. Bernhard Hemmers Fingerabdrücke waren so unübersehbar zahlreich über das gesamte Notenheft verteilt, dass es keinen Zweifel daran geben konnte, dass der Fernsehproduzent das Buch beim Orgelspielen häufig benutzt hatte.

»Die typischen Stellen beim Umblättern«, erklärte der Techniker am Telefon, »rechte beziehungsweise linke Seite, unten.«

Neundorf war vor Überraschung zu keiner Antwort fähig.

»Ihr sucht also an der richtigen Stelle«, fuhr Hutzenlaub fort, »irgendjemand aus dieser Wohnung hat mit dem Mord in Großaspach zu tun.«

»Beate Berg kann es nicht sein«, antwortete die Kommissarin, »sie war zu diesem Zeitpunkt bereits tot.«

»Dann steckt eine andere Person dahinter. Außerdem habe ich weitere Abdrücke entdeckt. Auf dem Titelblatt und der Rückseite des Notenhefts.«

»Du hast sie identifiziert?«

»Noch nicht. Aber sie sind identisch mit denen auf dem Glas aus der Küche. Das Glas mit dem winzigen Rest an Flüssigkeit, du erinnerst dich?«

»Natürlich.« Sie hatten es auf dem Tisch gefunden, inmitten des Durcheinanders an gebrauchten Tassen und Tellern. Im Gegensatz zum übrigen Geschirr trug es keine fest getrockneten Ränder, sondern enthielt einen Bodensatz heller Tropfen, war also frisch benutzt worden.

»Es handelt sich um Weißwein.«

»Lässt sich feststellen, wann zuletzt daraus getrunken wurde?«

»Das dürfte nicht allzu schwer fallen. Da die Reste noch flüssig waren, kann es nur wenige Stunden her sein. Über Nacht wäre das eingetrocknet, schließlich handelt es sich nur um einige Tropfen. Aus dem Glas hat heute jemand getrunken. Heute Morgen oder heute Mittag.«

»Was ist mit den Abdrücken – haben wir sie gespeichert?«

»Gespeichert nicht, nein. Aber sie sind uns dennoch nicht unbekannt.«

»Was heißt das?«

»Der Kuli in der Großaspacher Kirche.«

»Er trägt dieselben Abdrücke?«

»Ich habe sie miteinander verglichen. Sie sind identisch.«

»Das ist es«, rief Neundorf, »damit haben wir den Beweis!«

»Die Wohnung hat mit der Kirche zu tun, das ist jetzt endgültig klar. Es ist eure Aufgabe herauszufinden, wer dahintersteckt.«

Sie bedankte sich für die Information, berichtete Braig, was sie von Hutzenlaub erfahren hatte.

»Ich glaube, wir können uns gegenseitig gratulieren«, sagte er, »es scheint, als seien wir einen entscheidenden Schritt vorwärtsgekommen.«

Seine Kollegin lief unruhig vor dem Schrank hin und her, stimmte ihm zu. »Die Spuren führen auf jeden Fall in diese Wohnung. Auch wenn Frau Berg längst tot ist.«

»Dann geht es also um eine andere Person.« Braig fuhr sich durch die Haare, massierte seine Schläfen.

Neundorf nahm seinen Gedanken auf. »Du ahnst, an wen ich jetzt denke?« Sie zog sich einen der Stühle her, ließ sich abrupt auf den hölzernen Sitz fallen. Der knarzte laut.

»Der angebliche Herbert Bauer«, sagte Braig.

»Genau. Die anderen Fingerabdrücke auf Hemmers Notenheft stammen von einer Person, die sich heute in dieser Wohnung aufgehalten hat. Der Kerl war völlig überrascht, als wir vor ihm standen. Er hatte nicht damit gerechnet, dass hier Polizei auftauchen könne. Wie auch? Den Kuli hat er übersehen. Den Kuli, den er selbst in der Kirche liegen ließ, als er bei Hemmer war.«

»Dann hatten wir keinen Einbrecher vor uns, sondern den Mörder Hemmers und Böhlers. Oder zumindest eine Person, die an den Verbrechen beteiligt war.«

Neundorf gab keine Antwort, schnaubte stattdessen vor Wut. Sie starrte mit finsterem Blick auf den Boden. »Und wir lassen uns von ihm für dumm verkaufen.«

»Dass der Mann zum unmittelbaren Umfeld des oder der Verbrechen gehört, erklärt dann auch, weshalb er hier das Notenheft Hemmers zurückließ«, fuhr Braig fort. »Er hatte so große Angst, uns in die Hände zu fallen, dass er völlig überstürzt aus der Wohnung floh. Das Durcheinander hier spricht Bände. An das Notenheft Hemmers dachte er in dem Moment gar nicht mehr. Er wollte nur noch seinen Kopf retten.«

Sie schwiegen ein paar Sekunden, überlegten die Schlussfolgerung.

»Das klingt logisch«, erklärte Neundorf dann. »Und es erklärt, weshalb wir das Notizbuch Frau Bergs nirgendwo finden. Er hat es wahrscheinlich längst vernichtet, weil es seine Adresse enthält.«

»Weshalb befanden sich Hemmers Orgelnoten überhaupt hier in dieser Wohnung?« Er blickte Rat suchend auf, sah Neundorfs nachdenkliche Miene.

»Eine gute Frage. Aus welchem Grund deponierte er das Heft hier?«

»Ich weiß im Moment nur eine Antwort, auch wenn ich mit ihr völlig daneben liegen kann. Vorausgesetzt, es handelt sich wirklich um das Heft, das Hemmer zum Spielen benutzte, als er von seinem Mörder in der Kirche aufgesucht wurde, muss es Hinweise auf die Person enthalten, die ihn tötete. Es durfte nicht am Tatort bleiben, weil wir sonst wichtige Spuren darin entdeckt hätten.«

»Was könnten das für Spuren sein?«

Braig überlegte nicht lange. »Die Telefonnummer vorne im Heft. Und der weibliche Vorname: Maja. Sahen beide nicht frisch geschrieben aus? Ganz anders jedenfalls als die Nummer dieser Maria Würth.«

»Du hast Recht. Wir müssen unbedingt feststellen, wem die Nummer gehört. So schnell wie möglich.«

»Hast du sie notiert?«

Neundorf nickte, gab die Zahlen ins Handy ein, wartete eine Weile. Keine Reaktion. Sie wählte erneut, hatte wieder keinen Erfolg.

»Hutzenlaub soll versuchen herauszufinden, wann die Ziffern notiert wurden. Das müsste sich doch in etwa terminieren lassen.« Sie gab dem Techniker den Auftrag durch, hörte überrascht, dass er bereits mit der Auswertung beschäftigt war.

»Aus eigener Überlegung heraus«, lachte er.

Neundorf bedankte sich für sein Engagement, ließ sich im Amt weiter verbinden, um den Besitzer der Telefonnummer zu ermitteln. Es dauerte keine zwei Minuten, bis der Kollege so weit war.

»Sie haben etwas zum Schreiben?«, fragte er.

Sie notierte Namen und Anschrift, zeigte Braig den Zettel.

Günter Beckstein, Unterländerstraße 63,
Stuttgart-Zuffenhausen

»Günter Beckstein«, sagte er, »wie kommt dessen Telefonnummer in Hemmers Notenheft?«

»Vielleicht ist er ein Bekannter des Mannes.«

»Und was bedeutet ›Maja‹?«

»Der Name einer Freundin. Hemmer interessierte sich für sie. Du hast doch gehört, hinter wie vielen Röcken er herrannte.«

Braig warf seiner Kollegin einen skeptischen Blick zu. »Und den schreibt Hemmer sich vorne mit Kuli in sein Notenheft?«

»Warum nicht? Eine neue Entdeckung. Über Beckstein dachte er, an sie ranzukommen.«

Er war mit ihrer Antwort nicht zufrieden. Weshalb sollte Hemmer sich die Telefonnummer Becksteins notieren, wenn er ohnehin mit dem Mann bekannt war?

»Es gibt noch eine andere Erklärung«, meinte Neundorf, »falls Hemmer der Name Beckstein nichts sagte ...« Sie wurde von der Melodie ihres Telefons unterbrochen, stockte.

Hutzenlaub war in der Leitung. »Das ging verteufelt schnell«, sagte der Techniker, »aber ich bin mir absolut sicher.«

»Ja?«

»Ihr habt Glück«, fuhr er fort, »Maja und die Telefonnummer daneben stammen aus der selben Feder.«

»Das dachte ich mir«, sagte Neundorf, »die Schrift sah sich ziemlich ähnlich.«

»Ich schätze, vor etwa vierzig bis fünfzig Stunden geschrieben.«

Die Kommissarin sah überrascht auf. »Vor zwei Tagen erst?«

»In etwa, ja. Kaum älter.«

»Du täuschst dich nicht? Hemmer wurde vor zwei Tagen ermordet.«

»Zwei, höchstens zweieinhalb Tage. Älter nicht.«

»Also tatsächlich Samstag. Das macht die Sache für uns besonders interessant. Die Nummer könnte unmittelbar vor Hemmers Tod notiert worden sein.«

»Das ist noch nicht alles«, erklärte Hutzenlaub. »Ich bin mir absolut sicher, mit welchem Stift die Ziffern notiert wurden.«

»Mit welchem Stift?« Neundorf sprang von dem Stuhl auf, starrte mit großen Augen zu Braig. »Doch nicht mit ...« Es gab nur eine Möglichkeit, so wie der Techniker den Satz formuliert hatte, nur einen Stift, der ihnen so bekannt war, dass es sich lohnte, über ihn zu sprechen.

»Der Kuli aus der Großaspacher Kirche«, erklärte Hutzenlaub, »ich bin mir hundertprozentig sicher.«

21. Kapitel

War das der endgültige Durchbruch in ihren Ermittlungen?

Irgendjemand hatte nicht lange vor Hemmers Tod die Telefonnummer Becksteins und das Wort *Maja* mit dem in der Großaspacher Kirche gefundenen Kuli in Hemmers Orgelnoten geschrieben und das Heft daraufhin in der Wohnung Frau Bergs versteckt. Sowohl auf dem Kuli als auch auf dem Notenheft waren die Fingerabdrücke einer Person festgestellt worden, die sich vor kurzem noch in der Lindenstraße aufgehalten hatte. Frau Berg selbst konnte es nicht gewesen sein, sie hatte zwar den Kuli an einem ihrer letzten Arbeitstage wohl irrtümlicherweise mitgenommen, sich bald darauf jedoch umgebracht.

»Um welche Person handelt es sich?«, fragte Braig. Es gab nur eine Antwort, er wusste es selbst.

»Dieser angebliche Herbert Bauer, wer sonst?« sagte Neundorf.

Er hatte nichts einzuwenden, wusste kein Argument, das dagegen spräche. Dennoch blieb ein Punkt offen, der nicht gelöst war. »Und weshalb schrieb dieser Bauer die Telefonnummer Becksteins in das Heft?«

Neundorf zögerte mit ihrer Antwort. »Da muss ich spekulieren«, meinte sie, »vollkommen klar ist mir das auch noch nicht.« Sie wog ihren Kopf hin und her, sprach langsam weiter. »Beckstein ist entweder ein Bekannter des angeblichen Bauer, oder ...«

»Ja?«

»Oder bei beiden Männern handelt es sich um ein und dieselbe Person.«

Braig starrte seine Kollegin an, versuchte, ihren Gedanken zu folgen.

»Wäre doch möglich«, mutmaßte Neundorf. »Der angebliche Herbert Bauer schleicht sich in die Großaspacher Kirche, um

Hemmer dort zu ermorden. Weil er einen Weg finden muss, sich dem Mann so vertraut zu machen, dass der einen Wein mit ihm trinkt, verwickelt er ihn in ein persönliches Gespräch, schreibt ihm für angebliche weitere Treffen seine Telefonnummer vorne ins Notenheft, weil kein anderes Papier zur Verfügung steht. Vielleicht notiert er auch die Nummer Becksteins, eines Freundes, weil ihm die gerade einfällt. Nach dem Tod Hemmers muss er das Heft verschwinden lassen, weil es ihn verrät. Also nimmt er es mit und versteckt es vorerst in der vermeintlich sicheren Wohnung der verstorbenen Beate Berg. Er kann nicht wissen, dass wir über den Kuli den Weg dorthin finden, bevor er das Heft verbrannt oder sonst wie vernichtet hat.«

»Und was bedeutet das ›Maja‹ hinter der Nummer?«

»Ich weiß es nicht. Vielleicht ist es völlig belanglos. Oder wir stoßen darauf, wenn wir Beckstein überprüfen.«

»Dann wird es höchste Zeit, dass wir uns den Mann ansehen.« Vielleicht war das wirklich der Weg, der sie endlich weiterbringen würde. Herbert Bauer hatte die Nummer eines Freundes, Günter Beckstein, in Hemmers Orgelheft hinterlassen und war deshalb gezwungen, es aus der Kirche mitzunehmen. Welchen anderen Grund sollte er gehabt haben, die Noten nicht einfach in Großaspach liegen zu lassen? Aber war ein Mensch, der einen Mord plante, wirklich so unvorsichtig, seinem Opfer die Telefonnummer eines Freundes aufzuschreiben?

Neundorf ließ Braig keine Zeit, länger über das Problem nachzudenken, versuchte stattdessen vergeblich, Beckstein zu erreichen. Dann überprüfte sie im Amt, ob gegen den Mann etwas vorlag.

»Er scheint sauber«, sagte sie, »er ist ordnungsgemäß angemeldet, 1952 geboren, alleinstehend und wir haben nichts gegen ihn im Computer.«

»1952 geboren?«

Sie nickte, sprach aus, was er dachte. »Etwa so alt wie dieser angebliche Bauer.«

»Wir fahren hin, ja?« Braig schaute auf seine Uhr, sah, dass es kurz vor fünf war. »Wenn Beckstein arbeitet, muss er bald nach Hause kommen. Aber vorher werde ich etwas essen. Ich vergehe vor Hunger.«

Neundorf stimmte ihm zu, bat Rauleder, die Wohnung gründlich zu untersuchen und sie zu benachrichtigen, falls er auf etwas Besonderes stoßen sollte.

Braig atmete tief durch, als sie ins Freie traten. Die frische Luft tat ihm augenblicklich gut. Er blieb einen Moment stehen, streckte sich, genoss die Wärme der Sonne auf seiner Haut.

War es wirklich richtig, sich beruflich solch intensivem Stress auszusetzen? *Die Seele baumeln lassen* – irgendwo hatte er den Satz gelesen, er wusste nicht mehr, wo und in welchem Zusammenhang. Er hatte ihm gefallen, in der Wahl der Worte, auch von seiner Bedeutung her. Irgendwann werde auch ich *meine Seele baumeln lassen*, einfach alles vergessen, jeden Ballast abwerfen, nahm er sich vor. Zum wievielten Mal? Sobald er die vage Hoffnung hegte, er könne die Kraft und den Mut aufbringen, damit zu beginnen, kam etwas dazwischen. Er wagte schon kaum mehr, diesen Gedanken zu spinnen: Dann eben morgen, sagte er sich immer wieder, nächste Woche, übernächsten Monat. Dabei wusste er insgeheim längst, dass er sich niemals ausklinken könnte.

Braig merkte, dass Neundorf ihn verwundert ansah.

»Alles in Ordnung?«, fragte sie.

Er nickte, lief weiter. Ich bin einfach nicht der Typ dafür, dachte er, meine Seele wird niemals baumeln. Es geht nicht. Vielleicht wenn ich tot bin. Dann ist Zeit genug dafür. Aber vorher wohl kaum.

Sie setzten sich auf die klapprigen Stühle eines kleinen Schnellimbisses am Rand der Fußgängerzone, aßen Pommes mit Salat, tranken einen Kaffee, schwiegen sich gegenseitig an. Erst als sie Ludwigsburg verlassen hatten, kam Neundorf zum Thema.

»Was glaubst du? Führt dieser Beckstein uns zum angeblichen Herbert Bauer?«

Braig wusste nicht, was er antworten sollte. Er war müde, hatte Probleme, sich auf die vor ihnen liegenden Ermittlungen zu konzentrieren. Die – wenn auch karge – Mahlzeit lag ihm wie ein Stein im Magen. Wahrscheinlich hatte er die Pommes vor lauter Hunger viel zu schnell hinuntergewürgt.

»Er muss den Kerl kennen«, sagte Neundorf, »weshalb hätte der sonst Becksteins Nummer in das Notenheft schreiben sollen?«

»Vorausgesetzt, es war wirklich dieser Herbert Bauer.«

Sie drehte ihren Kopf zur Seite, starrte ihren Kollegen an. »Das ist richtig. Noch wissen wir es nicht.«

»Vielleicht ist Beckstein längst über alle Berge.«

»Was wissen wir denn überhaupt?«, stöhnte Braig – und nach einer Weile: »Berge – Bergs – Bergs – Berge!« Er war so müde! »Wenn er irgendetwas mit der Sache zu tun hat, wurde er gewarnt. Spätestens seit heute Mittag weiß der angebliche Herbert Bauer, dass wir in der Wohnung Beate Bergs recherchieren. Und dort lag das Orgelheft Hemmers.«

Neundorf sah besorgt zu ihm hinüber, starrte aber gleich wieder auf die Fahrbahn. »Oder wir treffen auf Bauer persönlich. Alias Günter Beckstein.«

»So dumm wird er nicht sein, auf uns zu warten.«

»Was tun wir, wenn wir nicht in die Wohnung kommen? Sofort öffnen?«

Braig überlegte, schüttelte dann den Kopf. »Ich werde Hofmann anrufen und ihm die Lage schildern. Er soll entscheiden.«

»Vielleicht ist es besser, wir lassen das Haus überwachen. Möglichst dezent, um Beckstein nicht zu warnen.«

»Du glaubst, das hat einen Sinn?«

Neundorf sah einen großen Lastwagen vor sich, bremste. »Wir müssen darüber nachdenken.«

Die Unterländerstraße lag im Zentrum Zuffenhausens, nur wenige Kilometer von Ludwigsburg entfernt. Das Haus, in dem Günter Beckstein wohnte, befand sich unweit der Stadtautobahn. Beide Straßen waren von unübersehbaren Blechlawinen verstopft. Auto auf Auto dröhnte vorbei, Lärm und Gestank terrorisierten die gesamte Umgebung. Heulende Motoren, ohrenbetäubendes Hupen, ein Brummen und Tosen, das jedes Wort übertönte, die Luft eine Melange aus Gift und Dreck. Menschen mit angespannten Gesichtern huschten wie gejagtes Wild über die schmalen Gehwege.

Braig presste die Hände über die Ohren, sah die dunklen, von Schmutzschlieren überzogenen Hausfassaden, las die Namen der Bewohner. *Ülcün, Meric, Üldoglu, Beckstein.* Hier zu leben musste einer Verbannung in die Hölle gleichkommen.

Er läutete an Becksteins Klingel, wartete auf eine Reaktion. Braig glaubte nicht, dass jemand zu Hause sei. Wenn Beckstein mit der Sache zu tun hatte, war er längst abgehauen. Sie würden ihn zur Fahndung ausschreiben müssen.

Neundorf starrte nach oben, brüllte ihm irgendetwas zu. Er verstand nicht ein Wort, spürte plötzlich, wie die Tür nachgab. Braig winkte seiner Kollegin, ihm zu folgen.

Der dunkle Hausflur, der zur Treppe führte, roch nach scharfem Reinigungsmittel. Dreiräder und zwei Kinderwagen standen im Eck, Bälle und Gummistiefel daneben.

Braig und Neundorf liefen zwei abgetretene Steintreppen hoch, sahen einen etwa fünfzig Jahre alten Mann im Eingangsbereich einer Wohnung stehen. Er war mit einem weißen Unterhemd und dunkelgrauen Stoffhosen bekleidet, blickte sie aus schattenumrandeten Augen müde an. Mit dem angeblichen Herbert Bauer hatte er keinerlei Ähnlichkeit.

»Herr Beckstein?«, rief der Kommissar. Das Tosen der Autos ließ selbst hier eine Unterhaltung kaum zu. Irgendwo musste ein Fenster offen stehen.

»Mein Name ist Braig. Meine Kollegin Neundorf begleitet mich. Wir kommen vom Landeskriminalamt und hätten ein paar Fragen an Sie.« Er hatte sich so weit vorgebeugt, dass er den Mann fast berührte, zeigte ihm seinen Ausweis.

Günter Beckstein betrachtete ihn überrascht. »Landeskriminalamt? Was wollen Sie von mir?«, fragte er mit kräftiger Stimme. Er führte sie in ein etwas unaufgeräumt wirkendes Zimmer, entschuldigte sich, dass er gerade von der Arbeit gekommen sei und noch keine Zeit gefunden habe, Ordnung zu schaffen. Der Lärm der Straßen klang nur noch gedämpft durch die geschlossenen Fenster.

»Wo sind Sie beschäftigt?« Neundorf ließ den Mann nicht aus den Augen.

Beckstein räumte mehrere Kleidungsstücke von einem dunklen Ledersofa, schob den Tisch in die Mitte des Raumes. »Ich bin Busfahrer«, sagte er, »bei Althaus und Söhne. Wir fahren Linie für die SSB.«

»Hier in Zuffenhausen?«

»Zwischen Feuerbach und Mühlhausen, ja.«

Er zeigte auf das Sofa, bot ihnen Platz an. Braig und Neundorf folgten seinem Wink, setzten sich, warteten, bis er einen Sessel ihnen gegenüber freigeräumt und sich ebenfalls hingesetzt hatte.

»Sie wissen, weshalb wir hier sind?«, fragte die Kommissarin.

Beckstein fuhr sich übers Gesicht, wischte sich die strähnigen Haare von der Stirn, schüttelte den Kopf.

»Herbert Bauer. Sie kennen den Mann?« Sie hielt ihn genau im Blick, ließ nicht eine Sekunde von ihm ab.

»Was für ein Bauer?«, fragte der Mann.

»Herbert Bauer. Sie sind miteinander befreundet, ja?«

Beckstein zuckte mit der Schulter, zwang sich zu einem krampfhaften Lächeln. »Wer soll das sein?«

»Ein Freund von Ihnen.«

»Ein Freund? Ich kenne keinen Herbert Bauer. Sie täuschen sich.« Er schüttelte den Kopf.

»Bernhard Hemmer«, sagte Neundorf. »Wann haben Sie ihn zuletzt getroffen?«

»Hemmer?« Beckstein fuhr sich mit der Hand über sein Unterhemd, schaute sie fragend an. »Ich weiß nicht, was Sie wollen, aber ich glaube, sie verwechseln mich. Ich kenne die Männer nicht.«

»Sie haben Schuhgröße siebenunddreißig, richtig?«

Braig starrte nach unten auf die Füße des Mannes, sah auf den ersten Blick, dass die Frage überflüssig war. Becksteins Schuhe waren mindestens ebenso groß wie seine eigenen.

»Meine Schuhgröße?« Er schüttelte den Kopf. » Mal fünfundvierzig, mal sechsundvierzig, je nachdem. Was wollen Sie mit meinen Schuhen?«

Neundorf ging nicht auf seine Frage ein. »Wo waren Sie am Samstag, nachmittags und abends? In Großaspach, bin ich da richtig informiert?«

Beckstein rutschte unruhig in seinem Sessel hin und her, wusste offensichtlich nicht, was er antworten sollte.

»Oder war es Bauer, der die Sache erledigte?«, sagte sie in scharfem Ton. »Samstag, irgendwann zwischen 18 und 22 Uhr etwa. Bauer oder Sie?«

»Samstag, Samstag?« Beckstein stotterte, suchte nach den richtigen Worten.

»Wir wissen, dass Sie Bauer kennen. Oder heißt er anders?«

»Ich kenne keinen Bauer«, erklärte der Mann, sprang aus seinem Sessel. »Und Samstag hatte ich Spätschicht, wenn Sie es genau wissen wollen.« Schweißtropfen perlten ihm auf der Stirn.

Neundorf richtete sich kerzengerade auf. »Spätschicht. Was heißt das?«

»Von 17 Uhr an bis nach Mitternacht. Ich fuhr Linie.«

»Jetzt am Samstag?«

»Ja. Ich war wieder an der Reihe. Wie alle vierzehn Tage.« Becksteins Gesicht war hoch rot angelaufen, er schwitzte am ganzen Leib. Sein Unterhemd klebte fest auf der schweißnassen Brust.

»Das werden wir nachprüfen müssen!«

Der Mann verstand nicht, was sie meinte.

»Die Telefonnummer Ihrer Firma, bitte«, meldete sich jetzt Braig, »falls dort noch jemand zu erreichen ist.«

Günter Beckstein zog ein Tuch aus seiner Hose, wischte sich damit über die Stirn, die Nase, die Wangen. »Meine Firma? Natürlich ist dort jemand da. Der Einsatzdienstleiter.«

Er gab ihnen die Nummer. Die Kommissarin wechselte ein paar Worte mit dem Diensttuenden, erklärte ihm ihr Anliegen, wartete auf seine Auskunft.

»Am Samstag von 17 Uhr bis Betriebsschluss nach Mitternacht«, wiederholte sie laut. »Das können Sie mir garantieren. Und am Freitag? Wann arbeitete Herr Beckstein am letzten Freitag?«

Es dauerte ein paar Sekunden, dann hatte sie die Antwort im Ohr. »Nachmittagsschicht von 12 bis 20 Uhr.«

Beckstein hatte also für beide Mordfälle ein wasserdichtes Alibi. An Konrad Böhlers und Bernhard Hemmers Tod am Freitagnachmittag bzw. am Samstagabend konnte er, wenn überhaupt, nur indirekt beteiligt gewesen sein.

Neundorfs Miene, als sie ihr Handy wegsteckte, sagte alles. Sie ließ einen kräftigen Seufzer hören, atmete tief durch.

»Sind Sie jetzt zufrieden?«, fragte Günter Beckstein. Er trat einen Schritt zurück, ließ sich erleichtert in seinen Sessel fallen. Seine Miene wirkte noch immer sehr erschöpft.

»Bitte entschuldigen Sie! Wir ermitteln in einem ziemlich brutalen Mordfall«, sagte Braig, »und stießen dabei auf Ihren Namen.« Er wollte nicht mehr Details verraten, beließ es bei diesem vagen Hinweis.

»Auf meinen Namen?«

»Es tut mir Leid, aber es ist so. Wir müssen wissen, was Sie mit der Sache zu tun haben.«

»Aber das kann nicht sein. Ich habe niemand ...«

Neundorf fiel ihm ins Wort. »Kennen Sie eine Beate Berg?«

»Beate Berg?« Der Mann schüttelte den Kopf. »Sie müssen mich verwechseln, wirklich. Ich kenne von all den Namen, die Sie bisher genannt haben, keinen. Nicht eine einzige Person.«

»Sagt Ihnen Maja etwas?«, bohrte die Kommissarin weiter. Sie beobachtete ihn genau, verfolgte seine Reaktion.

Beckstein rutschte unruhig in seinem Sessel hin und her. »Maja? Nie gehört. Was soll das sein?«

Müdigkeit und Enttäuschung machten Braig zu schaffen. Die stundenlangen Ermittlungen über den ganzen Tag hinweg forderten mehr und mehr ihren Preis. Wieder schienen sie keinen entscheidenden Schritt weiterzukommen.

»Wer ist unter Ihrer Telefonnummer zu erreichen?«, fragte Neundorf. »Noch eine andere Person?«

Ihr Gegenüber schüttelte energisch den Kopf. »Ich lebe allein. Es gibt sonst niemand.«

War es das? Eine andere Person, die mit der Nummer gemeint war?

»Sie haben doch sicher Freunde. Lassen die sich manchmal bei Ihnen anrufen?«

»Natürlich habe ich Freunde. Aber die kommen nicht zum Telefonieren!«

Stattdessen klingelte Neundorfs Apparat. »Ihr seid sehr beschäftigt?«, fragte Lars Rauleder.

»Um was geht es?«

»Wenn es euch passt, solltet ihr kommen. Ich habe etwas entdeckt.«

»Du bist noch in Ludwigsburg?«

»In der Wohnung Frau Bergs, ja.«

Neundorf blickte kurz zu Beckstein und ihrem Kollegen, sah, dass Braig ihrem Gespräch aufmerksam folgte. »Du kannst mir nicht genauer erklären, um was es geht?«

»Ihr solltet es euch selbst ansehen«, antwortete Rauleder, »ich fürchte, das ist es wert.«

»Okay, wir kommen«, sagte sie, »du wartest solange?«

»Wenn ihr euch bald auf den Weg macht, gern.«

Neundorf wandte sich erneut an Beckstein. »Sie arbeiten in den nächsten Tagen normal?«

Der Mann nickte. »Tagschichten, ja.«

»Vielleicht melden wir uns noch mal bei Ihnen«, erklärte sie, »oder Ihnen fällt doch noch etwas ein, was uns weiterhelfen könnte, hier erreichen Sie uns immer.« Sie reichte ihm eine Visitenkarte, erhob sich. »Tut mir Leid, aber so ist nun mal unser Job.«

Beckstein nickte, brachte sie zur Tür. Sie verabschiedeten sich, liefen schweigend die Treppen hinunter, verließen das Haus. Sofort waren sie wieder vom Tosen der Autos umgeben. Abgase und Staubpartikel erfüllten die Luft. Sie beeilten sich, zu ihrem Fahrzeug zu kommen, nahmen den Weg zurück nach Ludwigsburg.

»Wir lassen ihn überwachen«, sagte Neundorf, »oder?«

Braig nickte, gab den Auftrag ins Amt durch. Er nannte die Adresse Becksteins, beschrieb das Aussehen des Mannes, bat darum, sofort eine Zivilstreife nach Zuffenhausen zu schicken.

»Glaubst du, dass er die Leute wirklich nicht kennt?«, fragte die Kommissarin.

Braig ließ sich Zeit mit seiner Antwort, versuchte nachzudenken. »Wenn er sie kennt, ist er ein verdammt guter Schauspieler«, sagte er dann.

»Aber wie kommt seine Nummer in dieses verdammte Notenheft? Geschrieben mit dem Kuli aus der Kirche?«

»Ich weiß es nicht. Ich bin nur abgekämpft und müde.« Er spürte die Schmerzen in seinem Kopf, massierte sich Stirn und Schläfen. Ohne Grund konnte Becksteins Telefonnummer nicht in Hemmers Orgelnoten verzeichnet worden sein. Irgendetwas hatte derjenige, der die Ziffern geschrieben hatte, damit bezweckt. Aber was?

Lars Rauleder stand mit müden Augen in der Wohnung Beate Bergs, als sie die Treppe hoch stiegen.

»Wenn du uns extra herbeorderst, muss es sich um etwas Besonderes handeln«, sagte Neundorf, »sehe ich das richtig?«

Der Techniker nickte. »Ihr solltet es euch ansehen.« Er führte sie ins Wohnzimmer der verstorbenen Frau, zeigte auf ein Papier, das er auf den einzigen freien Stuhl gelegt hatte, bat sie, es nicht zu berühren.

»Wo hast du das her?«, wollte Neundorf wissen.

»Hinter dem Sofa. Es lehnte an der Wand. Wohl irgendwann aus Versehen hinter die Sitzfläche gerutscht.«

Braig betrachtete das Papier, ein weißes Blatt, dem kleinen Anhängsel am oberen Ende nach einem Schreibblock entnommen, mit acht handschriftlich untereinander aufgelisteten Vor- und Zunamen, allesamt männlich. Keine Überschrift, keinerlei Anmerkungen, auch auf der Rückseite nichts notiert. Drei der Namen waren durchgestrichen. Er las von oben nach unten, stutzte mittendrin.

Günther Hesse
Jochen Schwank
~~*Konrad Böhler*~~
Stefan Zierz
~~*Dieter Fehr*~~
Peter Kromberg
~~*Bernhard Hemmer*~~
Gerd Seiter

»Dir kommt was bekannt vor, wie?« Rauleder grinste, als er die Reaktion des Kollegen bemerkte.

Braig starrte auf die Namensliste, sah zu Neundorf und dem Techniker hinüber, betrachtete wieder das Papier. »Versteht ihr, was das soll?«

»Die Auflistung eines Kegelvereins ganz bestimmt nicht«, brummte Neundorf, »sonst müssten sie inzwischen auf zwei ihrer Mitspieler verzichten.«

»Böhler und Hemmer auf einem Blatt. Was sagt uns das?«

»Wir haben den endgültigen Beweis, dass diese Wohnung mit den Morden zu tun hat. Nicht nur mit dem in der Kirche. Mit beiden. Und es ist auch klar, dass ein und dieselbe Person dahintersteckt. Falls es daran noch Zweifel gab.«

»Was sind das für Namen?«, fragte Braig. »Alles nur Männer.«

»Kennst du einen?«

Er massierte seine Schläfen, überlegte. »Dieter Fehr.« Er zögerte, las die Liste noch einmal durch. »Fehr«, wiederholte er. »Der einzige Name außer Böhler und Hemmer, der durchgestrichen ist.«

»Du hast ihn schon gehört?«

»Ich weiß es nicht.« Er versuchte, sich zu erinnern. Sein Kopf dröhnte, die Schmerzen waren zurückgekehrt. »Er kommt mir irgendwoher bekannt vor. Ich meine, ich habe ihn in letzter Zeit gehört.«

»Hier, im Zusammenhang mit unseren Ermittlungen?«

Braig fuhr sich mit der Hand über die Stirn, tastete mit den Fingerspitzen den Haaransatz über den Ohren ab. »Dieter Fehr«, sagte er laut zu sich selbst. Er atmete tief durch, hatte Mühe, einen klaren Kopf zu bekommen. »Vielleicht bilde ich es mir nur ein«, sagte er, »im Moment kann ich mich an überhaupt nichts mehr erinnern.«

»Er ist durchgestrichen. Hat das etwas zu bedeuten?«

Rauleder mischte sich ins Gespräch. »Dass er nicht mehr lebt, wie Böhler und Hemmer?«

»Ermordet?«, fragte Neundorf.

»Vielleicht wissen wir noch nichts davon.«

»Du machst mir Freude«, sagte sie, »weißt du, was das bedeuten würde?«

»Ich will nicht daran denken«, antwortete er, »bisher glaubte ich, so etwas gäbe es nur im Kino.«

Braig starrte auf das Papier, atmete tief durch. War es wirklich ernst zu nehmen? Ein Blatt mit ein paar Namen, von denen zwei vor wenigen Tagen ermordete Personen nannten? Die Spur aus der Kirche führte in diese Wohnung. Durften sie sich der bequemen Auffassung hingeben, hier handelte es sich um einen Zufall?

Braig schüttelte stumm seinen Kopf. Nein, das durften sie nicht. Die Lage war zu ernst. In ihrer Situation gab es nichts mehr, auch nicht die geringste Kleinigkeit, die einfach vernachlässigt werden konnte. Zwei Menschen waren grauenvoll ermordet worden – diese Tatsache allein war relevant.

Er merkte, dass Neundorf ihn aufmerksam betrachtete.

»Und, was meinst du?«, fragte sie.

Braig überlegte nicht lange. »Das gibt Arbeit. Wir müssen uns mit der Liste eingehend befassen, egal was wir im Moment von ihr halten«, sagte er. »Zwei der hier aufgeführten Männer sind tot. Wir müssen das Blatt auf Fingerabdrücke überprüfen und versuchen festzustellen, wer die anderen Personen sind und in welchem Zusammenhang sie mit Böhler und Hemmer stehen. Natürlich kommt mir das absurd vor: Eine Liste mit gerade ermordeten Männern hinterm Sofa! Aber die Situation ist zu ernst, wir können es uns nicht leisten, das Papier beiseite zu legen, weil es uns an Hollywood erinnert. Dann diese Wohnung hier. Wir müssen herausfinden, wo diese Katja lebt und ob es den angeblichen Herbert Bauer wirklich gibt. Zwei Tote sind genug. Wir müssen alles tun, zu verhindern, dass es noch mehr werden.«

22. Kapitel

Holger Schäffler war spät ins Bett gekommen in dieser Nacht.

Zuerst, von acht bis zehn am Abend, das ausnahmsweise auf den Montag verlegte Seminar über Sören Kierkegaard, jenen dänischen Philosophen des 19. Jahrhunderts, der der Existenzphilosophie mit seinen eigenwilligen Analysen der Existenzweisen des Menschen viele Impulse und neue Denkansätze vermittelt hatte. Holger Schäffler lebte im dritten Semester im Tübinger Stift, jenem legendären Wohnheim und Studienzentrum der Evangelischen Landeskirche, das seit Jahrhunderten die bedeutendsten Intellektuellen Württembergs hervorgebracht hatte. Der Begründer der modernen Naturwissenschaft Johannes Kepler, der Philosoph Georg Wilhelm Friedrich Hegel, die Dichter Gustav Schwab, Wilhelm Hauff, Eduard Mörike, Friedrich Hölderlin, Friedrich von Schelling, Wilhelm Waiblinger und viele andere kluge Köpfe waren hier zu Hause gewesen, hatten im Stift die entscheidenden geistigen Grundlagen für ihren Beruf und ihre Berufung erhalten. 1536 von Herzog Ulrich im Zuge der Einführung der Reformation in Württemberg gegründet, um jedem Landeskind, auch dem ärmsten, das kostenlose Studium der Theologie zu ermöglichen, entwickelte sich das Stift mehr und mehr zum liberalen Hort freien Diskutierens und Philosophierens in einer immer deutlicher von Wirtschafts- und Profitinteressen dominierten Universitätslandschaft.

Das Leben im Stift galt auch zu Beginn des 3. Jahrtausends bei vielen jungen Leuten als außergewöhnliches Privileg, nicht im Sinn elitärer Bevorzugung, eher als einzigartige Chance, intellektuelle Impulse in einer sonst nirgendwo bekannten Vielfalt zu genießen. 120 Studentinnen und Studenten, davon 80 Theologen, wohnten in den vier, mehrere Stockwerke hohen, wuchtigen Bauten unweit des Neckar, direkt am Rand der Altstadt, jeder in einem eigenen Zimmer. Unzählige Veranstaltungen, von politischen Diskussionen über philosophische Seminare bis hin zu Konzerten und Theaterdarbietungen gehörten zu den vielfältigen Angeboten des Stifts. Holger Schäffler, der im fünften Semester Medizin studierte, nutzte die Chancen, die ihm sein derzeitiges Zuhause bot, so oft er konnte.

Nach dem vom Studieninspektor des Stifts angebotenen Seminar über Kierkegaard pflegte der Kreis der Teilnehmer die aufgeworfenen Fragen reihum in den Privatzimmern weiter zu diskutieren. Es war spät geworden an diesem Abend, nicht nur weil die Frage nach dem Zusammenhang zwischen dem christlich argumentierenden Kierkegaard und dem atheistisch-existentialistischen Denker Camus verschiedene, kaum zu vereinbarende Antworten fand, sondern auch weil Holger Schäffler die Gegenwart seiner Zimmernachbarin bis zur letzten Minute des Beisammenseins genießen wollte. Stefanie Simmler studierte evangelische Theologie, wohnte im zweiten Semester im Stift. Rotwein, Bier und Mineralwasser hatten dazu beigetragen, Sinne und Gespräche zu beleben und die Runde immer weiter auszudehnen. Erst kurz vor eins war man auseinandergegangen, zu müde, zwischenmenschliche Kontakte zu vertiefen.

Das Läuten des Weckers kurz nach halb sechs ließ Holger Schäffler abrupt wach werden. Solange die kurzen Nächte nicht zu zahlreich wurden, bereitete ihm frühes Aufstehen keine Probleme. Er blickte zum Fenster, sah, dass es gerade erst zu dämmern begann, sprang aus dem Bett. Er bemühte sich, keinen unnötigen Lärm zu verursachen. Er rasierte sich, wusch sich, kleidete sich an.

Das Praktikum in der Uni-Klinik hatte Anfang August begonnen, noch zehn Tage, dann hatte er es, kurz vor Beginn des neuen Semesters, geschafft. Bis jetzt war alles im Großen und

Ganzen zufriedenstellend verlaufen, keine außergewöhnlichen Probleme, keine Vorfälle, die ihm den alltäglichen Weg zum Krankenhaus hätten erschweren können. Natürlich war es kein Honigschlecken, was ihn in den sterilen, nach Desinfektionsmitteln und Etherlösungen riechenden Räumen erwartete. Menschliches Leid und Elend in so zahlreichem Ausmaß hatte er noch nie zuvor intensiv miterlebt. Doch je mehr Wochen er in der Klinik verbrachte, desto sicherer wurde er, dass er diesmal, im zweiten Anlauf, endgültig den richtigen beruflichen Weg eingeschlagen hatte.

Holger Schäffler zog seine Jacke an, schenkte sich aus der Thermoskanne eine große Tasse Tee ein. Er hatte es sich während der Zeit des Praktikums angewöhnt, die Kanne am Abend zu füllen, um morgens warmen Tee zur Verfügung zu haben. Die Tasse in der Hand, stellte er sich ans Fenster, blickte in den dämmrigen Morgen. Unter ihm erstreckten sich die Beete und Büsche der dem Stift vorgelagerten Gärten, begrenzt vom schmalen Lauf des Neckar. Er schaute auf den Fluss, sah die feinen Nebelschwaden, die über dem Wasser hingen. Wie dünne, helle Wolken stiegen sie auf.

Unmittelbar hinter dem Wasser erhob sich die von hohen Platanen bewachsene, langgezogene Neckarinsel. Die Böschung ragte nur wenige Dezimeter über den Wasserspiegel. Holger Schäffler trank seinen Tee, blickte zur Insel, sah eine seltsam verkrümmte Gestalt auf der Böschung direkt neben dem Wasser liegen. Ein Mensch zu dieser frühen Stunde am Neckarufer? Hatte er im ersten Moment noch geglaubt, er habe es mit dem mächtigen Wurzelgewirr einer Platane zu tun, dessen Aussehen durch einen unergründlichen Zufall einem in verkrampfter Haltung auf die Erde hingeworfenen Körper glich, so wurde ihm innerhalb von Sekunden klar, dass es sich wirklich um ein menschliches Wesen handelte: Genau so hatten die Leichen ausgesehen, die vor wenigen Wochen von ihm und seinen Kommilitonen im Toxikologie-Seminar seziert worden waren: Menschen, die an einer Blausäure-Vergiftung gestorben waren. »Möge es Ihnen erspart bleiben, jemals diesen Anblick aus der Nähe genießen zu müssen«, hatte die Professorin noch formuliert, »es könnte ihr Liebesleben für einige Stunden lahmlegen.« Sie hatten gelacht, ihre Unsicherheit den schrecklich entstellten Leichen gegenüber zu überspielen versucht.

An diesem Morgen lag Holger Schäffler jeder Anflug von Ironie fern. Zitternd vor Aufregung stellte er seine Tasse ab, rannte zum Telefon.

23. Kapitel

Wenige Minuten nach halb sieben am frühen Dienstagmorgen wurde Steffen Braig vom Läuten des Telefons geweckt. Er fühlte sich mitten aus dem Schlaf gerissen, glaubte, es sei erst kurz nach Mitternacht und das störende Geräusch der Inhalt eines bösen Traums. Erst als er seine Augen unter dem unaufhörlichen, in gleichmäßigen Abständen wiederkehrenden Lärm mühsam öffnete, merkte er, dass es draußen bereits hell war. Schwerfällig richtete er sich auf, nahm den Hörer ans Ohr.

»Stöhr. Es tut mir Leid, wenn ich störe, aber ...«

Braigs Müdigkeit wich für einen kurzen Moment, machte angespannter Aufmerksamkeit Platz. Er ahnte, was ein so früher Anruf des Kollegen höchstwahrscheinlich bedeutete. »Was ist passiert?«

»Mhm, wir wurden vor wenigen Minuten darüber informiert, dass sich heute Morgen, also gegen ...«

»Ja, was denn?« Stöhrs langatmige Schwerfälligkeit nervte bereits zu so früher Stunde.

»Ein Toter.«

Doch nicht schon wieder, schoss es Braig durch den Kopf, doch nicht schon wieder ... »Gift?«, rief er laut.

»Genau. Blausäure. Es tut mir Leid.«

»Das darf doch nicht wahr sein!« Er spürte, wie sich sein Puls beschleunigte. »Wo?«

»In Tübingen.« Stöhr beschrieb ihm die Stelle auf der Neckarinsel, wo man den Toten gefunden hatte.

»Wer ist das Opfer? Wissen die Kollegen schon Bescheid?«

Stöhr zögerte mit seiner Antwort. »Ein Mann ... Mehr wurde mir nicht mitgeteilt.«

Braig richtete sich seufzend auf, erfuhr, dass Stöhr bereits die Kriminaltechniker informiert und an den Tatort gebeten hatte, sagte ihm zu, die Sache zu übernehmen. »Wenn es sich tatsächlich schon wieder um Blausäure handelt, muss es wohl einen Zusammenhang mit unseren Ermittlungen geben.«

Er legte den Hörer auf den Apparat, dachte an die entstellten Gesichter Konrad Böhlers und Bernhard Hemmers. Weit aufgerissene, um den letzten Atemzug ringende Münder, ins Unendliche starrende Augen, völlig verkrampfte Gesichtszüge. War es das, was ihn heute wieder erwartete?

Seufzend ging er ins Bad, versuchte unter der Dusche die Müdigkeit vollends abzuschütteln. Welcher Mensch war fähig, anderen so übel mitzuspielen? Was war geschehen, was hatte einen Mann oder eine Frau so verrohen lassen, dass sie zu einem solch verbrecherischen Wesen mutierte?

Braig wusste es nicht, hatte keinen Anhaltspunkt. Sie waren zwar der Spur des in der Kirche aufgefundenen Kulis gefolgt, hatten darüber hinaus aber noch keine weiteren Erkenntnisse gewonnen. Wo der angebliche Herbert Bauer zu finden, ob er der Mörder oder zumindest eine Person im Umfeld des eigentlichen Täters war, was die Liste mit den acht Männern bedeutete, noch hatten sich diese Fragen nicht einmal in Ansätzen klären lassen.

Braig und Neundorf waren am Vorabend nach dem Verlassen der Wohnung Beate Bergs zu erschöpft gewesen, weitere Ermittlungen anzustellen. Sie hatten sich im Ludwigsburger Klinikum nach dem Gesundheitszustand Bernhard Söhnles erkundigt, aber nur erfahren, dass dieser noch immer im Koma liege. Anschließend war Braig dann noch bei Jürgen Hofmann vorstellig geworden, um ihm die neuesten Erkenntnisse und Pläne für ihr weiteres Vorgehen mitzuteilen. Der Oberstaatsanwalt hatte ihre Fortschritte erfreut zur Kenntnis genommen und versprochen, im Nachhinein die richterliche Erlaubnis zur Durchsuchung der Wohnung von Frau Berg und der Überwachung Günter Becksteins zu besorgen.

Wenige Minuten später, Steffen Braig wollte gerade sein Büro verlassen, traf das Fax ein, in dem Helmut Rössle, der

Techniker, aufgrund der Untersuchung der Schuhabdruckprofile der beiden ins Amt bestellten Frauen Regine Hemmer definitiv von einer Täterschaft ausschloss. Diese Entlastung wollte er im Falle Marion Böhlers jedoch nicht ausstellen. Ihre Fußabdrücke, so die Ausführungen Rössles, zeigten zumindest Ähnlichkeit mit den an den beiden Tatorten vorgefundenen. Braigs Versuche, den Kollegen telefonisch zu erreichen, um sich die Untersuchungsergebnisse genauer erklären zu lassen, waren erfolglos geblieben, weshalb er das Gespräch auf den nächsten Tag verschoben hatte. Abgekämpft und müde war er nach Hause gefahren.

Marion Böhler also doch im engsten Kreis der Verdächtigen. Gab es Verbindungen zwischen ihr und der Wohnung in Ludwigsburg? Die Sache blieb verworren, ihre Arbeit hatte nur scheinbar entscheidende Fortschritte gebracht. Und jetzt die erneute Hiobsbotschaft!

Zehn Minuten nach acht hatte Braig den Tatort erreicht. Die Neckarinsel mit ihrer Platanenallee lag unweit vom Zentrum der alten Universitätsstadt, nur durch den schmalen Lauf des Flusses von den Gebäuden der Altstadt getrennt. Der Zugang zu dem Areal wurde von einem grimmig blickenden, uniformierten Beamten bewacht. Eine Menschentraube umringte ihn, bestürmte den Polizisten mit unzähligen Fragen. Braig hörte das Stimmengewirr, drängte sich zu der Absperrung durch.

»A Leich hent se gfunde, wirklich?«

»Noi, des send zwoi. A Pärle, han i ghört.«

Der uniformierte Beamte hatte seinen Blick entnervt abgewandt, nahm Braigs Ausweis erst in dem Moment wahr, als der Kommissar unmittelbar vor ihm stand.

»Braig vom LKA«, stellte der sich kurz vor, wies mit einer Kopfbewegung zur Insel, »dort drüben, ja?«

Der Kollege nickte. »Fünfzig Meter nach links. In der Nähe vom Silcherdenkmal.« Er berührte Braig an der Schulter, verdrehte die Augen. »Die Leiche sieht grauenvoll aus! Das Gesicht!«

Er hatte so leise gesprochen, dass Braig ihn nur mit Mühe verstand. Sein Gesichtsausdruck sagte alles.

»Grauevoll! Hent ihr des ghört?«, kreischte ein älterer Mann, der sich zu den Beamten vorgedrängt hatte.

Der Kommissar beeilte sich, die Menschenansammlung zu verlassen, lief über die schmale Brücke, die nur Fußgängern vorbehalten war. Er folgte dem Weg nach links, sah schon von weitem die kleine Gruppe den Tatort untersuchender Kollegen.

Rössle und Rauleder knieten mitten im feuchten Gras im Umfeld einer hohen Platane, als Braig bei ihnen eintraf.

»Des war a kurze Nacht«, schimpfte der Techniker, »hört denn der Deifel überhaupt net auf?«

Der Kommissar begrüßte sie, sah, dass Rössle einen Fußabdruck modelliert hatte. »Welche Größe?«, fragte er. »Du bist schon soweit?«

»Welche wohl? Den Abdruck kenn i inzwische auswendig. Zum Glück hat's gestern geregnet. So isch jetzt alles deutlich zu erkenne.«

»Siebenunddreißig, ja?«

»Gib mir noch fünf Minute, dann han i's schwarz auf weiß.« Er drehte den Kopf zur Seite, zeigte auf die Böschung unmittelbar am Hauptlauf des Neckar. »Erspar dir lieber den Anblick. Alle Idiote von Sindelfinge, sowas isch mir scho lang nemme unterkomme.«

Braig ließ ihn weiter arbeiten, lief die paar Meter zur Böschung. Eine mit einem roten Anorak bekleidete Frau kniete unmittelbar hinter dem breiten Stamm einer Platane, die Augen auf den Boden gerichtet. Sie hielt ein schmales Messer in ihrer Hand, stippte mit der spitzen Klinge vorsichtig auf eine vor ihr liegende längliche Masse ein.

Braig wich einer hoch aus der Erde ragenden Wurzel aus, machte einen großen Schritt geradewegs auf die Uferböschung zu. Er hatte die Frau erreicht, blickte nach unten. Es war das Schlimmste, was er je gesehen hatte. Wenn es die Hölle wirklich gab, dann musste es dort so aussehen. Ein einziges Grauen!

Er trat unwillkürlich zurück, drehte den Kopf zur Seite. Es konnte nicht wahr sein, er musste geträumt haben. Ein schrecklicher, unbegreifbarer Albtraum.

Das Rumoren in seinem Magen begann im selben Moment, als er über die hoch aufragende Wurzel stolperte. Er strauchelte, rutschte zur Seite, flog auf den Boden. Sein Kopf prallte auf den harten Stamm der Platane. Für Sekunden war er benommen, sein Schädel schmerzte, die Welt um ihn herum drehte sich. Er schloss die Augen, blieb einen Moment ruhig liegen, spürte eine Hand auf seiner Schulter. Als er langsam wieder zu sich fand, stand die Frau im roten Anorak vor ihm.

»Das geht über unsere Kraft«, sagte sie.

Braig nickte, richtete sich mühsam wieder auf. Sein Kopf schmerzte, Schwindel trübte sein Bewusstsein. Er schluckte die in seinem Inneren hoch gequollenen Essensreste, versuchte zu klarem Verstand zu gelangen.

»Meike Schlögel«, sagte die Frau, streckte ihm die Hand entgegen, »ich bin die Ärztin.« Sie hatte eine sanfte, beruhigend wirkende Stimme.

Braig erwiderte ihren Händedruck, nannte seinen Namen. Als die Schwindel endlich nachließen, sah er, wie jung die Frau war. Garantiert keine dreißig.

»Mir ging es nicht besser«, fuhr sie fort. »Ich konnte es zuerst nicht aushalten.« Sie war bildhübsch, trotz der bleichen Farbe ihrer Haut.

Braig wischte sich den Schmutz von der Jacke, wandte sich wieder der Uferböschung zu. Das Wasser des Neckar trug bräunlichen Schlamm, offenbar hatte es in der Nacht kräftig geregnet. Dort, wo sich die Insel sanft ansteigend aus dem Fluss erhob, lag der Tote. Auch jetzt, beim zweiten Versuch, traf der Anblick der entstellten Gestalt Braig wie ein Schlag.

Er nahm alle Kraft zusammen, zwang sich, dem Bild nicht auszuweichen. Der gesamte Körper der männlichen Leiche war völlig verkrampft, die Beine, der Leib, die Arme, das Gesicht. Die Hände schienen noch im Tod gierig nach einem unbekannten Gegenstand zu greifen, die Wangen und die Partien um den Mund waren aufgequollen, von einem künstlichen Hellrot überzogen, wie Braig es noch nie gesehen hatte.

Das Schlimmste waren die Augen. Sie lagen fast völlig frei, starrten hoch, in die Ferne, ihn scheinbar verfolgend, wohin immer er sich bewegte. Nach wenigen Sekunden wandte er den Blick zur Seite. Er zitterte am ganzen Körper.

»Kaliumcyanid«, sagte die Ärztin, »alle Symptome sprechen dafür.«

Braig nickte, gab keine Antwort.

»Das dritte Opfer, wie ich höre.« Sie zeigte auf Rössle, der immer noch im feuchten Gras arbeitete.

»Lange darf das nicht mehr weitergehen«, murmelte Braig.

»Nein, das darf es nicht. Sie müssen ihn finden.«

Er spürte die Nässe durch seine Hose dringen, sah, dass sie von dem Sturz an mehreren Stellen braun verfärbt war. »Was wissen Sie über den Zeitpunkt?«

Ihre Antwort kam ohne Überlegen. »Sieben, acht Stunden. Vielleicht etwas weniger, vielleicht etwas mehr.«

»Um Mitternacht.«

»Etwa so, ja.«

Braig sah die Schleifspur neben dem Kopf des Toten, folgte ihr mit seinem Blick. »Aber nicht hier direkt.« Er musste sich nicht genauer ausdrücken, sie verstand sofort, was er meinte.

»Oben auf dem Weg«, erklärte Meike Schlögel, »Ihr Kollege hat die Stelle bereits markiert.«

»An diesen Platz kam er erst nach seinem Tod.«

»Erst danach, ja. Er brach oben zusammen, wurde hierher geschleift. Das schafft nicht jeder. Der Täter muss äußerst abgebrüht sein. Er wartete den Todeskampf seines Opfers ab, schaffte ihn dann weg. Wir beide wären nicht dazu im Stande.«

Für einen Augenblick schoss Braig der Gedanke durch den Kopf, welch erbärmlichen Anblick er der Ärztin bei seinem Sturz geboten haben musste, dass sie ihn so selbstverständlich in ihre Aussage mit einbezog. Dann sah er wieder das entstellte Gesicht unter sich, verlor jeden Anflug eitlen Selbstmitleids. »Wollte er ihn ins Wasser werfen?«

Meike Schlögel zeigte auf Rössle. »Ihr Kollege glaubt, dem Täter ging es darum, Zeit zu gewinnen. Oben auf dem Weg sind manchmal selbst um Mitternacht herum noch Passanten unterwegs, oft ganze Gruppen. Vorne, am Ende der Insel, gibt es einen Treffpunkt junger Leute. Der Täter spekulierte wohl, hier am Ufer, hinter dem Gebüsch, könne die Leiche nicht so schnell entdeckt werden. Das scheint mir einleuchtend.«

Braig folgte der Schleifspur nach oben, sah die Markierungen der Techniker. Rössle und Rauleder hatten gründlich gearbeitet, alle Fußabdrücke waren genau gekennzeichnet. Im nassen Gras beziehungsweise der feuchten Erde des Bodens hatten sie sich leicht verfolgen lassen. Wieder schien die Täterin oder der Täter nichts unternommen zu haben, sie zu verwischen, um es der Polizei schwerer zu machen, ihr oder ihm auf die Schliche zu kommen.

»Ja, sie sind's. Hundert pro.« Rössle hatte sich erhoben, kam auf Braig zu. Er trug ein Notebook in Händen, zeigte auf den Bildschirm. »Identisch. I han alles dabei, brauch net mal mehr ins Labor.«

»Dieselben Fußabdrücke wie in Rotenberg und Großaspach.«

Der Techniker nickte. »Ohne jeden Zweifel.«

»Frau Böhler kommt dafür in Frage?«

Rössle streckte beide Arme weit von sich, das Notebook in der Rechten. »Wie unzählige andere auch.«

»Ich lasse sie überprüfen. Ihr Alibi heute Nacht.« Braig zog sein Handy vor, gab im Amt Bescheid.

Neundorf, die das Gespräch angenommen hatte, versprach, sofort nach Rotenberg zu fahren.

»Wer ist der Tote?« Braig wandte sich Rössle zu.

Der Techniker zeigte auf die Ärztin. »Ihr hasch es zu verdanke.« Er lief zu seiner Tasche, die er neben der großen Platane abgestellt hatte, streckte Braig eine durchsichtige Kladde entgegen. »Ausweis, Geldbeutel und dieses Blatt waret in seiner hintere Hosetasche. Sie hat die Leiche zur Seite dreht und alles rauszoge.«

Der Kommissar starrte auf den Ausweis und das leicht zerknitterte und angefeuchtete Papier, sah, dass es sich um den Briefkopf einer Firma handelte.

Kurierdienst Larch
Dieter Fehr, Geschäftsführer

Er brauchte nicht zu überlegen, wusste es sofort: Das Blatt aus der Wohnung. Die Liste der Männer, die ihnen unbekannt waren. Der Name, der wie der Böhlers und Hemmers bereits durchgestrichen war.

»Nein«, hauchte er, »nein.« Er spürte, wie sein ganzer Körper vibrierte.

Lars Rauleder kam zu ihm her, betrachtete den Inhalt der Kladde. »Du denkst auch an das Blatt, das ich hinter dem Sofa fand? Scheiße, was?«

Braig nickte wortlos.

»Die Wohnung«, sagte Rauleder, »sie hat damit zu tun. Jetzt gibt es endgültig keinen Zweifel mehr, ja?«

»Ihr glaubt, dass es sich wirklich um den Mann hier handelt?« Rössle deutete auf den Inhalt der Kladde. »Das Bild auf dem Ausweis gibt net viel her. Aber i han vorhin scho angrufe. Zuerst bei ihm daheim. Da nimmt niemand ab. Dann in der Firma. Diese Nummer.« Er zeigte auf die Ziffern, die als Verbindung zum Kurierdienst Larch angegeben waren. »Um halb acht hätt er seinen ersten Termin ghabt. Eine sehr wichtige Sache mit einem Großkunden. Er isch aber laut Aussage der Sekretärin net erschiene. Ohne Grund. Das hätte er sich noch nie erlaubt, hat die Frau gsagt. Hasch du noch Frage?«

Der Name auf der Liste! Sie blickten sich gegenseitig an, entsetzt. Alle dachten das Gleiche.

Braig weigerte sich instinktiv, dem Kollegen zuzustimmen. Alles in ihm sträubte sich dagegen. Wenn der Techniker Recht hatte ...

Er lief ein paar Schritte weiter zum nächsten Baum, lehnte sich an den breiten Stamm. Das Holz war nass, Tropfen glitzerten in den schmalen Zwischenräumen der Rinde. Es lief ihm heiß und kalt zugleich über den Rücken. »Es kann kein Zufall sein?«, fragte er laut.

»Alle Idiote von Sindelfinge, des wär a bißle zu viel Zufall«, brummte Rössle.

Mussten sie es wirklich ins Auge fassen, gab es keine andere Möglichkeit? Waren sie wirklich gezwungen, die Liste mit den Namen ernst zu nehmen? Drei waren durchgestrichen, alle drei hatte er tot vor seinen Füßen liegen sehen. Mussten sie wirklich damit rechnen, dass es nur eine Frage der Zeit war, bis der Nächste folgte? In welche Dimensionen menschlichen Hasses waren sie geraten?

Braig brauchte die psychische Hilfe der Kollegin, wählte Neundorfs Nummer. Sie war sofort in der Leitung.

»Bei dem Toten hier handelt es sich aller Wahrscheinlichkeit nach um Dieter Fehr, den Geschäftsführer des Kurierdienstes Larch.« Er betonte den Namen, dann die Firma.

Am anderen Ende blieb es ruhig.

»Du bist noch da?«

Nun brauchte Neundorf mehrere Sekunden, ehe sie reagierte. Er hörte, wie sie schwer atmete. »Habe ich das richtig verstanden, Dieter Fehr?«

»Ich kann es ebenfalls kaum glauben.«

»Dann wissen wir ja, was das bedeutet?«

»Ich fürchte, ja.«

»Oh, mein Gott. Gibt's so was auch hier bei uns?«

War es möglich, hier bei uns? Nicht in den USA, in Russland oder irgendwo im Süden Italiens, sondern im Schwäbischen, dem angeblichen Kernland von Ordnung, Anstand, biederer Moral?

»Wenn sich das wirklich bewahrheitet«, meldete sich Neundorf wieder zu Wort, »wenn es tatsächlich stimmt ...« Sie machte eine kurze Pause, fand nur mühsam zu einem neuen Ansatz. »Eine Liste mit Menschen, die beseitigt werden sollen, ja? Ermordet, einer nach dem anderen? Glaubst du das?«

»Ich weiß es nicht«, antwortete Braig, »ich weiß beim besten Willen nicht, was ich glauben soll.« Er spürte das nasse Holz in seinem Rücken, starrte hinunter zur Böschung, wo die Ärztin noch immer mit der Leiche beschäftigt war. Mein Gott, darf man der Frau das noch zumuten, holt sie denn niemand von dort weg? »Er muss einen schrecklichen Tod gehabt haben«, fügte er laut hinzu, »er sieht grauenvoll aus.«

Neundorf schwieg mehrere Sekunden, sie hatte offensichtlich genauso wie er damit zu kämpfen, die neusten Erkenntnisse zu verarbeiten. Als sie jedoch neu ansetzte, klang ihre Stimme weitaus ruhiger und zurückhaltender als zuvor. »Mir fällt es immer noch schwer, zu akzeptieren, dass es das bei uns gibt: Eine Liste von Leuten, die ermordet werden sollen.« Sie zögerte. »Aber ich fürchte, wir können es uns nicht leisten, das Undenkbare einfach beiseite zu schieben. Hättest du vor einem halben Jahr gedacht, dass ein Schüler seine Lehrer ermordet? Nicht einen, sondern gleich einen Teil des Kollegiums? Bei uns in Deutschland? Seit Erfurt wissen wir das besser. So unglaublich uns diese Liste auch scheint, wir müssen sie ernst nehmen. Jetzt, nach diesem Fund bei dir, erst recht. Jetzt darf es nur noch eines geben: Wir müssen die Männer auf der Liste identifizieren, so schnell wie möglich, und nachprüfen, ob sie in irgendeiner Verbindung zu Böhler, Hemmer und diesem Fehr stehen. Den Ersten habe ich bereits ermittelt.«

»Wen?«

»Stefan Zierz. Er lebt in Esslingen, besitzt eine große Textilhandelskette. ›Mode for young people‹, du kennst sie vielleicht.«

»Du hast schon Verbindung zu ihm aufgenommen?«

»Mit seiner Sekretärin. Um zehn heute Morgen kann ich ihn sprechen. Hoffentlich hat es einen Sinn. Wir müssen endlich vorwärtskommen.« Sie machte eine kurze Pause, weil Braig heftig hustete, sprach dann weiter. »Weshalb wurde dieser Fehr getötet? Wer hatte einen Grund dazu? Hat es mit Frau Berg zu tun?«

»Die Firma«, antwortete Braig, »Beate Berg arbeitete bei Larch. Er war der Geschäftsführer.«

»Wir müssen nachprüfen, was es damit auf sich hat. Frau Berg ist seit vierzehn Tagen tot. Sie kann es nicht gewesen sein.«

»Die Wohnung«, sagte er, »irgendwie hängt die Wohnung mit in der Sache.«

»Wir brauchen die Adresse dieser Katja. Sie hat die Schlüssel. Wir müssen sie fragen, wer seit dem Tod Beate Bergs dort aus- und einging. Dieser Herbert Bauer. Wir brauchen den Mann. Du bist in Tübingen. Kümmerst du dich um Frau Berg?«

Braig sagte es ihr zu, versprach, sich zu melden, wenn er Neuigkeiten habe. »Du arbeitest an der Liste weiter?«

»Sobald ich über Frau Böhlers Alibi Bescheid weiß. Ich werde Beck und Felsentretter einspannen. Wir haben keine Zeit mehr zu verlieren.«

Braig steckte sein Handy weg, sah die Ärztin müde den sanften Hang hoch kommen. Ihr roter Anorak trug an der Seite einen großen, grünen Fleck.

»Meine Arbeit ist getan, die Pathologie habe ich informiert. Reicht es, wenn ich Ihnen meinen Bericht heute Mittag maile?«

Braig nickte, fuhr sich über die Stirn. »Blausäure«, sagte er, »um Mitternacht herum.«

»Hier oben auf dem Weg. Anschließend nach unten geschleift.«

Er reichte ihr die Hand, bedankte sich für ihre Arbeit. »Haben Sie eine Möglichkeit, sich abzulenken?«

»Ein paar entstellte Verkehrsopfer«, antwortete sie, »so wie jeden Tag.« Sie lächelte ihm trotz ihrer sarkastischen Worte freundlich zu – es war ja ihr Alltag –, folgte dem Weg Richtung Westen.

Braig schaute ihr nach, hörte Rauleders Stimme.

»Der Student, der die Leiche entdeckte, wartet vorne an der Brücke.« Der Techniker zeigte nach Westen.

»Habt ihr mit ihm gesprochen?«

Rauleder nickte. »Zwangsweise. Der war nicht zu bremsen, redete sich den Teufel aus dem Leib. Ist kein Wunder, den Anblick wird er sein Leben lang nicht vergessen.«

»Wann hat er ihn entdeckt?«

»Kurz nach halb sechs heute Morgen. Es dämmerte gerade.«

»So früh war er schon unterwegs?«

»Er sah den Toten vom Stift aus. Dort drüben.«

Braigs Blick folgte dem ausgestreckten Arm des Kollegen, er sah die mächtigen Bauten des Stifts auf der anderen Flussseite in die Höhe ragen. Das Studentenwohnheim erhob sich, nur vom Wasser und einem leicht ansteigenden Grüngürtel getrennt, keine dreißig Meter vom Fundort des Toten entfernt. Er würde nicht umhin kommen, sich von dem Studenten genau erklären zu lassen, wie er auf die Leiche gestoßen war.

»Ich werde mit dem Mann sprechen«, sagte er, »ihr kommt allein zurecht?«

»Sorg dafür, dass ihr den Verbrecher endlich erwischet«, knurrte Rössle, »so was wie den da unte will i mir net noch mal zumute.«

Der Kommissar folgte dem Weg ans Ende der Neckarinsel, sah den Menschenauflauf schon von weitem. Die übliche

Hektik, die gewohnten Bemerkungen und Schreie, das vergebliche Bemühen der Beamten, die Menschen zu beruhigen.

Braig fragte einen der uniformierten Beamten nach dem Studenten, der die Leiche entdeckt hatte, wurde über die Brücke auf die andere Seite des Neckar verwiesen. »Der wartet bei meinem Kollegen.«

Er bedankte sich für die Auskunft, drückte sich durch die sensationslüsterne Menge.

»Sind Sie der Arzt, der die Leiche untersucht hat?«, rief ein Mann.

Braig gab keine Antwort, überquerte die Brücke, sah das Polizeifahrzeug stehen. Er lief zu dem Wagen.

»Wir haben Glück«, sagte der Polizist, »ein Kollege hat die Leiche gefunden.«

»Ein Kollege?« Braig wunderte sich. »Ich dachte, ein Student aus dem Stift?«

»Das ist richtig«, mischte sich der junge Mann ins Gespräch, »ich war bis vor ein paar Jahren Polizeibeamter. Dann begann ich mit dem Medizinstudium.« Er stellte sich als Holger Schäffler vor, war sechsundzwanzig Jahre alt.

»Sie konnten auf diese Entfernung erkennen, dass der Mann tot war?«

»So seltsam verrenkt liegt kein lebendiger Mensch«, antwortete Schäffler, »außerdem nahm ich im letzten Semester an einem Seminar über Vergiftungsfolgen teil.«

»Es war hell genug?«

»Die Dämmerung hatte gerade eingesetzt. Es war etwa Viertel vor sechs.«

Braig ließ sich von Holger Schäffler zum Stift führen, stieg mit ihm hoch in sein Zimmer, schaute aus dem Fenster. Die Neckarinsel und der Fluss lagen unmittelbar in seinem Blickfeld, die Leiche gut sichtbar, völlig verrenkt, am Hang der Böschung. Nur ein Blinder würde vermuten, dass dort drüben ein Mensch Siesta hielt.

»Sie liefen auf die Insel und schauten sich den Toten an?«

Schäffler schüttelte den Kopf. »Ich rief sofort die Polizei an. Dann weckte ich meinen Bruder. Jochen wohnt ein Stockwerk tiefer, er studiert Theologie und Germanistik. Ich zeigte ihm den Toten durch mein Fenster. Er stimmte mir sofort zu. Den direkten Anblick wollte ich mir ersparen.«

»Das war vernünftig«, meinte Braig. Das Bild des Toten tauchte unvermittelt vor ihm auf. Er strauchelte, hielt sich am Fensterrahmen fest.

Der junge Mann war kurz verschwunden, kehrte mit einem Fernglas zurück. »Hier, es gehört meinem Freund Matthias.«

Braig nahm den Feldstecher, starrte kurz auf die Insel. Zwei Männer mit einer Trage hatten sich dem Toten genähert, waren dabei, ihn wegzubringen. Der Kommissar sah mit bloßem Auge, wie Rössle und Rauleder sich mit ihnen unterhielten.

»Sie sind immer so früh wach?«

»Mein Dienst beginnt um sechs. Ich mache ein Praktikum in der Uniklinik.«

»Und vorher waren Sie Polizist?«

»Nach dem Abitur.« Schäffler reagierte ausweichend. »Es war nicht das Richtige für mich. Ich brach die Ausbildung ab.«

Braig hatte den Eindruck, dass der junge Mann nicht darüber reden wollte, verzichtete auf weitere Fragen.

»Ich wollte nicht länger den Idioten für unfähige Politiker spielen.«

»Das kann ich nur zu gut verstehen«, sagte Braig.

24. Kapitel

Braig hatte Rauleder gebeten, ihn zum Sitz des Kurierdienstes Larch am Stadtrand von Kirchentellinsfurt zu begleiten, um sich an Ort und Stelle Materialien für die endgültige Identifikation des Toten zu besorgen. Er wollte der Ehefrau oder anderen Verwandten Fehrs den Anblick der Leiche ersparen, hoffte, die Angelegenheit auch auf weniger schmerzvolle Weise erledigen zu können.

Die Sekretärin empfing sie mit neugierigen Augen. »Was ist mit Herrn Fehr, warum kommt er nicht?«

Braig schätzte die Frau auf Anfang dreißig. Sie trug weiße Jeans und ein hellrotes T- Shirt zu einer saloppen, gelben Halbärmel-Jacke, war dezent geschminkt. Auf seine Frage hin stellte sie sich als Silvia Egerer, die persönliche Sekretärin Dieter Fehrs, vor.

»Wann haben Sie Ihren Chef zum letzten Mal gesehen?«

Sie hatte die Männer in ein großzügig angelegtes Büro mit einem exklusiven Schreibtisch und einer kleinen, durch eine hohe Glasscheibe abgetrennten Besucherecke geführt, ihnen dort Platz auf einem breiten Ledersofa angeboten. Mitten im Raum, auf einem rechteckigen Tisch, stand ein bunter Blumenstrauß. Braig betrachtete die Blüten, wunderte sich über die Vielfalt der Farben. Er bemerkte erst nach einer Weile, dass es sich um ein künstliches Gebinde handelte.

»Wieso fragen Sie? Ist Herrn Fehr etwas passiert?«

Er spürte die Ungeduld der Frau, über das ungewohnte Ausbleiben ihres Chefs informiert zu werden, bat sie, zunächst seine Fragen zu beantworten.

»Gestern Morgen«, erklärte Silvia Egerer, »gegen zehn. Er musste weg, zu einem Kunden.«

»Wie heißt dieser Mann?«

»Maurer. Es ist eine Firma in Nürtingen.«

»Herr Fehr war den ganzen Tag dort?«

Die Sekretärin schüttelte heftig ihren Kopf. »Um Gottes willen, nein. Das ging nur bis zur Mittagszeit. Anschließend musste er in unsere Filialen in Göppingen und Heilbronn.«

»Was wollte er dort?«

»Gespräche mit den jeweiligen Filialbetreuern und verschiedenen Kunden.«

»Haben Sie die Telefonnummer und Adressen dieser Filialen?«

Sie schaute ihn mit großen Augen an.

»Und der Firma Maurer, bitte.«

»Was sind das für Fragen? Wo ist Herr Fehr?«

»Die Adressen, bitte.«

Silvia Egerer ging aus dem Besucherraum, kehrte kurz darauf mit zwei Blättern zurück. »Hier, ich habe Ihnen die Adressen angekreuzt.«

Braig überflog die beiden Bögen, sah, dass es sich um eine Übersicht über die verschiedenen Standorte des Kurierdienstes Larch im Großraum Stuttgart und den Adressenausdruck der Firma Maurer in Esslingen handelte. Er bedankte sich, fragte, ob ihr Chef sich gestern im Verlauf des Tages telefonisch bei ihr gemeldet habe.

»Bei mir? Nein, wieso?«

»Ich dachte nur, ob er Sie etwa über den Erfolg seiner Gespräche informieren wollte.«

»Das ist nicht seine Art.«

Braig signalisierte Verständnis, indem er ihr zunickte. Er musste sich beeilen, weitere Fragen zu stellen, bevor er die Frau über den Tod ihres Chefs informierte. Er fürchtete, dass die Nachricht so schockierend wirken könne, dass sie anschließend zu keiner weiteren Auskunft mehr fähig wäre. »Beate Berg. Sagt Ihnen der Name etwas?«

Sie überlegte, schaute ihn fragend an. »Ist das nicht eine unserer Kuriere?«

»Sie war es, ja. In Ludwigsburg. Wissen Sie zufällig, weshalb sie nicht mehr bei Ihrer Firma arbeitet?«

Silvia Egerer schüttelte den Kopf. »Das kann ich Ihnen nicht sagen. Wir haben zu viele Filialen und Angestellte. Um Personalfragen kümmert sich Herr Fehr.«

»Er ist für die Beschäftigung und Kündigung der Mitarbeiter allein verantwortlich?«

»Was den Großraum Stuttgart betrifft, ja. Wenn Sie in diesem Bereich Auskunft wünschen, müssen Sie ihn selbst fragen.«

Braig verzog sein Gesicht, ersparte sich eine Antwort. »Ist Ihnen zufällig bekannt, ob Herr Fehr für den gestrigen Abend etwas plante?«

Sie starrte ihn mit skeptischer Miene an.

»Ich meine, privat«, ergänzte er schnell.

»Sein Privatleben ist mir nur teilweise zugänglich«, antwortete sie etwas schwerfällig, »aber was er abends vorhatte? Woher soll ich das wissen? Er wohnt in Nürtingen, dorthin komme ich selten.«

»Er ist verheiratet?«

Silvia Egerer lachte. »Verheiratet? Oh nein, das würde nicht gut gehen.«

Braig wartete auf eine Erklärung.

»Da ist er nicht der Typ dafür.«

Er überlegte, was er unter dieser Aussage verstehen sollte. »Herr Fehr hat keine Familie?«

Sie schüttelte den Kopf. »Er ist seit mehreren Jahren geschieden. Ich weiß es, weil er ständig über die hohen Unterhaltszahlungen für die drei Kinder jammert. Seine Partnerinnen wechseln recht häufig, so weit ich das beurteilen kann. Ich höre jedenfalls öfters neue Namen.«

»Mit wem ist er zur Zeit liiert?«

Silvia Egerer sah ihn ratlos an. »Ich weiß keine Antwort, wenn ich ehrlich bin. Ich glaube, er ist solo.«

Braig nickte, bat um ein Bild des Mannes.

»Sie wollen ein Foto?«, fragte sie überrascht. »Würden Sie mir jetzt bitte endlich erklären, weshalb Sie überhaupt hier sind? Was hat Herr Fehr mit der Polizei zu tun?«

Er überlegte, ob er es ihr noch länger verheimlichen konnte, beschloss, seine Zurückhaltung aufzugeben. »Ich fürchte, er ist tot«, sagte er.

Sie hatte sich gerade erhoben, um ein Foto zu holen. Mitten in ihrer Bewegung verharrte sie, riss den Kopf zur Seite, starrte erst zu Braig, dann zu dessen Kollegen. »Wie bitte?«, hauchte sie.

»Würden Sie mir, bitte, jetzt ein Foto bringen? Sie haben doch irgendein größeres Bild von ihm? Oder?«

Sie wandte die Augen nicht von ihm weg, stolperte rückwärts aus dem kleinen Raum, prallte mit dem Rücken an die gläserne Trennwand. »Tot?«, murmelte sie, »tot?«

Braig presste seine Beine aneinander, fühlte sich zunehmend unbehaglich. Es waren einfach zu viele Todesnachrichten, die er in diesen Tagen überbringen musste.

Mit einer Broschüre in der Hand kam Silvia Egerer zurück. Sie schaute ihn fragend an, reichte ihm das Heft, ohne ein Wort zu sagen.

Braig studierte die Titelseite. *Kurierdienst Larch, eines der am schnellsten wachsenden Unternehmen der Branche.*

Der seltsame Text wurde von farbigen Bildern mit in gelbgrüne Trikots gekleideten Frauen und Männern illustriert. Er überflog die Aufnahmen, konnte kein bekanntes Gesicht erkennen.

»Was heißt, er ist tot?«, insistierte die Sekretärin nun mit trockener Stimme.

Braig blätterte um, sah den Mann vor sich. Ein großformatiges Foto mit kursiv gesetzter Erklärung. *Dieter Fehr, Geschäftsführer des Kurierdienstes Larch Südwest.*

Er war es, auch wenn seine Körperhaltung, der Blick seiner Augen, das Minenspiel seines Gesichts natürlich völlig andere Züge als auf der Tübinger Neckarinsel trugen. Die buschigen, sowohl im Tod als auch auf dem Foto nach allen Seiten störrisch abstehenden, blonden Haare. Die überdimensional großen Ohren. Das kantige Kinn.

Er war es, ohne Zweifel. Sie benötigten keine Identifikation durch eine dem Toten nahestehende Person – in diesem Fall wäre wohl Frau Egerer die Leidtragende –, konnten sicher gehen, dass sie das Opfer des neuen Verbrechens korrekt erkannt hatten.

Ein Blick zu seinem Kollegen bestätigte Braig vollends in seiner Auffassung.

Rauleder nickte. »Die Ohren«, meinte er, »und die Haare.«

»Herr Fehr ist tot? Wissen Sie, was Sie da sagen?« Silvia Egerer stand mit zerfurchter Stirn vor ihnen, blickte fragend auf sie herab. Ihr rechter Arm und ihre Hand zitterten.

»Ja, wir wissen es«, antwortete Rauleder. »Ihr Chef wurde heute Nacht ermordet.«

25. Kapitel

Das Seniorenheim, in dem Beate Bergs Mutter lebte, lag am nördlichen Rand der Tübinger Innenstadt, nicht allzu weit von den geisteswissenschaftlichen Fakultäten der Universität entfernt. Braig hatte sich von Lars Rauleder bis zur Neckarbrücke bringen lassen, wollte den Rest des Weges zu Fuß gehen, um seinen Kreislauf anzuregen und den Kopf wenigstens für ein paar Minuten auszuruhen. Als er die andere Seite des Flusses erreicht hatte, rief er Ann-Katrin an. Er hatte am Abend vorher nur kurz mit ihr telefonieren können, sich den Ablauf des Besuchs bei ihrer Schwester schildern lassen.

»Ich bin's«, meldete er sich, »unter mir fließt der Neckar.«

»In Cannstatt?«, fragte sie.

»Tübingen«, antwortete er.

Ann-Katrin Räuber ahnte sofort, was geschehen war. »Was ist denn nun schon wieder passiert?«

»Leider eine noch viel ekelhaftere Sache als die vorher.«

»Blausäure?«

»Auf der Neckarinsel, ja.«

»Du tust mir Leid. Hört das nicht auf?«

Er wich einer Horde Schüler aus, die, bunte Ranzen auf dem Rücken, fast den gesamten Weg in Beschlag nahmen. Die Neckargasse war voller Menschen.

»Ich fürchte, nein. Erzähl mir lieber, wie es dir geht.«

»Das Übliche«, antwortete sie kurz.

»Also schlecht.« Er kannte sie gut genug, um ihre Worte zu verstehen. »Wo hast du Schmerzen?«

Ann-Katrin zögerte, ging nicht direkt auf seine Frage ein. »Ich wäre am liebsten ein paar Tage bei Theresa geblieben. Tübingen hat einfach eine irre Atmosphäre.«

Darüber kann man durchaus geteilter Meinung sein, überlegte er, wenn ich an mein Erlebnis heute Morgen auf der Neckarinsel denke ... Er behielt seine Gedanken für sich, gab eine belanglose Antwort. »Und? Warum bist du nicht geblieben?«

»Die Medikamente ... Ich hatte sie vergessen.«

»Theresas Zimmer ist groß genug?« Sie hatte ihm erzählt, dass ihre Schwester in eine Wohngemeinschaft mit fünf anderen Studenten gezogen war. Ihr neues Zuhause befand sich in einer großen Erdgeschosswohnung in einem leicht vergammelten Altbau unweit des Westbahnhofs.

»Es reicht. Wir könnten beide bei ihr übernachten. Der Vormieter hinterließ ihr eine große Luftmatratze. Es ist kein Problem.«

Eine Luftmatratze?, dachte er, ist denn das gut für sie? Stattdessen sprach sein Mund: »Ich würde liebend gern zusagen«, erklärte er. »Sobald diese Sache geklärt ist.«

»Ich nehme dich beim Wort. Du hast keine Chance zu entkommen.«

»Gerne«, sagte er, »hoffentlich wird es bald wahr.«

Er wusste, dass es purer Zweckoptimismus war. So wie die Sache aussah, würde es noch Schaltjahre dauern, bis sie endlich entscheidende Fortschritte erzielten. In den nächsten Tagen oder gar Stunden auf deutliche Ermittlungssprünge zu hoffen, war naive Utopie.

Braig wechselte noch ein paar Sätze mit Ann-Katrin, versprach, sich im Lauf des Tages nochmals zu melden, beendete dann das Gespräch. Er lief durch die Fußgängerzone, entdeckte einen Bäcker, kaufte sich eine Brezel, aß sie unterwegs. Kurz vor elf hatte er das Seniorenheim Frau Bergs erreicht.

»Das Haus liegt ideal«, erklärte ihm die überraschend rüstige Frau voller Begeisterung, als er in ihrem Zimmer ihr gegenüber Platz genommen hatte, »keine fünfzehn Minuten Fußweg und ich sitze mitten in einer germanistischen oder philosophischen Vorlesung.«

Sie trug eine weiße Bluse und eine honiggelbe Weste zur dunkelblauen Hose, hatte graue, in Locken gelegte Haare, ein schmales, von einer modischen Brille dominiertes Gesicht. Wie schon am Tag zuvor am Telefon ließ sie nicht einen Ansatz von Trauer oder Verbitterung über den abrupten Tod ihrer Tochter erkennen.

»Ich halte Sie nicht vom Besuch einer Vorlesung ab?«

Klara Berg lachte. »Noch sind Semesterferien, junger Mann. Die Veranstaltungen beginnen erst in der nächsten Woche.«

Braig betrachtete die von bunten Farben dominierte Einrichtung des kleinen Zimmers, in dem sie lebte. Ein mit einer terracotta-farbenen Decke überzogenes Bett, ein kräftig gelbes Zweisitzersofa, das jugendliches Ambiente und Lebensfreude ausstrahlte, ein schmaler, mit einem Vitrinenaufsatz gekrönter, kleiner Schrank, dazu ein winziger Beistelltisch mit zwei Stühlen und eine Unmenge Fotos und Bilder an den Wänden – nichts wies auf den herben Verlust hin, den Frau Berg vor kurzem hatte erleiden müssen.

»Sie kommen wegen Beate«, erklärte sie, »ich nehme an, Sie haben ihr Notizbuch gefunden. Was wollen Sie darüber hinaus noch wissen?«

Sie schien vollkommen unkompliziert, machte es ihm einfach, zum Anlass seines Besuches zu kommen.

»Das Notizbuch ist verschwunden, leider. Obwohl wir alles abgesucht haben.«

»Verschwunden?« Ihr skeptischer Blick zeigte deutlich, was sie von der Arbeit der Polizei hielt. »Darf ich fragen, wie gründlich Sie bei der Suche vorgegangen sind?«

Braig verzog keine Miene. »Sehr gründlich. Unsere besten Fachleute waren dabei.«

»Na ja, wenn Sie meinen.« Klara Berg sah keinen Grund, ihre Meinung zu ändern. »Beate ohne ihr Notizbuch – das ist undenkbar. Bei ihr hatte alles Hand und Fuß. Das Buch war immer in ihrer Nähe.«

»Irgendjemand hat es aus der Wohnung entfernt. Bevor wir gestern in die Lindenstraße kamen.«

»Und wer soll das gewesen sein?«

»Das wollte ich Sie fragen. Deshalb bin ich hier.«

Klara Berg schüttelte energisch den Kopf. »Deshalb sind Sie hier? Was erwarten Sie jetzt? Dass ich Ihnen berichte, wer Beates Notizbuch aus ihrer Wohnung stiehlt?«

Braig versuchte, dem Gespräch die Schärfe zu nehmen. »Die Schlüssel für die Wohnung – Sie erzählten, Katja, eine Freundin Ihrer Tochter, habe sie.«

»Natürlich. Katja hat die Schlüssel schon lange. Sie waren gute Freundinnen.«

»Wo lebt diese Katja?«

»Wo sie lebt? Das ist eine gute Frage.« Klara Berg richtete sich in ihrem Stuhl auf, verzog den Mund. »Sie lebt nirgends und überall.«

Braig warf ihr einen ungläubig-kritischen Blick zu. »Sie hat keinen festen Wohnsitz?«

»Katja führt kein normales bürgerliches Leben. Sie ist Schauspielerin. Wenn Sie in diesem Beruf überleben wollen, müssen Sie flexibel sein. Sie arbeitet in verschiedenen Städten, hat Engagements mal hier, mal da. Manchmal wohnte sie bei Beate, wenn sie hier zu tun hatte.«

»Sie spielte in Stuttgart am Theater?«

»Im Fernsehen«, sagte Klara Berg, »Beate und auch Katja selbst riefen mich oft an, wenn wieder ein Film mit einer Rolle von ihr kam. Ab und zu habe ich sie dann gesehen.«

»Beim Südwestrundfunk?«

»Manchmal, ja.«

»Wie heißt sie mit vollem Namen?«, fragte er, »oder hat sie ein Pseudonym, unter dem sie als Künstlerin auftritt?«

Klara Berg starrte überlegend an die Wand über dem zitronengelben Sofa, sprang plötzlich auf, lief zu dem Zweisitzer. »Dorn. Katja Dorn. Ich weiß nicht einmal, ob das ihr richtiger Name ist.«

Braig notierte sich den Namen, sah, wie seine Gesprächspartnerin ein Foto von der Wand nahm. Zwei Frauen um die

Vierzig saßen gut gelaunt an einem Tisch, zwei Cocktailgläser mit verschiedenfarbigem Inhalt in Händen.

»Das ist sie, hier.« Klara Berg deutete auf die Frau auf der rechten Bildhälfte, eine schlanke, natürlich wirkende Person mit dunkelblonden Locken. Wie eine Schauspielerin kam sie ihm nicht gerade vor.

»Mit Beate, in unserem Haus.«

Er betrachtete das Foto: eine dunkelhaarige, lustig in die Kamera blickende, kräftige Erscheinung, die ihm irgendwoher bekannt vorkam. Die Fotos in der Lindenstraße, fiel es ihm ein, die ihnen gestern in die Hände gefallen waren. »Wann war das?«

Klara Berg überlegte. »'95 haben wir das Haus verkauft. Vielleicht ein, zwei Jahre vorher.«

»Dürfte ich mir das Bild ausleihen?«, fragte er vorsichtig. »Ich meine, bis wir Katja Dorn gefunden haben. Wir müssen mit ihr reden, weil wir diesen Herbert Bauer suchen. Sie bekommen das Foto garantiert unversehrt zurück.«

Sie nickte, reichte ihm den Rahmen ohne jeden Einwand.

»Wo Frau Dorn zur Zeit anzutreffen ist, wissen Sie nicht?«

»Das tut mir Leid. Ich denke, sie hat gerade wieder irgendwo ein Engagement. Sie rief mich an, dass sie länger unterwegs sei. Deswegen kümmere sich ein Bekannter um Beates Wohnung. Aber das sagte ich Ihnen ja gestern schon am Telefon.«

Braig nickte. »Wohin sie gegangen ist, wissen Sie nicht?«, bohrte er nach.

»Nein, darüber weiß ich nichts. Aber es ist nicht einfach für sie. Die Chance, eine Rolle zu erhalten, wird immer geringer.«

»Weshalb?«

»Sie ist zu alt«, sagte Klara Berg, »ganz einfach.«

»Zu alt?«

»Im Alter meiner Tochter. So um die Fünfzig.«

»Das ist doch nicht zu alt«, meinte Braig. »Das kann nicht der Grund sein.«

Seine Gesprächspartnerin warf ihm einen strengen Blick zu. »In welcher Welt leben Sie? Bei Mutti hinterm Ofen?«

Er gab keine Antwort, ließ ihr Zeit, ihren Gedankengang zu erklären.

»Katja hat in den letzten Monaten mehrfach Absagen erhalten, weil sie zu alt ist. Als Frau über vierzig haben Sie heute keine Chance mehr, weder im Fernsehen noch sonst wo.«

Braig wollte ihr nicht widersprechen, um sie nicht gegen sich einzunehmen. Er benötigte weitere Informationen, war auf ihren guten Willen angewiesen. »Na gut«, lenkte er ein, »ich denke, wir werden Frau Dorn finden. Über ihren Bekannten wissen Sie nichts Genaueres?«

»Nein, überhaupt nichts. Ich bin froh, wenn Katja die Sache mit der Wohnung regelt. Sie ist absolut zuverlässig.«

Er verstand die Argumente der Frau, konnte nachvollziehen, dass sie es in ihrem Alter jenseits der Achtzig als eine große Erleichterung empfinden musste, die Auflösung der Wohnung in vertrauenswürdige Hände legen zu können. Wahrscheinlich war dieses Vorgehen auch die einzige Methode, die es ihr ermöglichte, den Tod ihrer Tochter mit all seinen Auswirkungen nicht unmittelbar an sich heranzulassen und den Abschied von ihr ein kleines Stück erträglicher zu gestalten. Wie schmerzvoll musste es sein, sich aufgrund des eigenen fortgeschrittenen Alters dem Tod jeden Tag ein Stück näher zu wissen, dann aber noch das eigene Kind zu verlieren.

Er sah plötzlich wieder die entstellten Züge des Toten auf der Neckarinsel vor sich, erinnerte sich an den Beruf des Mannes. »Sie kennen einen Dieter Fehr?«, fragte er, vergeblich darum bemüht, den Anblick der Leiche aus seinem Gedächtnis zu vertreiben. Die aus dem Schädel quellenden Augen des Ermordeten standen so plastisch vor ihm, dass er die finstere Miene Frau Bergs erst nach einer Weile wahrnahm.

»Den Namen sollten Sie in meiner Gegenwart besser nicht mehr erwähnen.«

Braig sah die verwinkelt in die Höhe ragenden Arme und Beine, die aufgequollenen Backen, die intensiv rosa leuchtende Haut am Kinn, als läge der Mann hier vor ihm.

»Ohne dieses Scheusal würde meine Tochter heute noch leben.«

Der Tonfall ihrer Stimme riss ihn endgültig aus seinem Albtraum.

Klara Berg hatte sich vollkommen verändert. Hoch aufgerichtet, mit durchgedrückter Wirbelsäule saß sie auf ihrem Stuhl. Das Gesicht dunkelrot angelaufen, warf sie ihm einen finsteren Blick zu. Aus ihren Augen sprach der reine Hass.

Überrascht betrachtete er die Frau. »Dieter Fehr?«

Sie gab keine Antwort, starrte ihn voller Verachtung an.

»Der Mann ist tot«, fügte er hinzu, »er wurde ermordet.«

Wieder änderte sich ihre Haltung im Bruchteil einer Sekunde. Ihr Körper schnellte nach vorn, drohte vom Stuhl zu fallen, ihre Augen schienen ihn zu durchbohren. Sie bewegte ihre Lippen, hatte keine Kraft, ihnen einen Laut zu entlocken, stand vollkommen im Bann des unverhofften Ereignisses.

»Heute Nacht«, sagte Braig, »hier in Tübingen.«

Sie benötigte einige Sekunden, um aus ihrer Erstarrung zu finden, begann lautlos zu lachen, nahm langsam wieder eine normale Sitzhaltung an.

»Endlich eine erfreuliche Botschaft.« Ihre Stimme klang hart und kalt, hatte jede Emotion verloren.

»Er scheint Ihnen nicht sympathisch gewesen zu sein«, bohrte Braig vorsichtig. Er musste versuchen, eine Erklärung für ihr seltsames Verhalten zu finden.

»Weiß Gott nicht, nein.« Sie schaute ihm voll in die Augen. »Gibt es doch noch Gerechtigkeit auf dieser Welt?«

Er hütete sich, ihre Worte zu kommentieren, wollte die Frau nicht gegen sich aufbringen, weil er sich Informationen über den Toten erhoffte. Sie vor den Kopf zu stoßen, drohte ihre Bereitschaft zu weiteren Auskünften von vornherein zu blockieren.

Klara Berg wusste genau, weshalb er schwieg. »Sie möchten wissen, wieso ich so eiskalt und gefühllos über einen Menschen rede, stimmt's?«

Er nickte wortlos.

»Wie kommt die Alte dazu, so respektloses Zeug zu quatschen?«

»Das haben Sie formuliert.«

»Meine Tochter hatte sich über Jahre hinweg in mühsamer Arbeit ein eigenes Unternehmen aufgebaut«, fing sie unvermittelt an, »Spedition, Kurierdienst, Frachtzustellung. Vor allem hier im Südwesten, teilweise aber in ganz Deutschland, manchmal sogar im Ausland. Es war kein Honigschlecken, zu keinem Zeitpunkt, aber die Sache lief. Und sie gedieh. Immer besser. Von Jahr zu Jahr. Beate machte es zudem Spaß. Das war das Wichtigste. Obwohl es zuweilen richtig zur Schinderei wurde, machte es ihr Spaß. Sie engagierte sich mit Leib und Seele. Es war ihr Leben, ganz einfach ihr Leben.«

Die Frau schwieg einen Moment, holte tief Luft. Die Nachricht vom Tod Fehrs schien sie intensiver berührt zu haben, als Braig zuerst gedacht hatte.

»Dann lernte sie *ihn* kennen.« Sie brauchte den Namen nicht auszusprechen. Schon wie sie die drei Buchstaben betonte, machte alles klar.

»Sie zogen zusammen; er war drei Jahre älter als sie. Es ging schnell, sehr schnell. Als Mitarbeiter von Larch war er sozusagen Konkurrent. Statt ihr Unternehmen weiterzuführen und auszubauen, gab sie es einfach auf. Von heute auf morgen. Larch benötigte dringend tüchtige Zusteller. Beate nahm die Stelle an. Wer ihre Kunden bekam, muss ich wohl nicht erwähnen.«

»Larch.«

»*Er*«, korrigierte sie ihn, »*er* brachte sie in die Firma ein. Sechs Monate später war *er* Geschäftsführer. Wissen Sie, was eine über Jahre hinweg aufgebaute und sorgsam gepflegte Kundenkartei wert ist?«

Braig nickte. Zufriedene Kunden waren für ein Unternehmen dieser Branche das A und O, die Grundlage einer gesicherten Existenz.

»Wie er sie dazu brachte, alles aufzugeben – ich weiß es nicht. Glücklich war sie nie. Er betrog sie nach Strich und Faden, alle paar Monate mit einer anderen Frau. In der Firma war Beate eine von vielen, obwohl sie unermüdlich rackerte. Trotzdem blieb sie bei ihm.« Klara Berg erhob sich von ihrem Stuhl, trat zur Wand, deutete auf eines der Fotos. »Hier steht sie in ihrer Uniform.« Sie nahm das Bild ab, reichte es ihm.

Braig erkannte die Frau trotz ihrer gelb-grünen Montur. Das Foto zeigte sie etwa im gleichen Alter wie die gemeinsame Aufnahme mit Katja Dorn. Sie hielt ein größeres Paket in ihren Armen, lächelte freundlich in die Kamera.

»Vor zwei Jahren ungefähr verabschiedete er sich aus der gemeinsamen Wohnung, zog zu einer Jüngeren. Beate verkraftete die Trennung nicht, wurde krank. Durchblutungsstörungen, Zucker, Bandscheibenvorfall. Trotzdem blieb sie in der Firma, rackerte sich ab. Vor sechs Monaten erlitt sie einen Schwächeanfall, arbeitete trotzdem weiter. Weil sie zwei, drei Wochen ihr tägliches Pensum nicht ganz schaffte, kündigte er ihr. Sie sei zu alt, ließ er in der Firma verbreiten, den täglichen Anforderungen nicht mehr gewachsen.«

Grund genug, den Mann aus Rache zu töten, überlegte Braig. Die verschmähte Partnerin, die beruflich wie privat ausgebeutete und zum alten Eisen geworfene Frau – gab es ein besseres Motiv? Wenn er den Ausführungen Klara Bergs vertrauen konnte, hatte ihre Tochter allen Grund gehabt, Fehr zu hassen bis aufs Blut, ihm Hölle, Tod und Teufel an den Hals zu wünschen und ihn mit Gift ins Jenseits zu verfrachten – und doch kam sie für den Mord nicht in Frage, weil sie längst selbst schon im Jenseits war. Hatte ihre Mutter die Sache für sie in die Hand genommen und sozusagen stellvertretend – jetzt auch noch als Racheengel für den Tod ihrer Tochter – erledigt?

Er betrachtete die alte Dame, die matt und kraftlos auf ihrem Stuhl lehnte, das von der Wand abgenommene Foto in der Hand, sichtbar getroffen von den Erinnerungen, die sie selbst beschworen hatte. Klara Berg, die Mörderin dreier Männer?

Aufgrund des von Helmut Rössle eindeutig belegten Fußabdrucks mussten sie davon ausgehen, dass es sich in allen drei Fällen um dieselbe Täterin oder denselben Täter handelte. Diese Frau hier vor ihm sollte dafür in Frage kommen?

Braig wollte es nicht glauben. Er musterte ihre Schuhe, schätzte sie nicht größer als die zum Tatort passenden. Klara Berg?

Plötzlich kam ihm ein anderer Einfall. »Kennen Sie eine Frau Böhler?«

»Wer soll das sein?«

»Marion Böhler aus Stuttgart-Rotenberg.«

Klara Berg schüttelte den Kopf. »Nein, nie gehört.« Sie sah ihm direkt in die Augen, hielt seinem Blick bis zur letzten Sekunde stand.

Er musste nachforschen, die Möglichkeit überprüfen, ob es doch eine Verbindung zwischen den Frauen gab.

»Mord, sagen Sie?«, fragte sie plötzlich.

Er nickte.

»Wo?«

Braig sah keinen Grund, warum er es ihr nicht berichten sollte. »Auf der Neckarinsel«, sagte er, »heute Nacht.«

Sie hörte ihm aufmerksam zu, folgte seinen Worten mit konzentrierter Miene. »Wie ist es geschehen? Wurde er erschossen?«

»Gift«, antwortete er, »Blausäure.«

Ihr Gesicht verriet deutliche Überraschung. »Blausäure? Gab es da nicht in den letzten Tagen bereits ein oder zwei Delikte? Ich meine, die Zeitungen berichteten darüber.«

»Das ist richtig. Zuerst in Stuttgart-Rotenberg, dann in Großaspach bei Backnang.«

»Und jetzt suchen Sie den Mörder, richtig?«

Braig nickte.

»Sie ermitteln selbst?«

»In allen drei Fällen.«

»Sind Sie deshalb hier?« Klara Berg ging zur Wand, hängte das Bild an seinen Platz.

Er wartete, bis sie wieder auf ihrem Stuhl saß. »Vielleicht können Sie mir ja helfen«, sagte er.

Sie betrachtete ihn aufmerksam. »Giftmorde. Gehe ich recht in der Annahme, Sie suchen eine Frau?«

»Ich weiß es nicht. Wie kommen Sie darauf?«

»In alten Krimis benutzen Frauen meistens Gift, wenn sie einen Menschen aus dem Weg räumen wollen.«

»In alten Krimis, ja. Aber dies ist Schreibtischmord.«

»Mag sein. Aber wer immer es war, ob Mann oder Frau, er hat ein gutes Werk getan. Dieser Kerl hat es verdient.« Klara Bergs Augen schienen zu strahlen, als sie Braig ihre Worte entgegenschleuderte.

26. Kapitel

Langsam gelang es der Sonne, die sich auflockernde Wolkendecke zu durchbrechen.

Braig schaute aus dem breiten Panoramafenster im 14. Stock des Hochhauses in Nürtingen-Roßdorf, betrachtete das in grelle Lichtkaskaden getauchte Vorland der Schwäbischen Alb. Apfelbäume voller Früchte, kräftig grüne Wiesen, dazwischen weite Siedlungsflächen mit roten Hausdächern, aber auch steril-graue Gewerbeansammlungen, breite Asphaltbänder, von Blechmassen verstopft. Im Hintergrund, vom wechselnden Licht für Sekunden in Schwärze, dann wieder in ein dunkles Blau getaucht, die sich bis fern an den Horizont erstreckende, hoch aufgerichtete Mauer der Schwäbischen Alb.

Er hatte sich von Frau Berg verabschiedet, nachdem die alte Dame ohne jede Aufforderung auf die Idee verfallen war, ihm eine andere Heimbewohnerin als Zeugin dafür zu präsentieren, dass sie den vergangenen Abend bis kurz vor Mitternacht gemeinsam vor dem Fernsehschirm verbracht hatten.

»Nicht, dass Sie auf falsche Gedanken kommen, Herr Kommissar. Schließlich sind es Frauen, die mit Gift töten.«

Sie hatte sich außer Stande gesehen, dem Mann auch nur eine einzige Träne nachzuweinen, weil er ihrer Auffassung nach die alleinige Verantwortung für den Selbstmord ihrer Tochter trug. Er hatte diese beruflich und privat ausgebeutet und ruiniert und sie dann, als sie für kurze Zeit ihre Leistungsfähigkeit eingebüßt hatte, ohne jeden Skrupel zum alten Eisen geworfen – so jedenfalls die Sicht der Mutter.

Nach seinem Besuch bei Klara Berg war Braig zur Neckarinsel zurückgekehrt, um mit Rössle und Rauleder gemeinsam die Wohnung Dieter Fehrs zu untersuchen.

Das Hochhaus in Roßdorf, einer Trabantensiedlung Nürtingens, war eine der abschreckendsten Bausünden, die Braig je gesehen hatte. Hoch auf einem Berg über der kräftig prosperierenden Industriestadt gelegen, dominierte der klobige Betonklotz die gesamte Umgebung. Ein großer, asphaltierter Vorplatz, Horden spielender Kinder, weitläufige Glas- und Stahlfronten, mehrere Aufzüge, dazu auf jedem Stockwerk die gleichen dunklen Wohnungszugänge – für keinen Preis der Welt hätte er sein unruhiges Großstadtquartier mit einem der Räume hier getauscht. Was seine Kritik an den abstoßenden Betonmassen milderte, war die wahrhaft grandiose Aussicht aus einem der breitflächigen Panoramafenster auf das Vorland der Alb.

Die Wohnung Fehrs war nicht übermäßig komfortabel eingerichtet: Ein langgezogenes Wohnzimmer mit der gewohnten Polsterkombination und einer, wie Braig urteilte, etwas protzigen Schrankwand aus dunklem Eichenholz, ein kleines Schlafzimmer mit einem Stapel ungebügelter Wäsche auf dem Boden und eine konventionell eingerichtete Küche mit Spüle, Herd und den üblichen Elektrogeräten. Fehr musste wohl, wie seine Sekretärin heute Morgen angedeutet hatte, wirklich einen Großteil seines Einkommens an die ehemalige Familie abgegeben haben, auffälligen Luxus strahlten diese Räume nicht aus.

Sie durchsuchten die Schränke, die Betten, dazu mehrere Kartons, die der Mann im Keller aufbewahrte, fanden keinen Hinweis auf eine Verbindung zu den anderen Verbrechen, auch kein Indiz dafür, dass bei Fehr wie bei Böhler und Hemmer Drohbriefe eingegangen waren, die den Mord ankündigten.

»Wer kontrolliert die Post?«, hatte Braig Frau Egerer im Büro in Kirchentellinsfurt gefragt.

»Ich.«

»Jeden Tag?«

»Immer«, hatte sie geantwortet. »Herr Fehr hasst es, sich auch noch um das Schriftliche kümmern zu müssen.«

»Er hat keine Drohbriefe erhalten?«

Ihr Gesichtsausdruck hatte jeden Kommentar erübrigt. »Drohbriefe? Von wem?«

Die Sekretärin war bereit, jeden Eid zu schwören, dass in den Jahren, in denen sie für die Firma Larch tätig war, noch nie ein Drohbrief – in welcher Form auch immer – im Büro eingegangen war. »Und ich kontrolliere die Post«, hatte sie mit Nachdruck betont, »jeden Tag.«

»Haben wir etwas übersehen?«, fragte Braig die beiden Techniker, als sie nach zwei Stunden intensiver Suche die Wohnung Fehrs verließen.

»Du mit deine Drohbrief!«, knurrte Rössle. »Bei dem hier hat's halt pressiert. Der Verbrecher hot koine Zeit mehr ghabt, dem noch groß zu schreibe. Der hat den erledige wolle, au ohne Brief, fertig!«

Braig wusste nicht, was er davon halten sollte. Bei Konrad Böhler wie bei Bernhard Hemmer hatten sie identische Briefe gefunden, Dieter Fehrs Büro und Wohnung dagegen wiesen keinerlei Hinweise auf den Eingang solcher Schreiben auf. Weshalb? Hatte der Täter seine Taktik geändert? War es ihm zu gefährlich geworden, mit Briefen eindeutige Spuren zu legen? Oder steckte doch eine andere Person hinter dem Mord in Tübingen – trotz der identischen Schuhabdrücke?

Braig spürte seinen unruhigen Magen, schaute auf die Uhr. Zehn nach zwei. Kein Wunder, dass er Hunger hatte.

Er bat Rauleder, am Rand der Nürtinger Innenstadt anzuhalten, holte bei einem Bäcker mehrere Brezeln und Brötchen, verteilte sie an die Kollegen.

Die anschwellenden Kopfschmerzen hatten Braig schon fest im Griff, als sie im Amt eintrafen. Er lief in sein Büro und begann das immer gleiche Ritual: Kaffee in den Filter füllen, Maschine einschalten, sich kaltes Wasser ins Gesicht klatschen. Vielleicht war es nur die übliche mittägliche Müdigkeit, die ihm zu schaffen machte. Der Druck in seinem Kopf ließ nur unmerklich nach. Er wartete, bis seine Haut wieder trocken war, massierte seine Schläfen. Hinter ihm blubberte die Kaffeemaschine.

Am Schreibtisch schaltete er den Computer ein, holte sich die Telefonnummer des Südwestrundfunks. Es dauerte mehrere Minuten, bis er endlich die Mitarbeiterin erreichte, die für die Betreuung freier Künstler zuständig war. Braig stellte sich und sein Anliegen vor, bat um die Adresse von Katja Dorn. Er hörte, wie die Frau seinen Wunsch in den Computer eingab, hatte dann wieder ihre Stimme am Ohr:»Es tut mir Leid. Die Adresse von Frau Dorn haben wir nicht. Ich kann Ihnen nur die Anschrift ihrer Agentin mitteilen. Ich faxe sie Ihnen zu. Einverstanden?«

Braig bedankte sich, gab ihr seine Nummer. Eine Minute später perlte das Papier aus dem Gerät. Er nahm es zur Hand, las die Information.

Anne vom Stein, Künstler-Agentur
Schwarzburgstraße 24
60318 Frankfurt am Main

Braig begab sich zur Kaffeemaschine, schenkte sich ein. Als er aufsah, stand Neundorf im Zimmer.

»Auch schon da?«

Er nickte.

»Ich lief Rössle über den Weg.« Sie trug eine sportliche, dunkelrote Jacke, dazu dunkelgrüne Jeans. »Er zeigte mir Fotos von dem Toten.«

Braig sah an ihrem Gesichtsausdruck, dass sie den außergewöhnlich entstellten Zustand der Leiche voll wahrgenommen hatte.

»Wir sind zum Erfolg verdammt«, sagte sie, »lange darf das nicht mehr weitergehen.«

Er nickte, trank in kleinen Schlucken, deutete auf die Tasse.

Neundorf schüttelte den Kopf. »Ich habe schon, danke. Wie weit bist du gekommen?«

Braig referierte seine Gespräche mit Klara Berg und der Sekretärin des Toten, erwähnte die Durchsuchung von Fehrs

Wohnung. Er griff in seine Jacke, zog das Foto von Katja Dorn vor, zeigte es seiner Kollegin. »Ich habe beim SWR angerufen und die Adresse der Agentin erhalten, die sie betreut. Ich hoffe, wir erreichen sie so.«

»Wir brauchen die Frau. Sie ist wahrscheinlich die schnellste Verbindung zu diesem Herbert Bauer.«

Braig stimmte ihr zu, erkundigte sich nach ihrer Arbeit. »Und? Wie sieht es bei dir aus?«

»Becksteins Überwachung scheint zu klappen. Er war gestern Abend noch kurz in einer Kneipe nicht weit von seiner Wohnung entfernt, scheint dort aber keine persönlichen Gespräche geführt zu haben. Ein schweigsames Bier, wie der Kollege beobachtete. Heute ging er ganz normal zur Arbeit.«

»Vielleicht hat er doch nichts mit der Sache zu tun.«

»Keine Ahnung«, sagte sie, »frag mich was Leichteres. Marion Böhler dagegen hat kein Alibi. Sie war gestern Abend allein zu Hause.«

»Verdammt. Es müsste doch einen Kontakt zwischen ihr und diesem Bauer geben?«

»Ich habe sie gefragt. Sie konnte mit dem Namen nichts anfangen. Behauptete sie jedenfalls.« Neundorf trat an Braigs Schreibtisch, schob einen Packen Papiere zur Seite, setzte sich.

»Steckt die Frau nicht doch irgendwie mit drin?«

»Wir werden es herausfinden«, erklärte sie, »es ist nur eine Frage der Zeit.«

»Du warst bei dem Mann – wie heißt er doch gleich – von der Liste?«

»Stefan Zierz.« Neundorf nickte. »Der Prototyp des erfolgreichen Unternehmers. Er heiratete in ein Textilgeschäft ein, krempelte den Laden von gediegener Damen- und Herrenbekleidung auf peppig-fetzige Jugendmode um, wie er mir erzählte, und beglückt jetzt alle paar Wochen immer mehr Städte mit seinen ultramodernen Shops. Wer immer sich jung und voller Lebensfreude fühle, gehe in seinen ›Shopping-

Centers‹ aus und ein, meinte er, die seien nichts für Omas und Opas. Konrad Böhler und Bernhard Hemmer waren ihm genauso unbekannt wie ein Dieter Fehr. Nie gehört, keinerlei Kontakt. Von Drohbriefen keine Spur.«

»Du glaubst ihm?«

»Weshalb nicht?«

»Warum steht er dann auf der Liste?«

»Ich weiß es nicht«, antwortete Neundorf.

»Hast du ihm die anderen Namen der Liste genannt? Die Männer, die noch leben, meine ich.«

»Er kennt sie nicht. Keinen einzigen davon. Es ist zum Verrücktwerden, aber es gibt angeblich keine Gemeinsamkeiten zwischen all diesen Personen, irgendetwas, das sie verbindet. Das kann doch nicht sein!«

»Der rote Faden«, meinte Braig, »das Element, dessentwegen sie ins Visier des Mörders gerieten.«

»Genau. Es muss ihn aber geben, oder?«

Wir sind blind, überlegte er, wir sind nicht fähig zu begreifen, dass all diese Männer etwas gemeinsam haben, das sie im Moment aufs Äußerste gefährdet. Vorausgesetzt, bei dem Papier handelt es sich tatsächlich um so etwas wie eine Todesliste. Aber durften sie daran noch zweifeln?

»Wir müssen systematisch vorgehen«, sagte er, »einen Mann nach dem anderen untersuchen. Die, die bereits getötet wurden. Was war der Grund für ihren Tod?«

Neundorf nickte. »Konrad Böhler. Er war der Erste. Weshalb?«

»Er hat seine Frau betrogen, lebte zeitweise im Clinch mit ihr. Reicht das wirklich als Begründung für einen Mord?«

»Ich will nicht wissen, wie viele Ehemänner dann beseitigt werden müssten! Wer hat seine Frau garantiert noch nie betrogen?«

»Es sei denn, Marion Böhler hängt in der Sache drin«, wandte Braig ein, »und sie handelte aus persönlicher Betroffenheit.«

Er ging zur Kaffeemaschine, schenkte sich die Tasse wieder voll. »Was ist dann aber mit Hemmer und Fehr?«

»Solidarität mit anderen betrogenen Frauen«, überlegte Neundorf, »beide Herren waren keine Unschuldslämmer in dieser Beziehung. Eine gemeinsame Rache-Aktion ihrer Opfer.«

»Frau Böhler, Frau Hemmer bzw. ihre Tochter und Frau Berg? Was ist dann mit diesem Zierz? Hast du Erkundigungen über sein Privatleben eingezogen?«

»Er sei verheiratet, erklärte er, habe zwei Kinder, die beide studieren. Seine Frau arbeite in der Firma mit.«

»Keine Geliebte, keine Affären?«

»So weit bin ich noch nicht. Die Frage kann man ihm schlecht direkt auf die Nase binden. Zumindest, wenn man eine ehrliche Antwort will, oder?«

Braig nickte, gab ihr Recht. Eine aufrichtige Antwort auf diese Frage zu erwarten schien ihm in der Tat reichlich naiv. »Du bleibst an ihm dran?«

»Ich klappere seine Mitarbeiter ab. Vielleicht kann ich das Leben des Mannes genauer analysieren.«

»Was ist mit den übrigen Leuten?«

»Beck hat sich voll reingehängt. Er versucht, sie zu identifizieren.«

»Und Herbert Bauer? Hat noch niemand überprüft, ob uns der Mann wider Erwarten doch seinen richtigen Namen genannt hat? In der ersten Überraschung vielleicht, als er plötzlich Polizei vor sich sah?«

Neundorf sprang vom Schreibtisch, weil das Telefon läutete, schob es Braig zu. »Felsentretter bemüht sich darum. Vorhin hörte ich ihn fluchen. Allein in Baden-Württemberg gibt es über zweitausend Männer dieses Namens, schimpfte er. Ob wir verrückt seien, den Typ auf diese Weise ermitteln zu wollen.«

Sie schwieg, weil Braig den Hörer abnahm und sofort Interesse an seinem Gesprächspartner bekundete.

»Daniel Schiek«, sagte er, »ob wir Zeit haben, das Phantombild zu erstellen?«

Neundorf nickte, hörte, wie Braig dem Grafiker zusagte. »Du glaubst, wir kriegen den Kerl noch auf die Reihe?«, fragte sie.

Braig legte auf, versuchte sich an den Moment zu erinnern, als der angebliche Herbert Bauer vor ihnen stand. Ein mittelgroßer Typ mit langen, dunkelblonden Haaren, kräftig rot glänzenden Backen und misstrauisch blickenden Augen. Er hatte nicht lange Zeit gehabt, dessen Physiognomie zu speichern, war auch nicht aufmerksam genug gewesen, sich sein Aussehen bis ins Detail einzuprägen, wie er jetzt merkte. »Es wird nicht leicht«, sagte er.

Sie verließen sein Büro, fuhren mit dem Aufzug abwärts, trafen Daniel Schiek vor seinem Computer an. Wenn es jemand gelingen konnte, eine Person auf den Bildschirm zu bannen, obwohl von ihr bisher nur eine ungenaue Beschreibung vorlag, dann ihm.

Braig und Neundorf erklärten dem Kollegen die Umstände, unter denen sie auf den Gesuchten getroffen waren, versuchten das Aussehen des Mannes zu beschreiben. Schiek machte sich Notizen, fragte ab und an nach Details, vergewisserte sich verschiedener Charakteristika, baute dann ein Gesicht am Bildschirm auf. Braig starrte auf den Monitor, sah die Haare, die Stirn, dann die Augen- und Nasenpartie, versuchte sich darüber klar zu werden, wo die Unterschiede zwischen Abbild und Original sein konnten.

»Was stimmt nicht?«, fragte Schiek. »Die Stirn? Das Kinn? Die Größe der Augen?«

Sie konzentrierten sich auf den Haaransatz, korrigierten die Breite des Schädels, gaben dem Gesicht eine schmalere Form, näherten sich immer mehr der Gestalt, die sie als Herbert Bauer kennen gelernt hatten.

»Die Haare stimmen nicht«, erklärte Neundorf, »sie zogen sich in einer geraden Linie über die Stirn.« Sie fuhr mit dem

Finger über den Bildschirm, um Schiek zu verdeutlichen, was sie meinte.

Der Grafiker warf ihr einen skeptischen Blick zu, entfernte den letzten Ansatz einer Geheimratsecke.

Neundorf und Braig nickten zustimmend mit dem Kopf. »Und links genauso.«

Schiek folgte dem Vorschlag, betrachtete das Bild. »Beschreibt ihr mir einen Mann oder eine Frau?«

»Wieso fragst du?«, erwiderte Neundorf. »Die Haare stimmen. Ich habe sie jedenfalls so in Erinnerung, oder?« Sie schaute fragend zu Braig, bemerkte dessen Zustimmung.

»Er soll um die Fünfzig sein, denke ich. Männer in dem Alter haben immer Geheimratsecken. Zumindest einen Ansatz dazu.«

»Mir kommt das Aussehen korrekt vor. Nur das Gesicht trifft es noch nicht ganz.«

»Die Backen«, erklärte Braig, »sie waren runder und etwas schmaler. Außerdem glänzten sie irgendwie.«

Schiek veränderte die Form des Gesichts, modellierte mehr und mehr die Person heraus, die sie in Erinnerung hatten. Braig betrachtete das Portrait auf dem Monitor, zeigte sich zufrieden. Der Mann auf dem Bildschirm entsprach nun fast haargenau dem Menschen, der ihnen in der Lindenstraße in Ludwigsburg im ersten Obergeschoss die Tür geöffnet hatte.

»So können wir es bringen«, meinte Neundorf, »genau so.« Sie bat Schiek, das Bild auszudrucken, es per E-Mail und Fax sämtlichen Pressevertretern zuzusenden und darauf hinzuweisen, dass der Mann im Zusammenhang mit den Giftmorden gesucht werde.

»Ihr habt keine Anhaltspunkte, wo er lebt?«, fragte Schiek.

»Leider nein«, antwortete Braig, »bis jetzt wissen wir noch nichts.«

»Dann übermittle ich Felsentretter das Bild, damit er den Mann auch optisch vergleichen kann. Und ich erstelle einen

Foto-Abgleich mit unserem Fahndungs-Programm. Vielleicht erkennt der Computer den Kerl.«

Der Kommissar bedankte sich bei seinem Kollegen, erinnerte sich, dass er bei der Künstler-Vermittlung in Frankfurt anrufen wollte, schaute auf seine Uhr. Wenige Minuten vor vier. Höchste Zeit. Er wusste nicht, wie lange solche Agenturen zu erreichen waren.

Braig verabschiedete sich, sprang die Treppen nach oben, lief in sein Büro. Würziger Kaffeeduft hing im ganzen Raum. Er merkte, dass er vergessen hatte, die Kaffeemaschine auszuschalten, nahm die Glaskanne von der Platte. Ein Rest brauner Flüssigkeit schmorte vor sich hin. Braig schüttete ihn in seine Tasse, gab Wasser dazu, trank in kleinen Schlucken. Es schmeckte fast unerträglich bitter wie kaum genießbare Medizin.

Das Fax mit der Anschrift der Frankfurter Agentur lag auf seinem Schreibtisch. Er wählte die Nummer, hatte Glück. Eine Frauenstimme meldete sich.

Braig stellte sich vor, schilderte sein Anliegen.

»Landeskriminalamt in Stuttgart«, sagte die Frau schließlich. »Heißt das, Sie vermuten, Frau Dorn sei in kriminelle Machenschaften verwickelt?«

Braig versuchte, die Bedenken seiner Gesprächspartnerin zu zerstreuen. »Im Gegenteil. Aller Voraussicht nach hat sie mit der Angelegenheit, in der wir ermitteln, überhaupt nichts zu tun. Wir wollen nur mit Frau Dorn sprechen, weil wir glauben, dass sie einen Mann kennt, der für uns sehr wichtig sein kann.«

»Dann wird Frau Dorns Name auf keinen Fall im Zusammenhang mit Ihren Untersuchungen erwähnt.«

»Das kann ich Ihnen gerne zusichern«, versprach er, »wir werden der Presse nichts von Ihrer Klientin mitteilen.«

»Darum möchte ich Sie dringend ersuchen. Nichts kann einem Künstler mehr schaden, als durch irgendeine unbedachte Veröffentlichung in Misskredit zu geraten. Und sei es ohne jeden Grund.«

Sie versprach, dem LKA die Kontaktadresse Katja Dorns im Verlauf der nächsten halben Stunde zuzufaxen, verabschiedete sich.

Braig spürte die erneut aufkommenden Kopfschmerzen, fühlte sich matt und hungrig. Außer Brezeln und trockenen Brötchen hatte er den ganzen Tag noch nichts gegessen. Er lief zum Waschbecken, schaute in den kleinen Spiegel über dem Wasserhahn. Ein müdes, bleiches Gesicht starrte ihm entgegen, Bartstoppeln auf dem Kinn, Ringe unter den Augen. Das Bild eines alten, verbrauchten Mannes.

Er wandte sich von dem abschreckenden Spiegelbild ab, drehte den Wasserhahn auf. Sein Kopf drohte zu zerspringen, als er sich nach unten beugte. Braig klatschte sich kaltes Wasser ins Gesicht, wartete, dass die Schmerzen nachließen. Wasserperlen tropften von seinen Backen und dem Kinn ins Becken. Er drehte den Wasserhahn wieder zu, fuhr sich über die nasse Stirn. Langsam kam sein Gehirn wieder in Schwung. Ob sie jetzt endlich an Frau Dorn herankamen?

Hinter ihm auf dem Schreibtisch schob sich ein Papier aus dem Fax-Gerät. Braig wischte sich das Gesicht trocken, wandte sich um. Neundorf stürzte aufgeregt in den Raum.

»Zierz, der Mann auf der Liste«, erklärte sie außer Atem, »er hat einen Drohbrief erhalten.«

Braig starrte seine Kollegin überrascht an.

»Ich glaube, es handelt sich um denselben wie bei Böhler und Hemmer.«

»Du hast den Brief gesehen?«

»Der Mann rief eben gerade an. Er hörte in den Nachrichten einen ausführlichen Bericht vom Mord an Fehr, bekam es, wie er zugab, mit der Angst. Heute Morgen wollte er noch nichts von einem Drohbrief wissen.«

Braig wurde sich der Sprengkraft ihrer Aussage bewusst. »Wann hat er ihn erhalten?«

»Vor zwei Wochen etwa.«

»Und er hat ihn aufbewahrt?«

Neundorf nickte. »Ich fahre sofort hin und bringe ihn ins Labor. Vielleicht finden sie Spuren.«

Braig wischte sich über die Stirn, setzte sich auf seinen Stuhl. Die Kopfschmerzen machten ihm erneut zu schaffen. Er versuchte, das Wummern und Dröhnen hinter seinen Schläfen zu überwinden, begriff, was sie meinte.

»Das bedeutet: Das Papier, das uns in Ludwigsburg in die Hände fiel – dabei handelt es sich wirklich um eine Todesliste.« Neundorf strich ihre Jacke zurecht, schwieg einen Moment, als wolle sie auf diese Weise die Tragweite ihrer Aussage noch verdeutlichen. Draußen auf dem Flur hörten sie jemanden laut fluchen.

»Wenn die Briefe, die Böhler und Hemmer erhielten, mit dem von Zierz identisch sind, haben wir den endgültigen Beweis.«

Braig fuhr sich mit den Fingerspitzen über sein rechtes Ohr, massierte seine Schläfe. Trotz der Schmerzen waren ihm die Konsequenzen der von Neundorf erörterten Problematik vollkommen klar. »Das heißt, die Männer auf der Liste sind in größter Gefahr.«

»So unglaublich es auch klingt, irgendein Verrückter ist unterwegs, sie der Reihe nach ins Jenseits zu befördern. Das Gift dafür hat er schon in seinen Händen. Und *wir* wissen noch nicht einmal genau, wo die potentiellen Opfer leben. Wir kennen ihre Namen, haben sie aber noch nicht alle identifiziert.«

Braig spürte plötzlich einen starken Niesreiz, wandte seinen Kopf zur Seite. »Wenn wir uns jetzt nicht beeilen und alle Kräfte auf diesen Fall konzentrieren, gibt das eine Katastrophe, ist dir das klar?« Das Jucken in der Nase verstärkte sich. Braig hielt sich beide Hände vors Gesicht, nieste kräftig.

Neundorf reagierte nicht. »Wir müssen endlich an diesen Herbert Bauer ran. Hast du die Adresse der Schauspielerin?«

Er zog ein Taschentuch vor, putzte seine Nase. Neundorf sah ihn erwartungsvoll an.

»Sie müsste gerade gekommen sein.« Braig zeigte auf das Fax, nahm das Blatt an sich.

Katja Dorn, zu erreichen über Susanne Braun, Mathiaskirchplatz 23, 50968 Köln.

Er überflog den Text samt der Telefonnummer, die in der untersten Zeile folgte, reichte Neundorf das Papier. Sie las, zeigte zum Telefon.

»Du versuchst es sofort?«

Braig nickte, gab die Ziffern ein. Die weibliche Stimme auf dem Anrufbeantworter teilte ihm mit, dass Susanne Braun im Moment leider nicht zu sprechen sei, auf eine Mitteilung hin aber gerne antworte. Er wartete den Piepton ab, sprach seinen Wunsch auf das Band, gab seine Nummer an.

»Dann können wir nur hoffen, dass die Frau schnell reagiert«, meinte Neundorf.

»Im Notfall wende ich mich an die Kölner Kollegen. Wenn sie bis heute Abend nichts von sich hören lässt, bitte ich die, bei ihr vorbeizuschauen.«

»Die werden sich freuen!«, meinte sie, »Wahrscheinlich leiden die genauso unter Langeweile wie wir.« Sie verabschiedete sich, hatte den Raum noch nicht verlassen, als Braigs Telefon läutete.

Der Kommissar nahm ab, hatte Erwin Beck am Apparat.

»Wir sind ein Stück weiter«, sagte der Kollege, »ich habe einen weiteren Drohbrief entdeckt.«

Braig war sofort elektrisiert. »Einen weiteren Drohbrief? Denselben wie bei Böhler und Hemmer?«

»Exakt. Er ist identisch. Ich maile ihn dir rüber.«

»Wer hat ihn erhalten?«

»Peter Kromberg, ein Mann von der Liste.«

»Oh mein Gott«, stöhnte Braig, »es wird immer schlimmer.«

Beck wusste sofort, was er meinte. »Es scheint sich tatsächlich um so etwas wie eine Todesliste zu handeln. Ein wahnsinniger Verbrecher ist unterwegs, um einen Mann nach dem anderen abzuschlachten.«

»Wie bist du auf diesen Kromberg gestoßen?« Braig spürte, wie das Blut in seinem Schädel pochte. Die Schmerzen setzten mit unerträglicher Intensität ein.

»Zufall«, erklärte Beck, »ich überprüfte die Anzeigen, die in den letzten Wochen wegen irgendwelcher Bedrohungen im Südwesten eingegangen waren. Die Idee entpuppte sich als Volltreffer. Kromberg hat sich vor acht Tagen bei den Kollegen in Leonberg gemeldet und den Brief vorgelegt. Er erstattete Anzeige gegen Unbekannt.«

»Du hast mit dem Mann gesprochen?«

»Nur telefonisch. Aber ich habe einen Termin mit ihm vereinbart. In einer knappen Stunde will er mit mir reden. Ich denke, wir werden für ihn Personenschutz anfordern müssen.«

»Nicht nur für ihn.«

»Nein«, sagte Beck, »für alle Männer auf der Liste, so weit wir diese identifiziert haben.« Er schwieg einen Moment, fügte dann einen weiteren Satz hinzu. »Und so weit sie noch leben.«

Braig wusste, dass der Kollege Recht hatte. Verteufelt Recht. So abstrus die Bemerkung klingen mochte, sie war vollkommen realistisch. *So weit sie noch leben.* Wir wissen nicht, wie lange wir das noch voraussetzen können. Sie müssen überwacht werden, einer wie der andere, weil wir keine Ahnung davon haben, ob der Mörder nicht bald schon wieder zuschlagen wird.

»Der Mann ist Banker«, sagte Beck, »bei irgendeiner großen Bank.«

»Welcher Mann?«

»Dieser Kromberg. Von wem reden wir die ganze Zeit?«

Braig versuchte, seine Gedanken zu ordnen, sich zu konzentrieren »Ist schon gut, ich bin etwas müde. Hat er eine höhere Position?«

»Er ist für Werbung zuständig, wenn ich das richtig verstanden habe.«

»Für die Werbung? Das hatten wir doch schon einmal.«

»Was meinst du?«

»Konrad Böhler, der besaß doch eine Werbeagentur. Vielleicht finden wir da einen Zusammenhang.«

»Ich werde den Mann danach befragen. Und jetzt maile ich dir den Drohbrief rüber.«

Braig legte den Hörer auf den Apparat, schaltete seinen Computer ein. Er brauchte nicht nachzuschlagen, sah es auf den ersten Blick: Das Schreiben war identisch. Derselbe Text wie bei Böhler und Hemmer. Dasselbe Schriftbild.

Kromberg, wir haben dich gewarnt.
Du weißt, um was es geht.
Wenn du nicht hören willst, wirst du büßen.
Deine Chance war da. Jetzt folgt die Tat.

Braigs Kopf drohte zu zerspringen. Er hatte Schwierigkeiten, die Buchstaben auf dem Bildschirm richtig zu erkennen. Sie schienen sich zu bewegen, wurden kleiner, verschwammen vor seinen Augen.

Wir haben dich gewarnt.

Wovor, überlegte er, wovor haben sie ihn gewarnt? Gab es noch einen anderen Drohbrief? Einen, der vor diesem hier abgeschickt worden war?

Es musste ein zweites Schreiben geben. Warum hätte der Mörder sonst extra darauf hinweisen sollen?

Du weißt, um was es geht.

Obwohl der Satz vor ihm zu zerfließen schien, bereitete er ihm keine Probleme. Er kannte den Text ja längst auswendig. *Um was es geht.* Nein, er wusste immer noch nicht, um was es ging. Was war der Anlass, was der Auslöser für diese irrsinnigen Verbrechen? Warum war der Mörder immer noch unterwegs, warum gab er sich immer noch nicht zufrieden? Drei Menschen hatte er bereits vergiftet, weshalb suchte er fünf weitere Opfer? Sie mussten Zierz und Kromberg befragen, mussten die Männer unbedingt darauf ansprechen, ob sie selbst eine

Vorstellung davon hätten, weshalb gerade sie ins Visier dieses Verrückten geraten waren.

Braig wählte Erwin Becks Nummer, erreichte ihn mitten im Aufbruch, teilte ihm seine Überlegungen mit. Der Kollege versprach, Kromberg eingehend nach einem weiteren Schreiben und den möglichen Ursachen für die Bedrohung zu fragen.

»Außerdem werde ich ihm klarmachen, dass wir ihn von heute an Tag und Nacht überwachen. Ob es ihm passt oder nicht.«

Braig stimmte ihm zu, beendete das Gespräch, wählte Neundorfs Handy-Nummer. Sie hatte ihr Gerät jedoch abgestellt, reagierte nicht. Wahrscheinlich unterhielt sie sich gerade mit Zierz.

Wir müssen die Männer überwachen, überlegte er, rund um die Uhr. Wir dürfen sie nicht aus den Augen lassen. Aber wie sollen wir die Männer warnen, wenn es uns nicht gelingt, sie aufzuspüren?

Braig fühlte den Druck in seinem Magen, spürte den Hunger. Das Ausmaß des Verbrechens drohte seine Kraft zu überfordern. Der Berg, vor dem sie standen, die steile Wand, die sich trotz aller Bemühungen immer noch vor ihnen auftat, schienen unbezwingbar. Wenn er jetzt nicht auf sich selbst und sein eigenes Wohlbefinden Rücksicht nahm, lief er Gefahr, den Überblick zu verlieren. Er durfte nicht länger so achtlos mit seiner Gesundheit umgehen.

Braig hielt sich die Hand auf den Magen, erhob sich von seinem Stuhl. Draußen auf dem Flur waren laute Stimmen zu hören. Felsentretters durchdringendes Organ mit kräftigen Flüchen, dazu Anja Wintterlins Kommentar. Braig drehte sich um, sah die junge Kollegin in seiner Bürotür stehen. Sie war Anfang dreißig, hatte eine sportliche, sehr schlanke Figur, ein schmales, auffallend hübsches Gesicht. Vor wenigen Monaten erst war sie von Freiburg ans LKA versetzt worden.

»Darf ich dich was fragen?« Sie stand wartend an der offenen Tür, kam erst näher, als er nickte.

»Felsentretter, wie?«

Anja Wintterlin nickte. »Er schimpft ohne Pause, weil er nicht den richtigen Herbert Bauer findet.« Sie trat an seinen Schreibtisch, hatte eine Kopie der Liste mit den acht Namen in der Hand.

»Du suchst nach den Männern?«

»Gerd Seiter«, antwortete sie, »ich bin mir nicht sicher.«

»Den Namen gibt es sehr häufig, ja?«

»Wie Sand am Meer. Das ist es aber nicht. Ich dachte schon, ich habe den Mann gefunden, aber jetzt ...«

»Du glaubst, du hast ihn?«, fragte er aufgeregt.

»Ich weiß es nicht«, sagte sie unsicher, »jetzt auf einmal will er es nicht mehr sein. Er streitet ab, den Drohbrief erhalten zu haben, obwohl er es vorher noch zugab.«

»Ihr habt miteinander geredet?«

»Telefoniert, ja. Zu einem direkten Gespräch war er nicht mehr bereit. Er ist auf Sendung.«

Braig schaute sie fragend an.

»Seiter ist Radio-Moderator. Bei der Jugendwelle ›Cool‹.«

»Cool?« Er ließ sich auf seinen Stuhl fallen, starrte überrascht zu seiner Kollegin hin.

»Du kennst den Sender?«

Braig nickte: Es war gerade ein Jahr her, dass sie sich abgemüht hatten, den Mord am damaligen Star-Moderator des Senders aufzuklären. Hans Breidle alias Jack Cool. Er erinnerte sich noch genau an die angeblich *coolen* Sprüche und Bemerkungen Breidles in dessen Sendungen. Eine Aussage dämlicher als die andere. Hirnloses, primitives Geschwätz ohne jedes Niveau. »Cool ist Kult«, hatte ihm der Chefredakteur des Senders erklärt, aufgelöst und außer sich über den Verlust des Mitarbeiters, »wie sollen wir jetzt nach seinem Tod weitermachen?«

Sie hatten es dennoch geschafft, waren offensichtlich voll im Geschäft geblieben. Braig kam nicht umhin, die Geschäftstüchtigkeit der Leute im Nachhinein zu bewundern. Mit ausgefuchster Cleverness hatten sie den Aufsehen erregenden Mord an ihrem angeblichen Kultmoderator dazu benutzt, dem Sender einen neuen Namen zu geben, ihn nach dem zu benennen, der ihren Werbespots die höchstmöglichen finanziellen Erträge verschafft hatte: Radio *Cool*. Nicht mehr nur ein Moderator, nein, der ganze Sender war jetzt *cool*, was immer das bedeuten sollte. Ob sie immer noch mit denselben flapsigdämlichen Sprüchen hausieren gingen? Braig hatte es sich längst abgewöhnt, Radio zu hören, empfand nur noch als Unverschämtheit und Zumutung, was von den meisten Sendern geboten wurde.

Anja Wintterlin sah förmlich, wie es in ihm arbeitete. »Die sind total auf Jugendliche ausgerichtet.«

»Genau das Richtige für dich«, versuchte er zu scherzen.

»Für mich?« Sie stemmte die Arme in die Hüften, wehrte seine Vermutung energisch ab. »Für die bin ich Oma, seit Jahren schon. Ab dreißig gehörst du heute zum alten Eisen.«

Er ging nicht weiter auf ihre Antwort ein, versuchte sich auf den Mann von der Liste zu konzentrieren.

»Mir kam der Name gleich bekannt vor«, sagte sie, »deshalb ließ ich mir seine Nummer geben und rief bei ihm an. Er gab zu, Drohungen erhalten zu haben, mehrere Briefe.«

»Wann war das? In letzter Zeit?«

Anja Wintterlin nickte. »Vor ein paar Wochen, genau konnte er es nicht mehr sagen. Als ich ihn darauf ansprach, dass wir die Originale der Briefe benötigen, um nach Spuren zu suchen und wir ihn von jetzt an überwachen würden, weil er sich in Gefahr befinde, machte er sich über mich lustig. Ich sei hysterisch, meinte er, das sei typisch für die Polizei. Immer nur schwarz sehen und die Leute verängstigen, statt ihnen zu helfen und sie aufzubauen. Später stritt er alles ab. Überwachung durch Polizisten, das sei das Letzte, was er benötige und wir sollten uns ja unterstehen, ihm nachzuspionieren.«

»Und jetzt ist er auf Sendung?«

»Von vier bis acht«, sagte sie, »aber anschließend habe er schon was vor. Keine Zeit zu einem Gespräch.«

Braig dachte an Hans Breidle, erinnerte sich, was sie nach und nach über dessen Lebensstil herausgefunden hatten. Der Moderator war zwar verheiratet, pflegte jedoch fast täglich junge Frauen in eine eigens für diesen Zweck in Esslingen gemietete Wohnung abzuschleppen, die er sich als romantische Liebeslaube eingerichtet hatte. Ob sein Nachfolger in der Beziehung ähnliche Verhaltensweisen pflegte? Sie mussten auf jeden Fall mit dem Mann reden, ihn fragen, ob er wirklich den bekannten Drohbrief erhalten habe und ihn über die Gefahren aufklären, die ihm dann drohten.

Braig schaute auf seine Uhr, sah, dass es kurz nach fünf war. Höchste Zeit für ein warmes Essen und ein paar ruhige Minuten.

»Ich übernehme den Mann«, schlug er vor, »jetzt, heute Abend noch, einverstanden?« Er sah die Erleichterung in ihren Augen, freute sich, ihr helfen zu können. »Wir hatten letztes Jahr schon mit dem Sender zu tun. Die werden sich noch an mich erinnern.«

Er bat sie, sich um die beiden anderen noch nicht identifizierten Männer der Liste zu kümmern, verließ sein Büro.

Die Luft draußen war immer noch überraschend warm. Braig atmete tief durch, lief zum Bahnhof Bad Cannstatt, schaute unterwegs in einem Laden vorbei, kaufte eine Pizza funghi und einen Kopf Salat. Er nahm die S-Bahn zum Feuersee, ging in seine Wohnung, steckte die Pizza in den Backofen, stellte sich unter die Dusche. Der Wechsel von warmem und kaltem Wasser half, die Schmerzen langsam zu vertreiben. Er träufelte sich Shampoo in die Haare, massierte seine Kopfhaut, die Schläfen. Stück für Stück wich die Verspannung aus seinem Körper.

Braig stieg aus der Duschkabine, trocknete sich ab, holte die Pizza aus dem Ofen. Sie duftete knusprig. Er zog sich an, zerkleinerte ein paar Salatblätter, presste eine halbe Zitrone aus, fügte Öl, Kräuter und Salz dazu, aß den Salat mit der Pizza. Ob wir es schaffen, die Männer rechtzeitig ausfindig zu machen und zu warnen, bevor der Mörder wieder zuschlägt? Er war zu müde, länger darüber nachzudenken, nickte ein. Den Kopf in den Händen, die Arme neben dem leeren Teller aufgestützt, dämmerte er vor sich hin. Kurz vor halb acht kam er wieder zu sich.

Braig sprang auf, zog sich eine Jacke über, rannte zur S-Bahn-Station. Zwei Minuten vor acht stand er an der Pforte des Senders.

»Braig vom Landeskriminalamt«, wies er sich aus, »ich möchte Herrn Seiter sprechen.«

Im Hintergrund dudelte ein Lautsprecher. Harter Rock, dann Rap. Braig verabscheute kaum etwas mehr als Lärm dieser Art.

»Sind Sie bei ihm angemeldet?« Der Pförtner schien nicht auf Konsens eingestellt. Er warf Braig einen missbilligenden Blick zu, sprach mit gedämpfter Stimme. »Herr Seiter ist nicht *gerade so* zu sprechen.«

Braig hatte keine Lust, sich auf derlei elitäre Attitüden einzulassen, verschärfte den Ton seiner Stimme. »Hören Sie, ich ermittle! – Ich muss Herrn Seiter sprechen und zwar *jetzt sofort*. Wenn Sie mir nicht augenblicklich weiterhelfen ...«

Der Pförtner unterbrach ihn mitten im Satz. »Hier kommt er. Herr Seiter, Besuch für Sie.«

Der Mann, der leise vor sich hin summend auf sie zu kam, trug ein weites, schwarzes Sweatshirt, mit mehreren Taschen an beiden Beinen bestückte silbergraue Jeans, dazu eine weiße Mütze mit dem Aufdruck *life is wonderful*. Braig schätzte ihn auf Anfang dreißig.

»Herr Seiter?«, fragte er.

Der Mann nickte, blieb stehen.

Braig zog seinen Ausweis, stellte sich vor. »Ich muss mit Ihnen reden. Es ist dringend.«

»Jetzt?«

»Sofort. Tut mir Leid, es geht nicht anders.«

Gerd Seiter seufzte laut auf. »Okay, hoffentlich dauert es nicht so lange. Bringen wir es hinter uns. In meinem Auto?«

Braig hatte nichts dagegen einzuwenden, folgte dem Mann in die Tiefgarage.

»Geht es um diese verrückten Briefe?« Seiter stand vor seinem Wagen, einem weißen Golf, öffnete die Tür.

Braig nickte. »Meine Kollegin hat Sie bereits danach gefragt.«

»Allerdings. Ziemlich hartnäckig die Frau. Sie laberte mich den halben Mittag voll.«

»Sie haben mehrere Briefe erhalten?«

Der Mann zog eine Zigarettenschachtel aus einer der Hosentaschen, bot Braig eine an. Der Kommissar wehrte ab, blieb wartend vor dem Auto stehen.

»Zwei«, nuschelte Seiter, die Zigarette zwischen den Lippen, ein Feuerzeug in der Hand, tat einen tiefen Zug, »jedenfalls so weit ich mich erinnere.«

»Was heißt das?«

»In meinem Job gibt es öfters Drohungen. Ich achte schon gar nicht mehr genau darauf.«

»Aber diese beiden Briefe fielen Ihnen auf.«

»Das kann man sagen«, erklärte der Journalist. Er zündete die Zigarette an, steckte die Schachtel und das Feuerzeug zurück. »So ausführliche Begründungen, weshalb ich demnächst ins Jenseits befördert werde, habe ich noch nie erhalten.«

Braig betrachtete ihn mit skeptischer Miene. »Womit wurde das begründet? Wie lang waren die Schreiben?«

»Drei, vier Seiten, meine ich. Jedenfalls das erste. Genau weiß ich es nicht mehr.« Seiter stieß eine graue Rauchwolke über das Dach seines Wagens. »Sie wollen nicht Platz nehmen?« Er deutete auf den Innenraum.

Braig ging nicht auf seine Frage ein. »Sie haben die Briefe aufbewahrt?«

Der Mann schüttelte den Kopf. »Dreck muss man wegwerfen, bevor man selbst anfängt zu stinken.«

»Warum haben Sie sie nicht der Polizei gezeigt?«

»Warum sollte ich? Wenn ich auf alle dummen Sprüche, die ich mir am Telefon anhören muss, reagiere, kann ich mir gleich die Kugel geben. Nicht ernst nehmen, ist meine Devise.«

Braig schüttelte den Kopf. »Das mag bisher gut gegangen sein, aber in einem wirklich heiklen Fall riskieren Sie mit dieser Einstellung Ihr Leben. Wissen Sie wenigstens den Inhalt der Briefe?«

Seiter inhalierte den Rauch seiner Zigarette, blies ihn von sich. »Ich soll meine Sendung ändern.«

»Es geht um Ihre Sendung?« Braig schaute verblüfft zu ihm hinüber. Der fahle Schein einer mehrere Meter entfernten Deckenbeleuchtung fiel ihm ins Gesicht. »Was sollen Sie ändern?«

»Meine Texte, die Musik, alles.«

»Das stand in den Briefen?« Einen Moment lang überlegte Braig, ob Seiter nicht von einem anderen Erpresser bedroht werde. »Der komplette Inhalt Ihrer Sendungen wurde kritisiert?«

»Fragen Sie mich nicht nach dem Wortlaut. Aber der Typ setzte mir allen Ernstes eine Frist. Bis Ende September, glaube ich. Wenn ich bis dahin nicht das Ende meiner Sendung öffentlich bekanntgegeben hätte, bedeute das meinen eigenen Exitus.«

»Es stand nichts in den Briefen, was ihn an Ihrer Sendung stört?«

»Doch, natürlich. Ich solle endlich aufhören mit meinem Jugendwahn, meiner Anbiederung an junge Leute. Die Welt benötige ältere, erfahrene Menschen, nicht naive Heranwachsende, die noch nicht begriffen hätten, worum es im Leben gehe. Ich hätte kein Recht, Ältere als lahm und verkalkt abzutun und sie jungen Leuten gegenüber als minderwertig zu verunglimpfen.«

»Das war der Inhalt?« Braig trat unruhig von einem Fuß auf den anderen, versuchte den Nikotinwolken Seiters, die über dessen Auto zu ihm herüberwaberten, zu entgehen. Er war überrascht von den Ausführungen des Mannes, wusste immer noch nicht, ob sie beide vom selben Täter sprachen.

»Über mehrere Seiten hinweg ging das so«, sagte der Journalist.

»Wann haben Sie die Briefe erhalten?«

»Ich weiß es nicht mehr. Irgendwann in den letzten Wochen.«

Braig schaute nachdenklich zu seinem Gesprächspartner hinüber. »Es kann nicht sein, dass ein Teil davon noch in ihrem Papierkorb liegt?«

Seiter klopfte die Asche von seiner Zigarette, schüttelte den Kopf. »Das ist länger her. Die sind weg. Garantiert.«

»Sie würden Teile der Ausführungen aber wiedererkennen?«

»Ich denke schon, ja.«

»Wir haben dich gewarnt. Du weißt, um was es geht. Wenn du nicht hören willst, wirst du büßen.« Braig musste nicht nachschauen, wusste die Sätze auswendig. Er sah den gebannten Blick des Mannes. »Es kommt Ihnen bekannt vor?«

»Genau so«, erklärte Seiter, »ganz bestimm! Der zweite Brief. So lautete er.«

Dann also doch, überlegte Braig. »Wir müssen Sie schützen. Rund um die Uhr schützen!«, sagte er. »Die Sache ist brisant. Von jetzt an werden wir Sie keine Sekunde mehr aus den Augen lassen.«

Seiter warf seine Zigarette auf den Boden, verdrehte die Augen. »Muss das wirklich sein?«

»Wenn Sie Interesse daran haben, die nächsten Wochen zu überleben, ja. Ich würde nicht spaßen. Bis jetzt haben wir schon drei Tote.«

27. Kapitel

Es war spät geworden an diesem Abend. Braig hatte Seiter in seine Wohnung in Böblingen begleitet, im Amt Personenschutz für ihn beantragt und dem Mann den Ernst der Lage klarzumachen versucht. Der Rundfunk-Journalist, der in Scheidung und allein lebte, hatte den Inhalt seiner Zimmer auf den Kopf gestellt und nach Überresten der Briefe gesucht – vergeblich, wie er mehrfach angedeutet hatte. Kurz nach zehn war der überwachende Beamte vor dem Haus aufgetaucht und hatte Braig gegenüber höchste Wachsamkeit zugesichert.

Die Briefe seien im Abstand von mehreren Tagen mit der Post auf seinen Namen beim Sender eingegangen, wie Seiter sich erinnerte, einen Absender oder auch nur den Stempel habe er nicht erkannt bzw. beachtet. Er habe sie ungeöffnet mit nach Hause genommen, kurz überflogen, dann weggeworfen.

Braig verabschiedete sich kurz nach zehn von ihm, ließ sich von dem zur Überwachung eingeteilten Kollegen zum Böblinger Bahnhof fahren. Die S-Bahn zum Feuersee kam wenige Minuten später. Der Zug war nur schwach besetzt. Er nahm in einer freien Vierergruppe Platz, zog seine Schuhe aus, legte die Füße hoch. Seiters Ausführungen spukten ihm durch den Kopf. Wie war der Inhalt der an ihn gerichteten Drohbriefe einzuordnen?

Schluss mit dem Jugendwahn. Respekt vor älteren Menschen. Ein Ende der Anbiederung an junge Leute. Achtung vor der Lebenserfahrung der Älteren. – Das waren die Forderungen, deren Realisierung wegen der Täter zu morden bereit war?

Braig wusste nicht, was er davon halten sollte. Irgendwie kamen ihm die Worte Seiters unwirklich vor. Ein Verbrecher, der buchstäblich über Leichen ging, sollte sich mit solch pauschalen Forderungen begnügen?

Eine laute, männliche Stimme riss ihn aus seinen Gedanken. Zwei Sitzgruppen weiter diskutierte ein junger Mann mit einem unsichtbaren Gesprächspartner, das Handy am Ohr.

Braig erinnerte sich, dass er immer noch keine Gelegenheit gefunden hatte, Frau Dorn zu sprechen, schaute auf seine Uhr. Zwanzig nach zehn. War es erlaubt, so spät noch zu stören?

Er zog das Blatt hervor, auf dem er sich die Kölner Nummer notiert hatte, wählte. Vergeblich. Braig ließ es sechsmal läuten, brach den Versuch dann ab.

Der Zug hielt, zwei Frauen stiegen in seinen Wagen ein. Er beobachtete sie, wie sie langsam durch den Zug gingen, dann eine Sitzgruppe vor ihm Platz nahmen. Die Ältere erinnerte ihn in Aussehen und Bewegung an seine Mutter. Wann hatte er sich zuletzt mit dieser unterhalten?

Braig zögerte nicht lange, wählte ihre Nummer. Sie nahm sofort ab.

»Ich bin's«, sagte er, »du bist noch nicht im Bett?«

»Ich habe dir doch erzählt, an was ich arbeite«, antwortete sie mit deutlichem Vorwurf in der Stimme, »so schnell werden wir nicht fertig.«

Er hatte es völlig vergessen. Seit Wochen war sie damit beschäftigt, gemeinsam mit der Ärztin, die sie nach ihrem Infarkt im Krankenhaus behandelt hatte, eine Dokumentation über Grenzerlebnisse im Bereich des Todes zu erstellen – ein Thema, das sie seit ihrer Genesung unablässig verfolgte. »Um diese Zeit noch?«, fragte er.

»Du weißt genau, wie schlecht ich schlafe. Ist es nicht besser, meine Zeit mit sinnvoller Arbeit zu verbringen, als unnütz und mit Schmerzen im Bett zu liegen?«

»Vollkommen richtig, Mama. Wie weit seid ihr?« Er musste sie loben, ihr gut zusprechen, durfte kein kritisches Wort hören lassen, um ihr beiderseitiges Verhältnis nicht erneut zu belasten. Es war trotz eines leichten Trends zum Besseren problematisch genug.

»Ich sammle immer noch Berichte. Vom Leben drüben. Du weißt, was ich meine?«

Sie hatte es ihm ausführlich erzählt, über Wochen, ja Monate hinweg. Seit ihrem Infarkt war sie sich absolut sicher, dass es ein Jenseits gab, eine andere Welt, in der Frieden, Licht und Wärme herrschten.

»Wie viele Berichte habt ihr bis jetzt?«

Ihre Antwort ließ nicht lange auf sich warten. »Pedesetdva.« Sie sagte es zuerst auf Jugoslawisch, ihrer Muttersprache, wiederholte die Zahl dann auf Deutsch: »Zweiundfünfzig.«

»So viele?«, wunderte sich Braig.

»Es werden noch mehr«, sagte sie, »Claudia, also Frau Dr. Ohlrogge hat mit Kollegen an anderen Krankenhäusern gesprochen. Sie werden uns helfen.«

»Und alle berichten von denselben Erlebnissen?«

»Wie ich es dir erzählt habe«, sagte sie, »es ist schön dort. Wunderschön. Alles ist hell, überall siehst du nur Sonne und Licht. Ein strahlend helles, leuchtendes Licht. Und alles ist voll bunter Farben. Es gibt keinen Streit mehr, keine Eifersucht, keinen Hass. Nur Wärme und Liebe. Das berichten alle. Du kannst mir glauben, es stimmt.«

Sie arbeitete wie besessen an ihrem Projekt, hoffte darauf, es gemeinsam mit der Ärztin bald einer breiten Öffentlichkeit vorstellen zu können. Braig hatte vor Wochen schon telefonisch bei Dr. Ohlrogge nachgefragt und sich der Seriosität dieser Arbeit versichert. Er wollte nicht noch einmal mit ansehen müssen, wie sie wieder einer religiösen Sektierergruppe anheim fiel.

»Das freut mich für dich, Mama«, sagte er. Er hörte, wie die beiden Frauen vor ihm laut lachten, verabschiedete sich von seiner Mutter. »Ich hoffe, dass euer Projekt großes Aufsehen erregt und möglichst vielen Menschen bekannt wird. Das ist eine ganz wichtige Sache.«

Manchmal musste man lügen, um andere Menschen glücklich zu machen.

28. Kapitel

Die Nachricht vom Tod des Kollegen erreichte Braig, als er am frühen Mittwochmorgen im obersten Stockwerk des LKA aus dem Fahrstuhl trat. Er hatte sich kurz nach halb sieben vom Wecker aus dem Schlaf holen lassen, hatte flüchtig geduscht und gefrühstückt, war dann mit großen Schritten zur S-Bahn und ins Amt geeilt.

Neundorf stand vor der Tür zu ihrem Büro, starrte mit seltsam in die Ferne gerichteten Augen an ihm vorbei, schien seine Anwesenheit überhaupt nicht zu bemerken. »Bernhard ist tot«, sagte sie.

»Bernhard?« Braig schaute sie überrascht an. Er war auf vieles vorbereitet, hatte auf einen Fortschritt ihrer Untersuchungen gehofft, sich die Identifizierung der beiden noch nicht ermittelten Männer der Liste gewünscht, insgeheim gar ein weiteres vergiftetes Opfer befürchtet, alles hatte er erwartet – das jedoch nicht.

»Er ist heute Nacht im Klinikum in Ludwigsburg gestorben«, erklärte sie.

»Aber warum?«, stammelte er. »Weshalb?«

»Ich weiß es nicht«, antwortete Neundorf, »er ist nicht mehr aus dem Koma erwacht.«

Bernhard Söhnle war tot?

Er konnte es nicht glauben. Weshalb? Was hatte er getan?

»War es Krebs?«

»Du meinst wegen Neckarwestheim?«

»Ich denke an den Arzt in Tübingen. Der Mann gilt als absolute Kapazität in dem Bereich. Ich kann mir nicht vorstellen, dass sich ein führender Chirurg ohne Grund zu einer so brisanten Aussage hinreißen lässt.«

Braig trat einen Schritt auf seine Kollegin zu, schüttelte den Kopf. »Warum gerade Bernhard? Warum er?«

»Ich weiß es nicht«, antwortete sie, »manchmal verstehe ich die ganze Welt nicht mehr.«

Er ließ sie vor ihrer Tür stehen, lief in sein Büro, setzte sich auf den Stuhl vor seinem Schreibtisch. Bernhard Söhnle war tot. Vor wenigen Tagen noch gemeinsam mit ihm unterwegs, den Mörder Konrad Böhlers zu ermitteln, dann in der Nacht ins Nichts gefallen und jetzt im Krankenhaus gestorben. Berhard Söhnle, der immer freundliche Kollege. Aus und vorbei. Weil er jahrelang radioaktiven Müll hatte begleiten müssen?

»Weißt du, wie alt er ist?« Neundorf war lautlos in sein Zimmer getreten. Ihr Gesicht war bleich.

»Siebenunddreißig? Achtunddreißig?« Braig schüttelte den Kopf. »Ich weiß es nicht.«

Er wusste so vieles nicht.

Bernhard Söhnle – wie lange hatte er mit ihm zusammen gearbeitet? Fünf, sechs, sieben Jahre? Oder noch länger? Er versuchte, darüber nachzudenken, brachte es nicht auf die Reihe.

Gemeinsame beruflicher Erlebnisse fielen ihm ein. Mit Bernhard unterwegs bei den Bauernhöfen in der Nähe des Flughafens, dort, wo Gabriele Krauter und Mirjana Beranek ihre angeblich schwarzen Messen feierten. Mit Bernhard nachts im Park des Favorite-Schlössles in Ludwigsburg, Sekunden bevor ein hysterischer Amokläufer den Kollegen als Geisel genommen und mit dessen eigenem Auto verschleppt hatte. Mit Bernhard in der Liebeslaube Hans Breidles am Esslinger Marktplatz, die Nachbarin und die Schwägerin des Journalisten Auge in Auge einander gegenüber, die Situation, die zur Ermittlung der Täterin geführt hatte. Jahre gemeinsamer Arbeit. Alles vorbei.

»Du hast ihn gemocht?«, fragte Neundorf.

Braig nickte. Ein ruhiger, zurückhaltender Kollege. Keiner, der durch laute Worte auffiel. Keiner, der sich selbst in den Mittelpunkt stellte oder das Rampenlicht liebte. Kein Rambo, kein besessener Aufräumer. Einfach ein Mensch, mit dem man gern zusammen war.

»Und du?«

»Sehr«, antwortete sie ohne Zögern, »Bernhard war mir sehr sympathisch.« Sie war in die Vergangenheitsform übergegangen. Er war tot, nicht mehr da. »Obwohl ich ihn kaum kannte.«

Er nickte, verstand, was sie meinte.

»Du?«

»Nein«, sagte Braig, »es ist seltsam. Aber mir geht es genauso. Trotz all der Jahre.«

Was wusste er schon von dem Kollegen – privat? Er lebte allein, war geschieden, absolut zuverlässig, was seine Dienstauffassung anbetraf, trank ab und zu mal ein Bier – was konnte man noch über ihn berichten? Von Verwandten hatte er ihm einmal erzählt, Landwirten, meinte Braig sich zu erinnern, die sich ihren Lebensunterhalt sauer verdienten, doch in welchem Verhältnis sie zu ihm standen, wo sie wohnten, er wusste es nicht. Söhnles Eltern, seine Mutter, die ehemalige Lebensgefährtin – er kannte niemand von ihnen. Sie hatten Stunden, manchmal bei schwierigen Untersuchungen ganze Tage miteinander verbracht, waren in etlichen Extremsituationen blind aufeinander angewiesen gewesen – und sich doch fremd geblieben, wie ihm erst jetzt bewusst wurde. Jetzt, wo der andere nicht mehr lebte. Jetzt, wo alles zu spät war. Braig hockte auf seinem Stuhl, erging sich in Erinnerungen und schwermütigen Überlegungen.

Dass es Anja Wintterlin am späten Abend noch gelungen war, Günther Hesse, den siebten Mann der Liste zu identifizieren, drang erst nach einer Weile zu ihm durch.

»Anja hat bis kurz vor Mitternacht gearbeitet. Zehn vor zwölf hatte sie den Mann an der Strippe. Seit ein Uhr wird er von Kollegen überwacht«, erklärte Erwin Beck. Er war mit einem Stapel Zeitungen in der Hand in das Zimmer seines Kollegen getreten. »Er hat wohl denselben Brief erhalten wie Seiter. Nach dem zu urteilen, was du berichtet hast.«

»Den gleichen Brief?«, stöhnte Braig.

»Schluss mit der Diskriminierung älterer Menschen. Kampf dem Jugendwahn.«

Braig hatte am Abend zuvor noch von der Wohnung des Rundfunk-Moderators aus die Aussagen Seiters ins Amt durchgegeben und sie allen an den Ermittlungen beteiligten Beamten zustellen lassen.

»Ihr habt das Schreiben?« Langsam fand er wieder in die Ermittlung zurück.

Beck schüttelte den Kopf. »Anja ist schon wieder dort und sucht danach. Der Mann scheint völlig die Nerven verloren zu haben, nachdem sie ihm den Ernst der Situation erklärt hat. Hoffentlich hat sie Erfolg.«

»Was ist Hesse von Beruf?«

»Geschäftsführer einer Kaufhaus-Kette, wenn ich das richtig verstanden habe. Irgendwann war er in den Schlagzeilen wegen seiner Personalpolitik.«

Braig wusste nicht, was der Kollege meinte. »Was heißt das konkret?«

»Ich glaube, er beschäftigt nur noch junge Frauen unter dreißig in seinen Läden. Allen anderen kündigte er.«

»Weshalb?«

»Anja wusste es nicht genauer. Ich meine, er wollte den Kaufhäusern ein jugendliches Image verschaffen. Das ist ja *in*.«

»Ein jugendliches Image? Ist das so wichtig fürs Einkaufen?« Braig schüttelte den Kopf.

Da war es wieder, das Thema. Ein Geschäftsführer, der nur noch *Frauen unter dreißig* beschäftigte, um seinen Läden ein *jugendliches Image* zu vermitteln. Wozu? War es wirklich sinnvoll, nur jüngere Mitarbeiterinnen einzustellen, verfügten ältere Frauen nicht über wesentlich mehr Erfahrung und Urteilsvermögen, ihre Kunden eingehend zu beraten?

Braig dachte an die Überwindung, die es ihn jedes Mal kostete, sich ins Gewühl eines Kaufhauses zu begeben und sich der widerlichen Prozedur des Aussuchens und Anprobierens zu unterziehen, weil er nichts Neuwertiges mehr zum Anziehen hatte. Er war nicht im Stande zu beurteilen, ob ihm ein Anzug, eine Hose, eine Jacke wirklich passten, flüchtete sich deshalb bei jedem Kauf in die Arme einer jener älteren Verkäuferinnen, die ihm mit unerschütterlicher Geduld die passendsten Stücke aus ihrem überquellenden Angebot zusammensuchten. Braig hatte mit dieser Einkaufsmethode gute Erfahrungen gemacht. In den letzten Jahren war er dann immer, ohne allzu viel bezahlt zu haben, mit einem ganzen Berg von Kleidungsstücken nach Hause gekommen, sodass er den nächsten Einkauf wieder eine Weile vor sich hatte herschieben können. Wem sollte es also nutzen, nur noch junge Verkäuferinnen zu beschäftigen?

»Ich glaube, wir haben einen Fehler gemacht.« Katrin Neundorf war wieder ins Zimmer getreten, sah die überraschten Blicke ihrer Kollegen. »Einen dummen Fehler.«

Braig löste sich aus seinen Gedanken, versuchte sich auf ihre Worte zu konzentrieren. »Was meinst du?«

»Sie haben eine Gemeinsamkeit. Die Männer von der Liste. Alle Sieben, die wir bis jetzt verifiziert haben.«

»Ja?«

»Wir haben uns auf ihr Privatleben konzentriert, ihre Partnerbeziehungen, ihre Familien. Dabei liegt der rote Faden auf einer anderen Ebene.«

»Du meinst ihre Berufe?«

»Genau«, sagte Neundorf, »das ist der Punkt. Alle Männer haben nur ein Thema.«

Er wusste sofort, was sie meinte, hatte es ja nun mehrfach gehört, sich darüber gewundert, es nur nicht ernst genommen.

»Junge Frauen, junge Mode, junges Leben«, erklärte sie, »da spielt doch ihre Musik, oder?« Neundorf schaute ihn überlegend an. »Konrad Böhler. Wodurch war er in seiner Werbeagentur aufgefallen? Du hast es selbst erzählt. Er krempelte die

Kampagnen um, änderte die Zielrichtung, den Adressatenkreis: Fetzig, peppig, jugendgerecht musste plötzlich alles sein. Bekam er deswegen nicht sogar Probleme mit Kollegen?«

Braig erinnerte sich an seinen Besuch bei Wolfhart Deppner, stimmte ihr zu.

»Bernhard Hemmer, was war sein Leben? Fernsehshows, Musik, Tanz mit jungen Girlies, Teenies, halben Kindern. Leute über dreißig? Nicht existent. Dieter Fehr, das dritte Opfer. Wir wissen, wonach er seine Angestellten beurteilte. Die Fünfzig zu erreichen oder gar zu überschreiten – ein berufsbedrohendes Unterfangen in seiner Firma sogar für seine ehemalige Partnerin. Raus mit der Oma, weg zum alten Eisen. Das waren die Toten. Und der Rest?«

Braig spürte immer deutlicher, wie überzeugend ihre Argumente waren.

»Gerd Seiter«, sagte sie, »der fetzige Radiomoderator. ›Cool genug für junge Leute.‹ Stefan Zierz, der erfolgreiche Textilverkäufer: ›Mode for young people.‹ Günter Hesse: Frauen über dreißig gehören zum alten Eisen, aber nicht in seine wunderbaren Shops. Peter Kromberg, der Banker. Er krempelte die Werbestrategie seines Geldhauses völlig um: ›Money, money for young people.‹ Alle haben nur ein Thema: Die Jungen, Fitten, Gesunden. Und alle sitzen an einflussreichen Stellen, an jenen Schalthebeln, die unsere Gesellschaft, unseren Alltag, die Ideale von Millionen entscheidend beeinflussen. Sie plakatieren unsere Wände, unsere Bildschirme, unsere Hirne mit den wohlgeformten Körpern: Nur Junge und Gesunde taugen. Der Rest stört und gehört abgeschoben. Am besten ins unsichtbare Dunkel. Die Welt ist jung, die Welt ist schön – aber leider nur zwanzig, wenn's hoch kommt dreißig Jahre lang. Weg mit den körperlichen und moralischen Gebrechen der Alten, aufs Abstellgleis, zum alten Eisen mit ihnen.«

»Und deswegen ist der Mörder mit seinem Gift unterwegs?«

»Vielleicht hat jemand versucht, ihn zum alten Eisen zu werfen?«

»Einer der Männer auf der Liste?«

»Ich weiß es nicht. Aber so, wie ich die Sache einschätze, wären sie alle dazu im Stande, oder?«

»Wenn wir Pech haben, war es der Achte«, sagte Erwin Beck. »Dieser Jochen Schwank. Oder der Mörder ist gerade dabei, seinen neusten Giftcocktail für ihn zu mischen.«

»Das darf nicht geschehen«, erwiderte Braig. »Wir müssen verhindern, dass er wieder zuschlagen kann.«

»Hast du die Frau in Köln erreicht?« Beck schaute ihn fragend an. »Ich meine, wegen Herbert Bauer.« Er deutete auf mitgebrachte Zeitungen, zeigte Braig die Titelseiten. Auf fast allen prangte unübersehbar das Phantombild des Mannes, das Daniel Schiek gezeichnet hatte. *Das erste Bild des Giftmörders* lautete die Unterschrift. Die Medien hatten sich die Chance zum Zeilenfüllen nicht entgehen lassen.

Braig schüttelte den Kopf, deutete auf sein Telefon. »Ich werde es gleich versuchen.« Er gab die Kölner Telefonnummer ein.

Schon nach dem ersten Läuten hatte er Erfolg.

»Susanne Braun.«

»Braig ist mein Name. Ich habe mich gestern schon auf ihrem Anrufbeantworter gemeldet. Kann ich, bitte, Frau Dorn sprechen?«

»Die ist nicht da. Soll ich etwas ausrichten?«

Braig zögerte. »Ich würde gern selbst mit ihr reden. Wann ist das möglich?«

»Das kann ich Ihnen nicht sagen. Katja ist zur Zeit unterwegs.« Die Frau am anderen Ende gähnte. Ihre Stimme klang müde.

»Wo ist sie? Es ist dringend.«

Beck winkte Braig zu, verließ sein Büro.

»Ich weiß es nicht genau. Irgendwo in Hamburg.«

»Haben Sie ihre Handy-Nummer?«

Die Stimme seiner Gesprächspartnerin verfiel in einen abweisenden Tonfall. »Katja verabscheut Handys. Wissen Sie das nicht?«

»Aber sie muss doch irgendwie zu erreichen sein«, beharrte er.

»Sie ruft schon selbst an, keine Angst.« Susanne Braun gähnte wieder. »Sagen Sie doch bitte, was Sie wollen«, erklärte sie, »ich richte es ihr aus, sobald sie sich wieder meldet.«

Braig konnte seine Ungeduld nicht länger zurückhalten. »Hören Sie, ich ermittle in einer dringenden Angelegenheit. Frau Dorn kann uns wahrscheinlich weiterhelfen. Dazu muss ich sie aber sprechen, so schnell wie möglich.«

»Sie ermitteln?« Die Frau am anderen Ende klang trotz ihres schläfrigen Tonfalls neugierig. »Was heißt das? Sind Sie von der Polizei?«

»Landeskriminalamt Stuttgart«, antwortete Braig, »wir benötigen Frau Dorns Hilfe.«

»Das tut mir nun Leid. Aber ich kann wirklich nichts tun. Sie müssen warten, bis sie anruft. Katja bewirbt sich um verschiedene Rollen. Das kann dauern.«

»Sie wissen nicht, wo sie sich bewirbt? Oder wer sie näher kennt?« Braigs Ärger war deutlich zu hören.

»Na, ich natürlich«, erklärte Susanne Braun, »wir sind seit Jahren gute Freundinnen.«

»Um welche Rollen bewirbt sie sich? Fürs Fernsehen?«

»Da gibt es keine Auswahl. Katja nimmt, was sie bekommt. Die Zeiten sind vorbei, wo sie sich das noch aussuchen konnte.«

»Warum? Spielt sie nicht mehr so gut?«

Die Frau am anderen Ende ließ ein bitteres Lachen hören. »Sie sind gut. Katja ist fünfundvierzig. Zu alt, verstehen Sie? Das ist ihr Problem.«

»Mit fünfundvierzig? Das darf doch nicht wahr sein!«

»So sieht es in der Realität aber leider aus. Mit Ende dreißig ist die Sache weitgehend gelaufen, jedenfalls für eine Frau. Früher hatte Katja kaum Probleme, Rollen, auch größere, zu erhalten – im Gegenteil. Zeitweise hatte sie mehr Angebote, als sie wahrnehmen konnte. Aber seit ein paar Jahren ist das vorbei. Sie musste sogar schon putzen gehen, um überhaupt Geld zu verdienen. Nicht, weil sie schlecht spielt – schauen Sie sich doch ihre Filme an. Mit vierzig gehören sie als Frau zum alten Eisen – das ist der Punkt.«

Braig erinnerte sich, fast dieselben Worte von Frau Berg in Tübingen gehört zu haben. Mitte vierzig und zu alt für den Beruf?

In ihm sträubte sich alles, das zu akzeptieren. Er dachte an seine eigene Situation. Seit sechs Monaten hatte er die Dreißiger hinter sich. Gehörte er jetzt zum alten Eisen?

Draußen auf dem Flur hörte er Felsentretters lautes Schimpfen; er schaute zu seiner offenen Tür, hatte plötzlich wieder die Stimme seiner Gesprächspartnerin am Ohr.

»Es tut mir Leid, aber ich bin sehr müde. Ich konnte heute Nacht kaum schlafen, weil ich bei meiner kranken Mutter war. Würde es Ihnen etwas ausmachen, in zwei oder drei Stunden noch einmal anzurufen? Ich gleite heute, bin den ganzen Tag hier. Wir können uns dann gerne ausführlich über Katja unterhalten.«

In der Leitung knackte es; Braig fürchtete schon, sie habe direkt mit dem Ende ihrer Worte aufgelegt, versuchte es trotzdem. »Eine Frage noch, obwohl ich nicht weiß, ob Sie sie beantworten können: Kennen Sie zufällig einen Herbert Bauer?«

Er hörte das tiefe Luftholen am anderen Ende, erwartete eine Woge übler Beschimpfungen, weil er so hartnäckig war, hatte stattdessen plötzlich ein Lachen am Ohr.

»Ja, ich kenne Herbert Bauer«, sagte Susanne Braun, »und zwar besser, als Sie glauben.«

»Sie kennen ihn?«, rief Braig völlig überrascht. Er hatte nicht mehr damit gerechnet, dass das Gespräch noch eine solche Wendung nehmen könnte. »Wissen Sie, wo er sich zur Zeit aufhält?«

»Mein Gott, sind Sie hartnäckig! Herbert Bauer! Nein, ich weiß nicht, wo er sich aufhält. Was wollen Sie? Fotos?«

»Sie haben Fotos von ihm?«

»Nicht nur das. Ich kann Ihnen sogar ein Video anbieten.«

Braig spürte die Unruhe in seinen Beinen, seinem ganzen Leib, sprang von seinem Stuhl auf. »Wo ist das Video? Sie haben es selbst?«

Die Frau blieb ruhig. »Hier bei mir im Schrank. Bei den anderen Filmen«, erklärte sie.

»Wie alt ist es?«, rief er. »Ich meine, das Video und die Fotos, wann wurden sie aufgenommen?«

»Letztes Jahr, glaube ich. Was spielt das für eine Rolle?«

»Wir brauchen das Video. Und die Fotos. So schnell wie möglich, verstehen Sie?«

Susanne Braun gähnte laut. »Nein, das verstehe ich nicht, aber das muss ja auch nicht sein. Hauptsache, Sie wissen, was Sie tun.«

Braig ging nicht auf ihren Einwand ein. »Wie kommen wir am schnellsten an Ihre Aufnahmen?«

»Wie wohl?«, maulte die Frau. »Sie kommen vorbei und holen sie sich ab. Oder glauben Sie, ich habe Lust, zu Ihnen zu fahren?« Sie gähnte wieder. »Außerdem bin ich wirklich todmüde. Ich schlage vor, Sie gehen jetzt zum Bahnhof und nehmen den nächsten Zug nach Köln. Bis Sie hier sind, habe ich etwas geschlafen und bin wieder fit. Und dann erzähle ich Ihnen alles, was Sie nur wollen, über Katja und Herbert und gebe Ihnen die Bilder und das Video mit.«

Er wollte ihr widersprechen, sie bitten, doch noch einmal über den Aufenthaltsort Herbert Bauers nachzudenken, merkte aber plötzlich, dass die Leitung tot war. Sie hatte aufgelegt.

Braig drückte die Wahlwiederholungstaste.

Besetzt. Sie hatte den Hörer neben den Apparat gelegt.

29. Kapitel

Kurz nach elf stand Braig vor der Wohnung Susanne Brauns in Köln. Er hatte nicht im Traum damit gerechnet, dass die Fahrt so schnell gehen würde, war von vier bis fünf Stunden ausgegangen, hatte zuerst geglaubt, der Ausdruck aus dem Internet sei falsch. Zwei Stunden und zehn Minuten bis Köln, alle fünfzehn Minuten ein Zug? Erst als ihm der Beamte am Telefon den Sachverhalt bestätigt hatte, war er zum Bahnhof aufgebrochen.

Susanne Braun empfing ihn mit schlafverschleiertem Gesicht. Sie führte ihn in die Wohnung im dritten Obergeschoss, bat ihn, im geräumigen Wohnzimmer Platz zu nehmen, entschuldigte sich für einen Moment. Braig lehnte sich im Sofa zurück, betrachtete die mollige, schwarze Katze, die auf einem Sessel an der Längsseite des Tisches vor sich hin döste. Sie hatte nur kurz geblinzelt, als die Gastgeberin mit ihm in den Raum getreten war, hatte sich dann wieder ihren Träumen hingegeben.

Frau Braun ließ ihn nicht lange warten. Sie hatte sich schnell gewaschen, den hellgrünen Hausanzug, in dem sie ihm an der Tür entgegengetreten war, mit dunkelblauen Jeans und einem schwarzen Baumwollhemd getauscht und ein gelbes Handtuch um den Hals gelegt, mit dem sie sich die nasse Haut an den Schläfen und der Stirn abwischte.

»Sie haben es wirklich sehr eilig«, sagte sie, »Herbert Bauer scheint Ihnen am Herzen zu liegen.«

»In der Tat«, antwortete Braig, »ich hatte allerdings keine Ahnung, dass ich so schnell hier sein kann.«

»Die neue Strecke«, meinte sie. »Katja hat sich sehr gefreut, als sie im Sommer eröffnet wurde. Jetzt ist sie in der halben Zeit in Stuttgart.« Sie zog einen der breiten Sessel zum Tisch, blieb wartend davor stehen. »Darf ich Ihnen etwas anbieten? Wasser, Bier, Wein?«

Braig lehnte nicht ab, wollte nichts unversucht lassen, eine angenehme Atmosphäre zu schaffen, um der Frau möglichst viele Informationen über Herbert Bauer zu entlocken. Sie lief kurz aus dem Zimmer, kehrte mit zwei Gläsern, Wasser und Bier zurück. Braig zeigte auf die Wasserflasche, wartete, bis sie zwei Gläser ausgeschenkt hatte, bedankte sich.

»Frau Dorn fährt oft nach Stuttgart?«, fragte er.

»Es ist ihre Heimat«, erklärte Susanne Braun, »außerdem hatte sie früher viele Engagements dort und bis vor kurzem auch eine gute Freundin.«

»Beate Berg.«

»Genau. Sie starb vor ein paar Wochen.«

Braig nickte. »Frau Dorn stammt aus Stuttgart?«

»Aus der Nähe. Ihre Eltern lebten in Winnenden. Sie hat deren Wochenendhaus übernommen und ausgebaut. Es liegt wunderschön.«

Susanne Braun griff zu ihrem Glas, trank. Die schwarze Katze richtete sich gähnend auf, betrachtete Braig mit runden Augen, miaute laut.

»Ist gut, Maja«, beruhigte die Frau das Tier. Sie fuhr ihm sanft über den Kopf.

Braig stellte das Wasser, das er gerade vom Tisch genommen hatte, zurück, sah zu Susanne Braun hinüber. »Was haben Sie gerade gesagt?«

Sie betrachtete ihn verwundert. »Ich meinte nicht Sie, es galt der Katze.«

»Wie heißt sie?«

»Maja«, erklärte Susanne Braun, »sie gehört Katja. Ich habe sie bei mir, weil Katja so viel unterwegs ist. Es ist sehr schwer geworden, eine Rolle zu finden, sie muss sich überall darum bewerben, ich habe es Ihnen schon am Telefon erklärt.« Sie sah seinen überraschten Gesichtsausdruck, deutete auf das Tier. »Gefällt sie Ihnen? Sie können Maja streicheln, sie kratzt nicht, keine Angst.«

Braig erhob sich vom Sofa, bewegte sich langsam auf den Sessel zu, um das Tier nicht zu erschrecken. Die Katze gähnte mit weit aufgerissenem Maul, miaute dann leise, als er sie im Nacken kraulte. »Ein seltener Name für eine Katze«, meinte er.

Das Tier begann laut zu schnurren.

»Maja?« Susanne Braun stellte ihr Glas auf den Tisch. »Katja hat ihn aus ihrem ersten Stück. Wie Herbert Bauer.«

»Herbert Bauer?« Braig sah von dem Tier auf. »Was hat der Mann mit der Katze zu tun?«

War er jetzt endlich da, der Zusammenhang?

»Sie verstehen auch gar nichts, wie?«, erklärte seine Gastgeberin.

Sie erhob sich aus ihrem Sessel, trat an einen kleinen Wandschrank an der Längsseite des Zimmers, öffnete eine Schublade, kehrte mit einer Kassette zum Tisch zurück, entnahm dieser einen Packen Bilder, schob sie zu Braig hinüber.

Er setzte sich auf das Sofa, erkannte den Mann auf den ersten Blick. »Herbert Bauer«, sagte er. Der Gesichtsausdruck, der Blick, die Frisur, genau wie er alles in Erinnerung hatte. »Wer hat das fotografiert?«

»Ich«, erklärte die Frau, »letztes Jahr.« Sie nahm wieder im Sessel Platz, sah zu, wie Braig die Bilder der Reihe nach betrachtete.

»Und Sie wissen nicht, wo der Mann sich zur Zeit aufhält?«

Susanne Braun schüttelte den Kopf, lachte. »Was wollen Sie von ihm? Darf ich es wissen?«

Braig zog seine Tasche zu sich her, griff nach der Zeitung, die er unterwegs gelesen hatte, legte sie auf den Tisch. Schieks Phantombild ähnelte in verblüffendem Maß dem Mann, den die Fotos zeigten.

Sie nahm die Zeitung, sah die Fahndungsmeldung, erstarrte. »Sind Sie wahnsinnig?«, kreischte sie.

Braig nahm das Glas, trank von dem Wasser, betrachtete die Frau, die dem Text kopfschüttelnd folgte. Ihr Gesicht verlor jede Farbe, erstarrte zu einer unbeweglichen Maske.

»Das kann nicht sein«, murmelte sie.

Er wartete, bis sie alles gelesen hatte, stellte das Glas zurück. »Was kann nicht sein?«

Sie gab keine Antwort, starrte vor sich auf die Zeitung. »Sie täuschen sich.«

»Wie gut kennen Sie Herbert Bauer?«

»Wie gut?« Tränen perlten aus ihren Augen. »Wie kommen Sie auf die Idee, ihn zu verdächtigen?«

Sie musste ihn gut kennen, spürte Braig, weit besser, als sie bisher zugegeben hatte.

»Wo ist der Mann? Sie wissen, wo er sich gerade aufhält, ja?«

Susanne Braun ging nicht auf seine Fragen ein. »Sie glauben, er habe drei Menschen ermordet?«

»Wir sind uns dessen fast sicher«, antwortete er. Noch waren es nur Indizien, die darauf hinwiesen, noch hatten sie keine Beweise. Schwerwiegende Indizien allerdings, die kaum eine andere Deutung zuließen.

»Sie täuschen sich. Das ist nicht möglich.«

»Wir haben seine Fingerabdrücke. Ich erzähle keine Märchen.« Er sah, wie immer mehr Tränen aus ihren Augen rannen.

»Seine Fingerabdrücke? Die von Herbert Bauer?«

Braig nickte wortlos.

»Woher haben Sie sein Bild?«, presste sie hervor.

»Ich habe ihn getroffen. Mit meiner Kollegin zusammen.«

»Sie selbst?« Sie schaute ihn überrascht an. »Wann war das?«

Braig überlegte nicht lange: »Vorgestern, am Montag.«

»In Stuttgart?«

Er nickte. »Nicht weit davon. In Ludwigsburg. In der Wohnung Frau Bergs.«

»Vorgestern«, wiederholte sie. Ihr Gesicht hatte einen nachdenklichen Ausdruck angenommen.

»Er sollte im Auftrag Frau Dorns die Wohnung ausräumen.«

»Weshalb lassen Sie nach ihm suchen, wenn Sie ihn selbst getroffen haben?«

Braig seufzte, richtete sich im Sofa auf. »Weil wir vorgestern noch nicht wussten, dass er der Mörder sein könnte.«

»Aber jetzt bilden Sie sich ein, es zu wissen.«

Er gab keine Antwort, sah die Kassette auf dem Tisch liegen, griff nach ihr. »Sie haben noch mehr Fotos von ihm?« Er hatte den Plastikbehälter schon in der Hand, als sie plötzlich reagierte.

Sie sprang aus dem Sessel, warf sich auf den Tisch, versuchte, ihm die Kassette zu entreißen. Braig war um den Bruchteil einer Sekunde schneller. Er umklammerte die Box mit festem Griff, zog sie an sich.

Susanne Braun starrte ihn mit hasserfüllten Augen an. »Geben Sie mir die Kassette zurück.«

Er wandte seinen Blick nicht von ihr ab, öffnete den kleinen Behälter. »Was ist daran so geheimnisvoll?«

»Bitte«, sagte sie, »es ist mein Eigentum.«

Er zog die restlichen Bilder vor, erhob sich, trat ans Fenster, betrachtete sie der Reihe nach. Eine schlanke, sehr natürlich wirkende, junge Frau, die ihm bekannt vorkam. Plötzlich fiel es ihm ein: Das Foto, das ihm von Klara Berg mitgegeben worden war. Die alte Frau hatte es bei seinem Besuch von der Wand genommen und ihm überreicht. »Katja Dorn«, sagte er laut.

Susanne Braun reagierte nicht. Sie stand aufrecht hinter dem Tisch, ihr Gesicht von Tränen überströmt.

Braig betrachtete den Rest der Bilder, spürte sein schlechtes Gewissen, glaubte zu verstehen, weshalb sie die Fotos vor ihm hatte geheim halten wollen. Die Frau auf den Bildern begann Motiv um Motiv ihre Kleider abzulegen und sich umzuziehen. Er war schon so weit, sich bei seiner Gastgeberin für seine beruflich bedingte Neugier zu entschuldigen, streckte seine rechte Hand aus, um die Fotos zurückzugeben, als sein Blick auf die letzten Bilder fiel. Schlagartig wurde ihm alles klar.

»Mein Gott«, keuchte er, »das darf nicht wahr sein.«

Sie hatten sich dermaßen für dumm verkaufen lassen, dass es nur noch peinlich war.

30. Kapitel

Der Anruf des zur Überwachung eingeteilten Beamten erreichte das Amt kurz vor 12 Uhr.

»Seiter ist verschwunden«, erklärte der Mann.

Katrin Neundorf, die das Gespräch angenommen hatte, fuhr zusammen. »Seiter? Doch nicht der ...«

»Gerd Seiter, der Rundfunk-Moderator.«

Wegen der Brisanz des Anrufs verlor sie ihre Fassung. »Was heißt verschwunden?«, schrie sie.

»Er ist weg. Nicht mehr da.«

Neundorf wurde hektisch. »Mein Gott, wissen sie überhaupt, was Sie da erzählen. Wer sind Sie überhaupt?«

»Polizeiobermeister Heinz vom Böblinger Revier. Ich bin seit heute Morgen sieben Uhr zur Überwachung von Gerd Seiter eingeteilt.«

»Und der Mann ist nicht mehr da?«

»Genau.«

»Sie haben ihn verschlafen, als er aus dem Haus ging?« Neundorfs Ton wurde schärfer. »Mein Gott! Der Mann ist in größter Gefahr! Wie viele Disziplinarverfahren haben Sie schon am Hals?«

»Nein, so ist es nicht.« Die Stimme des Beamten klang jetzt ebenfalls aufgeregt. »Ich hatte die Haustür und die Umgebung immer im Auge. Er kann mir nicht entgangen sein.«

»Wieso ist er dann weg?«

»Es gibt nur eine Erklärung, so seltsam sie auch klingt. Er muss den Hinterausgang benutzt haben. Absichtlich.«

»Gibt es den?«

»Durch den Keller. Ich habe es überprüft. Er führt in den Hof. Von dort gelangt man ungesehen in die Parallelstraße.«

»Sie erzählen mir jetzt diese Story, um von Ihrem Versagen abzulenken?«, wütete die Kommissarin.

Der Mann konterte sofort. »Rufen Sie in meiner Dienststelle an und überzeugen sich von meiner Reputation. Ich habe keinen Anlass zu lügen. Es tut mir Leid, aber ich kann mir nichts vorwerfen.«

Neundorf wusste, wie schwierig es war, eine Personenüberwachung durchzuführen, noch dazu möglichst unauffällig, lenkte ein. »Woher wissen Sie, dass Seiter verschwunden ist?«

»Ich habe die Anweisung, ihm zu folgen, wenn er kurz nach elf das Haus verlässt, um in sein Büro zu fahren. Er kam aber nicht. Ich versuchte, ihn per Handy zu erreichen, erhielt aber keine Verbindung. Zwanzig vor zwölf läutete ich dann an seiner Wohnung. Als er nicht öffnete, schloss ich auf. Er ist weg.«

»Wie sieht die Wohnung aus?«, fragte Neundorf. »Alles in Ordnung?«

»Es gibt keinen Grund zur Aufregung, falls Sie das meinen. Keinerlei Anzeichen einer fremden Person, einer Auseinandersetzung oder so. Der Mann muss die Wohnung schon länger verlassen haben. Als ich aufschloss, roch es nach Kaffee und das Frühstücksgeschirr steht noch auf dem Tisch.«

»Haben Sie ihn heute schon gesehen?«

»Ja, kurz vor neun. Er lief zum Bäcker, besorgte Brötchen, kam kurz darauf zurück.«

»Was ist mit seinem Auto? Ist es weg?«

»Nein. Es steht unberührt vor dem Haus.«

»Und Sie glauben wirklich, er hat uns absichtlich gelinkt?«

»Es kann nicht anders sein«, beharrte der Mann, »er kam nicht durch die Haustür.«

»Vielleicht ist er in seinem Sender. Haben Sie schon angerufen, ob er dort aufgetaucht ist?«

»Sofort, nachdem ich die leere Wohnung sah. Die wissen von nichts.«

»Kann der wirklich so dämlich sein, vor uns davonzulaufen?«

»Das kann ich nicht beurteilen. Ich kenne ihn nur von Bildern, habe ihn nur heute Morgen kurz gesehen, als er zum Bäcker ging.«

»So ein Idiot. Wenn er nicht bald irgendwo auftaucht, werden wir eine Großfahndung nach ihm ausrufen müssen. Ich werde meine Kollegen unterrichten und alles dafür vorbereiten. Sie bleiben an Ort und Stelle und geben sofort Bescheid, falls Sie ihn doch noch zu Gesicht bekommen. Hoffen wir, dass er nicht aus der Wohnung entführt wurde.«

»Tut mir Leid, dass es so kam.« Die Stimme des Beamten klang resigniert. »Aber ich habe die ganze Zeit aufgepasst. Ist der Mann wirklich in großer Gefahr?«

Neundorf seufzte auf. »Ich fürchte, ja. Wir haben schon drei Tote. Er könnte der Vierte sein.«

31. Kapitel

Haben Sie es gewusst?«, fragte Braig.

Er saß auf dem Sofa, die Fotos auf dem Tisch ausgebreitet, schaute zu Susanne Braun hinüber. Sie hatte hemmungslos geweint, die Katze an sich gedrückt, einen Strom nicht versiegender Tränen auf den Wangen.

»Nein«, hauchte sie, »nein.«

Er war so überrascht gewesen, dass er eine Weile gebraucht hatte, bis er endlich reagierte. Die Kölner Kollegen waren sofort bereit, ein Team von Technikern in die Wohnung Frau Brauns zu schicken, um sie auf Fingerabdrücke zu überprüfen. Keine zwanzig Minuten nach seiner Anforderung waren sie bereits eingetroffen, untersuchten die Kleidungsstücke und Gebrauchsartikel, die die Wohnungsinhaberin als Eigentum ihrer Freundin deklarierte. Braig hatte in Stuttgart im Amt angerufen, den neusten Stand seiner Ermittlungen mitgeteilt und Rössle darum gebeten, der Kölner Polizei die Fingerabdrücke Herbert Bauers zu übermitteln. Dreißig Minuten später hatten sie den unwiderlegbaren Beweis.

»Warum?«, fragte er sein Gegenüber. »Was hat sie dazu veranlasst?«

Susanne Braun wusste keine Antwort.

»Sie haben wirklich geglaubt, sie sei in Hamburg?«

»Warum sollte ich daran zweifeln? Sie hat es mir selbst erzählt. Außerdem zwei- oder dreimal von dort angerufen.«

»Angeblich von dort. Diese verdammten Handys: Mit ihnen kann man hervorragend verschleiern, wo man sich befindet! – In Wirklichkeit war sie irgendwo in der Nähe von Stuttgart.«

»Das behaupten Sie. Ich glaube es nicht.«

»Ist es wirklich so schwer, neue Rollen zu bekommen?«, fragte Braig.

»Schwer? Es ist entwürdigend, wie sie in den letzten Jahren behandelt wurde. Nur weil sie die Vierzig überschritten hat. Dabei sieht sie noch jung aus.«

Er schaute auf die Fotos, stimmte ihr zu. Katja Dorn hatte sich, zumindest soweit dies aus den Bildern hervorging, ein überraschend jugendliches Aussehen bewahrt.

»Es liegt nicht auch an ihren schauspielerischen Leistungen? Vielleicht hätte sie einen Berufswechsel ins Auge fassen ...«

Susanne Braun unterbrach ihn mitten im Satz. »Soll ich Ihnen die Auszeichnungen zeigen, die Katja noch in den letzten Jahren erhalten hat? Müssen Sie es wirklich Schwarz auf Weiß sehen, bis Sie es endlich begreifen?« Sie wischte sich die Tränen aus dem Gesicht, wurde aggressiv. »Sie sind Beamter«, erklärte sie, »wahrscheinlich erspart Ihnen diese Tatsache allzu intensive Konfrontationen mit der beruflichen Realität der freien Wirtschaft. Anders kann ich mir Ihre Naivität beim besten Willen nicht erklären. Glauben Sie, *mir* geht es besser als Katja? Unser Labor wurde vor zwei Jahren ausgegliedert und von einem anderen Konzern geschluckt. Dreimal dürfen Sie raten, wem zuerst gekündigt wurde.« Sie gab ihm einen Moment Zeit, beantwortete dann ihre Frage selbst. »Allen über fünfzig. Ich konnte nur deshalb bleiben, weil ich einen wesentlich schlechter dotierten Vertrag unterschrieb. Was sollte ich tun? Ich war damals neunundvierzig.«

»Sie arbeiten in einem Labor?«

»Als CTA in der Arzneimittelforschung. Vor einem halben Jahr konnte ich Katja einen Job als Putzfrau bei uns besorgen. Sie nahm ihn an. Besser als gar nichts.«

»Ein chemisches Labor?« Braigs Aufmerksamkeit war neu erwacht.

»Ich erzählte es Ihnen doch gerade«, maulte Susanne Braun.

War das die Antwort auf die Frage, für die er bisher noch keine Erklärung gefunden hatte?

»Ihr Labor verfügt über Materialien wie Kaliumcyanid?«

»Das ist so üblich, ja.«

Braig atmete tief durch, betrachtete sein Gegenüber. Sie hatte die Tragweite ihrer Aussage offensichtlich noch nicht erfasst. Er musste die Kölner Kollegen darum bitten, das Labor und seine Vorräte gründlich zu untersuchen, heute noch.

»Frau Dorn nahm den Job als Putzfrau bereitwillig an?«

Susanne Braun schüttelte den Kopf. »Es war nur eine Notlösung. Katja hatte jeden Lebensmut verloren, litt unter Depressionen. Sie war aus einer viel versprechenden Rolle als Serienheldin ausgestiegen, weil sie das Mobbing des Regisseurs nicht mehr aushielt. Er beschimpfte sie ständig als lahme alte Kuh mit schlaffen Titten. Vor dem ganzen Team. Sie konnte nicht mehr, nahm den Job als Putzfrau aus lauter Verzweiflung.«

Braig überflog die Fotos auf dem Tisch, betrachtete die Stadien der Verwandlung.

»Herbert Bauer war Katjas erste große Rolle im Theater«, hatte ihm Susanne Braun vor wenigen Minuten erklärt: »Zwei Frauen und ein Mann – das Stück wurde des Erfolgs wegen mehrfach wiederholt: Maja Maier will ihrer äußerst attraktiven Schwester Maria damit imponieren, dass sich endlich auch ein Mann für sie selbst interessiert. Deshalb veranlasst sie ihre Freundin Kirsten, sich in den heißblütigen Verehrer Herbert Bauer zu verwandeln, der ihr auf Schritt und Tritt folgt. Katja spielte die Rolle über Jahre hinweg mit großer Begeisterung. Bei jedem ihrer Auftritte verwandelte sie sich mit Haut und Haaren in den Mann, nicht nur das Äußerliche, die Kleider, die Schuhe, die Perücke änderten sich, auch ihr Inneres, ihre Psyche schien zu mutieren, wie bei einer Raupe, die zum Schmetterling wird. Man erkannte sie nicht, an keiner Geste, wenn sie als Herbert Bauer auf die Bühne trat. Und das ist der einzige Herbert Bauer, den ich kenne.«

32. Kapitel

Kurz nach 15 Uhr hatten Katrin Neundorf und Anja Wintterlin das Wochenendhaus Katja Dorns entdeckt. Es stand am Rand von Oppelsbohm, einem kleinen, von bewaldeten Bergen und Obstbaumhügeln umgebenen Dorf, wenige Kilometer von Winnenden entfernt.

Braig hatte Susanne Braun mehrfach nach der Lage des Hauses gefragt, sie vergeblich darum gebeten, den Ort genauer zu lokalisieren.

»Irgendwo in der Nähe von Winnenden. In den Bergen«, war das Einzige, woran sie sich erinnern konnte.

Sie hatten die Telefonanschlüsse, dann die Grundbucheinträge der gesamten Umgebung durchkämmt, waren schließlich auf Berglen und seinen Ortsteil Oppelsbohm gestoßen. Die malerische Landschaft ließ jeden Gedanken daran, dass sich hier eine mehrfache Mörderin versteckt halten sollte, als irreal erscheinen.

»Ist das nicht eine Sache für das SEK?«, hatte Felsentretter gefragt.

Neundorf war anderer Meinung. »Eine Frau, die mit Gift tötet und sich ihre Opfer offensichtlich bewusst aussucht, schießt nicht wahllos um sich. Wir brauchen kein Sondereinsatzkommando.«

Das kleine, windschiefe Haus stand leicht erhöht über der Straße, war von einem verwilderten, über und über mit Büschen und hohen Sträuchern belebten Garten umgeben. Efeu wucherte an der Fassade hoch. Die Fenster in beiden Stockwerken waren geschlossen, dichte Vorhänge verhinderten den Blick ins Innere. Auf dem Dach fehlten mehrere Ziegel.

Links und rechts des Gebäudes standen zwei kleine Holzschuppen, schief und baufällig der eine, neu gestrichen und mit einem dicken Schloss versehen der andere.

Neundorf und Wintterlin entsicherten ihre Waffen, bewegten sich langsam auf das Haus zu. Der Weg bestand aus alten Steinquadern, abgetreten, von Unkraut und Moosschwämmen überwuchert, mit spitzen Kanten und kleinen Tennisball-großen Schlaglöchern. Die Glocke neben der Tür verriet keinen Hinweis auf den Namen der Bewohnerin.

Neundorf läutete, wartete auf eine Reaktion. Zwei Autos fuhren vorbei. Am Ortsausgang kräftig beschleunigend, übertönten sie alle anderen Geräusche. Die Kommissarin blickte nach oben, suchte die Fenster mit ihren Augen ab. Nichts bewegte sich, kein Laut war zu hören.

Neundorf läutete erneut, diesmal kräftiger, mehrere Sekunden lang, vergebens.

Anja Wintterlin zeigte auf einen großen Schlüsselbund. »Wir öffnen, ja?«

Die Kommissarin nickte, beobachtete sorgfältig die Fassade und die Umgebung des Gebäudes, während sich die Kollegin an der Tür zu schaffen machte. Wenige Minuten später ging sie auf.

Neundorf sah die neugierigen Augen eines älteren Mannes drei Häuser weiter, der aus seinem Fenster heraus das Geschehen auf Katja Dorns Grundstück aufmerksam verfolgte, sicherte mit ihrer Waffe die Tür.

»Frau Dorn, hier ist die Polizei«, rief sie laut. Sie lauschte ins Innere, hörte das leise Tropfen eines Wasserhahns.

Anja Wintterlin legte den Zeigefinger über die geschlossenen Lippen, wies mit einer Kopfbewegung ins Innere. Vorsichtig, die entsicherten Waffen in der Hand, drückten sie sich der Wand entlang durch die Diele. Der Geruch von gekochtem Essen, Kaffee und säuerlichem Wein lag in der Luft, ein deutliches Zeichen dafür, dass das Haus bewohnt war.

Neundorf schob sich an einem großen Schrank vorbei, erreichte den ersten Raum, drückte die Tür blitzschnell auf. Ein Fenster tauchte das kleine Zimmer in helles Licht, vereitelte jede Gelegenheit, sich darin zu verstecken. Sie überflog die Einrichtung mit einem Blick. Ein altes Sofa, ein schwerer, vierbeiniger Tisch, mehrere Stühle, dazu ein wuchtiger, dunkler Schrank.

Dem Wohnzimmer gegenüber die Küche, mit einer alten, weiß lackierten Anrichte, Herd, Wandschrank und einer einfachen Sitzgruppe um einen rechteckigen Tisch. Ungespülte Teller, frische Essensreste in verschiedenen Töpfen, der tropfende Wasserhahn.

Gleich anschließend eine winzige Vorratskammer, randvoll gefüllt mit haltbaren Lebensmitteln, alten Geräten, angestaubt wirkendem Mobiliar.

Sie durchkämmten den Rest des kleinen Gebäudes, stießen im oberen, von der Dachschräge stark verengten Stockwerk auf ein kleines Schlafzimmer mit einem frisch benutzten ungemachten Bett, dazu auf einen Korb voll weiblicher Schmutzwäsche.

Neundorf betrachtete die Einrichtung mit skeptischem Blick. »Es gibt zwei Möglichkeiten«, meinte sie, »entweder Frau Dorn ist gerade unterwegs und wird hier bald wieder auftauchen. Oder sie hat Lunte gerochen und ist getürmt. Was denkst du?«

»Das Foto Herbert Bauers in der Zeitung«, antwortete Anja Wintterlin. »Sie hat es heute Morgen entdeckt und ist sofort verschwunden.«

Neundorf nickte, steckte eine der gebrauchten Tassen und einen Löffel aus der Küche in eine Plastiktüte, versuchte, nichts sonst zu berühren. »Wir müssen das Haus auf jeden Fall überwachen. Vielleicht haben wir doch Glück und sie ist nur einkaufen. Obwohl es nicht danach aussieht. Mir ist es zu riskant, die Techniker kommen zu lassen, sie könnte es mitbekommen. Wir müssen sie festnehmen, bevor es noch einen Toten gibt. Wenn sie sich nicht schon diesen Seiter geschnappt hat.«

Sie wählte die Nummer Becks.

»Habt ihr sie?« rief der Kollege, kaum dass sie sich gemeldet hatte.

Neundorf seufzte laut. »Sie ist weg. Ob sie etwas gemerkt hat oder nur auf einen Sprung an die frische Luft ging, weiß ich nicht. Das Haus muss observiert werden. Ab sofort. Wir warten solange in der Nähe.«

Beck versprach, sich sofort darum zu kümmern.

Dann fragte die Kommissarin noch, was mit Seiter sei?

»Nichts Neues. Er ist noch nicht aufgetaucht.«

»Verdammt! Hoffentlich hat das nichts zu bedeuten.«

»Was meinst du?«

»Was wohl? Der Frau traue ich inzwischen alles zu.«

»Du glaubst, Seiters und Dorns Verschwinden haben etwas miteinander zu tun?« Beck verstummte, wollte nicht aussprechen, was seine Kollegin angedeutet hatte. »Mein Gott, nein!«

»Wir müssen sie erwischen«, erklärte Neundorf, »es gibt keinen anderen Weg.« Sie beendete das Gespräch, trat auf den Weg vor dem Haus.

Der Mann, den sie beim Betreten des Gebäudes zu ihnen hatte herstarren sehen, stand keine fünf Meter entfernt, gaffte die beiden Frauen unverhohlen neugierig an. Neundorf bat Anja Wintterlin, das Haus sorgfältig abzuschließen. Der Mann trug alte, angeschmutzte Hosen, dazu einen Pullover, der am linken Arm eingerissen war. Er machte ein paar Schritte rückwärts, trug sich offenbar mit dem Gedanken, direktem Kontakt mit den Frauen auszuweichen. Deshalb lief Neundorf geradewegs auf die etwas ungepflegt wirkende Gestalt zu und rief mit kräftiger Stimme: »Wir suchen Frau Dorn!«

Er zögerte erst einen Moment, nuschelte dann doch eine Antwort. »Die isch net dahoim. Heut Morge hat ses uf oimal eilig ghett.«

»Sie haben sie heute Morgen gesehen?«

Der Mann nickte. »So gege Neune isch se weg. S' war kurz nach'm Frühstück.«

Er schielte mit dem linken Auge, schien an ihr vorbeizusehen. Sie schätzte ihn auf Mitte siebzig.

»Frau Dorn war allein?«

»Noi, ihr Freundin hat se gholt. Aber ziemlich rasant.«

»Wie rasant?«

»Ha, die hat nur kurz ghalte und ghupt, no send se au scho weiter gfahre.«

»Sie kennen Frau Dorns Freundin?«

Der Mann schüttelte bedauernd den Kopf. Er zog ein großes, buntes Taschentuch aus seiner Hose, putzte seine Nase.

»Aber Sie haben die Frau schon öfter bei Frau Dorn gesehen? Sonst wüssten Sie doch nicht, dass es sich um ihre Freundin handelt.«

»Die kommt öfter«, antwortete er, das Taschentuch noch über der Nase, »jedenfalls, wenn die Dorn hier isch.«

Neundorf blickte sich um, betrachtete die anderen Häuser. »Wer könnte die Frau sonst kennen? Irgendjemand von den Nachbarn?«

Der Mann schüttelte heftig seinen Kopf. »Die schaffet doch fascht alle in Stuttgart oder Winnende. Do isch tagsüber kaum jemand da.«

»Verdammt noch mal!« Sie stampfte vor Wut auf den Boden. »Wie sieht diese Freundin aus? Könnten Sie sie beschreiben?«

Er schaute sie überrascht an, steckte dann sein Taschentuch weg, wandte seine Aufmerksamkeit Anja Wintterlin zu, die vom Haus her auf sie zukam und sich zu ihnen stellte. »So wie Sie etwa«, erklärte der Mann, deutete auf Neundorfs Kollegin.

»So jung?«

»Was woiß i. So genau kenn i die net.«

Neundorf seufzte laut, wies auf die Nachbargebäude. »Wir müssen sicherheitshalber nachprüfen, ob nicht doch jemand daheim ist und etwas Genaueres weiß.« Sie wandte sich von Wintterlin ab, schaute zu dem Mann. »Was für ein Auto fuhr die Freundin, welches Fabrikat meine ich, haben Sie darauf geachtet?«

»Fabrikat?« Er schüttelte den Kopf. »Warum wellet Sie des alles überhaupt wisse?«

Die Kommissarin ging nicht auf seine Frage ein. »War es ein VW, ein Daimler oder ein Opel?«, fragte sie. »Sie haben es doch gesehen, oder?«

»Do derfet Sie mi net frage«, sagte der Mann, »i kenn mi in dem Zeugs net aus.« Er kratzte sich an der Brust, nuschelte dann einen weiteren Satz. »I woiß nur die Nummer. Weil die scho öfter hier war.«

»Die Nummer?« Neundorf starrte ihn entgeistert an. »Die Nummer von dem Auto?«

Er verzog keine Miene, zählte ihr die Buchstaben und Zahlen der Reihe nach auf, schwor Stein und Bein, dass er sich nicht täusche. »Kennzeiche merke isch eins von meine Hobbies«, sagte er, »damit mei Hirn net rostet.«

33. Kapitel

Der Notruf Gerd Seiters traf das Amt mitten in einer hektischen Phase.

Das unerwartete Verschwinden des Mannes am frühen Mittag, dazu die vollständige Ahnungslosigkeit über den Hintergrund dieses Abtauchens hatten alle an der Untersuchung Beteiligten in heillose Aufregung gestürzt. Nicht nur die Identifizierung der achten Person auf der Liste, Jochen Schwank, war bisher nicht gelungen, jetzt hatte sich auch noch einer der bereits mühsam Ermittelten buchstäblich in Luft aufgelöst.

Als viertes Opfer der Giftmörderin? Diese Frage schwebte unausgesprochen in allen Köpfen – spätestens seit dem Zeitpunkt, als der Chefredakteur von Radio Cool kurz vor 16 Uhr in verzweifeltem Ton um eine Nachricht über den Verbleib seines Moderators bat, dessen Sendung in wenigen Minuten live beginnen sollte.

»Das hat er noch nie gemacht«, jammerte der Mann, »ganz im Gegenteil. Auf ihn ist absolut Verlass. Herr Seiter kommt immer gegen Mittag in den Sender, um sich in Ruhe auf seine Titel und Texte vorzubereiten. In fünf Minuten, direkt nach den Nachrichten, beginnt die Sendung. Was sollen wir tun?«

»Er war bisher immer pünktlich?«, fragte Erwin Beck.

»Immer! Ich sagte es Ihnen doch. Wo ist er? Warum tun Sie nichts, wenn Sie über seine Bedrohung informiert sind?«

Beck wusste nicht, was er dem Mann antworten sollte, versprach, ihm sofort Bescheid zu geben, falls sie etwas erführen. Er war mit Felsentretter die ganze Zeit damit beschäftigt, alle mit dem Rundfunk-Journalisten bekannten oder verwandten Personen ausfindig zu machen und sie zu befragen – bisher ohne jedes Ergebnis. Keiner hatte an diesem Tag etwas von dem Mann gehört, geschweige denn, ihn gesehen.

Neundorfs Nachricht, dass Katja Dorn verschwunden war, erhöhte ihre Nervosität und Hektik.

Mitten in diese überreizte Stimmung platzte der Anruf der Waiblinger Kollegen.

»Wir haben hier einen Notruf wegen einem Gerd Seiter«, erklärte der Beamte, »kümmert ihr euch darum?«

»Seiter?«, brüllte Erwin Beck.

Er hatte gerade eine Liste von Mitarbeitern des Rundfunk-Senders erstellt, die mit dem Moderator Kontakte pflegen sollten. »Was ist mit ihm?«

»Der Notarzt lässt ihn gerade ins Krankenhaus bringen, hier bei uns.«

»Notarzt?«

»Er wurde überfallen. Anscheinend von einer Frau.«

»Verdammt!« Beck sprang von seinem Stuhl auf, riss den Telefonhörer zu sich hoch. »Wo war das?«

»Hier in Waiblingen in einem Hotel.«

»Der Mann lebt?«

»Ich habe keine genaueren Informationen. Der Notarzt hat die Sache übernommen. Mehr kann ich nicht sagen. Ihr kümmert euch darum?«

Beck versicherte ihm das, ließ sich Namen und Adresse des Hotels sowie der Klinik geben, verständigte Felsentretter.

Sie rasten los und keine halbe Stunde später waren sie im Waiblinger Kreiskrankenhaus eingetroffen.

»Der Mann schwebt nicht in Lebensgefahr«, versicherte ihnen der behandelnde Arzt, »er ist bei Bewusstsein. Sie sollten ihm aber vorerst dennoch Ruhe gönnen, er hat einen leichten Schock. Sein Gesicht und der Hinterkopf sind mit Platzwunden übersät. Ich wundere mich, dass er kein Hirn-Trauma erlitten hat.«

»Schläge?«, fragte Felsentretter.

Der Arzt nickte. »Mit einem festen Gegenstand. Mein Kollege sprach von einem Stuhl, der zertrümmert worden sei.«

Gerd Seiters Kopf war fast vollständig bandagiert, lediglich um Augen, Nase und Mund hatten die Ärzte einen schmalen Spalt freigelassen. Die Stationsschwester führte sie unter der Bedingung zu ihrem Patienten, dass sie es bei einigen kurzen Fragen beließen. »Er kam erst vor zehn Minuten aus dem OP. Jede Anstrengung ist zu vermeiden.«

Beck stellte sich neben das Krankenbett, betrachtete den Mann. Seiter stöhnte leise vor sich hin, bemerkte erst nach einer Weile, dass er Besuch hatte.

»Beck ist mein Name, ich bin vom Landeskriminalamt«, sagte der Kommissar, »können Sie mich verstehen?«

Der Mann wollte nicken, seinen Kopf bestätigend auf und ab bewegen, unterließ es aber sofort nach dem ersten Versuch wieder, stöhnte stattdessen vor Schmerzen.

»Sie wurden von einer Frau überfallen, berichtete der Notarzt, ist das richtig?«

Seiter ließ einen gequälten Ton hören, der einer Bestätigung gleichkam.

»Kennen Sie die Frau?«

Es dauerte mehrere Sekunden, bis er im Stande war, ein deutliches »Nein« zu formulieren.

Beck sah, wie der Mann sich quälte, wusste, dass er sich auf die wichtigsten Fragen konzentrieren musste. Er zog ein Bild Katja Dorns aus der Tasche, das die Kölner Kollegen im Auftrag Braigs ins Amt gemailt hatten, hielt es Seiter vors Gesicht. »War sie es?«

Der Schock stand ihm unversehens in den Augen. Seiter starrte auf das Foto, holte tief Luft, stieß sie keuchend von sich. Er warf den Kopf auf die Seite, stöhnte vor Schmerzen laut auf. Tränen perlten aus seinen Augen.

Die Antwort war eindeutig. Katja Dorn, wusste Beck, sie hatte es wieder versucht. Er steckte das Foto weg, wartete ein paar Minuten, bis der Mann sich etwas beruhigt hatte.

»Sie haben sich mit ihr getroffen?«, fragte er dann.

Seiter hauchte ein leises »Ja«.

»Freiwillig. Sie benutzten den Hinterausgang, damit unser Kollege Ihr Verschwinden nicht bemerkte.«

Es dauerte eine Weile, bis der Überfallene mit heftigem Stöhnen und Schnauben Becks Vermutung bestätigte.

»Sie hat Sie also nicht aus Ihrer Wohnung entführt.«

»Nein«, hauchte er.

»Sie trafen sich im Hotel?«

Die Andeutung eines Kopfnickens bekräftigte die Korrektheit seiner Aussage.

»Und dann schlug sie Sie nieder.«

Seiter versuchte, ein »nein« zu artikulieren. »Später«, fügte er dann nur schwer verständlich hinzu.

»Sie haben mit ihr geschlafen?«

Die Antwort des Mannes kam prompt. Trotz seiner Schmerzen bewegte er seinen Kopf verneinend hin und her. »Wei«, hauchte er dann, »Wei ...«

Beck verstand nicht, wiederholte die Worte des Überfallenen. »Wei?«

Seiter zeigte eine Andeutung von Kopfschütteln.

»Wein«, erklärte Felsentretter, der erstaunlich leise hinter seinen Kollegen getreten war, »sie bot Ihnen Wein zum Trinken an.«

»K l e i n e F l a s c h e«, buchstabierte der Mann.

Beck nickte mit dem Kopf. »Eine kleine Flasche Wein. Und da erinnerten Sie sich an unsere Warnung, richtig?«

»Ja.«

»Aber Sie wunderten sich wahrscheinlich darüber, dass Ihnen der Wein von einer Frau angeboten wurde, obwohl meine Kollegen Sie vor einem Mann gewarnt hatten, ja?« Er sah die Bestätigung in den Augen Seiters. »Und später, nachdem Sie sich geweigert hatten, den Wein mit ihr zu trinken, schlug sie Sie in einem überraschenden Moment nieder, bevor Sie sich wehren konnten.«

Gerd Seiter bewegte seinen Kopf zur Bestätigung vorsichtig auf und ab.

34. Kapitel

Das Autokennzeichen der angeblichen Freundin Katja Dorns hatten sie innerhalb weniger Minuten überprüft. Das Fahrzeug, ein älterer VW Golf, war auf eine Mirka Nagel zugelassen, geboren 1952, wohnhaft in der Schillerstraße in Crailsheim.

Neundorf und Wintterlin beschlossen, die Wohnung der Frau sofort ohne jedes Zögern zu überprüfen. Vielleicht hatten sie Glück und konnten Frau Dorn dort überraschen – vorausgesetzt, der Mann in Oppelsbohm hatte sich das richtige Autokennzeichen gemerkt.

Zehn Minuten vor fünf waren sie in Crailsheim angelangt. Der rote Golf parkte vor einem der Häuser unweit des Schwanensees. Wintterlin erkannte das Kennzeichen sofort, zeigte auf das Fahrzeug. Es war leer, niemand in seiner Nähe zu sehen.

Sie suchten die benachbarten Gebäude nach der richtigen Hausnummer ab, fanden die Wohnung im ersten Obergeschoss eines Mehrfamilienhauses. Ihr Name prangte in breiten Lettern neben dem Klingelknopf. *Mirka Nagel, Klavierlehrerin.*

Anja Wintterlin zog ihren Schlüsselbund hervor, machte sich an der Haustür zu schaffen. Nach wenigen Sekunden war sie soweit. Sie betraten leise das Treppenhaus, hielten die Tür fest, ließen sie sanft ins Schloss gleiten. Die mühsamen Versuche eines unüberhörbar wenig begabten Klavierspielers waren bis ins Erdgeschoss zu hören.

Neundorf zeigte wortlos nach oben, nickte mit dem Kopf. Sie schlichen sich auf Zehenspitzen die Treppe hoch, postierten sich vor der Wohnungstür Frau Nagels, entsicherten ihre Waffen. Als das Klavierspiel für einen Moment aussetzte, drückte Anja Wintterlin auf die Glocke. Ein lautes Dingdong hing in der Luft.

Die Frau in der Wohnung reagierte erst nach ihrem zweiten Versuch. Eine Tür quietschte, Schritte näherten sich. »Einen Moment«, rief sie laut. Sie öffnete die Tür, schaute gedankenverloren ins Treppenhaus.

Neundorf reagierte sofort. Sie stieß die Tür vollends auf, drückte sich an einer Frau vorbei: dunkelblonde Locken, schmales Gesicht mit auffallend bleicher Haut, fast einen Kopf kleiner als Wintterlin.

»Kriminalpolizei«, flüsterte diese, hielt ihren Ausweis hoch. Sie merkte, dass ihr Gegenüber schreien wollte, drückte ihr den Zeigefinger auf die Lippen. »Frau Nagel, ja?«, setzte sie mit gedämpfter Stimme hinzu.

Die Frau schaute überrascht zu ihr auf, Angst und Verunsicherung in den Augen.

»Wir suchen Frau Dorn«, erklärte Wintterlin. »Katja Dorn.«

Mirka Nagel benötigte einige Sekunden, sich von ihrem Schreck zu erholen. »Katja?«, fragte sie mit zittriger Stimme.

Die Kriminalbeamtin nickte.

»Aber doch nicht hier bei mir.«

Wintterlin schaute sie fragend an. »Heute Morgen stieg sie in Ihr Auto.«

»Heute Morgen, ja.«

Neundorf trat aus der Wohnung, steckte ihre Pistole weg, schüttelte den Kopf. »Wo ist Frau Dorn?«, fragte sie.

Mirka Nagel zitterte am ganzen Körper. »Was wollen Sie?«

»Frau Dorn«, wiederholte die Kommissarin ungeduldig. »Wo ist sie?«

»Ich weiß es nicht.« Sie schüttelte den Kopf. Hinter ihr in der Wohnung setzte das Klavierspiel wieder ein.

»Sie waren bei ihr in Oppelsbohm«, sagte Anja Wintterlin.

»Ja. Wir fuhren nach Waiblingen in die Altstadt, waren dort in einem Café. Katja hat mich angerufen, wir hatten uns lange nicht gesehen.«

»Wann war das?«

»Heute Morgen.«

»Wohin ging Frau Dorn anschließend?«

Mirka Nagel schaute ratlos auf. »Ich weiß es nicht. Sie wollte irgendwas erledigen. Ich hatte keine Zeit, mich länger aufzuhalten. Wir tranken einen Kaffee und unterhielten uns. Dann fuhr ich nach Stuttgart. Ich benötigte Noten für einen meiner Schüler.«

»Um wie viel Uhr trennten Sie sich von Frau Dorn?«

»Gegen elf. Ich wollte vor der Mittagspause in der Königstraße sein, deshalb weiß ich es so genau.«

»Und Sie sahen Frau Dorn seitdem nicht mehr?«

Mirka Nagels Stimme gewann an Intensität. »Nein, ich hatte keine Zeit mehr. Um zwei kam schließlich mein erster Schüler.«

Die krampfhaften Versuche, dem Klavier harmonische Töne zu entlocken, verstummten. Stattdessen ertönte das Sirren eines in Bewegung gesetzten Drehstuhls.

»Wo trennten Sie sich? Vor dem Café?«

»Am Rand der Altstadt. Ich wollte zu meinem Wagen. Katja hatte noch etwas zu erledigen. In der Nähe des Bahnhofs, sagte sie.«

Neundorf betrachtete die aufgeregte Miene der Frau, nickte mit dem Kopf. Es schien, als ob die Klavierlehrerin die Wahrheit sagte. Alles passte zusammen. Kurz nach neun hatte sie Katja Dorn in Oppelsbohm abgeholt, genau wie es der Nachbar behauptet hatte. Knapp zwei Stunden später, nach dem gemeinsamen Kaffeetrinken, war sie dann allein von Waiblingen aus weitergefahren. Und Katja Dorn hatte sich ins Hotel begeben, wo schon Gerd Seiter auf sie wartete ...

»Wie gut kennen Sie Frau Dorn?«, fragte Anja Wintterlin.

»Wie gut?« Mirka Nagel drehte sich zur Seite, schaute zu der jungen Beamtin hoch. »Wir haben mehrere Monate zusammen gearbeitet. In einem Theater in Stuttgart. Katja als Schauspielerin, ich als Regieassistentin. Vor zehn Jahren ungefähr.«

»Und seither?«

»Wir sahen uns nicht oft. Leider. Ein- oder zweimal im Jahr. Ich bin hier ziemlich fest gebunden. Und Katja ist viel unterwegs. Es ist nicht einfach, eine Rolle zu bekommen in unserem Alter.«

Die Glocke ließ ihr kräftiges Dingdong erschallen. Wintterlin schrak zusammen, starrte überrascht an die Decke über der Wohnungstür. Mirka Nagel warf einen Blick auf ihre Uhr, drückte auf den Türöffner. Das Summen aus dem Erdgeschoss war deutlich zu hören.

»Sie wissen nicht, wo sich Frau Dorn jetzt aufhält?«

Die Frau schüttelte den Kopf.

»Immerhin haben sie fast zwei Stunden miteinander geschwatzt.«

»Nur über die Vergangenheit und über ihre Schwierigkeiten im Beruf. Katja ist ziemlich wütend, weil sie aus Altersgründen ständig abgelehnt wird.«

»Das wissen wir.«

»Und auf diesen Regisseur, der sie systematisch erniedrigt.«

Mirka Nagel begrüßte ein junges Mädchen, das die Treppe hochkam. Es war um die Vierzehn, trug eine schmale, schwarze Ledermappe in der Hand, betrachtete neugierig die beiden Beamtinnen.

»Einen Regisseur? Wissen Sie, wie der Mann heißt?«

Die Klavierlehrerin schüttelte den Kopf. »Bedaure, aber den Namen hat sie nicht erwähnt. Ich muss mich jetzt entschuldigen, Sie sehen, meine nächste Schülerin ist da und drinnen sitzt noch ihr Vorgänger.« Sie bat das Mädchen, ins Klavierzimmer zu gehen und dort auf sie zu warten. »Was wollen Sie überhaupt von ihr?«, fügte sie dann hinzu. »Was hat Katja mit der Polizei zu tun?«

Neundorf reichte ihr die Hand. »Ich fürchte, das werden Sie morgen aus der Zeitung erfahren. Oder heute Abend noch in den Nachrichten sehen, wenn Sie Zeit dazu finden.«

Mirka Nagel starrte ihnen mit großen Augen nach, als sie die Treppe hinunterliefen.

35. Kapitel

Die junge Frau mit der Kamera und dem kleinen Fotokoffer in der Hand winkte ihnen von weitem, als sie das Haus der Klavierlehrerin gerade verlassen hatten. Neundorf sah näher hin, erkannte Claudia Steidle sofort.

»So klein ist die Welt«, sagte die Fotografin.

Sie grüßten sich, stellten sich gegenseitig vor.

»Wann haben wir uns zum letzten Mal gesehen?«, grübelte Neundorf.

»Du hast mich aus Spanien geholt. Wegen der Bilder, die ich in Cheb aufgenommen hatte. Völlinger, du erinnerst dich?«

Neundorf nickte, wusste wieder Bescheid. Es handelte sich um eine der mühsamsten Ermittlungen der vergangenen Jahre. Fotos eines angeblich pädophilen Ministers waren in die Hände eines Journalisten geraten und drohten die Karriere des Politikers zu zerstören. Als der Zeitungsreporter und ein Kollege Mordanschlägen zum Opfer fielen, schien die Verhaftung des Stuttgarter Regierungsmitglieds unmittelbar bevorzustehen. Erst in letzter Sekunde hatten sie Beweise dafür gefunden, dass die Fotos gefälscht waren.

»Du hast einen Auftrag?«, erkundigte sich Neundorf.

Claudia Steidle nickte. »Die Stadtverwaltung sucht stimmungsvolle Motive für einen neuen Werbeprospekt über Crailsheim.«

»Herzlichen Glückwunsch. Sie haben offensichtlich eine gute Wahl getroffen.«

»Danke für die Blumen. Ihr seid im Einsatz?«

Neundorf seufzte laut. »Ein größeres Projekt, ja. Aber anscheinend wieder ohne Erfolg.«

»Die Sache mit den Giftmorden, wie?«

Die Kommissarin nickte. »Du hast davon gelesen?«

»Es lässt sich kaum übersehen. Die Zeitungen schießen sich regelrecht auf eure Ermittlungen ein. Marion Böhler tut mir Leid, sie hat es nicht verdient.«

Neundorf schaute ihre Gesprächspartnerin überrascht an. »Du kennst die Frau?«

»Ob ich sie kenne?« Claudia Steidle lachte laut. »Aus welcher Szene hast du mich befreit?«

Sie hatten sich zu Beginn von Neundorfs Polizei-Karriere kennen gelernt: die eine als junge Kommissars-Anwärterin, die andere als eine auf der Straße aufgegriffene, mit Rauschgift für mehrere Tage frisch versorgte Drogenkonsumentin. Neundorf hatte sich Steidles Geschichte angehört, dann spontan dafür entschieden, die junge Frau entgegen allen gesetzlichen Regelungen auf eigenes Risiko aus ihrem Sumpf zu befreien. Claudia Steidle hatte mitgespielt, *die* Chance ihres Lebens genutzt.

»Wie soll ich das verstehen?«

»›Der Engel der Drogensüchtigen‹. Dir ist das kein Begriff?«

»Marion Böhler?«

»Okay, nur in internen Kreisen, zugegeben. Vielleicht wissen nicht einmal deine Kollegen vom Drogendezernat von ihr. Aber sie gilt als Engel. Jedenfalls im Kreis ihrer Jungs.«

»Seit wann tut sie das?«

Claudia Steidle schüttelte den Kopf. »Keine Ahnung. Mehrere Jahre jedenfalls. Hat sie nicht einen Laden?«

»Was für einen Laden?«

»Eine Apotheke. Was sonst?«

»Sie arbeitet dort, ja. Du meinst ...«

»Ich meine gar nichts. Ich weiß nur, dass sie ihren Jungs kostenlos Ersatzstoffe besorgt. Und Schmerzmittel. Alles, was du in dem Zustand brauchst.«

»Kostenlos?«

»Vollkommen. Sie gilt als Engel. Für alle, um die sie sich kümmert. Aber soweit ich gehört habe, sind es immer nur wenige. Damit sie die Leute im Auge behalten kann, ob sie wirklich bereit sind auszusteigen.«

»Warum macht sie das?«

»Warum?« Claudia Steidle lachte leise. »Geh hin und frag sie. Warum hast du mir aus der Scheiße geholfen? Glaubst du, ich hätte mein neues Leben geschafft ohne dich?« Sie schüttelte den Kopf. »Es gibt sie noch, die Engel. Du musst nur deine Augen öffnen, damit du sie sehen kannst.«

36. Kapitel

Kurz nach 18 Uhr trafen sie sich zur Besprechung in Hofmanns Büro. Braigs neue Erkenntnisse, dazu die Information über den erst in letzter Sekunde misslungenen neuesten Mordversuch hatten alle an den Ermittlungen Beteiligten aufhorchen und in ein wechselseitiges Bad der Gefühle stürzen lassen: Die Erleichterung, die Täterin endlich identifiziert zu haben, wurde von der vehementen Kritik der Medien und der Öffentlichkeit getrübt, noch vor wenigen Stunden auf eine völlig anderes Geschlecht fixiert gewesen zu sein.

Der Oberstaatsanwalt hatte auf einer um 17.30 Uhr einberufenen Pressekonferenz gemeinsam mit Beck und Felsentretter versucht, rückhaltlose Informationen über die neuesten Erkenntnisse zu geben und die Gemüter zu beruhigen. Die Vorwürfe der Journalisten konterte er mit der Zusicherung, Katja Dorn nunmehr endgültig als die Person überführt zu haben, welche die drei Männer vergiftet und zudem heute den Anschlag auf Gerd Seiter ausgeführt habe. Er rief sie dazu auf, mit der Veröffentlichung ihres Porträts die Fahndung der Polizei nach der Frau zu unterstützen.

Braig hatte sich an diesem Nachmittag zum ersten Mal seit Tagen wieder die Zeit für ein ohne jede Hektik zu sich genommenes Essen gegönnt, war schon in Köln in den Bistrowagen des Zuges gestiegen und hatte eine große gemischte Salatplatte und Kartoffelgratin bestellt. Kurz vor Mannheim, die zweite Tasse Kaffee vor sich, meldete er sich bei Ann-Katrin Räuber. »Wie geht es dir?«

Schon ihr Zögern verriet ihr Befinden. »Ich komme gerade vom Arzt«, antwortete sie, »ich soll die Tabletten absetzen.«

»Weshalb?«

»Es gab Schwierigkeiten«, versuchte sie sich herauszureden, »wegen meiner Haut.«

Braig kannte sie gut genug, wusste, dass er nachkarten musste. »Was hat das zu bedeuten?«

»Sei froh, dass du mich nicht sehen kannst.«

»Ich komme nachher bei dir vorbei«, drohte er.

»Nein. Heute nicht mehr. Ich bin zu müde.«

»Deine Haut«, erinnerte er. »Was ist damit?«

»Irgendein komischer Ausschlag. Kleine, rote Pickel.«

»Wo genau?«

»An den Händen, den Armen, überall.«

»Auch im Gesicht?«

»Leider, ja.«

»Seit wann?«

»Gestern Abend«, sagte sie, »vorher habe ich es jedenfalls nicht bemerkt.«

»Und was sagt der Arzt?«

»Wahrscheinlich Nebenwirkungen der Schmerztabletten. Er weiß es nicht genau, hat mir auf jeden Fall andere verschrieben.«

»Er meint, der Ausschlag geht wieder weg?«

Ann-Katrin zögerte. »Ich soll am Freitag wiederkommen.«

»Wir müssen einen anderen Arzt zu Rate ziehen«, erinnerte er sie. »Nicht wegen des Ausschlags. Ganz allgemein.« Wie oft hatten sie es schon besprochen? »Du weißt, was ich meine.« Unzählige Male waren sie sich einig gewesen, es endlich zu tun. Allein, dazu aufraffen konnte sie sich nicht, ihr fehlte der Mut. Ihm meistens die Zeit.

»Wenn es hilft.« Ann-Katrins Antwort klang resignierend.

»Sobald wir unseren Fall gelöst haben, nehme ich mir frei. Dann sehen wir uns um. In der gesamten Region. Diese Woche noch.«

»Du glaubst, es geht so schnell?«

»Ich hoffe. Heute sind wir entscheidend vorwärtsgekommen. Ich bin gerade auf dem Rückweg von Köln.« Braig berichtete ihr von seinem Gespräch mit Susanne Braun, hörte ihre überraschten Kommentare.

»Dann ist das Foto in der Zeitung falsch.«

»Leider«, gab er zu, »obwohl die Frau genau so vor uns stand.«

»Wie reagieren die Medien?«

»Ich weiß es nicht«, antwortete er, »noch sitze ich im Zug und genieße die Ruhe und den Frieden hier.« Er nahm seine Tasse auf, trank von dem Kaffee. Dann fiel ihm das traurige Ereignis ein, von dem er am frühen Morgen erfahren hatte. »Ich muss dir noch etwas sagen.«

Sie merkte an seinem Tonfall, dass es keine erfreuliche Mitteilung war. »Was meinst du?«

»Bernhard Söhnle ist gestorben.«

Sie hatte ihn bei weitem nicht so gut gekannt wie er, beruflich auch nur wenig mit ihm zu tun gehabt, war von der Nachricht dennoch schockiert, handelte es sich bei dem Verstorbenen doch um einen relativ jungen und recht beliebten Kollegen, den niemand als so krank erachtet hatte, dass mit seinem Ableben zu rechnen gewesen wäre. Braig schilderte ihr die Umstände von Söhnles Tod, ging auf die Ermittlungen ein, an denen dieser beteiligt gewesen war, berichtete von den lebensbedrohenden Momenten, die sie gemeinsam durchgestanden hatten. »Und jetzt ist er tot. Alles vorbei.« Er diskutierte mit ihr die Diagnose des Chefarztes des Tübinger Universitätsklinikums, Söhnles Krebs resultiere aus der Strahlenbelastung des radioaktiven Mülls, dessen Abtransport aus Neckarwestheim er über Jahre hinweg hatte begleiten müssen, und über Spekulationen, inwieweit man die verantwortlichen Manager und Politiker zur Rechenschaft ziehen könne.

»Mit legalen Methoden wohl kaum«, meinte Ann-Katrin. »Auf diese Variante der Kriminalität ist unsere Gesellschaft nicht einmal in Ansätzen vorbereitet.«

Braig verabschiedete sich erst, als der Zug in den Stuttgarter Hauptbahnhof einfuhr, wünschte ihr gute Besserung und versprach, sich am nächsten Tag wieder bei ihr zu melden.

Bei der Besprechung in Hofmanns Büro eine halbe Stunde später traf er auf müde, abgekämpfte Gesichter. Man kannte die Mörderin, verfügte jedoch immer noch nicht über den kleinsten Anhaltspunkt, wo man die Frau aufgreifen und von weiteren Morden abhalten konnte. Wie gefährlich sie nach wie vor war, hatte sie ja im Verlauf des Tages erneut bewiesen.

»Die ist unersättlich!«, seufzte Braig.

»Und das trotz unserer Fahndung nach Herbert Bauer. Sie muss doch jetzt wissen, dass wir sie erkannt haben, weil ihre Rolle mehreren Leuten bekannt ist«, erklärte Hofmann. Er stand vor dem schmalen Tisch, schenkte Earl Grey in die Tassen. Der würzige Duft des Tees erfüllte den gesamten Raum. »Das zeigt deutlich, wie gefährlich sie ist. Die Frau kennt keine Angst. Sie beharrt manisch auf der Ausführung ihrer Pläne.«

»Dann wird sie es wieder versuchen«, sagte Braig.

Neundorf nickte zustimmend. »Und zwar bald. Denn ihr wird klar sein, dass ihr nicht mehr viel Zeit bleibt, wenn sie unsere neuen Fahndungsaufrufe zu Gesicht bekommt.«

»Bleibt nur die Frage, ob sie es bei den Männern der Liste belässt oder sich neue Opfer sucht, weil ihr Ersteres zu gefährlich wird?«

»Woher soll sie wissen, dass wir die Liste haben? Sie hat sich mit diesem Seiter getroffen, obwohl wir den Mann überwachten. Das ist der beste Beweis, dass sie nicht von ihrem ursprünglichen Plan abrückt«, meinte Hofmann. Er setzte sich an den Tisch, trank von seinem Tee.

»Also müssen wir die Männer noch intensiver abschirmen und ihnen auch einschärfen, nicht denselben Leichtsinn wie Seiter an den Tag zu legen. Wer jetzt noch eigene Wege geht, riskiert sein Leben. Seit heute Mittag dürfte allen das Ausmaß ihrer Gefährdung klar geworden sein.«

»Allen nicht«, wandte Erwin Beck ein, »wir kennen immer noch nicht den achten Mann der Liste.«

»Wir haben immer noch keine genaueren Anhaltspunkte?«

Beck schüttelte den Kopf. »Jochen Schwank. Wir haben vier Leute dieses Namens überprüft. Keiner passt. Zwei sind zu jung, gerade mal sechs beziehungsweise elf Jahre alt, der Dritte lebt seit sechs Monaten in Japan und Nummer Vier wurde letztes Jahr bei einem Autounfall schwer verletzt und liegt seitdem im Koma.«

»Autounfall? Ist das geklärt?«

»Ja, sicher. Er kam mit überhöhter Geschwindigkeit von der Fahrbahn ab, überschlug sich. Sein Beifahrer überlebte wie durch ein Wunder.«

»Vielleicht ist er es doch. Sie will ihn endgültig ins Jenseits befördern.«

»Ich glaube es nicht. Der Mann liegt in Dresden im Krankenhaus, hat keinerlei Verbindung in unsere Region. Jedenfalls soweit wir es feststellen konnten. Ich bat die Kollegen dennoch um Überwachung des Mannes.«

»Sonst niemand?«

Beck schüttelte den Kopf. »Tut mir Leid. Wir haben sämtliche Register überprüft.«

»Mir fällt eine Bemerkung Frau Nagels ein«, sagte Neundorf, »die Klavierlehrerin, die mit Frau Dorn befreundet ist und sie heute in ihrem Haus abholte. Sie erzählte etwas von einem Regisseur, auf den die Dorn wütend sei, weil der sie ständig erniedrigte. Leider wusste sie seinen Namen nicht.«

»Ein Regisseur?« Braig erinnerte sich an die Worte Susanne Brauns. »Derjenige, der sie als ›lahme alte Kuh mit schlaffen Titten‹ beschimpfte?«

Neundorf schaute überrascht über den Tisch zu ihm hinüber. »Woher hast du das?«

»Frau Braun. Sie hat es mir erzählt. Frau Dorn hatte eine Rolle als Serienheldin erhalten, stieg aber aus, weil er sie ständig demütigte.«

»Du kennst seinen Namen?«

Er überlegte, schüttelte den Kopf. »Tut mir Leid. Ich werde mich sofort darum kümmern.«

Braig erhob sich, lief in sein Büro, suchte die Nummer Susanne Brauns in Köln. Die Frau nahm nach dem ersten Läuten ab.

»Haben Sie ein Glück«, sagte sie, nachdem Braig sich vorgestellt hatte, »gerade will ich das Haus verlassen.«

Er entschuldigte sich, versprach, sie nicht lange aufzuhalten.

»Hat sich das mit Katja noch nicht als falscher Verdacht erwiesen?«, fragte sie.

Braig seufzte laut. »Heute Mittag hat sie versucht, den vierten Mann zu töten. Er liegt schwer verletzt im Krankenhaus.«

»Wie bitte? Da gibt es keinen Irrtum?«

»Nein. So Leid es mir tut.«

»Weshalb rufen Sie an?«

Braig kam zum Thema. »Es geht um den Regisseur. Den, der Frau Dorn mehrfach beschimpfte. Sie erzählten mir, sie hatte eine Rolle als Serienheldin, gab sie aber auf, weil er sie ständig erniedrigte. Wissen Sie seinen Namen?«

»Ich weiß, wen Sie meinen«, antwortete Susanne Braun, »die Serie, die bei Ihnen spielt.«

»Bei uns?«

»Ja, in der Umgebung von Stuttgart. Lassen Sie mich überlegen. Ja, jetzt weiß ich es wieder. Schwank heißt der Kerl, Jochen Schwank.«

37. Kapitel

Braig konnte sich später nicht mehr daran erinnern, wie er das Telefonat mit Frau Braun beendet und sich von ihr verabschiedet hatte. Er wusste nur noch, dass er sofort beim Südwestrundfunk vorstellig geworden war, um den Wohn- und Aufenthaltsort Jochen Schwanks zu erfahren.

»Wissen Sie, wie spät es ist?«, hatte die letzte, in der Personalabteilung noch erreichbare Mitarbeiterin seinen Wunsch kommentiert.

»Fünf vor zwölf«, war seine Antwort, »wenn wir den Mann heute nicht mehr finden, kann das der letzte Tag seines Lebens gewesen sein.«

Die Stimme am anderen Ende der Leitung hatte sich erst nach einigen langen Sekunden wieder zu Wort gemeldet. »Emil Lehm lebt in Potsdam bei Berlin.«

»Was soll ich mit Emil Lehm? Ich fragte nach Jochen Schwank.«

»Künstler pflegen oft unter Pseudonym zu arbeiten, mein Herr. Emil Lehm ist der bürgerliche Name des Regisseurs Jochen Schwank.«

Natürlich, deshalb war es ihnen bisher nicht gelungen, den Mann aufzufinden. »In Potsdam? Ich denke, er arbeitet hier in der Umgebung von Stuttgart an einer Fernsehserie?«

»Auch das kann ich trotz der späten Stunde herausfinden. Wenn Sie sich noch etwas gedulden.«

Wenige Minuten später hatte er den aktuellen Aufenthaltsort des Regisseurs erfahren.

»Schwank arbeitet an unserer Serie ›Eine Frau wagt alles‹. Er dreht in dieser Woche auf Schloss Ebersberg. Abend- und Nachtaufnahmen. Er müsste jetzt also dort zu erreichen sein.«

»Schloss Ebersberg? Bei Auenwald?«

»Ja, am Rand des Schwäbischen Waldes zwischen Backnang, Murrhardt und Welzheim.«

»Er dreht auch heute Abend?«

»Nach meinen Unterlagen, ja.«

Braig begriff, das dies wieder höchste Alarmstufe bedeutete: Auenwald lag keine fünfzehn Kilometer von Oppelsbohm entfernt. Die ideale Entfernung, alte Kontakte wieder aufzunehmen. Und sei es, für eine letzte Begegnung.

Er bedankte sich bei der Frau, stürmte mit Riesenschritten in Hofmanns Büro.

Felsentretter war gerade dabei, die Unberechenbarkeit Frau Dorns zu betonen. »Wir haben keinerlei Anhaltspunkte, das weitere Verhalten der Frau auszurechnen. Uns bleibt nur zu spekulieren, ob und was sie als nächstes ...«

Braig fiel dem Kollegen mitten ins Wort. »Entschuldige, dass ich unterbreche. Ich habe den Namen des Regisseurs, der Frau Dorn so übel mitspielte ...«

»Jochen Schwank?«, warf Neundorf ein.

»Mit bürgerlichem Namen Emil Lehm. Jochen Schwank ist sein Pseudonym.« Er sah, wie sich die Köpfe aller Anwesenden in seine Richtung drehten, gebannt auf ihn starrten.

»Auf die Idee muss man erst kommen«, stöhnte Beck, »Künstlername. Deshalb haben wir ihn nicht identifizieren können.«

Braig nickte, spürte, wie sich ihre Anspannung langsam löste.

»Dann haben wir alle acht Männer«, stellte Neundorf fest, »fragt sich nur, wo wir diesen Schwank erreichen. Wir sollten uns sofort darum bemühen. Jede Minute ohne Polizeischutz kann ihn das Leben kosten.«

»Ich habe mich schon darum gekümmert«, erklärte Braig, »Schwank arbeitet an einer Fernsehserie. ›Eine Frau wagt alles‹. Sie drehen heute Abend auf Schloss Ebersberg.«

»Oh mein Gott!«

»Es geht um jede Sekunde.«

Keine zehn Minuten später waren sie unterwegs.

38. Kapitel

Kurz nach 19 Uhr hatte die Dämmerung die Landschaft endgültig im Griff. Nur noch schemenhaft waren die Umrisse der Hügel und Berge des Schwäbischen Waldes zu erahnen. Die von Scheinwerfern in helles Licht getauchten Gebäude von Schloss Ebersberg ragten auf einem dunklen Bergsporn wie ein in der Luft schwebendes, weißes Schiff hoch über der welligen Umgebung der Backnanger Bucht. Kilometer weit sichtbar, war das Schloss nicht zu verfehlen.

Braig, Neundorf und Felsentretter hielten an den hell erleuchteten Barrikaden, die das Filmteam mitten in der winzigen Ortschaft errichtet hatte, stiegen aus ihrem Wagen. Bis auf einen einsam im abgesperrten Bereich hin- und herschlendernden, uniformierten Mann war niemand zu sehen. Braig betrachtete die weiße Fassade des kleinen Schlosses, sah weit unterhalb im Tal die Lichter einer Ortschaft.

Sie mussten sich beeilen, war ihnen klar gewesen, als sie aus dem Büro des Oberstaatsanwalts in ihre Zimmer gespurtet waren, um ihre Handys und Waffen zu holen. Voll nervlicher Anspannung hatten sie sich auf den Weg gemacht.

»Ob sie es heute Abend wirklich wieder versucht?«

Neundorf war sich absolut sicher: »Sie kann gar nicht anders. Heute erschien Herbert Bauer in allen Zeitungen. Sie weiß genau, dass es nicht lange dauert, bis wir sie endgültig entlarvt haben. Deshalb muss sie es wieder probieren, so schnell wie möglich. Es ist vielleicht ihre letzte Chance.«

»Außerdem wäre es nicht das erste Verbrechen, das auf Ebersberg passiert«, hatte Felsentretter erklärt und zum Schloss hoch gezeigt, das vor ihnen in den Himmel gewachsen war.

»Wieso?«

Felsentretter hatte auf die Geschichte des ehemaligen Rittergutes verwiesen, war Ebersberg zu Beginn der Neuzeit doch zum Symbol von Unterdrückung und Willkürherrschaft tyrannischer Despoten geworden. Kurz nach dem Ende des Dreißigjährigen Krieges hatte der neue Besitzer des Gutes, Jeremias Vollmar Schenk von Winterstetten, die Bewohner der kleinen, zum Anwesen gehörenden Ortschaft entgegen den Verordnungen des Westfälischen Friedens gezwungen, mitten im evangelischen Württemberg zum Katholizismus zu wechseln. Jahrzehntelang von unmenschlicher Fron und rücksichtsloser Tyrannei terrorisiert, waren viele Ebersberger voller Verzweiflung geflohen, nur ein winziger Rest auf dem Gut verblieben.

Braig hatte nicht auf die Erklärungen des Kollegen geachtet, war voller Angst, sie könnten zu spät kommen, den nächsten Anschlag Frau Dorns um Minuten versäumen.

»Wo sind die Leute vom Film?«, rief er dem einsam vor dem kleinen Schloss seine Runden drehenden Wachmann zu.

Der an Armen und Schulter unübersehbar mit kräftigen Muskelpaketen ausgestattete Mann drehte sich betont lässig um, sah keinen Anlass zu reagieren.

Braig stieg über die Absperrung weg, wiederholte seine Frage.

»Was wollen Sie?«, fragte der Uniformierte. »Autogramme gibt's heute keine mehr.« Er kaute einen Kaugummi, schob ihn im Mund hin und her.

Der Kommissar zog seinen Ausweis, hielt ihn dem anderen vors Gesicht. »Landeskriminalamt. Jetzt reden Sie endlich. Wo sind die Filmleute?«

»Wollen Sie jemand verhaften?« Der Privatsheriff grinste süffisant.

»Wo, verdammt noch mal, wo?« Braig spürte die Wut in sich hochkommen.

»Ist ja schon gut«, erklärte der Mann. »Burg Reichenberg.«

»Reichenberg?«

»Die große Anlage über Oppenweiler. Dort drehen sie, die halbe Nacht. Sofern das Wetter mitspielt.«

»Jetzt?«

Der breitschultrige Uniformierte nickte. »Reichenberg ist für die Außenaufnahmen besser geeignet. Behauptet jedenfalls der Regisseur.«

»Schwank?«, fragte Braig.

»Genau. Sie kennen ihn? Typischer Fernseharsch. Eingebildet bis über beide Ohren.«

Braig ließ den Mann ohne jeden Gruß stehen, kletterte über die Absperrung. Sie sprangen in ihr Auto, folgten der Straße steil abwärts ins Tal. Zehn Minuten später hatten sie Oppenweiler erreicht.

Die gewaltige Anlage der Burg Reichenberg thronte hell angestrahlt auf einem etwa fünfzig Meter hohen Hügel am Rand des Murrtals. Der dem Gelände folgende fünfeckige Festungsring wurde vom runden, mit spitzer Dachzier gekrönten Bergfried malerisch überragt. Im 13. Jahrhundert erbaut, überwachten zunächst die Markgrafen von Baden, später dann die Württemberger an dieser Stelle den stark frequentierten Handelsweg zwischen der Salzstadt Hall und dem mittleren Neckartal.

Braig hatte das märchenhaft anmutende Bauwerk schon oft im Vorbeifahren vom Zug oder der Straße aus bestaunt und sich jedes Mal darüber gewundert, dass die prächtige Anlage allem Anschein nach immer noch nicht als Touristenmagnet genutzt wurde. Er konnte das nur schwer nachvollziehen: Stellten die ins Tal vorspringenden, mit grünen Obstbaumwiesen bewachsenen Hügel und die bilderbuchartig sich in die Höhe wölbende Burg sowie die waldreichen Berge dahinter doch ein äußerst seltenes, einzigartig gut gelungenes Beispiel kultureller und landschaftlicher Symbiose dar. Dass Tausende Schaulustiger jährlich kitschige bayrische Schlösser bewunderten, Anlagen wie diese jedoch nicht einmal kannten, konnte wohl nur mit typisch schwäbischem Understatement erklärt werden, welches verhinderte, die Vorzüge des eigenen Landes ins richtige Bild zu setzen.

Braig erkannte schon bei der Ausfahrt aus Oppenweiler einen kleinen Kran, der neben der Burg aufragte. Von mehreren Scheinwerfern in grelles Licht getaucht, schien das unmittelbar an die Festung angrenzende Gelände zum Zentrum der Filmaufnahmen geworden zu sein. Ein mit einer großen Kamera ausgerüsteter Mann hing mehrere Meter über dem Boden in einer Art Korb und ließ sich vom Tragarm des Krans je nach Bedarf hin- und herschwenken.

»Die filmen«, brummte Felsentretter hinter ihm, »also lebt der Kerl noch.«

Sie bogen von der Bundesstraße ab, fuhren den Hügel hoch. Der Platz vor der Burg war weiträumig abgesperrt – von Scharen von Schaulustigen belagert. Grelles Scheinwerferlicht blendete die Augen.

Neundorf stellte das Auto am Rand eines vollkommen mit Fahrzeugen zugestellten Parkplatzes ab, folgte ihren Kollegen zum Drehort vor der Burg. Die Neugierigen standen Schulter an Schulter, die Hände vor dem Gesicht, um sich vor der Grelle des Lichts zu schützen.

Die Ermittler kämpften sich durch die Menschenmenge nach vorn, sahen die Barrikaden, mit denen der Platz vor der Burg freigehalten wurde. Breitschultrige Uniformierte, ausnahmslos Privatsheriffs, hielten die Schaulustigen in Schach.

Braig hatte Mühe, sich an die gleißende Helligkeit zu gewöhnen. Er hielt sich beide Hände über die Augen, versuchte sich einen Überblick zu verschaffen. Dies waren Filmaufnahmen: ein stoppelhaariger Mittfünfziger stand mitten auf dem Gelände, rief mit einem kleinen Megaphon verschiedenen Leuten Anweisungen zu. Sieben, acht Meter über dem Asphalt hing der Kameramann. Er starrte in sein Objektiv, unterhielt sich über ein Sprechfunkgerät mit dem Mann unten auf dem Platz. Der Kran schwenkte hin und her, ließ den Korb kräftig schaukeln. Erst nach mehreren Anläufen hatte er eine feste Position gefunden.

Braig sah, wie Neundorf mit einem der Privatsheriffs sprach, der Uniformierte dann auf den Stoppelhaarigen zeigte. Er schob sich zu seiner Kollegin durch, hatte im Geschrei der Megaphonstimme Schwierigkeiten, ihre Worte zu verstehen.

»Schwank. Das da ist er.«

Braig nickte, sah das heftige Gestikulieren des Regisseurs. Der Mann winkte einer jungen Frau, die an der Burgmauer lehnte, ließ sie quer über den Platz eilen. Er ruderte mit den Armen, spornte sie an, sich schneller zu bewegen.

»Auf, auf«, brüllte er durch sein Megaphon, »du bist keine alte Kuh, die ihren Arsch nicht vom Fleck bekommt!«

Die junge Frau nickte, rief ihm ein paar unverständliche Worte zu, lief zur Burg zurück. Sie war groß und schlank.

Blitzartig erinnerte sich Braig an Monique Gilbner, die Schauspielerin, die unterhalb des Württembergs die erste Leiche gefunden hatte: den toten Konrad Böhler. Ob dies entwürdigende Rennen hier eine Stufe ihrer Karriereleiter war? Er hatte sie völlig aus den Augen verloren – und auch jetzt verschwendete er kaum einen zweiten Gedanken an sie.

»Auf, auf, auf, die Titten raus«, schrie Schwank.

Die Schauspielerin richtete sich kerzengerade auf, beschleunigte ihren Schritt, eilte quer über den Platz. Der Regisseur zeigte sich kaum zufriedener, rief irgendetwas mit »Arsch« und »Titten«, ließ die Szene noch zweimal wiederholen. Dann wandte er sich zur Seite.

»Und jetzt der Bagger«, brüllte er, »aber genau im richtigen Moment!«

Braig hörte das Aufheulen eines Motors rechts von der Burg, sah, wie die Schauspielerin zu ihrer Jagd quer über den Platz ansetzte.

»Wo bleibt der gottverdammte Bagger?«, schrie Schwank.

Die Frau lief los, kerzengerade, ihre Brust deutlich vorgereckt, passierte die Mitte des Areals.

»Verdammt noch mal, der Bagger!« Der Regisseur brüllte neue Anweisungen ins Megaphon.

Die Frau musste zurück zur Burg, um dann wieder über den Platz zu eilen. Von dem Bagger war noch immer nichts zu sehen.

Schwank rannte in Richtung der Festung, bellte wütend neue Befehle in sein Megaphon, verschwand im Dunkel der Umgebung.

Plötzlich war das Aufheulen eines Motors zu hören. Auspuffschläge donnerten in die Nacht, quietschend setzte sich das Gefährt in Bewegung.

Schwank tauchte wieder ins Licht, schickte die Frau zur Burg zurück. Er rief mehrere Befehle in Richtung des Baggers, lief weiter zur Mitte des abgesperrten Areals, gab der Schauspielerin das Zeichen zum Aufbruch.

Diesmal kam der Bagger zu früh. Sie hatte sich gerade von der Mauer gelöst, als das blaue Gefährt mit lautem Motorengedröhn ins Licht tauchte.

»Halt, stopp, zurück!«, schrie Schwank. Er wedelte mit den Armen, rannte auf den Bagger zu, signalisierte dem Fahrer anzuhalten. Die Person am Steuer reagierte nicht, rumpelte über den Platz, geradewegs auf den Regisseur zu.

»Anhalten, stopp, zurück, du Arschloch!« brüllte der Stoppelhaarige. Seine Gesten wurden immer hektischer, das Gebrüll lauter, die Worte unflätiger und obszöner.

Der Baggerfahrer zeigte keine Reaktion. Mit aufheulendem Motor rumpelte das Gefährt auf Schwank zu, ließ den Mann schreien und gestikulieren.

Braig begriff erst in dem Moment, als der Stoppelhaarige in letzter Sekunde unmittelbar vor dem Bagger zur Seite sprang und von ihm weiter über den Platz gejagt wurde, was vor ihm ablief. Das blaue Gefährt verfolgte den Regisseur in Richtung Burg, streifte ein Auto, das dort abgestellt war, rollte schwankend über irgendwelche Kisten weg, die samt Inhalt krachend unter seinen Reifen zersplitterten, schwenkte dann um in Richtung der Wiese, die sich neben der Burg den Abhang hinunter erstreckte. Schwank hatte das Megaphon längst weggeworfen, sprang auf den Kran zu, der am Rand der Festungsmauer hochragte.

Braig drückte sich unter der Absperrung durch, sah wenige Meter weiter Felsentretter in offener Auseinandersetzung mit einem der privaten Wachmänner. Der Uniformierte versuchte den Kommissar festzuhalten, rief einen seiner Kollegen zu Hilfe. Felsentretter schlug auf den Mann ein, riss sich los, wurde von hinten an seiner Jacke gepackt. Als Braig sich umdrehte, sah er gerade noch, wie sein bulliger Kollege einem der Sheriffs einen kräftigen Haken verpasste und der Mann taumelnd zu Boden ging. Menschen schrien auf. Felsentretter löste sich vollends, stürmte auf den hell erleuchteten Platz.

Braig rannte quer über das menschenleere Areal, sah den Bagger unmittelbar vor sich. Das monströse Gefährt hatte Schwank fast erreicht, als der Regisseur nach rechts abdrehte. Er spurtete zu dem Kran, versuchte hochzuklettern, rutschte aus. Der Bagger stoppte, heulte erneut auf, setzte sich ruckartig wieder in Bewegung. Schwank starrte mit vor Schreck weit aufgerissenen Augen auf die Maschine, riss sich mühsam vom Boden hoch. Dem Mann blieb kein Ausweg mehr. Er rannte los, wenige Zentimeter am Kran vorbei, sprang in Richtung der Wiese direkt auf den Abhang zu. Der Bagger raste hinter ihm her, erreichte den Kran, blieb mit seiner hoch erhobenen Schaufel in dessen Stahlgeflecht hängen. Der Motor heulte laut auf, Auspuffschläge hallten knatternd in die Umgebung.

Braig sah, wie der Baggerführer mehrfach vergeblich versuchte, die Schaufel von dem Kran zu lösen. Der weit ausgefahrene Arm verhedderte sich immer mehr in den Stahlsprossen, brachte das hoch aufgerichtete Monstrum ins Schwanken. Der Kameramann über ihm schrie aus Leibeskräften; sein Korb jagte wie eine Schaukel ungestüm hin und her.

Gerade in dem Moment, als Braig den Bagger erreichte, tauchte Schwank vor ihm auf; er packte seinen Arm, versuchte ihn an sich zu ziehen, verlor den Halt, prallte der Länge nach auf den Boden. Der Bagger vor ihm stampfte und tobte, schwankte nach links, dann nach rechts.

Braig spürte die Schmerzen in seinem rechten Knie, versuchte mühsam hochzukommen. Plötzlich erfüllte ohrenbetäubendes Knirschen die gesamte Umgebung. Er blickte auf, sah, wie der Baggerarm in dem Stahlgeflecht des Krans wütend hin- und herwühlte, die aufgerichtete Konstruktion immer stärker ins Wanken brachte. Die Schreie des Kameramanns waren von purer Todesangst gezeichnet, Teile seines Arbeitswerkzeugs klatschten wie gefährliche Geschosse rings um Braig auf den Boden, zersplitterten in kleinste Partikel.

Braig riss sich vom Asphalt hoch, versuchte sich mit einem Sprung in Sicherheit zu bringen, stolperte über Schwanks Fuß. Er sah, wie sich ein großes, schwarzes Objektiv aus dem Korb löste und direkt auf ihn zuflog, warf seinen Körper zur Seite. Unmittelbar neben ihm prallte das in Metall eingefasste Glas auf den Boden, zerbarst wie bei einer Explosion. Braig spürte die Glassplitter auf seinem Rücken, sah die verzweifelten Gesten des Kameramanns. Es konnte sich nur noch um Sekunden handeln, bis es den Mann samt seiner Kamera aus dem Korb katapultierte.

Braig zog sich vom Boden hoch, versuchte, den Regisseur neben sich mitzureißen, hörte, wie der Motor des Baggers von einem Augenblick auf den anderen plötzlich verstummte. Er blickte erstaunt auf, sah Neundorf und Felsentretter mit weit ausgestreckten Armen, die Waffen schussbereit in den Händen unmittelbar vor dem Bagger stehen und direkt auf die Kabine zielen. Das Glas des Führerstandes reflektierte das grelle Licht der Scheinwerfer, nur schemenhaft waren die Umrisse der Person auszumachen, die hinter dem Steuer saß. Braig richtete sich langsam auf, versuchte mit seinem Blick ins Innere der Kabine vorzudringen.

»Geh zur Seite«, brüllte Felsentretter, »oder ich knalle das Schwein ab.«

Braig erhob sich vollends, schob sich am Vorderrad des Baggers vorbei, sah, wie die Person im Führerstand einen kleinen Gegenstand an den Mund hielt, sich zurücklehnte und in großen Schlucken trank.

Neundorf begriff als Erste, was in der Kabine der Baumaschine ablief. »Sie will sich vergiften«, rief sie, stürzte auf den Bagger zu, riss an der Klinke der kleinen Tür, versuchte den Führerstand zu öffnen. Das Schloss war verhakt, gab nicht nach. Sie zerrte die Klinke hin und her, hörte im Inneren das Poltern einer Flasche.

»Ein Stein«, rief sie, »oder irgendein fester Gegenstand.« Sie starrte zu ihren Kollegen, begriff dann, dass sie genauso gut ihre Pistole verwenden konnte, schlug mit der Waffe auf das Glas der Kabine ein, bis es splitterte. Scherben flogen zur Seite, polterten auf das Gehäuse des Baggers, auf den Asphalt. Neundorf klopfte das Glas aus der Fassung, griff dann nach innen, entriegelte das Schloss, riss die Tür des Führerstandes auf.

Das Röcheln und Stöhnen der Frau war so laut, dass alle erschrocken verstummten. Ihr Körper verkrampfte, bäumte sich auf, weißer Schaum quoll aus ihrem Mund. Sie ächzte, rang mit letzter Kraft nach Luft, fiel dann in sich zusammen, Neundorf, die sich aus ihrer Erstarrung löste, in die Arme. Braig sah, wie seine Kollegin den erschlaffenden Leib der Sterbenden auffing, starrte auf die Überreste der Frau, die sie tagelang in Atem gehalten hatte. Katja Dorns Körper zuckte ein letztes Mal, dann hatte es ein Ende.

39. Kapitel

Sehr geehrter Herr Hesse,

Ihre Entscheidung, in Ihren Kaufhäusern nur noch junge Frauen zu beschäftigen, um – wie Sie argumentieren – den Shops schon vom Erscheinungsbild der Verkäuferinnen her ein modernes und lebensbejahendes Image zu verleihen und dadurch den Verkauf zu fördern, habe ich mit großem Befremden zur Kenntnis genommen.

Was, bitte, ist an Menschen unter dreißig Jahren lebensbejahender als an älteren?

Glauben Sie wirklich, dass junge Verkäuferinnen über mehr Praxis und fachlichen Überblick verfügen, ihre Kunden umfassend zu beraten, als Über-Dreißigjährige? Sind Menschen, die am Anfang ihres Lebens stehen, besser dazu geeignet, anderen Tipps zu geben, als Menschen, die bereits verschiedene Lebensphasen hinter sich gebracht und bewältigt haben?

Ich gebe zu, mit Ihrer Entscheidung liegen Sie voll im Trend unserer Zeit: Wohin ich auch blicke, sehe ich Menschen mit jungen und gesunden Körpern in der Öffentlichkeit verherrlicht, wie einstmals die Heroen heidnischer Kulte. Männer und vor allem Frauen werden in unserer Gesellschaft in zunehmendem Maß danach beurteilt, ob sie jugendliches Aussehen zur Schau tragen oder nicht; Jungen wird im Fernsehen, den Medien, der Werbung gehuldigt, als seien sie Geschöpfe einer besonderen Klasse, mehr Wert auf jeden Fall als die Älteren – aber glauben Sie allen Ernstes, es sei der Weisheit letzter Schrei, Menschen allein nach ihrem Aussehen zu bewerten? Glauben Sie wirklich, unsere Gesellschaft, wir alle, könnten auf die Lebenserfahrung, den Überblick, die Routine der Älteren verzichten, um die immer komplexeren Probleme der Zukunft zu bewältigen?

In fast allen Kulturen dieses Erdballs war es bisher üblich, Erfahrung als ein wertvolles Gut zu erachten, den Älteren daher Achtung und Aufmerksamkeit entgegenzubringen. Haben Sie es in den vergangenen Jahrzehnten nicht selbst gelernt, dass erst Praxis zu dem Durchblick verhilft, der uns den Sinn, die Freuden, aber auch die Schattenseiten unserer Existenz in einer neuen, bisher nicht erlebten Intensität verstehen, beurteilen und nutzen lässt?

Vielleicht wollen Sie die Über-Dreißigjährigen aber gerade deshalb abhalftern, zum Müll werfen, weil diese aufgrund ihres inzwischen angesammelten Wissens nicht mehr auf alle dumm-naiven Verlockungen hereinfallen, den hohlen Sprüchen moderner Werbung – auch Ihrer Modeshops? – nicht mehr so schnell Glauben schenken wie die unbedarft-unerfahrenen Jungen, von denen viele als wohlerzogene Sklaven der Konsumgesellschaft ihr Glück im Kaufrausch zu finden hoffen? Ist es in Wirklichkeit also clevere Geschäftemacherei, die Sie zur Verherrlichung und Anbiederung an die Jungen und Gesunden treibt?

Wie dem auch sei: Ich bin nicht bereit zu billigen, dass Sie mit Ihrer Aktion ungeniert dazu beitragen, Menschen wie mich zu einer Art minderwertiger Existenz herabzustufen und mich noch mehr, als dies in unserer Gesellschaft ohnehin üblich ist, als lebensunwert zu diskriminieren. Wenn Sie glauben, dass ich und meine Jahrgänge Ihre Lebensfreude und Ihr Wohlbefinden allein durch unser Dasein beeinträchtigen, werden Sie auf meine energische Gegenwehr stoßen. Die Apartheid herkömmlicher Art, (sei es die Unterdrückung Farbiger durch Weiße oder der Frauen durch Männer) wurde nicht überwunden, um jetzt eine neue Apartheid zu kreieren: die Jungen ins Rampenlicht, die Alten zum Müll.

Mit mir nicht!

Sie haben genau vierzehn Tage Zeit, Ihre Menschen verachtende Anordnung zurückzunehmen. Nutzen Sie Ihre Chance, noch ist es nicht zu spät. Wir raten Ihnen allerdings dringend, auf unsere Worte zu hören. Wir kennen kein Pardon! Es geht nicht allein um Ihre Kaufhäuser, es geht um Ihr Leben!

Wir lassen wieder von uns hören.

40. Kapitel

Der Engel der Drogensüchtigen‹. Sie wissen, von wem ich spreche?«, fragte Neundorf. Sie saß in einem bequemen Ledersessel, blickte auf ihr Gegenüber. Draußen, vor dem Fenster, erstreckten sich die Weinberge von Rotenberg und Uhlbach.

Marion Böhler lächelte verhalten. »Es klingt zumindest besser als ›Die faule Alte‹. Oder?«

»Ohne Zweifel. Aber allein deswegen haben Sie sich nicht so engagiert. Oder irre ich mich?«

Die Frau schüttelte ihren Kopf. »Der Sohn meiner Cousine. Er war der Auslöser.«

»Er hatte mit Drogen zu tun?«

»Das klingt zu harmlos. Es war zu spät. Er hatte keine Chance mehr.«

Neundorf hatte zwei Tage nach der Beerdigung Konrad Böhlers bei Marion Böhler angerufen, ein Gespräch mit ihr vereinbart. Sie war sofort einverstanden.

»Heroin?«

»Als Endpunkt einer langen Kette, ja. Und irgendwann dann der goldene Schuss.«

»Sie haben ihn gut gekannt?«

»Solange er ansprechbar war, ja. Später dann ...« Sie schwieg einen Moment, blickte nach draußen. »Sie wissen, wie Sucht einen Menschen verändern kann?«

Neundorf nickte. »Es bleibt nicht aus, bei meinem Beruf.«

»Also. Er war der reine Ekel. Eine Bestie. Nur noch an einem interessiert.«

»Keine Chance auf eine Therapie?«

»Hier in Stuttgart? Geld für den Abschaum? Guter Gott, wo leben Sie?«

Neundorf betrachtete die Frau, die zu ihrer Tasse griff, sie an den Mund führte, von ihrem grünen Tee trank. »Und dann haben Sie beschlossen, selbst zu helfen. Wenn es schon die verkommene Politclique nicht für notwendig hält.«

Marion Böhler schluckte, stellte die Tasse zurück. »So kann man das sehen, ja.«

»Sie hatten Freunde Ihres Verwandten kennen gelernt?«

»*Freunde* ist gut.« Sie ließ ein bitteres, sarkastisches Lachen hören. »*Bestien* wäre besser.«

»Aber Sie versuchten, die Bestien aus ihnen zu vertreiben. Sie wieder zu normalen Menschen zu machen. Sofern das überhaupt möglich ist.«

»Sofern es möglich ist, ja.«

»Die Chancen dazu sind gering«, sagte Neundorf, »jedenfalls, wenn ein gewisser Punkt überschritten, ein bestimmtes Stadium erreicht ist. Verdammt gering.«

»Fünfmal geht es daneben. Fünfmal kommen Sie zur Beerdigung, sehen in verzweifelte, betretene Gesichter, stehen Sie am Grab. Fünfmal. Aber beim Sechsten haben Sie Glück. Oder Erfolg. Je nachdem.«

»Und der lohnt den Einsatz.«

»Ob er ihn lohnt? Ich weiß es nicht.« Marion Böhler sah nachdenklich aus dem Fenster. »Vielleicht ist es auch nur der verzweifelte Versuch, einen Sinn ins Leben zu holen. Einen Sinn über den Tag hinaus. Ich weiß es nicht.«

»Obwohl Ihr Engagement Ihrer Ehe nicht gerade zuträglich war. Sehe ich das richtig?«

»Sie meinen, der Streit zwischen Konrad und mir?«

Neundorf nickte. »Ihre Nachbarn. Sie waren sich einig.«

»Ja, natürlich, da standen alle Ohren offen. Konrad meinte, ich übertreibe. ›Hilfe darf nicht zur Droge werden‹, sagte er, ›sonst wirst du selbst süchtig.‹ Ich weiß, dass er Recht hatte.«

»Dann ging es bei ihren Auseinandersetzungen nicht um Streit zwischen zwei Menschen, die sich auseinandergelebt hatten.«

»Nein, ganz gewiss nicht. Wir liebten uns, ob Sie mir jetzt glauben oder nicht. Wir haben spät geheiratet. Konrad war

Anfang vierzig, ich Ende dreißig. Vielleicht verstanden wir uns deshalb so gut.« Sie sah Neundorf offen ins Gesicht, lächelte ihr freundlich zu. »Der einzige Konflikt, den wir miteinander hatten, war seine Affäre mit einer jungen Frau aus der Agentur. Ich zwang ihn, sie aufzugeben. ›Zweigleisig fahren läuft nicht. Sie oder ich‹, erklärte ich ihm. Er gab sie auf. So lief das. Ich habe keinen Grund, Ihnen etwas vorzuspielen.«

Die Kommissarin nickte, griff zu ihrer Tasse, trank von dem Tee. Sein kräftiges Grapefruit-Aroma strich durch den Raum. Draußen in den Rebenfeldern am Hang der Berge leuchteten die rot-goldenen Blätter des Herbstes.

»Ihr Mann glaubte, dass Sie Ihr Engagement übertrieben. Er wollte Sie vor sich selbst schützen.«

»So kann man es sagen, ja. Ich habe es übertrieben, ja.«

»Besonders, als Sie den Einbruch in Ihre Apotheke vortäuschten, um an Unmengen von Schmerzmitteln und Ersatzstoffen heranzukommen, die Sie für all die Hilfsbedürftigen benötigten. Alles aus eigener Tasche zu bezahlen, überstieg inzwischen Ihre Möglichkeiten.«

»Sind Sie gekommen, mir ein Geständnis zu entlocken? Über eine Tat, die vor mehreren Jahren geschah? Ihrer Karriere wegen, wie?«, kam es jetzt bitter, ja ironisch.

»Nein.« Neundorf setzte ihre Tasse ab, erhob sich von ihrem Platz, stellte sich ans Fenster. Das rot-goldene Blättermeer verzauberte das gesamte Panorama. »Vergessen Sie meinen Beruf. Ich will mich nur vergewissern, dass das Kaliumcyanid und all die anderen gefährlichen Gifte nicht in unbefugte Hände gerieten. Mir reicht es, was mit dem Zeug aus dem Kölner Labor angerichtet wurde.«

Marion Böhler sah auf, betrachtete ihre Gesprächspartnerin, die sich zu ihr umgedreht hatte. »Das soll ich Ihnen glauben?«

Neundorf setzte sich wieder. »Ob Sie mir glauben oder nicht, ist mir egal. Ich *wünsche* mir nur, dass es sich vor dreieinhalb Jahren etwa so abgespielt hat, wie ich es mir vorstelle. Da gab es einen Einbruch in eine Apotheke in Bad Cannstatt, eine Woche nachdem große Teile der Bestände frisch aufgefüllt worden waren. Gifte aller Art wurden entwendet, so viel, dass man eine ganze Stadt damit ins Jenseits befördern kann. Ein albtraumhaftes Szenario, nach den Ereignissen, die wir gerade erlebt haben.« Sie schwieg einen Moment, sah zu Marion Böhler hinüber, die aufmerksam zuhörte. »Aber vielleicht«, fuhr Neundorf dann fort, »wurde der Diebstahl nur inszeniert, um große Mengen an Schmerzmitteln und Ersatzstoffen für hilflose Drogensüchtige zu organisieren. Nicht, um diese Materialien an die Ärmsten der Armen weiterzuverkaufen, sondern um sie ihnen zu schenken. Aus reiner Nächstenliebe also.«

Marion Böhler schwieg, erhob sich, nahm die kleine Teekanne auf, bot ihrem Gast davon an. »Und – was passierte mit den wirklich gefährlichen toxischen Stoffen?«, fragte die Gastgeberin.

Neundorf reichte ihr die Tasse, ließ sich einschenken, bedankte sich. Der würzige Grapefruit-Duft strich erneut durch den Raum.

»Vielleicht wurden sie nur deshalb entwendet, um den Verdacht von einem Diebstahl zugunsten Drogensüchtiger erst gar nicht entstehen zu lassen. Verschwinden Gifte wie Blausäure und andere toxische Materialien, interessiert sich kein Staatsanwalt für Schmerzmittel oder Drogenersatzstoffe. Das sind dann nur noch Peanuts. Sollen sie doch davon mitnehmen, so viel sie wollen, Hauptsache, sie lassen die wirklich gefährlichen Gifte da.«

»Das klingt plausibel«, meinte Marion Böhler. »Meine Frage haben Sie aber noch nicht beantwortet.« Sie schenkte sich selbst Tee nach, setzte sich wieder.

»Was die wirklich giftigen Materialien betrifft, die sozusagen nebenbei entwendet werden mussten, habe ich verschiedene Vermutungen«, erklärte Neundorf. »Ich hoffe, Sie können mir helfen.«

Marion Böhler sah zu ihr hinüber, ohne einen Muskel zu verziehen, gab keine Antwort.

»Hypothese eins: Sie wurden nach dem Vorfall sofort vernichtet. Ich persönlich wüsste zwar nicht, wie das zu bewerkstelligen wäre, ohne dabei ganze Mülldeponien oder Flüsse zu vergiften, aber eine Person vom Fach wie z. B. eine Apothekerin hätte sicher keine allzu großen Probleme, das auf eine möglichst, sagen wir, umweltschonende Weise in die Tat umzusetzen.« Sie schwieg, trank von ihrem Tee.

»Das glauben Sie nicht wirklich«, sagte ihre Gastgeberin.

Neundorf ging nicht auf ihren Einwand ein, redete weiter. »Hypothese zwei: Die giftigen Stoffe wurden nur scheinbar entwendet. In Wirklichkeit jedoch stehen sie noch immer in der Apotheke, allerdings an einer Stelle, an der sie niemand vermutet.«

»Wie das?«, fragte Marion Böhler. »Sie wissen selbst, dass Ihre Kollegen bei einem dermaßen gravierenden Diebstahl den gesamten Laden auf den Kopf stellen. Da bleibt kein Staubkorn auf dem anderen.«

»Mir geht es wie bei meiner ersten Hypothese«, Neundorf grinste süffisant, »ich persönlich wüsste keine Möglichkeit, ein Versteck zu finden. Aber ein Profi, in dem Fall eine Apothekerin, fände sicher einen Weg, die Polizei zu überlisten, oder?«

»Ein wahres Genie, von dem Sie da sprechen. Verfügt Ihre Apothekerin nicht auch noch über magische Kräfte, das Material einfach wegzuzaubern?«

»Ich weiß es nicht. Aber vielleicht könnten Sie mir mit einer dritten Hypothese weiterhelfen. Falls ich bisher daneben liege.«

»Ich? Wieso?«

»Einfach so. Ich bin nun mal neugierig.«

Marion Böhler betrachtete ihren Gast, lehnte sich in ihrem Sessel zurück. »Vielleicht sollten Sie sich um eine weitere Hypothese bemühen«, sagte sie dann, »wenn Ihnen so viel daran gelegen ist, längst vergessene Ereignisse wieder aus der Versenkung zu holen.«

41. Kapitel

Bernhard Söhnle wurde auf dem Tübinger Bergfriedhof zu Grabe getragen.

»In Tübingen?«, hatte Braig überrascht gefragt, als Erwin Beck mit dieser Mitteilung in sein Zimmer getreten war.

»Ich wundere mich auch. Ich wusste nicht, dass Bernhard Verbindungen nach Tübingen hatte.«

»Die Schweschter seiner Mutter.« Helmut Rössle war wieder einmal am besten informiert. »Die will ihn im Familiengrab han. Außerdem isch die die Einzige, mit der Bernhard noch Verbindung ghabt hat. Was solls! Wo du begrabe liegsch, kann dir egal sei. Hauptsach, es isch net in Sindelfinge!«

Die Zahl der Trauergäste war nicht groß, den Hauptanteil bildeten die Kollegen. Neundorf hatte die Kapelle erst wenige Minuten vor Beginn des Gottesdienstes erreicht.

Es war tatsächlich eine dritte Hypothese notwendig gewesen, den Verbleib der Giftstoffe aufzuklären.

Polizeizentrale Metz, 11. April 1999

Die kurze Mitteilung hatte das Amt am frühen Morgen in einem an Neundorf adressierten Kuvert erreicht. Das Datum war ihr bekannt vorgekommen; sie hatte ihre Vermutung sofort überprüft und festgestellt, dass der Einbruch in die Bad Cannstatter Apotheke in der Nacht vom 10. auf den 11. April 1999 verübt worden war.

Zehn Minuten später hatten ihr die französischen Kollegen in Metz den bisher ungeklärten Fund eines Kartons mit hoch-toxischen Stoffen direkt vor dem Eingang der Polizeizentrale in Metz am 11. April 1999 bestätigt. Das Fax mit der Auflistung des genauen Inhalts bestätigte Neundorfs Vermutung: Er war identisch mit den in der Bad Cannstatter Apotheke verschwundenen tödlichen Materialien. Mit der Zusammenarbeit im halbwegs vereinten Europa stand es offensichtlich noch nicht zum Besten.

Noch am Morgen hatte sie die Staatsanwaltschaft über ihre Entdeckung informiert, nicht ohne den deutlichen Vermerk zu vergessen: *Täter unbekannt. Es fehlt weiterhin jede Spur.*

Die Pfarrerin in Tübingen sprach von der Unergründlichkeit des Daseins, streifte die ungeklärte Todesursache des Verstorbenen, versuchte, tröstende Worte zu finden.

»Was bleibt?«, fragte Ann-Katrin Räuber später, als sie mit Braig und ihrer Schwester am Rand des Friedhofs auf einer Bank saß und über die geradlinig angelegten Gräberreihen hinweg auf die roten Ziegeldächer der Südstadt blickte.

»Versuche, ihn in deiner Erinnerung zu behalten«, antwortete Theresa Räuber, »alles Übrige müssen wir anderen Mächten überlassen.«

»Du glaubst, sie existieren?«, zweifelte Braig.

Ann-Katrin und er hatten sich entschlossen, einige Tage gemeinsam in Theresas neuer Wohnung zu verbringen, endlich ihrer Beziehung Vorrang vor allem anderen zu geben.

»Lebst du lieber in dem Bewusstsein, allein und verlassen in einem kalten, unbeseelten Universum zu existieren?«

Er kannte Theresas Vorliebe, einsame Stunden auf Friedhöfen zu verbringen, die Ruhe und den Frieden der Umgebung zu genießen, über Gott und die Welt nachzudenken, sich dem Sinn des eigenen Daseins anzunähern.

»Warum lassen diese Mächte dann zu, dass Menschen auf Irrwege geraten und andere vergiften?« Er fragte nicht, um sie zu provozieren, war in Gedanken noch zu sehr mit den zurückliegenden Ermittlungen beschäftigt.

»Ich weiß es nicht«, bekannte Theresa Räuber, »und ich kann nicht einmal sagen, ob ich auf diese Frage jemals eine Antwort finde.«

Katja Dorn hatte gemordet! Hatte Männer, die in ihren Augen dazu beitrugen, den Jugendwahn dieser Gesellschaft zu fördern, mit Gift ins Jenseits befördert. Sie hatte ihre Drohbriefe verschickt, sich ihren Opfern dann später, weil die nicht darauf reagierten, in einem günstigen Augenblick scheinbar freundlich genähert, Höflichkeiten ausgetauscht und mit ihnen geplaudert. Im Fall eines persönlichen Interesses an ihrer Person, wie dies von Bernhard Hemmer in der Kirche in Großaspach wohl gezeigt wurde, hatte sie Maja als ihren angeblichen Vornamen, dazu eine willkürlich notierte Telefonnummer als eigenen Anschluss hinterlassen. Günter Beckstein war deshalb völlig zu Unrecht ins Visier der polizeilichen Ermittlungen geraten. Hatte Katja Dorn auf diese Weise eine Vertrauensbasis hergestellt, war die kleine Flasche ins Spiel gekommen – und schon hatte sie ihr tödliches Ziel erreicht. Weiß Gott eine heimtückische Methode, Menschen aus dem Weg zu räumen, oder gemäß ihrem Wahn – auf den rechten Weg zu bringen?

Braig sah auf, merkte, dass Theresa Räuber ihn aufmerksam musterte. Hatte er laut gedacht?

»Das ist aber nicht die Frage, die mich im Moment bewegt. Eine andere Sache beschäftigt mich viel stärker. Um es genauer zu sagen: Sie macht mir Angst, große Angst.«

»Wovon sprichst du?«

»Warum ziehen wir immer nur die zur Rechenschaft, die einige wenige Menschen vergiften, und lassen die ungeschoren davonkommen, die mit ihrem Gift unsere ganze Gesellschaft zersetzen?«

Braig schaute sie nachdenklich an, betrachtete dann das Holzkreuz auf dem schmalen, vom ersten Herbstlaub übersäten Grab vor ihm. Dunkles Immergrün lugte aus dem Blättermeer hervor.

Warum?

Er wusste keine Antwort.

KBV-KRIMI

Klaus Wanninger

Schwaben-Hass

KBV-Krimi Nr. 97
Taschenbuch, 316 Seiten
ISBN 3-934638-97-x

Hirngespinste, Hysterie oder Verfolgungswahn? Michaela König fällt es schwer, den angsterfüllten Worten ihrer Freundin, der Journalistin Verena, Glauben zu schenken. Doch dann wird Verena vor ihren Augen ermordet. Zusammen mit einem Kollegen, der ebenfalls Opfer eines Mordes wird, war die Journalistin den Machenschaften einer Organisation auf der Spur, die vor nichts zurückschreckt.
Die Kommissare Neundorf und Braig ermitteln in ihrem vierten Fall.

"Was wichtig ist bei einem Krimi, ist ja die Spannung, und da hat das Buch allerhand zu bieten." (Schwäbisches Tageblatt)

Klaus Wanninger

Schwaben-Angst

KBV-Krimi Nr. 104
Taschenbuch, 346 Seiten
ISBN 3-934638-87-2

Konrad Böhler, ein friedlicher Weinbauer, wird in seinem Wingert inmitten der malerischen Landschaft unterhalb der Grabkapelle des Württembergs gefunden. Er wurde mit Blausäure vergiftet. Nur einen Tag später ereilt den Organisten von Großaspach vor seiner Kirchenorgel dasselbe Schicksal. Auffallend kleine Fußabdrücke, die an beiden Tatorten gefunden werden, weisen auf denselben Täter hin. Giftmorde - Die Taten einer Frau?
Die Kommissare Braig und Neundorf finden im Zuge ihrer Ermittlungen heraus, was die beiden Mordopfer miteinander verband: Beide Männer haben ihre Ehefrauen mit aussergewöhnlicher Unverfrorenheit betrogen.
"346 spannende Seiten mit Schauplätzen, die einem bekannt sind. Absolut lesenswert!" (Ludwigsburger Wochenblatt)

Klaus Wanninger

Schwaben-Zorn

KBV-Krimi Nr. 113
Taschenbuch, 304 Seiten
ISBN 3-937001-31-x

Mitten im beschaulichen schwäbischen Städtchen Waiblingen wird die übel zugerichtete Leiche einer jungen Frau gefunden. Kommissar Steffen Braig und seine Kollegin Katrin Neundorf finden schnell heraus, dass Christina Bangler von ihren Eltern verstoßen wurde, weil sie deren fundamentalistisch-frommen Lebensstil nicht länger ertragen wollte. Der Verdacht fällt dann auch sehr rasch auf den bigotten Adoptivvater der Toten, der seiner Tochter nicht einmal nach ihrem Tod verzeihen will. Aber ins Blickfeld der Ermittler gerät auch der Hobby-Astronom Markus Böhmer, mit dem das Opfer häufig den nächtlichen Sternenhimmel betrachtet hat. Und eben dieser Böhmer ist bereits einschlägig vorbestraft ...

KBV-KRIMI

Klaus Wanninger

**Schwaben-
Rache**

KBV-Krimi Nr. 49
Taschenbuch, 288 Seiten
ISBN 3-934638-49-x

Private Racheaktion oder grüner Terror? Der Vorsitzende eines großen deutschen Automobilclubs wird eine Nacht lang in der Nische eines stark befahrenen Stuttgarter Autobahntunnels festgehalten. In einem Bekennerbrief kündigen die Täter weitere Aktionen gegen den "Autowahn" an.
Den Fahndern vom LKA bleibt nicht viel Zeit: Zwei weitere Männer werden gekidnappt.
Im kleinen Ort Lauberg stoßen Kommissar Braig und seine Kollegin Neundorf auf ein kompliziertes Geflecht verfeindeter Familien, die alle nur darauf zu brennen scheinen, seit langem schwelende Rachegelüste endlich in die Tat umzusetzen.

Klaus Wanninger

**Schwaben-
Messe**

KBV-Krimi Nr. 52
Taschenbuch, 336 Seiten
ISBN 3-934638-52-x

Die Landesregierung plant, auf den fruchtbaren Filderböden südlich von Stuttgart zusätzlich zu dem Flughafen jetzt auch noch eine neue Messe zu bauen. Die Bauern wehren sich. Die Regierung droht mit Enteignung. Plötzlich liegt ein Toter auf den Krautäckern neben dem Flughafen. Ein Toter, der anscheinend viel mit den Plänen der Regierung zu tun hatte. Kam er den Kritikern der Messe in die Quere? Welche Rolle spielte die fanatische Gegnerin des Projektes, Landwirtin Gabriele Krauter, auf deren Bauernhof in schwülen Sommernächten angeblich schwarze Messen gefeiert werden? Kommissarin Neundorf und Kollege Braig die Ermittlungen auf und stoßen auf dubiose Machenschaften einheimischer Politiker.
"... bietet spannendste Unterhaltung!" (Waiblinger Wochenblatt)

Klaus Wanninger

**Schwaben-
Wut**

KBV-Krimi Nr. 81
Taschenbuch, 266 Seiten
ISBN 3-934638-81-3

Mitten im sehnsüchtig erwarteten Straßenfest wird in Backnang ein Mann ermordet. Wenige Tage später fällt in Ludwigsburg während der Sendung "Nachtcafé" ein Manager eines Privatsenders einem Anschlag zum Opfer. Wie schon in Backnang beobachten Zeugen auch diesmal einen blonden jungen Mann.
Kommissarin Neundorf und ihr Kollege Braig jagen dem jugendlichen Monster hinterher und lernen dabei immer besser verstehen, was junge Menschen bei uns so häufig kriminell werden lässt.

"Rasant erzählter, verwickelter Schwaben-Krimi" (ekz Informationsdienst)

KBV-KRIMI

Jürgen Raap

Ein Koffer aus Bern

KBV-Krimi Nr. 107
Taschenbuch, 288 Seiten
ISBN 3-937001-02-6

Was befindet sich in dem Koffer, den der verkrachte Kölner Detektiv Karl-Josef Bär aus der Schweiz abholen soll? Sein Auftraggeber, der Geheimdienstler Schröder, behauptet, es sei Geld - viel Geld. Möglicherweise sind es aber auch irgendwelche brisanten Papiere. Wie immer wird Detektiv Bär nicht schlau aus dem Mann vom MAD. Als er den Koffer bei einem gewissen Dr. Kaspereit in Köln abliefern will, stößt er dort auf dessen Leiche. Von nun an wird die Luft für Bär ziemlich dünn, denn nicht nur die Witwe des Toten, sondern auch sein Bruder beginnen, nach dem ominösen Geldkoffer zu suchen. Und schließlich heften sich auch zwei Männer des russischen Militärgeheimdienstes an seine Fersen.

»Witzig, kritisch, ironisch. Raap nimmt alle Krimi-Klischees aufs Korn.« (Bild)

Carola Clasen

Das Fenster zum Zoo

KBV-Krimi Nr. 96
Taschenbuch, 201 Seiten
ISBN 3-934638-83-X

Als der Kölner Zoo am Morgen seine Pforten öffnet, hat die vergangene Nacht grausige Spuren hinterlassen: Im Käfig des Grizzly liegt die zerfetzte Leiche eines jungen Mannes. Der verstümmelte Körper gehört Ben Krämer, einem Fotografen, der im Zoo auf Tippvisite war.
Ist er aus Unachtsamkeit in die Fänge des Bären geraten?
Die Tierpflegerin Nelly Luxem scheint etwas zu verbergen zu haben, und der frisch pensionierte Kommissar und Zooliebhaber Lorenz Muschalik versucht ganz behutsam hinter ihr dunkles Geheimnis zu dringen.

»Carola Clasen versteht es, mit den klassischen Versatzstücken des Kriminal- und Schauerromans zu spielen.«

(Kölner Stadt-Anzeiger)

Ralf Kramp

Malerische Morde

KBV-Krimi Nr. 100
Taschenbuch, 206 Seiten
ISBN 3-934638-57-7

Die Maare sind die »Augen der Eifel« – geheimnisvolle runde Kraterseen, um die sich Sagen und Legenden ranken. Zwei Leichen stören eines Tages das Idyll: Ein alter Maler und sein junges Modell werden am Ufer gefunden, und ausgerechnet Herbies Freund Köbes wird des Mordes verdächtigt.
Nach zwei Jahren kehrt Herbie Feldmann in die Eifel zurück, und auch sein unvermeidlicher Schatten Julius ist wieder da. Gemeinsam machen sie sich auf die Suche nach dem wahren Täter. Dabei decken sie Machenschaften einiger Maler, Fälscher und Sammler auf, die vielleicht besser im Verborgenen geblieben wären.

»Schwarzer Humor und Fabuliergabe.«

(Trierischer Volksfreund)